# 泽诺的自白

[意大利]
伊塔洛·斯韦沃
著

Italo Svevo

刘玥
译

山东画报出版社

*La coscienza di Zeno*

果麦文化 出品

# 目 录

导读：《泽诺的自白》与中欧文化 / 001

第一章　序言 / 017

第二章　绪论 / 018

第三章　吸烟 / 020

第四章　父亲的死 / 044

第五章　我的婚姻故事 / 074

第六章　妻子和情人 / 169

第七章　商业公司的故事 / 285

第八章　精神分析 / 412

# 导读：《泽诺的自白》与中欧文化

## 一

"美丽的女性随处可见，但的里雅斯特①的女性之美则带有独特的印记。"的里雅斯特诗人翁贝托·萨巴（Umberto Saba）②在其1946年的议论文《的里雅斯特女性》（*Donne triestine*）中这样描述道。他注意到的里雅斯特女性有一种与"西方世界其他女性"不同的、独具一格的美。这种美体现在她们每一个人的身体上（"一种海洋和嶙峋的山脉赋予的美"）、心理上（"她们既向往浪漫，也追求解放"）和举手投足之间（"她们如士兵般坚韧，又不失母亲的温柔。"）。萨巴认为，这是因为的里雅斯特女性身上流淌着"不同种族的血液"，她们"原生地的特性"也十分复杂。伊塔洛·斯韦沃（Italo Svevo）在其以第三人称撰写的《自传性侧写》（*Profilo autobiografico*）中，也强调了的里雅斯特非凡的特性。他在1861年出生于这座多民族社会氛围的城市，这种氛围主要是由地理和历史因素造成的：

---

① 的里雅斯特（Trieste），意大利港口城市。
② 翁贝托·萨巴（Umberto Saba, 1883—1957），原名翁贝托·波利（Umberto Poli），意大利的里雅斯特诗人、小说家。惯用具体、简单、日常的语言写作。他的代表作有诗集《歌集》（*Canzoniere*）、小说《厄内斯托》（*Ernesto*）等。——译者注（本书注释如无特殊说明，均为译者注。）

的里雅斯特当时是一片与众不同的土地，所有的精神文化都在这里找到了适合自己的发展环境。众多民族交汇于此，的里雅斯特的文学风气也因此受到了诸多不同文化的影响。在的里雅斯特文学社团"密涅瓦（Minerva）"中，人们在谈论文学时从来没有受到国家或地域的限制。的里雅斯特的文人群体热衷于阅读法国、俄罗斯、德国、挪威、瑞典和英国的文学作品。在这个小型的环境中，音乐和艺术也得到了长足的发展。伊塔洛·斯韦沃自然而然地被他青年时代的所有艺术团体和文学团体所吸引。

确实，作为奥匈帝国具有得天独厚地势条件的出海口，的里雅斯特在18至19世纪之间成为欧洲多瑙河地区的贸易网络中枢，当地的经济也因此得到了蓬勃的发展：1719年至1891年间，这里一直是自由港，之后成为商品集散地、货物中转站和贸易中心，同时也是著名的保险和航运公司的所在地。从18世纪末开始，大批的意大利人、德国人、斯洛文尼亚人、伊利里亚人、土耳其人、黎凡特人和犹太人相继迁入，他们改变了当地原有的社会面貌。商人和领导阶级因之萌生了一种新的情感，即向包罗万象的世界主义敞开怀抱。但是，这种情感最终助长了各个从来没有被意大利文明同化的族群对实现自治的渴望。进一步说，的里雅斯特的每一位市民都受到了不同文化和习俗的熏陶，而这些不同的文化和习俗之间的冲突又在社会上形成了一种紧张的氛围，这也在他们心理上造成了不可调和的影响。

埃托雷·施米茨（Ettore Schmitz），从1893年首次发表小说开始，便选择使用伊塔洛·斯韦沃这一笔名来彰显其成长背景中多元文化的特性。他本人在《自传性侧写》中留下了这样的解释：

要理解这个似乎试图将意大利血统与德国血统联结在一起的笔名由何而来,就必须了解的里雅斯特近两个世纪以来作为意大利东门的角色——它是一个熔炉,融合了形形色色因为商业活动和外国统治而被吸引到这座古老的拉丁城市的文化元素。我的祖父在担任奥匈帝国驻特雷维索(Treviso)官员之前,和一个意大利女子组成了家庭。我的父亲因此在的里雅斯特长大,自认为是意大利人,也娶了一个意大利女人,他们一共育有 8 个孩子。我选择"伊塔洛·斯韦沃"这一笔名,并非因为我那遥远的德国先祖,而是因为我青年时代在德国长期居住的经历。

在推动的里雅斯特经济、社会与文化发展的诸多力量中,尤为显著的是一个名为"斯韦沃"的群体,换句话说,一个以奥地利-德国为民族核心精神的群体,这个群体中活跃着企业家、军人和教师,也推动了如施勒尔联合会(Schillerverein)[①]这类组织的发展,这些组织在传播中欧(mitteleuropea,在德语中:mittel 表示"中")——尤其是德国(叔本华、尼采、马克思、歌德、席勒、海涅)和奥地利(特别是以维也纳大学为主导的医学)文化方面起到了关键作用,瓦格纳和斯特林堡[②]的剧作也在普及这类文化时功不可没。伊塔洛·斯韦沃曾在巴伐利亚的塞格尼茨高中学习,阅读过大量的经典德语文学作品;同时,他与萨巴在充满着理想

---

[①] 施勒尔联合会(Schillerverein)成立于 1860 年,旨在纪念德国著名诗人和剧作家弗里德里希·席勒的百年诞辰。该联合会在的里雅斯特的文化生活中扮演了重要角色,主要成员为德国人,但其活动面向整个商业中产阶级和所有"有文化的人"。联合会致力于促进科学、文学和音乐领域的活动,对传播中欧文化起到了重要作用。
[②] 理查德·瓦格纳(Richard Wagner, 1813—1883),著名德国作曲家、剧作家。奥古斯特·斯特林堡(Johan August Strindberg,1849—1912),瑞典作家、剧作家与画家,现代戏剧创始人之一。

主义和天主教信仰的意大利文化中,率先对弗洛伊德的精神分析学进行了一定程度的研究。二人都曾接受时任的里雅斯特精神病院主任的犹太精神分析学家爱德华·韦斯(Eduard Veith)的诊断,而他是弗洛伊德的学生。斯韦沃更是在 1916 至 1918 年间翻译了大段弗洛伊德的著作《精神分析导论》和《梦的解析》。二人对弗洛伊德的偏好,主要源自他们对尼采和叔本华作品的深入了解,值得注意的是,他们并没有借助 20 世纪初英、法、意语的美学研究来了解这些作品,而是直接以原文阅读。此外,斯拉夫文化(他们推崇并欣赏陀思妥耶夫斯基、屠格涅夫、莱蒙托夫和奥勃洛摩夫的作品)和极为重要的犹太文化也对他们产生了深远的影响,后者因贸易和金融业的发展而被吸引至的里雅斯特,是新兴资产阶级中不可替代的角色。斯韦沃是犹太人;卡洛·米歇尔斯泰特(Carlo Michelstaedter)[1] 和翁贝托·波利也是犹太人,波利采用了"萨巴"(Saba,在希伯来语中意为"面包")作为姓氏,以纪念母亲的犹太血统,同时也是为了与他心爱的斯洛文尼亚保姆约瑟法·肖巴(Gioseffa Schobar)[昵称佩帕·萨巴斯(Peppa Sabaz)]在名字上取得一定的相似性。的里雅斯特的社会文化多样性也反映在了其层次丰富,且成分复杂的语言学视角中,在这样的环境里,选择意大利语永远不是一个和平的过程,相反,它总是被视作为掌握这门语言而付出的单独的、具体的努力所得到的结果。这恰恰解释了为什么这样一种独一无二的视野能带来多元化的语言经验:斯韦沃的意大利语受到了德语和的里雅斯特方言的强烈影响,语法上接近怪异(这也是文学批评界迟迟没有接受他的作品的原因之一);萨巴那几乎是匿名和被阉割过的古典

---

[1] 卡洛·米歇尔斯泰特(Carlo Michelstaedter,1887—1910),意大利 20 世纪初作家、画家。

主义；乔蒂（Giotti）[1]使用的的里雅斯特语也如出一辙。我们可以说，这是一种被提炼出来的、专属于当地知识分子的"诗歌语言"。

## 二

的里雅斯特既是不同语言和文化聚集的群岛，也是国界和边境线——从奥地利看过去，这里是战略中心；从意大利看过去，这里则是边缘之地，远离主要的文化中心[2]——它经历着不可调和的冲突。一方面，它归属于奥匈帝国，这一优势地位为它带来了历史经济方面的特权；另一方面，它渴望着自己的文化"身份"能够得到一个明确的定义。"你可以和一个的里雅斯特的知识女性谈论易卜生……可能还有尼采"；但萨巴补充道，的里雅斯特的女性因长期浸淫在与众不同的文化氛围中，心理也受到了不可磨灭的影响，这使得她们与欧洲其他地方的女性相比，"更容易成为神经性疾病的牺牲品"。以至于"多年来，在欧洲所有城市的自杀率中，的里雅斯特不幸地始终高居榜首。无论它有着怎样的命运，极其美丽的的里雅斯特过去一直是或者将来也永远是一座神经质的城市"。正是这种寻求某个特定文化身份的、"神经质"的紧张感使得的里雅斯特的知识分子［斯韦沃和萨巴，还有米歇尔斯泰特和斯拉塔珀（Slataper）[3]，乔蒂和马林（Marin）[4]……］

---

[1] 维吉里奥·乔蒂（Virgilio Giotti，1885—1957），意大利的里雅斯特方言诗人。
[2] 特别是佛罗伦萨，那里汇集了诸多重要的文学期刊，如《莱昂纳多》(*Leonardo*)、《赫尔墨斯》(*Hermes*)、《王国》(*Il Regno*)、《呼声》(*La Voce*) 和《拉谢巴》(*Lacerba*) 等。——原注
[3] 西比奥·斯拉塔珀（Scipio Slataper, 1888—1915），意大利的里雅斯特作家、军事家、领土收复主义者。
[4] 比亚乔·马林（Biagio Marin, 1891—1985），意大利诗人、作家。

对差异性十分敏感，这种感知萌生于的里雅斯特式神话所带来的启发，而这种神话又以不同文化背景间的冲突为特征。西比奥·斯拉塔珀指出，这种神话起源于"两种天性无休无止地试图消弭对方的疲惫，它们中的一方是商业（即奥地利）的天性，另一方则是意大利的天性"。"而的里雅斯特，"他补充道，"不能抹杀任何一方：它有着双重灵魂，这么做无异于自我毁灭"。的里雅斯特知识分子群体最强烈的感受便是这座城市缺乏一种能表达该地复杂情况的文化传统。斯拉塔珀1909年发表在《呼声》杂志上《的里雅斯特信件》（*Lettere triestine*）的首篇——《的里雅斯特没有文化传统》（*Trieste non ha tradizioni di coltura*）就明确表达了这一点，而这在斯韦沃的前两部小说[1892年的《一生》（*Una Vita*）和1898年的《老年》（*Senilità*）]已经出版的情况下显得尤为意味深长。在世纪之交，战争的灾难已经迫在眉睫时，解决文化身份的问题显然成为当务之急。眼下需要做的是建立一种文化，而不仅仅是意识到所有具有普遍价值的文化都已经在此地的冲突中支离破碎。能代表这种"碎片式文化"的恰恰是斯韦沃的作品，而它也展现在了的里雅斯特多语言、多民族的社会状况之中。这些状况是现代文明典型的多样性和矛盾性的真实缩影："真正的奥地利是全世界。"几年后罗伯特·穆齐尔（Robert Musil）在《没有个性的人》（*Uomo senza qualità*）[1]中如是写道。

## 三

的里雅斯特的社会经济状况还造就了一个文化特点：人们将文学看作是一种消遣，甚至认为它是一种无用且令人羞愧的恶习。

---

[1] 罗伯特·穆齐尔（Robert Musil, 1880—1942），奥地利小说家、剧作家，其代表作《没有个性的人》被誉为20世纪最重要的现代主义作品之一。

斯韦沃在《自传性侧写》中总结道："生活的严肃性其实存在于其他地方。"

从《老年》一书出版到《泽诺的自白》付梓（1923），在这25年的沉默中，他几乎一直以工业管理者的身份来定义自己的公众形象。只有在离开日复一日的商业活动，回归到安静的私人领域中时，斯韦沃才能深入地分析资产阶级社会，揭开运行在这一价值观（利润法则、经济效益法则等）背后的心理机制的神秘面纱。而当他作为埃托雷·施米茨时，则一直把这种价值观奉为圭臬。这就导致他对主流的文学发行渠道始终抱有一种疏离的态度，而他也一直自豪地捍卫着这种态度（在1927年写给出版商莫雷亚尔（Morreale）的一封信中，斯韦沃甚至表示说他十分满意没有放任作品的销量左右自己的生活，他的书全部都是自费出版的），诗人萨巴也承认了这一点，因为斯韦沃曾经建议他为了"用节奏来表达自己的热情"这一真诚的目的来写作，并告诫他把注意力主要集中在"出版一本书"上，而不要追求"商业目的或者雄心壮志"。这种在私人领域内的现代思考方式与以自我为中心、封闭在衰落的象牙塔里的贵族式思维完全不同。这种现代的思考方式里有着的里雅斯特"灵魂"的另一重影子，它鼓励人们不要仅仅将文学视为一种枯燥的体裁练习，而是把它看作生活的一种具体表达。有意追随这种想法的人在写作中寻求的不是美丽（或者用斯韦沃的话说，"矫揉造作""虚情假意"），而是真相（即"坦率""真诚"）。正如斯韦沃在1887年撰写但未发表的《关于艺术中的感觉》（*Del sentimento in arte*）一文中所明确指出的："原创性……存在于艺术家的个性中。如果他在写作时秉承了真诚的态度，他也许会写出独一无二的作品，也许不会；但矫揉造作的态度则永远不会产出任何原创性的东西。"翁贝托·萨巴在1911年表达了一模一样的观点,当时,他在一篇被文学界中追求真诚理想的"同道中人"拒绝的文章中向《呼声》派文学圈（ivociani）[①]提出了告诫。在这篇名为《诗人还需要做什么》（*Quello che resta da fare ai poeti*）的文章中,他写道:"诗人还需要做的便是写出真诚的诗歌。"确实,因为"保持自身的纯洁和诚实"是"通往艺术的永恒道路",同时也是"最大胆、最新颖的道路"。斯韦沃作品中的现实主义风格便由此而来。它不仅反映了里雅斯特经济和社会的变迁,也反映了这些变迁给作家带来的具体经验,同时展现了一种敏锐甚至可以说是病态的知觉。斯韦沃的作品察觉到了某种具有相对的、悬而未决的、临时的、模糊不清的特性的本质,而这种本质无法容纳任何纵观全局的视角。

斯韦沃笔下的的里雅斯特远非邓楠遮（D'Annunzio）[②]在《愉悦》（*Piacere*）一书中描写林立着华丽纪念碑的、弥漫着巴洛克和贵族气息的、衰颓的罗马是上层资产阶级的缩影,是一个充斥着交易和商业活动、银行、保险公司以及工业的地方,它受到利润法则和被资产阶级当作炫耀资本的"健康"理想支配（这种"健康"仅仅存在于表面）,实际上,它代表了为追求经济成功而向上爬的人那种肆无忌惮的心态。

## 四

在的里雅斯特作家群体中,一种反形式主义和反唯心主义的

---

[①]《呼声》派文学圈"指20世纪初围绕文学杂志《呼声》聚集起来的作家与诗人群体。他们尝试使用一种碎片化且支离破碎的叙事风格,挑战19世纪的传统叙事框架。《呼声》派文学家的写作主题往往具有自传性质,重视心理剖析与细节描写。
[②] 加布里埃莱·邓楠遮（Gabriele D'Annunzio, 1863—1938）,意大利著名的作家、诗人、剧作家,被誉为意大利的"诗人先知（Vate）",是颓废主义（Décadentisme）的代表。他在文学和政治领域都留下了重要影响,并形成了"邓楠遮主义"。

文学观念占据了主导地位，这在斯韦沃身上表现得尤为明显。首先要指出的是，斯韦沃的教育背景是非常规、非学院式的，甚至可以说，他所接受的教育，正如他本人在1884年一篇名为《业余爱好》(Il dilettantismo)的文章中指出的一样，是"业余"的，也就是说，他从事艺术的动机并非职业或野心，而是出于自身需要。这种教育背景使他能够深入探索那些被当时的意大利同侪们视为"过时的"传统文学领域[1]，它们与中欧的文化成分一起，十分有效地抗衡了当时弥漫在意大利文化气候中的实证主义、象征主义和邓楠遮的超人式美学主义以及20世纪初的先锋主义（包括黄昏主义、未来主义和《呼声派》表现主义）。斯韦沃的态度中明显体现了中欧的业余爱好者精神、现实主义和相对主义成分。他从欧洲的思维模式（如叔本华、尼采、马克思、达尔文、弗洛伊德）中吸取了批判的元素和分析的工具，却没有全盘接受某一套完整的意识形态。这些思想家理论的出发点是极端的怀疑主义和相对主义，而非形而上学或精神主义，他们的共同点在于努力批判传统观念（如同质化的看法、行为规范等），以及探讨公共与私人、社会与个体间的复杂关系。在摒弃共产主义意识形态的同时，斯韦沃从马克思那里提炼出了一些元素，深入探讨了经济和社会机制对泽诺心理的影响。从叔本华那里，他学习到了分析被分裂为梦想家和斗士两派的人类所具有的欲望和自我欺骗的方法。而从达尔文那里，他借鉴了进化论的理念（自然选择、生存竞争），并将其应用到心理层面上：事实上，泽诺的经历显示了，在的里雅斯特，那些能够根据社会实际需求进行自我调整，以便

---

[1] 从薄伽丘（Boccaccio）到马基雅弗利（Machiavelli）和瓜里奇尼（Guicciardini），再到19世纪巴尔扎克（Balzac）、福楼拜（Flaubert）、维尔加（Verga）和左拉（Zola）等现实主义巨匠。——原注

实现经济成功的人才能找到生存之道，而那些固守于自我虚假神话（在虚假的自我意识中）中的人则会走向灭亡。同理，尼采的"超人"（Übermensch，意为"超越人类"）被斯韦沃重新阐释为一种没有完成，因此可以无限地改变形态，并永远有能力进化的人类类型。最后，从弗洛伊德那里，斯韦沃借鉴了将意识视作冰山一角的比喻，这一冰山远比它露出水面的那一部分要复杂：任何人，在解释其经历（或在形成某种意识）时，只是揭示了真相的无数种可能性之一。甚至可以说，这个人只是采用了当时情况下最适应他需求的叙述方式，而其行为的真正动机则深藏在意识无法触及的层面，这一层面被弗洛伊德称之为潜意识，它通过口误、过失、梦境、心理症状等形式显现出来。

## 五

因此，斯韦沃将写作视为分析现代人深层本质的工具，这一功用与中欧文化特征（尤其是弗洛伊德的精神分析）紧密相关。这种类型的写作以带有强烈现实主义色彩和系统性的自传体内容为出发点：叙述者与故事的主角合二为一，《泽诺的自白》因此被精确地构建为一种真实的、自我分析式的叙述，它所探讨的意识深渊，在弗洛伊德的理论中是无法"完成的（endlich）"，即"无限的（unendlich）"。在《泽诺的自白》中，叙述者与被叙述者的重合意味着作者拒绝为主角所叙述的故事的真实性作担保。编辑这本书稿的责任同样被交付给了书中的一个角色，即"S医生"（可能是西格蒙德·弗洛伊德）。在本书开篇的《序言》这一章中，他在泽诺的手稿上留下了自己的签名，并介绍说，这是他的病人泽诺根据他的直接指示而撰写的"自传"。泽诺最初求诊是为了摆脱吸烟成瘾的恶习，以及对女性的强迫性欲望；但后来，他因为"反感"，在关键时刻中断了治疗。S医生出版泽诺的手稿是为了给他一个教训（对一个至少应该在明面上保持冷静的科学家来说，他的做法相当缺乏专业性）。因此，整个故事的叙述从根本上来说就站不住脚（S医生将其称之为"小说"，而小说往往是"真实与谎言"的集合）：故事是由神经质的（因此同样不可靠的）泽诺以第一人称讲述的，他在紧接《序言》的《绪论》这一章中以一个步入垂暮之年的老人形象出场（本章的时间跨度与治疗的持续期相同），讲述自己在S医生的建议下即将开始投入大量的精力撰写回忆录，并同时为读者提供了理解其叙述的基本信息。然而，这些信息却使故事的内容越发扑朔迷离。本书叙事的真实性本身就存疑，因为作者既是叙述者又是故事的主角，他难以从客观视角对叙述中的事件进行分类和排序。（"我马上看到了一个襁褓中的婴儿，但他为什么就应该是我呢？他和我一点儿也不像。我倒觉得他是我小姨子几个星期前才生下的儿子……"）。此外，泽诺叙述的真实性（以及他试图"完整地看待自己"的尝试）还因为他必须调和两种时间而受到了一定的挑战，因为在写作时，泽诺运用的时间是线性的，而在意识的维度里，时间是分层的、非顺序的（"我的额头于是皱了起来，因为每一个单词里都有很多字母，咄咄逼人的'现在'重新跳了出来，让'过去'变得模糊不清"），在那里，每一件"后来发生的事情"都在以不同的方式影响着"之前发生的事情"，也就是说，故事的主人公"现在"体验到的种种情绪反应会使他不停地重新构建自己的"过去"，这使得他对自己过去经历的解释不可能具有唯一性。还有一点值得特别注意，泽诺如何诠释自己的过去完全取决于他在叙事时采用的立场，而在小说的第二章到第七章（这些章节按照时间顺序从1913年到1914年5月撰写）中，泽诺的出发点完全是为了取悦S医生；结尾处的第八章则是泽诺从1915年5月到1916年3月所撰写的日记，也就是说，第八章的内容发生在他经历了6个月的心理治疗，并把自己的回忆录交给S医生之后，那时，他已经对精神分析产生了不可逆转的反感（"我和精神分析之间已经一刀两断了。在老老实实地进行了整整6个月的治疗之后，我感觉比之前还要糟糕"）。

在这翻腾着重重疑虑的框架之内，泽诺的故事以多个核心主题铺展开来，每个主题对应一个章节（《吸烟》《父亲的死》《我的婚姻故事》《妻子和情人》《商业公司的故事》）这些章节中的事件不仅与主角的神经性疾病联系紧密，更是被直接呈现为每一种疾病对应的症状。主人公在叙述这些事件时，并没有遵照它们的发生顺序，而是采用了弗洛伊德"自由联想"的方法。俄狄浦斯情结[①]似乎是牢牢盘踞在泽诺神经质意识中的根本问题。从第三章《吸烟》开始，我们得知泽诺的第一个疾病便是吸烟成瘾。他的成瘾症状与其说是因为吸烟本身带来的乐趣，不如说是违反禁烟规则所带来的快感。而他的第二个，也更为严重的疾病则打着"U.S."（意大利语"最后一支烟"的缩写）的烙印。泽诺在各种可能的地方一遍遍写下这两个字母，把自己戒烟的努力（总是失败，总是在重复，这"最后一支烟"似乎无穷无尽）包装成一种英雄行为。在一页接一页地阅读中，我们会在泽诺对他自己种种行为的分析中了解到，他的根本问题是未能适应当代社会的异化机制，这些机制要求身心健康的"斗士"具备足够的体力，遵守工作时间、纪律并且（在表面上）服从既定的行为规范——也就是说，这意味着牺牲个人的快乐欲求，仅仅依循现实原则，

---

[①] 将父亲及其男性继任者视为对手以及获得快感的障碍，而主角的母亲自他童年以来表现出的溺爱则助长了这种快感。——原注

并以此为基准规范自己的一举一动。泽诺则是一个无能的"反思者",他没有放弃自己的欲望,而是选择放弃与现实的具体联系:他经常扭曲现实、随心所欲地改变现实、制造借口、自我欺骗。他从来没有向现实妥协。因此,他在讲述自己的种种经历时始终带着一种讽刺的态度,这种态度贯穿了他写作的每一个细枝末节,使得文本展现出多重性、模糊性、不确定性,并和主角的意识一样神经质:"不过,我(对情人卡拉,即泽诺背叛他妻子奥古斯塔的对象)的欲望来得正是时候,它把我从那段日子里的单调中拯救了出来,既然如此,我又为什么要感到内疚呢?它根本没有伤害我和奥古斯塔之间的关系,而且还起到了完全相反的效果。我现在不仅仅是照本宣科地对她说情话,还在这些情话里加上了我想对另一位说的甜言蜜语。我家里的气氛从来没像现在这样温情,奥古斯塔似乎已经完全沦陷了。"在小说的最后一章中,泽诺把这种讽刺的态度——他现在宣称自己的病症因战时的商业活动已经成功痊愈了——转向了全体人类。泽诺逐渐认识到,他个人的故事其实映射了世界上每一个人的故事,以及生活本身就仿佛是一种疾病。然而,不同于其他疾病,生活总是致命的,"不能被治愈"。在泽诺看来,整个世界都是不健康的,唯一的治愈方式在于接受生活的本来面目,充分体验那些污染它的疾病,其症状便是"追求更好事物的冲动"或者"不满"。在小说的最后几页,泽诺借鉴了叔本华、达尔文、马克思和尼采的观点,提到了一种仅能在动物那里见到的进步,它们依据自然的法则演化,使自身适应当下的需求。与此相反,人类的进步则是通过制造各种"装置"(工具、理念、规范、统治手段)实现的,这实际上是一种倒退,因为它使人类的肌体逐渐丧失了适应自然环境的能力:

可是戴眼镜的人呢，却恰恰相反，他发明了身体之外的装置，如果发明它们的人身上尚且存在健康和高尚，在使用它们的人身上，这种品质往往是缺失的。装置会被用于买卖，或者遭到盗窃，而人类则变得越来越狡猾和虚弱。……正是这些装置造成了疾病，因为它们背离了地球创造万物的法则。适者生存的法则已经消失，而我们也失去了健康的筛选过程。我们需要的远不止精神分析：在那些拥有最多装置的人制定的法则下，疾病和患病的人不久便会肆虐。……也许如果这些装置引发一场前所未有的灾难，我们就会恢复健康。

## 六

斯韦沃在对语言和文化的选择中展现的"的里雅斯特气质"也是他的作品在当代文学批评界中迟迟未能获得关注的根本原因。事实上，他遭受了长达30年的忽视，不得不自费出版《一生》（1892）、《老年》（1898）和《泽诺的自白》（1923）。直到1925至1926年，斯韦沃的作品才在法国被詹姆斯·乔伊斯（James Joyce）[1] "发现"（他1906年曾在的里雅斯特居住过一段时间，并成为斯韦沃的英语老师和朋友）。随后，乔伊斯将他的作品介绍给了本杰明·克雷米厄（Benjamin Crémieux）[2] 和瓦莱里·拉尔伯德（Valéry Larbaud）[3]，《老年》和《泽诺的自白》中的部分章节

---

[1] 詹姆斯·乔伊斯（James Joyce，1882—1941），是爱尔兰著名作家，被誉为20世纪意识流文学的奠基人之一。代表作有《都柏林人》（1914）、《一个青年艺术家的画像》（1916）、《尤利西斯》（1922），以及《芬尼根的守灵夜》（1939）。
[2] 本杰明·克雷米厄（Benjamin Crémieux，1888—1944），法国作家、文学批评家。
[3] 和瓦莱里·拉尔伯德（Valéry Larbaud，1881—1957），法国小说家、诗人与翻译家。

得以在法国文学杂志上发表,并获得了正面评价,这也帮助斯韦沃在意大利建立了一定的声誉。克雷米厄在《的里雅斯特人民报(*Il Popolo di Trieste*)》(1926年2月11日)的一篇文章中将斯韦沃的小说主人公几乎描述成了利奥波德·布鲁姆[①]的前身:"斯韦沃笔下的典型英雄以无邪的纯真点点滴滴体验他的复杂生活,从不放过任何细节,从不试图简化自己。他放任自己深陷于本体的所有思想、感情和冲动之中……伊塔洛·斯韦沃是意大利当代第一位分析派的小说家……至于《泽诺的自白》中的泽诺·科西尼……简而言之,他可以被视为的里雅斯特资产阶级中的查理·卓别林。"同时,在意大利,蒙塔莱[②]为他撰写了值得铭记的文章《向I.斯韦沃致敬》(《研究》杂志,1925年11月至12月)和《I.斯韦沃简介》(《半月刊》,1926年1月30日)。斯韦沃首次在文学界获得认可后(1929年),《会议》和《索拉里亚》杂志(包括德贝内德蒂、乔伊斯、蒙塔莱、萨巴和索尔米等人的文章)也发布了关于他的专刊,国际文学界内的赞誉和批评紧随而来,构成了所谓的"斯韦沃现象",这股狂热的风气直到第二次世界大战后才开始平息。

弗朗西斯科·卡尔伯宁(Francesco Carbognin)
2024年7月 于意大利博洛尼亚大学

---

[①] 利奥波德·布鲁姆是詹姆斯·乔伊斯的小说《尤利西斯》的主角,他在书中的角色相当于荷马《奥德赛》中的奥德修斯。布鲁姆作为20世纪西方文学中经典的"反英雄"形象,以他的经历和性格反映了现代人的困境和日常生活的琐碎。乔伊斯在创作这一角色时,在某些方面借鉴了斯韦沃的形象。
[②] 埃乌杰尼奥·蒙塔莱(Eugenio Montale,1896—1981),意大利著名诗人,于1975年获诺贝尔文学奖。代表作有《乌贼骨》(*Ossi di seppia*)、《境遇》(*Occasioni*)、《暴风雨及其他》(*La bufera e altro*)等。

# 第一章　序言

我就是这个故事中偶尔被提及的医生，描述我的那些话可算不上恭维。任何熟悉精神分析的人都知道该如何评估病人对我表现出的敌意。

我在这里不讨论精神分析，因为这本书里已经说得够多了。我应该为诱使我的病人写下自传而道歉，这种新奇的做法会让精神分析学家们皱起鼻子。但这位病人年事已高，而我希望他可以用这种方式回忆自己的过去，使它重新焕发生机，让自传为精神分析做一个良好的铺垫。时至今日，我仍然觉得自己的这个主意不错，因为它给我带来了一些意想不到的成果。如果这位病人没有在最关键的时刻逃避治疗，又从我这里剽窃了对他的记忆进行的漫长且耐心的分析，这些成果本来还可以更丰硕。

我出版这本回忆录是为了报复他，希望这会令他不快。但他应该知道，只要他同意重新接受治疗，我就会和他分享这次出版带来的丰厚报酬。他似乎对自己的回忆录很感兴趣！如果他能知道他笔下这些真真假假的事件能激起多少令他惊讶的评论就好了……

S 医生

# 第二章 绪论

看看我的童年吗？我们中间已经隔着 50 余载的光阴了。如果童年的余晖还没有被种种障碍切断，或许我这双昏花的老眼还能看到它。这些障碍仿佛巍峨的高山：它们是我度过的岁月，另外再加上几个小时。

医生建议我不要一门心思地盯着那么远的地方看。那些最近发生的事也有很珍贵的意义，尤其是我的种种幻想和前一天晚上的梦境。但是做事总得有个规矩。为了开个好头，我刚从医生那里离开（他最近会离开的里雅斯特很长一段时间），就买了一篇精神分析方面的论文阅读了起来，仅仅是想让他的任务轻松一些。这篇论文并不难懂，但是乏味得要命。

吃过午饭，我舒舒服服地躺在俱乐部的扶手椅上，手里拿着铅笔和一张纸。我的额头十分平滑，因为所有费劲的事情都已经被我从思维里删掉了。我的思维和我之间似乎隔着一层屏障，我能看见它在那里起起落落……但那是它唯一的活动。为了提醒它是思维，它应该去展示自己，我抓起了铅笔。我的额头于是皱了起来，因为每一个单词里都有很多字母，咄咄逼人的"现在"重新跳了出来，让"过去"变得模糊不清。

昨天我尽可能地试着放松。这项实验最终落入了最深沉的睡眠之中，它给我带来的唯一结果就是让我完全恢复了精神，还让我有了一种奇异的感觉，即在睡梦中看到了某些重要事物。但我已经想不起来它们是什么了，这些事物永远失去了踪迹。

多亏了手中的这支铅笔，今天我的神志尚为清醒。我看到，或者说隐约看到了一些与我的过去没有任何关系的奇怪画面：一列喷气式火车头拖着数不清的车厢爬坡；谁知道它是从哪里开过来的，要开往何处，还有为什么会出现在这里！

半梦半醒中，我想起自己买下的论文里有一种观点，人可以用这种方法回忆起婴儿时期，那个在襁褓中的时期。我马上看到了一个襁褓中的婴儿，但他为什么就应该是我呢？他和我一点儿也不像。我倒觉得他是我小姨子几个星期前才生下的儿子，那时他被展示给我们看，好像一个奇迹，因为他的手那么小，眼睛却那么大。可怜的小东西！先把回忆我童年的事放一放！我甚至不知道要怎么提醒你，因为童年就是你正在经历的时期，它很重要，把它记在脑子里会让你的智力和健康受益无穷。你什么时候才会明白应该去记住你的人生，即使有些部分让你生厌呢？眼下这个时候，你还没有意识，正在探索着你小小的身体，寻找着能给你带来愉悦的地方，你那些美妙的发现会把你引向痛苦和疾病，就连那些试图逃避此事的人也会把你推向这种境地。怎么办才好？你的摇篮根本保护不了你。你的胸中——小家伙——一种神秘的组合正在成形。流逝的每一分钟都会往里面扔下一种反应剂。你患病的可能性太高了，因为不可能你经历的每一分钟都是纯洁无瑕的。而且——小家伙——你流着我认识的人的血脉。哪怕你现在经历的每一分钟的确是纯洁无瑕的，但你即将度过的漫长岁月必然不会如此。

我就这样彻底偏离了入睡前看到的画面，明天我会再试一次。

# 第三章　吸烟

当我向医生谈到这件事时,他建议我从分析自己的吸烟历史开始:

"写下来吧!写下来吧!您会看到您是怎么完整地审视自己的。"

我想,我完全可以坐在这张桌子前写下关于吸烟的种种,而不必去那边的扶手椅上做梦。我不知从何处着手,便去寻求香烟的帮助,就像我手里正拿着的这支一样。

今天,我忽然想起来一件已经淡忘的事。我最开始抽的那批烟在市面上已经买不到了。19世纪70年代,奥地利生产这种香烟,装在用硬纸板做成的小盒子里出售,上面印有双头鹰的标志。这样一个烟盒的周围很快聚起了一帮形形色色的人,他们的特征足以使我想起他们的名字,但这场偶遇还不够使我动容。我试图回忆起更多的细节,于是便走向了扶手椅:这些人的形象变得模糊起来,取而代之的是一群嘲笑我的小丑。我只得回到桌子旁,满心失望。

其中一个声音略显沙哑的人是朱塞佩,一个和我同龄的小伙子,另一个则是我弟弟。他比我小一岁,已经去世多年。朱塞佩似乎从他父亲那里得到了不少钱,那些香烟就是他送给我们的。但是我敢肯定,他送给我弟弟的烟比送给我的要多。因此,我不得不设法搞些别的烟来。就这样，我开始偷窃。夏天，我父亲习惯把他的西服背心扔在餐厅的椅子上，背心口袋里总有些零钱。我每次都能搞到几枚硬币，去买那个珍贵的小盒子，然后把里面的十根香烟一支接一支地抽完，以免长时间保留那些偷来的赃物。

这一切都积压在我触手可及的意识里，直到最近才浮现出来，因为我原先不知道它可能是件十分重要的事。看，我已经把我恶习的开端记录了下来，而且说不定我已经摆脱了它（谁知道呢？）。因此，我抱着试一试的心态点燃了最后一根香烟，也许我马上就会感到恶心，然后把它扔掉。

接着我想起来有一天，我的手里正拿着父亲的背心时，他当场抓住了我。我用一种厚颜无耻的态度对他说，我是出于好奇想数一数上面的扣子。现在我已经没这么不要脸了，但是仍然对这种态度感到恶心（也许这种恶心恰恰对我的治疗至关重要呢）。父亲对我在数学或者缝纫方面的兴趣报以哈哈大笑，没有察觉我的手指正探进他的背心口袋。我以自己的名誉担保，他是因为我的天真而发笑的，虽然这天真早就不存在了。光是这笑声就足以让我再也不去偷窃，或者说……我还在偷，只是没有意识到那算是偷罢了。我的父亲总是把抽了一半的威力格雪茄随便放在家里的什么地方，也许是放在桌子或衣柜边上，我当时以为我们年迈的女佣卡蒂娜会把它们扔掉。我开始偷偷地抽这些雪茄，把它们据为己有已经让我恶心得打战，因为我知道自己会难受成什么样子。然后我就一根接一根地抽，直到额头冷汗直冒，胃里打结。没人能说我在童年时代缺乏活力。

我清楚地知道父亲是怎么把我的这个习惯给纠正过来的。夏日的一天，我从学校组织的远足活动回到家里，浑身大汗，疲惫不堪。母亲帮我脱掉衣服,裹上浴袍,把我放在一张沙发上休息,她自己则坐在旁边,做些针线活。我昏昏欲睡,但是刺眼的阳光让我迟迟不能失去意识。那个年纪,筋疲力尽之后的休息所带来的甜蜜感,对我来说就像一幅画面般清晰,仿佛我此刻正躺在那已不在人世的亲切的人身旁。

我记得那个宽敞而凉爽的房间,我们小孩子常在里面玩耍,而现在,在这个空间紧张的时代,它被分成了两部分。那个场景里没我弟弟的身影,这让我感到很惊讶,因为我觉得他也参加了那次远足,随后也理应和我一起休息才对。也许他睡在那张大沙发的另一边?我看向那个地方,但那里似乎空无一物。我只看到我自己,休息带来的甜蜜感,我的母亲,还有我的父亲,我能听到他的声音在回荡。他走进房间,一开始没有看到我,因为他大声喊道:

"玛丽亚!"

妈妈打了个手势,轻轻嘘了一声,示意我在那里。她认为我已经睡着了,恰恰相反,我正在睡梦之上的清醒意识里游荡。我很喜欢爸爸关心我的样子,所以没有动弹。

我的父亲低声抱怨道:

"我觉得我要疯了,半个小时前我肯定把抽了一半的雪茄放在了那个柜子上,现在却找不到了。我的状态比平时还差,根本记不住事儿。"

尽管压低了声音,我的母亲还是流露出笑意,只是强忍着害怕吵醒我而已。她回答说:"但是午饭后没人进过那个房间啊。"

我的父亲小声嘟囔道:

"这我也知道啊,所以我才觉得自己要疯了!"

他转身出去了。

我稍稍睁开眼睛看着母亲。她又去忙手里的活计，但是依然在微笑。她当然没觉得父亲真的要疯了，所以才会笑着回应他的恐慌。那个微笑给我留下了很深的印象，以至于有一天在我妻子的唇边看到它时，我立刻就想起了这个笑容。

缺钱并没使我感到满足不了自己的烟瘾，但是禁止抽烟的命令却让它愈演愈烈。

我记得自己躲在所有可能躲藏的地方，偷偷抽了许多烟。因为一阵强烈的恶心让我想起了和另外两个孩子在一间黑暗的地窖里度过的半个小时。我只记得他们稚气的穿着：两条站在那里的短裤，因为里面的身体已经被时间抹去。我们有很多香烟，想比比看谁能在短时间内抽得更多。我赢了，摆出一副英雄的架势，努力掩饰着这种古怪的比赛带来的不适。然后我们走出地窖，来到阳光和空气中。我得闭上眼睛才能不让自己昏过去。我缓过劲来，炫耀着我的胜利。那两个小子中的一个对我说："我输掉也无所谓，因为我只有需要的时候才抽烟。"

我记得这句有益健康的话，但不记得那张自然也十分健康的小脸，在那个时候，它应该也是正对着我的。

但在那时，我还没搞清楚自己对香烟、它的味道以及尼古丁带来的感觉是喜爱还是厌恶。当我意识到自己讨厌它们的时候，情况已急转直下。这种领悟发生在我 20 岁左右。那时我病了有几个星期，嗓子疼得要命，还发起了烧。医生嘱咐我卧床休息，而且绝对不能吸烟。我记得"绝对"这个词！它刺痛了我，高烧又使它栩栩如生：一个巨大的空洞，没有任何事物能抵抗在一个空洞周围迅速泛起的无边压力。

医生告辞后，我的父亲（我的母亲已经去世多年了）嘴里叼着雪茄，留下来陪了我一会儿。离开前，他轻轻地抚摸着我滚烫的额头，对我说：

"别再抽烟了，好吧！"

一股强烈的焦虑向我席卷而来。我想："既然抽烟对我有害，那我就再也不抽了。但是在此之前，我还想抽最后一次。"我点燃了一根香烟，焦虑感一下子烟消云散，虽然我好像烧得更厉害了，而且每抽一口，我都感到扁桃体上传来一阵灼痛，像是被烧红的炭火棒烫了似的。我像履行一桩誓言那样仔仔细细地抽完了那支烟。尽管难受得要命，我在生病期间还是抽个不停。我父亲嘴里叼着雪茄来来去去，对我说：

"做得好！再戒几天烟你就好起来了！"

光凭这句话我就盼着他赶紧走，赶紧走，这样我才能一把抓过我的香烟。我甚至装睡，好让他尽快离开。

那场病给我带来的第二个麻烦就是我为了从第一个麻烦中脱身所做出的努力。我的日子最终在一根接一根的香烟和再也不吸烟的决心中度过。坦白来说，我现在时不时还会这样。然而，20岁时那些最后的香烟形成的一塌糊涂的局面已经有所改变。我的决心不再那么坚定，而我老迈的心灵也对自己的软弱更加宽容。上了年纪以后，人便会笑对生活和它所蕴含的一切。我甚至可以说，我最近抽了很多烟……但它们都不是最后一根。

我在一本词典的扉页上找到了当时用漂亮的字体记下来的一段话，上面还带着花边：

今天，1886年2月2日，我从法律专业转向化学专业。最后一支烟！

这最后一支烟非常重要，我记得它带来的所有希望。我对与生活相去甚远的正统法律感到愤怒，转投到了化学这一关乎生活本身的学问门下，虽然说它被简化成了一个烧瓶。那最后一支烟确实代表了对劳作（哪怕是手工劳作），以及对平静、清醒、坚实思考的渴望。

为了逃避我不相信的碳化合链，我又跑回去研究法律。不幸的是这是一个错误，它也被最后一支烟记录了下来，我在一本书上找到了记录这支烟的日期。这支烟也很重要，我抱着最好的意图，无奈地回到了关于我、你、他的复杂事务中，终于解开了碳化合链的枷锁。我在动手能力方面的不足也证实了我并不适合化学。既然我像烟鬼一样抽烟抽个不停，我又怎么可能有动手能力呢？

我在这里分析自己时，脑子里始终盘踞着一个疑问：我对香烟的热爱是否过了头，以至于我可以把自己一事无成的原因全部推到它头上？如果我停止吸烟，我会不会变成自己曾经期待的那个完美而强大的人？也许正是这个疑问把我和我的坏习惯拴在了一起，因为相信自己是个能成大事的人，只是伟大的特性还没有被激发出来而已，这么想的话，活着实在是太舒服了。我提出这个假设是为了解释自己青年时期的软弱，但我的信心并不是那么坚定。现在我已经老了，再没人能向我要求什么，然而我却在香烟和决心之间摇摆不定。如今，那些决心意味着什么呢？难道我想在生了一辈子病以后健康地死去，就像戈尔多尼笔下的那位老卫生学家[①]一样？

我还在读书的时候。有一次换了住处，我不得不自掏腰包贴了墙纸，因为墙壁上已经密密麻麻写满了日期。也许我离开那个

---

[①] 卡洛·奥斯瓦尔多·戈尔多尼（Carlo Osvaldo Goldoni, 1707—1793），意大利著名喜剧作家、律师及作家。"老卫生学家"指的是路易吉·阿尔维斯·科尔纳罗（Luigi Alvise Cornaro），他是一位威尼斯贵族，戈尔多尼在其《回忆录》第3卷第30章中提到了科尔纳罗，称其为"生了一百年病后以健康身体去世的人"。

房间是因为它已经变成了我进取之心的坟墓，我不再相信在那里还能下定什么别的决心。

我认为当香烟变成最后一支时，它的味道会更加浓烈。其他的香烟也各自有特殊的味道，但力道却没有那么大。最后一支烟的味道来自它本身蕴含的胜利感，也寄托了对未来变得强大和健康的希望。其他的香烟也很重要，点燃它们是对自由的宣言，强大和健康的未来依然存在，只不过稍微远一些罢了。

我房间墙壁上的那些日期是用五颜六色的油画颜料刷上去的。那带着纤尘不染的信念一遍遍下定的决心在某种颜色的张力中找到了恰当的表达方式，它足以使为先前的决心所赋予的色彩变得苍白。我特别喜欢一些在数字搭配方面尤为和谐的日期。我记得在19世纪写下的一个日期，仿佛它本应永远封存我想要埋葬的恶习：1899年第9个月的第9天。意味深长，不是吗？新世纪给了我一些更富有乐感的日期：1901年第1个月的第1天。现在我也觉得，如果那个日期能再重来一遍，我也能开始新的生活。

但日历上的日期数不胜数，稍加想象，每一个日期都能找到适合自己的进取之心。我记得下面这个日期，因为它似乎包含了一个极为精确的命令：1912年第6个月的第3天晚上12点，听起来好像每个数字都把赌注翻了一倍。

1913这个年份让我犹豫了一瞬间。没有第13个月来与这个年份匹配，但不要以为一个日期需要具备这么多巧合才能突出最后一支烟的重要性。我在自己最喜欢的书本和画作上找到的日期恰恰是因为它们的杂乱无章才引人注目。比如说，1905年第2个月的第3天早上6点！想想看，它有自己的节奏，因为每个数字都否定了前一个。从庇护九世①去世到我儿子出生这段时间的许多大事，或者不如说所有大事，都让我觉得它们值得用我那总是十分坚定的决心来庆祝。我家里的每个人都很惊讶我对那些快乐和悲伤的日子记得那么清楚，他们认为我是个好人！

为了让这"最后一支烟"的病症看起来不那么荒谬，我试着赋予它哲学的内涵。人们会用完美的态度说出："再也不会了！"但如果一个人信守诺言，这种态度又有什么意义呢？人们只有在重申自己的决心时，才会抱有这种态度。再说，以我的角度来看，时间不是那种不可名状、永远不会停歇的东西。在我这里，只有在我这里，它会回来。

疾病是一种信念，而这种信念是我与生俱来的。如果不是向一位医生描述过我20岁时生的那场病，我根本不会把它记得那么清楚。奇怪的是，我们更容易记住说过的话，而不是那些没能让空气颤动的感情。

我去找那位医生是因为听说他能用电治疗神经方面的病症，我认为电或许能赋予我戒烟所需的力量。

医生挺着一个很大的肚子，他哮喘般的呼吸声和第一次治疗中马上启动的电机的嗡鸣声交织在一起。这让我大失所望，因为我原本希望医生会对我进行研究，从而发现污染我血液的毒素。恰恰相反，他宣称我的身体十分健康，而且，因为我抱怨自己的消化和健康状况不佳，他推测我胃酸不足，并且我的肠胃蠕动（这个词他说了很多遍，以至于我再也忘不了了）不够活跃。他还给我开了一种增加胃酸的药，害得我从此饱受胃酸过多之苦。

当我意识到他根本不会发现我血液中的尼古丁时，我想帮

---

① 庇护九世（Pius IX, 1792—1878），1846年至1878年担任罗马天主教教皇。

他一把,便提出疑问:"我身体上的不适是不是尼古丁造成的?"他费力地耸了耸那双厚厚的肩膀:

"肠胃蠕动……胃酸……和尼古丁没有关系!"

我接受了 70 次电疗,如果不是我受够了,恐怕现在还在继续。我去接受治疗,与其说是期待奇迹,倒不如说是希望医生能禁止我吸烟。如果当时他真的这么做了,情况也许会有所不同。

我是这么向医生描述我的病情的:

"我没办法学习,就算偶尔按时上床,也会失眠到第一声钟声敲响的时候。正因为如此,我才在法律和化学之间摇摆不定,因为这两门学科都要求按时开始工作,而我却永远不知道什么时候才能起床。"

"电能治愈任何一种失眠。"这位阿斯克勒庇俄斯[①]断言道,他根本不正眼瞧病人,而是始终盯着仪表盘。

我试着和他交谈,拘谨地抛出了精神分析这个话题,就好像他能理解似的。我对他讲述了我和女人之间的痛苦经历。一个女人根本满足不了我,许多个也不行。我想要她们所有人!走在街上时,我常常激动难耐:擦肩而过的女人全部都是我的。我蛮横地打量着她们,因为我需要感到自己是一个粗野的人。我在想象中脱掉她们的衣服,只留下短靴,把她们抱在怀里,只有在我确信已经彻底了解了她们之后才会松手。

这番掏心窝子的话根本没用!医生喘着粗气说道:

"我真希望电击疗法不能治愈您这种病症。它简直再理想不过了!如果我之前担心类似的效果,我根本就不会碰路姆考夫线圈[②]。"

---

① 阿斯克勒庇俄斯(Asclepius)为古希腊神话中的医神。
② 路姆考夫线圈为当时电击疗法中使用的一种装置。

他给我讲了一件在他看来很好玩的事。一个和我同病相怜的人去看一位著名医生，恳求他治好自己，医生成功治愈了他的病，结果不得不搬到外地，以免被那个人给杀了。

"我的冲动可不是什么正面情感，"我嚷嚷起来，"它是灼烧着我血管的毒素引发的！"

医生带着一副伤心的表情低声说：

"从来没人会对自己的命运感到满意。"

我正是为了说服他才去做了他不愿做的事。我着手研究自己的病，收集它的所有症状：我神情恍惚的毛病！它甚至妨碍了我的学习。那时我正在格拉茨准备第一次国家考试，我仔细整理了直到最后一门考试所需的全部资料，最后在考试前几天才发现，我学习的是几年后才用得上的东西，因此我不得不推迟考试。说实话，其他东西我也没怎么学进去，因为附近有一个姑娘，她不干别的，专门不要脸地和我调情。当她在窗边出现时，我就再也看不进去书了。把精力花在这种事情上的人不是傻瓜吗？我记得那个在窗边的姑娘小巧、雪白的脸庞：它是椭圆形的，围着一圈明亮的金色卷发。我凝视着她，做梦都想把那白皙的脸蛋和黄褐色的头发压在我的枕头上。

阿斯克勒庇俄斯低声说：

"调情总是件好事嘛。到了我这个年龄，你就再也不会调情了。"

现在我可以肯定，他对调情一无所知。我已经57岁了，我确信，如果我不戒烟，或者精神分析治不好我，那么我临终前在床上的最后一瞥绝对会流露出对护士的渴望，只要她不是我的妻子，而且我的妻子还得允许她很漂亮！

我像在忏悔时那般坦诚：我不喜欢完整的女人，而是……她的各个部分！我爱所有女人包在袜子里的玉足，许多女人纤细或强健的脖颈，还有轻盈的胸脯。我继续列举女人在解剖学上的各个身体部位，却被医生打断了：

"这些部分加起来就组成了完整的女人。"

于是，我说出了一句分量很重的话：

"健康的爱是无条件地接受唯一而且完整的女人，包括她的性格和智慧。"

直到那时，我对这样的爱情还一无所知。当这种爱情降临到我身上时，它也没有给我带来健康，但重要的是，我记得自己在一位专家眼中从健康的地方追溯到了病根，而我的诊断随之也得到了证实。

我从一位并非医生的朋友那里找到了更能理解我和我的病症的人。这对我并没有太大帮助，但他在我的生活中增添了一个新的音符，这音符至今仍在我的耳边回响。

我这位朋友是一位富有的绅士，他用学习和文学创作来装点自己的闲暇时间。他的口才比文笔更出色，因此世人无法知晓他是个多么出色的文学家。他身材魁梧，当我认识他时，他正在努力进行减肥治疗。短短几天内，他就取得了惊人的成果，以至于所有人都想凑到他身边，希望他病恹恹的样子能衬得自己更加健康。我嫉妒他，因为他能做到自己想做的事。在他整个治疗期间，我都和他黏在一起。他允许我摸他日渐缩小的肚子，而我出于嫉妒想要削弱他的决心，便不怀好意地对他说：

"但是治疗结束后，您要拿这么多皮肤怎么办呢？"

他消瘦的面颊上泛起安详的神色，这使他看上去有些滑稽。他回答道：

"再过两天，我就要开始做按摩治疗了。"

他的治疗计划是精心准备过的，可以肯定，他会严格执行这个计划。

我因此对他产生了极大的信任，于是便向他描述了我的病情。我还记得自己当时说了什么。我解释说，对我而言，不吃一日三餐比不去吸那无数支烟更容易。不吸烟的话，我就要每时每刻都做出同样费力的决断。心中有了这样的决断，就没有时间再去做其他事情，因为只有恺撒大帝才能一心多用。虽然说我的管家奥利维活着的时候没有要求我工作，但在这个世界上，一个像我这样除了做梦和拨弄小提琴（我对此毫无天赋）之外什么都不会的人，又该何去何从呢？

这位瘦了的胖子并没有立刻给出答案。他是个做事井井有条的人，会先深思熟虑一番。然后，鉴于在这个话题上的绝对优势，他摆出一副恰如其分的内行态度，向我解释道，我的真正病根不是香烟，而是为不再吸烟而下定的决心。我应该在不下定决心的情况下尝试放弃这个恶习。据他所说，多年来，我的内心已经形成了两个自我，一个发号施令，而另一个仅仅是个奴隶，一旦监管放松，就会出于对自由的热爱而违背主人的意愿。因此，我应该给予它完全的自由，同时直面自己的恶习，就好像它是一个新染上的，我闻所未闻的癖好一样。我不能去对抗它，而是要忽视它，要用某种方式忘掉自己已深陷其中，像对待一个自知毫无价值的伴侣那样对它不理不睬。这很简单，不是吗？

我确实觉得这件事很简单。铆足了劲儿从心底消除了所有的决心后，我真的做到了几小时没吸一口烟，但当我的口腔重新变得干净后，我尝到了一种纯真的味道，就像新生儿所感受的那样，这让我产生了吸一支烟的念头，当我吸完之后，我又后悔了，于是重新下定了我本想戒烟的决心。这是一条更漫长的路，但最终还是到达了同样的目的地。

那个恶棍奥利维有一天给我出了个主意：用打赌来强化我的决心。

我相信，奥利维一直是我现在看到的那个样子。他在我眼里的样子一直没变过，背有些驼，但很结实。我始终觉得他年纪很大，就像今天我看到他80岁时一样老。他过去和现在都在为我工作，但我不喜欢他，因为我认为他阻止了我去做他做的工作。

我们打了个赌！第一个吸烟的人要付钱，然后两个人就都可以重获自由了。这样一来，这位被指派给我，以防我败光父亲遗产的管家便把手伸向了我母亲的遗产，而这部分遗产可是我能随便处置的！

这个赌约贻害无穷。我再也不能时不时当家作主，反倒成了那个我讨厌的奥利维的奴隶！我很快就吸起了烟，然后我想要背着他偷偷抽烟。但是这样的话，又为什么要打那个赌呢？于是我急切地搜寻一个与立下赌约的那天十分契合的日期，来吸最后一支烟，这样我就可以想象，奥利维本人也记下了这个日子。但反叛行为仍在继续，我不停地抽烟，连气也喘不过来了。为了摆脱这个负担，我去找奥利维坦白了一切。

这个老头笑容满面地收下了钱，然后嗖地一下从口袋里掏出一根大雪茄，点燃它，津津有味地吸了起来。我从来没怀疑过他会不遵守赌约。别人的天性明摆着和我不一样。

我的儿子刚满三岁时，我的妻子想到了一个好主意。为了纠正我的坏习惯，她建议我去一家疗养院住一段时间。我立刻接受了这个提议，首先是因为我希望当我的儿子长大到能够评判我的时候，他能看到我心平气和的样子；其次，最紧迫的原因是奥利维病了，威胁着要离开我，所以我可能随时需要接替他的位置，而我认为自己拖着一个满是尼古丁的身体，并不适合承担大量工作。

起初我们打算去瑞士，那里是疗养的圣地，但后来我们得知在的里雅斯特有个名叫穆利的医生，他开了一家疗养院。我让妻子去找他，他提出让我住在一个封闭的小公寓里，由一名护士监督，别人也会协助她。妻子对我说起这件事时，一会儿微笑，一会儿放声大笑。她觉得把我关起来的想法很好玩，我也衷心地和她一起因此事而发笑。在我尝试治愈自己的过程中，她还是第一次与我达成统一战线。在此之前，她总是认为我的病没什么大不了的。她说，吸烟只不过是一种有些奇怪、又不那么无聊的生活方式。我相信她在嫁给我之后，肯定惊喜于我从未缅怀自己的自由，因为我的心思已经被其他的缅怀之情占据了。

我们去疗养院的那一天，奥利维对我说，他下个月过后无论如何都不会继续留在我这里了。我们在家里收拾了一些贴身衣物，把它们放进旅行箱里，夜幕刚一降临就启程去找穆利医生。

他亲自在门口迎接我们。那时的穆利医生是个英俊的年轻人。正值盛夏，他身形瘦小，有些神经质，晒黑的脸庞衬得他那双黑色的眼睛闪闪发亮。他身着一袭白衣，从头到脚都是一副风度翩翩的样子。他唤起了我的敬佩之心，但显然我也是他敬佩的对象。

我察觉到他的敬佩从何而来后，感到有些尴尬，便对他说道：

"这么说，您既不相信治疗的必要性，也不相信我会认真对待它。"

医生微微一笑，这笑容使我感到有些受伤，他回答说：

"为什么呢？也许对您来说，香烟确实比我们医生承认的更有害。只是我不明白，为什么您不选择逐渐减少吸烟量，而是决定要一下子戒掉。吸烟是可以的，但是不要过量。"

事实上，我一直想要彻底戒烟，从未考虑过少抽一点儿的可能性。但我已经走到这一步了，他的建议只能削弱我的决心。我决绝地抛出一句话：

"既然您已经决定了，就让我试试这种疗法吧。"

"试试？"医生居高临下地笑了笑，"您一旦做好了准备，治疗就必须成功。只要您不想用蛮力对付可怜的乔万娜，就无法离开这里。解除您监护的手续会办很久，在此期间，您可能已经把自己的恶习忘得一干二净了。"

我们来到了为我准备的公寓。为了到达那里，我们得先爬上三楼，再下到一楼。

"您看到了吗？那扇锁上的门把这里和一楼的其他地方隔断了，出口在另一边。乔万娜也没有钥匙。她自己也必须先上到三楼才能去到外面。那个楼梯间里供我们出入的大门钥匙只有她才有。而且，三楼始终有人看守。这对一个专门为儿童和产妇准备的疗养院来说，还不错，对吧？"

他笑了起来，可能是被把我和一群小孩关在一起这个念头逗乐了。

他叫来乔万娜，把她介绍给了我。她是一个小个子的女人，年龄在40到60岁之间，我没法儿准确判断。她满头银发，小小的眼睛里透出强烈的光芒。医生对她说：

"这位先生就是您要做好准备用拳头去对付的人。"

她从头到脚打量着我，脸涨得通红，用刺耳的嗓音高声说道：

"我会尽到我的责任，但我肯定不能和您打架。如果您威胁我，我就叫护士过来，他可是个强壮的男人，如果他一时半会儿到不了，我就随便您爱去哪里去哪里，因为我可不想拿这副皮囊冒险！"

后来我得知，医生在把这个任务交给她时许诺了相当可观的报酬，这把她吓得不轻。她这番话把我气得够呛，我可真是给自己找了个好位置！

"您在说什么皮囊啊？"我大喊道，"谁说要碰您啦？"

我向医生求助道："我希望这个女人能得到命令别来烦我！我带了几本书来，只想安安静静地待着。"

医生劝诫了乔万娜几句。为了表达歉意，这位女士继续向我发起攻击：

"我有两个女儿，她们都还小，我得活下去。"

"我是不会屈尊伤害您的。"我回答道，所用的语气肯定不能让这可怜的人感到安心。

医生把她支开，让她上楼去拿什么东西，为了安慰我，他提出用一个人来代替她，并补充道："她人不坏，我会叮嘱她更谨慎一些，然后她就不会让您心烦了。"

为了表示我根本不在乎这位被委派来监视我的人，我同意忍受她。我感到有必要让自己平静下来，便从口袋里掏出倒数第二支烟，贪婪地抽了起来。我向医生解释说："我只带了两支烟，打算在午夜12点正式戒烟。"

我的妻子和医生一起向我告别。她微笑着对我说："既然你已经决定要这么做了，就一定要坚强。"

她那我曾经如此热爱的微笑，在此刻看来却像是嘲讽。正是在那一刻，我的内心萌生出了一种新的情感，它使我怀抱着如此严肃的态度开始的尝试瞬间一败涂地。我立刻难受得要命，但只有我一个人时，我才明白究竟是什么让我这么痛苦：对那位年轻医生苦涩而毫无理智可言的嫉妒。他相貌堂堂，他无拘无束！人们都说他是美第奇家族的维纳斯。为什么我的妻子就不会爱上他呢？当他们离开时，他走在她后面，眼睛盯着她穿着得体的双脚。自我结婚后，这是我第一次感到嫉妒。多么可悲啊！它无疑会与我这卑微的囚徒相随相伴！我要抗争！我妻子的笑容就是她平时的笑容，才不是什么把我赶出家门的嘲讽！把我关在这里的自然是她，尽管她认为我的恶习根本不是什么大事；但是她这么做自然也是为了迁就我。如果医生盯着她的脚，肯定是为了看看要给自己的恋人买什么样子的靴子。然而我很快就吸起了最后一支烟；时间还不到午夜，才23点，最后一支烟可撑不了一个小时。

我翻开一本书，漫不经心地读着，眼前甚至出现了幻觉。我试着把注意力集中在书页上，纸上却浮出了穆利医生的照片，照片上的穆利医生正处于他的全盛时期，文质彬彬，气度不凡。我忍不下去了！我叫乔万娜过来，也许聊聊天能让我平静一些。

她一过来就满面狐疑地打量着我，用她那刺耳的声音喊道："您别指望我会擅离职守。"

为了安抚她，我撒谎说我根本没有这种想法，只是读不进去书，所以想和她聊聊天。我让她坐在我对面。实话说，她那老态龙钟的样子和那双年轻的、滴溜溜转个不停的眼睛真是让我反感，这双眼睛和小动物脸上的眼睛没什么两样。我开始同情我自己，因为我不得不忍受这样一个人的陪伴！其实在自由的时候，我也不善于选择意气相投的同伴，因为通常都是他们选择了我，就像我妻子所做的那样。

我恳求乔万娜做点什么来分散我的注意力。既然她说自己不知道能说出什么值得我关注的事情，我就请她给我讲讲她的家庭，并补充说几乎世界上的每个人都至少有一个家。

她同意了，开始讲起自己曾不得不把两个年幼的女儿送到救济院。

一开始，我饶有兴味地听她讲故事，因为她这么处理自己怀孕 18 个月的成果让我觉得好笑。但是她性格太较真了，一上来就试图向我证明自己别无选择，因为她的薪水过于微薄，以及医生行事不当，竟然在几天前对她说，既然救济院能养活她一家，那一天给她两个克朗就够了。很快，我就不再听她说话了。她大声嚷嚷着："那别的东西呢？除了给她们吃的和穿的，她们还需要很多别的东西啊！"

然后就是讲一连串她需要给女儿们准备的东西，我已经记不清了。为了保护我的听力免受她尖锐声音的伤害，我故意把思绪转移到了其他事情上。但这声音到底是伤害了我，我觉得我有权获得一些补偿：

"能不能再抽一支烟，就一支？我愿意付您 10 个克朗，但是得明天，因为现在我身上一分钱也没有。"

乔万娜被我的提议吓得魂飞魄散。她开始尖叫，想马上把护士叫过来，并且从座位上站起来准备离开。

为了让她安静下来，我立刻放弃了我的计划，随便找了个话题，只是为了说些什么给自己留点面子。我问道：

"在这个监狱里，有什么可以喝的东西吗？"

乔万娜马上回答了这个问题，而且让我惊讶的是，她用了正常对话的语气，没有再大喊大叫。

"有啊！医生临走前给了我这瓶白兰地。就是这瓶，还没开封呢。您看，还没动过。"

我发现自己处于这样一种境况：看不到其他任何出路，只能选择大醉一场以求解脱。正是我对妻子的信任把我带到了这般田地！

那一刻，我感到吸烟的恶习不值得我为此付出这么多努力。

我已经半个小时没吸烟了，连这个念头都没有，因为我的思绪都集中在我的妻子和穆利医生身上。也就是说，我已经痊愈了，但是可笑得无可救药！

我拔掉瓶塞，给自己倒了一小杯黄色的液体。乔万娜目瞪口呆地看着，但我却犹豫是否要请她喝上一杯。

"等我喝完这瓶以后，还能再要一瓶吗？"

乔万娜以最悦耳的交谈语气向我保证："您想要多少就有多少！为了满足您的一个愿望，管理储藏间的女士就算是半夜也得起床！"

我从未因吝啬而苦恼过，乔万娜很快就得到了满满一杯的白兰地。她道谢的话音还没落，就已经把杯中的酒一饮而尽，紧接着立刻神情狂热地盯着酒瓶。所以说，正是她本人给了我灌醉她的想法，但这可不是一件容易的事！

我不能准确地重复她一口气干了几杯酒后，用纯正的的里雅斯特方言对我说的话，但我有种强烈的感觉，在这个和我共处一室的人身边，如果我没有被自己的烦恼困扰，本可以愉快地听她讲话。

首先，她向我承认，她所喜欢的正是这样的工作方式。这世界上的每个人都应该有权利每天舒舒服服地在扶手椅上消磨几个小时，且跟前放一瓶上好的烈酒，那种不会伤身的酒。

我也试着与她交谈。我问她，当她丈夫在世时，她的工作是否就是如此。

她笑了起来。她的丈夫还活着的时候，打她的次数远比吻她的次数要多。和她不得不为他操劳的事情比起来，现在的任何工作都像是休息，甚至在我来到这所房子里接受治疗前就这样了。

接着，乔万娜露出一副思虑重重的样子，问我是否相信死人能看到活人所做的事情。我点了点头。但她想知道死去的人，在到达另一个世界之后，是否会知道他们还活着的时候发生的一切事情。

　　这个问题让我恍惚了片刻。再说，它是以一种越来越温柔的声音提出的，为了不让死人听到，乔万娜把声音压得很低。

　　"那么，"我对她说，"您背叛过您的丈夫。"

　　她请求我不要大声说话，然后承认确有此事，不过仅限婚后的头几个月。后来她习惯了他的暴力，并且爱上了这个男人。

　　为了不冷场，我问道：

　　"那么，你的大女儿是另外那个人的孩子吗？"

　　她继续用那压得很低的声音承认道，她也是这么想的，因为两个人的确有一些相似的地方。她非常后悔背叛了丈夫。她虽这么说，但仍然笑个不停，因为这种事虽然痛苦，但还是引人发笑。但这种悔恨是在女性丈夫去世后才出现的，因为在此之前，既然他对此事一无所知，那么这件事也根本无关紧要。

　　我被一种手足间的同情心驱使，试着减轻她的痛苦，便对她说："我相信死去的人知道一切，但对某些事情却根本不在乎。"只有活人才会为此受苦！"我一边感叹，一边用拳头捶着桌子。

　　这让我的手受了伤，没有什么比身体上的痛苦更能唤起新的想法了。在我因为担心妻子可能会利用我服刑的机会背叛我，从而心烦意乱时，我隐约预感到，医生反倒好好地待在疗养院里，如果真是这样，我的心神就能重新平复下来了。我请求乔万娜去看看，告诉她我感到有必要跟医生说点儿什么，还承诺奖励给她一整瓶酒。她抗议说自己不喜欢喝那么多酒，但还是立刻满足了我的请求，我听到她步履蹒跚地沿着木质的楼梯爬到三楼，离开了我们的监护区。然后又重新下楼，但是滑了一跤，弄出一声巨响,还喊了起来。

"你见鬼去吧!"我发自肺腑地嘟囔道。如果她摔断了脖子,我的处境就简单多了。

但她却笑容满面地来到我面前,因为她正处在那种痛苦却不会让人太难受的状态里。她告诉我她和那个护士说了会儿话,后者正准备去睡觉,但随时在床上待命,以防我流露出恶意。她说这些话时举起一只手,伸出食指,话中的威胁意味却被微笑冲淡了。然后,她更加干脆地补充说,医生自从和我的妻子一起出去后,还没有回来。就是从那个时候!不仅如此,有几个小时护士还盼他能回来,因为有个病人需要他看诊,现在他不再抱有希望了。

我审视着她,想弄清楚那让她的脸皱成一团的微笑究竟是老样子,还是什么新的东西,因为医生和我的妻子在一起,而不是同身为他的病人的我在一起。我被愤怒冲昏了头脑。我必须承认,就像往常一样,我的内心有两个声音在斗争,其中一个,更理智的那个,对我说:"你这个傻子!你怎么能认为你的妻子会背叛你呢?她要是想找一个机会,根本用不着把你关起来啊。"而另一个,自然是想抽烟的那个,他也叫我傻子,但是却喊道:"你难道忘了丈夫不在时有多方便吗?和她在一起的医生还是你付钱请的呢!"

乔万娜一杯接一杯喝个不停,她说:"我忘了关三楼的门,但我也不想再爬那两层楼梯了。那上面总是有人,您要是试着逃跑,那可就真的出尽洋相了。"

"是啊!"我带着一丝必要的伪善回应,用来欺骗这可怜的人实在绰绰有余。接着,我也喝了一大口白兰地,并声称既然现在手头有这么多酒,我已经根本不在乎香烟了。她立刻相信了我的话,我便向她说:"想戒烟的其实不是我,而是我的妻子希望我这么做。"要知道,我一旦抽上十几支烟,就会变得很可怕,任何在我活动范围内的女人都会陷入危险。

乔万娜放声大笑,瘫倒在椅子上:"所以说,是您的妻子不让您去抽那十支非抽不可的烟吗?"

"就是这样!至少她对我是这么做的。"

哪怕身体里流淌着那么多白兰地,乔万娜也并不是个傻子。她爆发出一阵狂笑,差点儿从椅子上掉下来。但是她在能喘上气来的时候,便根据我的病情断断续续地表述了一幅美妙的画面:"十支烟……半个小时……设好闹钟……然后……"

我纠正道:"十支烟的话,我差不多得用一个小时。然后再等差不多一个小时它们才能生效,有时候多10分钟,有时候少10分钟……"

乔万娜突然变得神情严肃,没费多少力气便从椅子上站起身来,说她要去睡觉了,因为感到头有些疼。我请她把那瓶酒带上,因为我已经喝得够多了。我假惺惺地说,希望明天她能给我弄点好喝的葡萄酒。

但她并没想着葡萄酒的事。离开前,她把那瓶白兰地夹在胳膊底下,用一种令人毛骨悚然的目光打量了我一番。

她没关门,片刻后,一个小盒子掉在房间中央,我立即把它捡了起来:里面有整整十一支香烟。为了保证烟的数量足够多,可怜的乔万娜特意多塞了一支。这些都是匈牙利产的普通香烟,但点燃第一支烟的滋味真是好极了。我感到如释重负。一开始,我沾沾自喜地想到,我可真是对这所房子做了件好事。它最应该将那些小屁孩关起来,而不是我。后来我发现,我的这个举动对我的妻子也有同样的意义,这也算是以其人之道还治其人之身了。

不然的话，我的炉火为什么变成了可以忍受的好奇心了呢？我平静地待在那里，吸着那些令人作呕的香烟。

大概半个小时后，我想起来必须从这所房子里逃出去，虽然乔万娜还在这儿等着她的报酬呢。我脱掉鞋子，来到走廊上。乔万娜房间的门半掩着，从她那响亮而有规律的呼吸声来判断，她已经睡着了。我屏息凝神，爬到三楼，在那扇穆利医生引以为豪的门后穿上鞋子，走到了一个楼梯间上，然后开始不慌不忙地下楼梯，以免引起怀疑。

我下到了二楼的楼梯间。这时，一位身穿护士装，还算得上优雅的女孩子跟在了我后面，礼貌地问我："您在找谁吗？"

她长得很可爱，如果能在她身边抽完那十支烟，倒也算是美事一桩。我有点儿挑衅地对她微笑道："穆利医生在疗养院里吗？"

她的眼睛睁得大大的："这个时候他从不在这里。"

"您能告诉我现在在哪里可以找到他吗？我家里有个病人，需要他来看看。"

她很友好地给了我医生的地址，我重复了几遍，为了让她相信我想记住它。我甚至不着急离开，但是她显得有些不耐烦，转身离开了。我就这么被直接赶出了自己的监狱。

楼下的一个女人殷勤地为我开了门。我身上一分钱也没有，便嘟囔道："下次我再给您小费。"

未来永远是个未知数。对我来说，事情总是会重复发生：不排除我会再次路过那里的可能性。

夜色清朗而温暖。我摘下帽子，以便更好地感受自由的微风。我望着群星，赞叹不已，就好像刚刚征服了它们。明天，在远离疗养院的地方，我会戒烟。眼下，在一家还营业的咖啡馆里，我弄到了些好烟，因为我不可能用一支可怜的乔万娜给我的香烟结束我的吸烟生涯。给我烟的服务员认识我,他给我赊了账。

到达我的别墅时,我狂暴地按响了门铃。一开始来到窗前的是女仆,经过一段不算短的时间后,我的妻子也出现了。我等着她,心如止水地想:"看来穆利医生可能在这里。"但当我的妻子认出我时,她那真挚的笑声在空旷的街道上回荡,这足以消除我的所有疑虑。

在家里,我故意拖延时间,好仔细探查一番。我向我的妻子保证,第二天会把这番冒险经历和盘托出,她自以为已经了解了那些经历,问我道:"你为什么不去睡觉呢?"

我找了个借口:"我觉得你趁我不在的时候把那边的柜子挪了个位置。"

我确实总感觉家里的东西一直在换位置,而我的妻子也的确会常常挪动它们。但那时我仔细察看了每一个角落,好看看那里是否藏着穆利医生那小巧、优雅的身影。

我从妻子那里得到了一个好消息。她从疗养院回来的时候碰到了奥利维的儿子。他告诉她说,那个老头新雇的医生给他开了药,吃完后,他的身体已经好多了。

临睡前,我想到自己离开那间疗养院是正确之举,因为我有足够的时间慢慢治愈自己。我睡在隔壁房间的儿子肯定也没准备好来评判或者模仿我。完全没必要着急。

# 第四章 父亲的死

医生已经出发了。说真的,我不知道我父亲的生平是否有什么用。如果我事无巨细地描述我父亲,到头来可能会发现,要是想把自己治好,我得先分析他,这样一来,我可能就半途而废了。我大胆地进行下去,因为我知道即使我的父亲也需要这么一套疗程,他的病症也肯定和我的完全不一样。无论如何,为了不浪费时间,我只谈及他那些能帮助唤醒我自身记忆的事。

"1890 年 4 月 15 日下午 4 点半,我的父亲被宣告死亡。U. S." 容我向不明就里的人解释一下,这最后两个字母并不代表 United States(美国),而是"最后一支烟"[①]。这是我在奥斯特瓦尔德[②]的一部实证哲学的著作中的一卷上找到的注释。我曾经满怀希望地在上面花了几个小时,却什么也没搞懂。没人会相信,但尽管这条注释如此草率,它却记录了我生命中最重要的事件。

我的母亲在我还不到 15 岁的时候就去世了。我写了几首诗纪念她,但这永远不能和哭泣相提并论。而且,在痛苦之中,我始终有一种感觉,从那时起,我的生活应该变得严肃起来,并且

---

[①] 最后一支烟的意大利语为"Ultima Sigaretta",缩写也是"U.S."
[②] 威廉·奥斯特瓦尔德(Friedrich Wilhelm Ostwald, 1853—1932),德国物理化学家、哲学家。

我也应该去工作。痛苦自身便暗示了一种更加忙碌的生活。然而，一种依然强烈的宗教情感也使这场天大的灾难变得温柔。我的母亲尽管已离我而去，却依然活着，她可能会为我准备去取得的成就感到高兴。这可真方便啊！我清楚地记得自己当时的状态。因我母亲的死和这一事件给我带来的有益的情感，我的一切都将越来越好。

而我父亲的死却是一场真正的灭顶之灾。天堂已经不复存在，而我，正值 30 岁，已是一个山穷水尽的男人。我也有今天！我第一次意识到我生命中最重要和最关键的部分，已经无可挽回地落在了我身后。我的痛苦并非如同这段话可能看起来的那样自私。恰恰相反！我为他和我哭泣，为我自己哭泣是因为他已经去世了。直到那时，我一直都是从一支烟跳到另外一支烟，从大学的一个专业跳到另外一个专业，对自己的能力深信不疑。我认为，如果我的父亲没有去世，那种让生活如此甜蜜的信心本可以一直持续到现在。他一死，寄托我决心的未来也不复存在了。

很多时候，每当我思考这件事，都会为这种绝望之情的奇异特性感到惊讶。对我和我未来的绝望是在父亲去世之际才萌发的，而不是更早，差不多都是最近发生的事情。为了回忆起那巨大的痛苦以及这桩不幸事件的每一个细节，我自然不用像那帮搞精神分析的先生期望的那样去做梦。我记得一切，却什么也不理解。直到父亲去世，我都没有为他活过。我没有做任何努力去接近他，而当有可能做到这一点而不冒犯他时，我却选择了逃避。在大学里，他以"发钱的老席尔瓦[①]"这一绰号而为人所熟知，这是我给他取的。直到他生病，我才与他建立了联系。这

---

[①] "老席尔瓦（Vecchio Silva）"是意大利作曲家朱塞佩·威尔第（Giuseppe Verdi, 1813—1901）的作品《埃尔纳尼》（Ernani）中的人物，性格固执而易怒。

场病很快便夺去了他的性命，因为病情来势汹汹，医生很快就宣布他回天乏术。当我在的里雅斯特时，我们不怎么见面，一天最多在一起一个小时。我们从来没有像在我悲痛不已时那样长时间亲密无间地相处过。要是我能多关心关心他，少流些眼泪，那该多好啊！我也不会病得这么严重。我们之间相处起来很困难，这也是因为我和他在思维上没有任何相似之处。我们彼此看着对方，脸上带着同一种怜悯的微笑。他的笑容更为刻薄，因为他对我怀有强烈的父爱，担忧着我的未来；我的微笑则完全意味着宽容，因为我确信如今他的缺点已经无足轻重，再说我把那些缺点的一部分归结为他上了年纪。他是第一个对我的能力提出质疑的人，在我看来，他过早地下了判断。不过——虽然没有什么科学依据——我怀疑他之所以不信任我，也是因为我是由他一手培养起来的，这个观点——这一次有充分的科学依据——也助长了我对他的怀疑。

不过，他是个能干的商人，名声在外，但我知道他多年来的生意都是由奥利维打理的。商业上的无能是我们之间的一个共同点，但其他的共同点就不存在了。我可以说，我们两个人之间，我代表着力量，而他则代表软弱。我在这个本子上记录的一切已经证明了无论过去还是现在，我身上一直存在着——这也许是我最大的不幸——一种追求更好事物的冲动。我找不到别的方式去定义所有那些关于平衡和力量的梦想。我的父亲对此一无所知。他完全依照自己的本性生活，而我只能认为他从来没有为提升自己付出过任何努力。他整日抽烟，而且在妈妈去世后，甚至在他不睡觉的深夜里也抽个不停。他酒也喝得很多，他在晚上用餐时喝酒，摆出一副绅士的派头，喝到他确信自己一沾枕头就能睡着。但是，按照他的说法，烟草和酒精都是良药。

涉及女人的时候，我从亲戚那里得知，母亲的嫉妒不无道理。实际上，这位看起来温柔的女人有时不得不采取激烈的措施来约束她的丈夫。他听凭自己被这位他深爱并尊重的女人牵着鼻子走，但她从来没能让他坦白过自己对她不忠，因此，母亲临死时相信是自己误会了他。虽然好心的亲戚们说，她在自己的女裁缝家里差点儿就把丈夫抓了现行。他借口说自己只是一时恍了神，并不断重申这一点，直到它显得十分有说服力。这件事的唯一后果，就是母亲再也没有去过那位裁缝那儿，我的父亲也再没去过。我认为，如果处在父亲的位置上，我最终会承认一切，但之后却无法放弃那个裁缝，因为我走到哪里，就会在哪里扎根。

我的父亲知道怎样以一家之主的样子维护自己的平静。这种平静环绕在他的家里和他的灵魂之中，他只读那些乏味的、充满道德说教的书。他这么做绝不是装样子，而是因为他对此抱有最真诚的信念。我认为他深深地体会到了那些道德说教的真谛，他的良知也因为这颗纯洁的向善之心而得到了宽慰。如今我上了年纪，开始向着一家之主的角色靠拢。我也感觉到，宣扬不道德的行为比犯下不道德的行为更值得被惩罚。人们会因爱或因恨而犯下谋杀罪，而宣扬谋杀只能是出于恶意。

我们之间的共同点如此之少，以至于他向我承认，在这个世界上，他最放心不下的人就是我。我对健康的渴望驱使我去研究人体。而他却设法从记忆中删掉了有关这台恐怖机器的一切蛛丝马迹。对他来说，心脏并不跳动，也没必要去记住瓣膜、静脉以及代谢才能解释自己的肌体是怎么活下来的。一切都是静止不动的，因为经验告诉他，运动的东西最终都会停下来。对他来说，甚至地球都是静止的，牢牢地固定在枢轴上。他自然从来不会提起这件事，但如果有人和他说了什么和他观念不一样的事，他就会浑身难受。有一天，当我和他谈起对跖点①时，他满心厌恶地打断了我。想到那些头朝下倒立着的人让他的胃感到不舒服。

他还在另外两件事上斥责我：我心不在焉的样子和嘲笑严肃事物的习惯。在心不在焉的问题上，他与我截然不同。他有一个小本子，上面记着他想记住的所有事情。他会在一天内多次查看。他认为这样就能治愈他的病症，再也不用为此烦心了。他也强塞给我这么一个本子，而我唯一记在上面的就是一些"最后的香烟"。

至于我不把严肃的东西当一回事，我认为他有一个毛病，他把世界上的太多事情都看得太重了。比方说，在我从法律专业转到化学专业，又在他的允许下转回法律专业时，他和蔼地对我说："但是有一点已经很清楚了，你是个疯子。"

我一点儿没感到被冒犯，反而十分感激他对我的迁就。我想逗他笑一笑，来回报他的恩情，便去找卡内斯特里尼医生做检查，好得到一份我发疯的证明。这可不是件简单的事，因为我不得不接受漫长而事无巨细的检查。我拿到证明后，得意扬扬地把它带给了我父亲，但他却没觉得好笑。他泣不成声地喊道："啊！你是真疯了呀！"

我千辛万苦地导演了这桩无害的小小喜剧，这就是我的回报。他在这件事上从来没原谅我，也从来没因为它笑过。去看医生就是为了开个玩笑？为了这个玩笑要让人开出盖了戳的证明？这是疯子才干的事！

总的来说，我在他身边便象征着力量，有时我认为，当那抬高我的软弱不在时，我感到自己失去了什么。

---

① 对跖点，地理学上的概念，即位于地球同一直径两端的点。

我记得他的软弱是如何被证明的。当时那个混蛋奥利维诱使他立下遗嘱。奥利维急着要那份遗嘱，因为它会把我的事务置于他的监管之下，看来那个老头花了很长时间去说服我父亲完成这桩麻烦的任务。最终我父亲下定了决心，但他那张庄重的大脸却蒙上了一层阴影。他不断地想着死亡，就好像那个行为让他与死亡有了接触似的。

一天晚上他问我："你认为死后一切都会结束吗？"

我每天都在思考死亡的奥秘，但还无法给他提供所需的信息。为了让他高兴，我编造了一种对我们的未来最乐观的信念。

"我认为快感会幸存下来，因为痛苦再也不是必需品了。死亡可能会让人想起性快感。当然啦，它还会让人感到幸福、放松，因为把人体重新组合起来可是很累的。死亡应该是生命的奖赏！"

我一败涂地。那时我们吃过晚饭，还坐在桌边。他没有回应，从椅子上站起来，又喝光了一杯酒，然后说："现在不适合讨论哲学，尤其是和你！"

然后他就走了。我感到抱歉，便跟在他身后。我想留在他身边，让他的思绪从那些悲伤的事物上转移。他让我走开，说我会让他想起死亡和它的快感。

他一直没能忘记那份遗嘱，直到将一切告诉我。每次看到我，他都会想起它。有一天晚上，他爆发了："我得告诉你，我立了遗嘱。"

我为了帮他驱散这个噩梦，瞬间就克服了这个消息带给我的惊讶。我对他说："我就不会有这个烦恼，因为我希望我所有的继承人都能死在我前面！"

他立刻对我拿这么严肃的事情开玩笑感到不安，重新找回了所有惩罚我的愿望。于是，他很轻易地告诉我，他下了招好棋，把我放在了奥利维的监管之下。

我不得不说，我当时表现得像个乖孩子，我放弃了一切反对的念头，甚至放弃了帮他驱散这个烦心的想法。我声称，无论他的遗愿是什么，我都会去适应的。

"可能的话，"我补充说，"我会好好表现，这么一来，我就能说服你更改遗愿了。"

他喜欢这番言论。这也是因为他发现我认为他会长命百岁，甚至万寿无疆。但是，他甚至还想要我发誓，除非他另作安排，否则我永远不会去尝试削弱奥利维的权力。我发了誓，因为他不满足于我凭着名誉说出的话。那时我表现得如此温顺，以至于当我悔恨自己没有在他去世前好好爱他，并为此痛苦万分时，我总会回想起那一幕。

说实话，我很容易就顺从了他的安排，因为在那个时候，被迫不工作的想法对我而言颇有吸引力。

在他去世前大约一年，我曾有一次为他的健康着想，果断地采取了行动。他向我吐露自己感到不舒服，我便强迫他去看医生，自己也陪他一起去。那位医生开了几种药，告诉我们几个星期后复诊。但我的父亲不愿意这么做，他说自己像讨厌掘墓人一样讨厌医生，甚至连医生开的药也不愿意吃，因为这些药也让他想起医生和掘墓人。他有几个小时一支烟都没抽，吃饭时也不喝酒了。当他停止治疗时，他感觉自己好极了。我看到他比之前高兴了许多，便再也不去想这件事了。

后来，我有时看到他很悲伤。但他已经老了，又是孤身一人，要是看到他乐呵呵的，我反而会感到惊讶。

3月底的一个晚上，我回家比平时晚了一些。没发生什么坏事，我落入了一个博学的朋友的掌心。他希望和我分享一些关于基督教起源的想法。这是第一次有人希望我思考起源的问题，尽管如此，为了让我的朋友高兴，我还是耐心地听完了这漫长的说教。天空细雨霏霏，寒冷刺骨。一切都显得阴沉而令人生厌，包括我那些朋友提到的希腊人和犹太人，尽管如此，我还是忍受了那长达两个小时的折磨。我的性子一直都这么软！我敢打赌，直到今天我仍然没有多少抵抗力，如果有人真的下了功夫，他甚至能说服我去花点时间研究天文学。

我走进我家的花园，从这里经过一条短短的车道便可以到达我们坐落在花园中央的别墅。我们的女仆玛丽亚在窗口等着我，听到我走近时，她在黑暗中喊道：

"是您吗，泽诺先生？"

玛丽亚是那种如今再也找不到的女仆。她在我们家工作已经差不多15年了。每个月，她都会把工资的一部分存入储蓄账户，以便安度晚年，然而这些积蓄并没有给她带来什么好处，因为她在我们家一直工作到死，就在我结婚后不久。

玛丽亚告诉我，我父亲几小时前就回家了，但他想等我一起吃晚饭。她坚持让他先吃晚饭，但他不太客气地把她打发走了，后来他焦虑不安地一遍遍问起我的情况。我从玛丽亚这番话里听出来她认为我父亲状况不佳，她觉得他喘不上来气，说话也有些困难。我得说，因为她总是和我父亲单独待在一起，她已经形成了思维定式，常常认为我父亲生病了。在那间孤零零的房子里，这可怜的女人没什么好观察的事情。而且——在她经历过我母亲的死之后——她期待着所有人都会死在她前面。

我急忙向餐厅走去，对目前的状况有些好奇，还没开始担心。我父亲正躺在沙发上，一看见我就站起身来，兴高采烈地迎接我。我并没有因此感动，因为在此之前，责备的表情在他脸上一闪而过。不过这已经足够让我放下心来，因为我认为他那高兴的样子正说明了他身体健康。他没有流露出玛丽亚提到的那种口吃和呼吸急促的迹象。他没有责备我，反而为自己的固执向我道歉。

"你想要我怎么办呢？"他和蔼地对我说，"这个世界上只剩我们两个人了，我想在睡觉前见到你。"

如果当时我能表现得自然一点儿，把我亲爱的父亲抱在怀里就好了！他因为生病竟然变得那么亲切、那么温柔了！可我反而开始冷酷地推断起来：老席尔瓦变得这么温柔了吗？他真的生病了？我满腹狐疑地看着他，没有找到比责怪他更好的办法："你为什么等到现在才吃饭？你明明可以先吃饭，然后再等我啊！"

他像个毛头小伙子那样笑了起来："两个人一起吃饭更香嘛！"

他这副高兴的样子也许说明了他胃口不错，我放下心来，开始吃饭。他穿着家居拖鞋，步履蹒跚地走到餐桌边，坐到了他的老位置上。然后他就待在那里看着我吃饭，而他自己随便舀了几勺之后就再也不吃东西了，甚至把那个让他反胃的盘子从面前推开，但是微笑还挂在他苍老的脸上。只不过我记得就好像这件事昨天才发生一样，有几次我看向他的眼睛，他却避开了我的视线。有人说这种行为代表心里有鬼，而现在我知道它代表了疾病。生病的动物不会让人窥见自己身上那些生了病的、不堪一击的地方。

他一直想知道在他等我的那几个小时里，我都干了什么。看到他对我的经历如此上心，我便暂时放下勺子，干巴巴地告诉他，我那会儿一直在讨论基督教的起源。

他犹疑不定地看着我，显得很困惑："现在，连你也思考起宗教问题了吗？"

显然，如果我同意和他一起思考这个问题，会让他感到莫大的安慰。但恰恰相反，当我的父亲还活着的时候，我感觉自己斗志昂扬（之后就不再这样了），我用在大学附近的咖啡馆每天都能听到的那种陈词滥调回答他："对我来说，宗教只不过是一种需要研究的普遍现象。"

"现象？"他不安地说。他试着马上回答我，张开嘴准备说话。然后他犹豫了，看了一眼玛丽亚刚递给他的第二道菜，碰都没碰。为了往嘴里塞点更好的东西，他叼了一根雪茄，点燃它，又任凭它在片刻后熄灭。如此一来，他就给了自己一个喘息的机会，以便从容地思考。片刻之后，他神情坚定地看着我："你不会想嘲笑宗教吧？"

我，作为一个游手好闲惯了的完美学生，嘴里塞满了食物，回答道："笑什么呀！我搞研究呢！"

他沉默了，久久地看着他放在一只盘子上的那截雪茄。我现在明白了他为什么会对我这么说。我现在明白了那个已经糊涂的头脑里发生的一切，并且很惊讶自己当时竟然什么都不懂，我认为那时我的灵魂里缺少那份能让人理解许多东西的感情。然后就很容易了！他逃避着，不去直面我的怀疑主义。在那个时候，这场战斗对他来说实在是过于艰难了，但他相信自己可以温柔地从侧面进攻，正如一个生病的人会采取的行动一样。我记得他说话时大喘着气，词句常常卡在喉咙里。为战斗做准备太费力了，但我以为他如果不给我上一课，是不能安心入睡的。我做好了争辩的准备，但是这场争论却并没有发生。

"我啊，"他说道，眼睛依然盯着他那已经熄灭的雪茄头，"我知道自己的经验和人生理论有多丰富。人这么多年可不是白活的。我知道很多事情，可惜不能如愿把它们全教给你。唉，我多希望自己能这么做啊！我能看透事物的内在，也能看出什么是对的、真的，什么不是。"

没什么可争辩的,我边吃饭边敷衍地嘟囔着:"是啊!爸爸!"我不想冒犯他。

"可惜你来得这么晚。早些时候我还不那么累,我本来可以告诉你很多事情。"

我以为他还要拿我回家晚了这件事烦我,便提议将这场争执留到第二天。

"这和争执没关系,"他半梦半醒地回答,"这完全是另一码事。这件事没法讨论,一旦我把它告诉你,你也就知道了。但我开不了口啊!"

这引起了我的怀疑:"你感觉不舒服吗?"

"我说不上难受,但真的很累,我马上就要去睡了。"

他按铃叫玛丽亚过来,同时出声喊她。玛丽亚过来的时候,他问自己的房间是否已经准备好了,然后就趿着鞋朝卧室走去。他经过我身边时俯下身,把他的脸颊伸向我,让我进行每晚例行的吻别。

我看到他走路时摇晃得那么厉害,又开始怀疑他是不是不舒服,便询问了他的身体状况。我们两个反复说了几遍同样的话,他再次向我承认他累了,但是没生病。然后补充说:"现在我会想想明天要对你说的话。等着瞧吧,你会被说服的。"

"爸爸,"我感动地说,"我会来听着的。"

父亲看到我这么乐意听他的经验,便犹豫着是否就此离开——要抓住这么有利的时机啊!他用手摸了摸前额,坐在了椅子上,早先他正是倚靠着这把椅子,把脸颊伸过来让我亲吻,他轻轻地喘着气。

"奇了怪了!"他说道,"我什么都说不出来,真的什么都说不出来。"

他环顾四周,仿佛在外界寻找着什么他内心抓不住的东西。

"可是我知道很多事,实际上我什么都知道。这应该是多亏了我那丰富的经验。"

他并没有因为无法开口说话而心烦,因为他微笑着,品味着自己的力量、自己的伟大。

我说不清为什么那个时候没有马上叫医生过来。相反,我必须带着悔恨承认:首先,那个时候,我认为父亲说话时语气充满了那种我在他身上多次见到的傲慢。不过,我也不能对他那十分明显的虚弱视而不见,就是因为这个我才没和他争辩下去。我喜欢看到他幸福地幻想着自己的强大,虽然实际上他已经非常虚弱。其次,我也对他在想要把知识传授给我时展露的爱意受宠若惊。他自认为拥有这些知识,尽管我确信从他那里我什么都学不到。为了哄他开心,让他平静下来,我告诉他不用那么着急地找到那些自己说不出口的话,因为在类似情况下,最伟大的科学家也会把过于复杂的事情放在大脑的某个小角落里,让它们自行变得简单。

他回答说:"我在找的东西一点儿也不复杂。实际上我就是要找到一个词,就一个词,我会找到它的!但今晚不行,今晚我要一觉睡到天亮,什么都不去想。"

然而他却没有从椅子上站起来。他显得犹豫不决,盯着我的脸打量了片刻,对我说:"我害怕自己没办法对你说出我的想法,因为你习惯于嘲笑所有东西。"

他对我笑了笑,就好像在请求我不要因为他的话生气。他从椅子上站起来,第二次向我伸出他的脸颊。我放弃了和他争辩,也不想用我的观点去说服他,即这个世界上有很多东西是人可以且应该去笑着面对的。我想紧紧拥抱他,让他放心。也许我的拥抱太过用力了,因为他挣脱了我,比之前喘得还要厉害。但他肯定感受到了我的爱意,因为他友好地和我挥手告别。

"我们去睡觉吧!"他高兴地说道,随后便离开了,玛丽亚跟在他身后。

就剩下我一个人了(这也很奇怪!)。我没有去考虑父亲的健康状况,而是深受触动,并且——我敢这么说——怀着对父亲深深的孝顺之情,我感到遗憾,一个拥有如此高远志向的智慧却没有机会获得更好的教育和文化熏陶。如今写下这些事的时候,我已经接近了父亲当时的年龄,我确信一个人可以感觉到自己有着极高的智力,而他表现出的唯一迹象便是他那强烈的感觉。比方说,他深深地呼吸,接受并赞美亘古不变的自然本来的样子,还有它给予我们的东西,他就这样展现着那天地万物所渴求的智慧。可以肯定的是,我父亲在他生命中最后一个清醒的瞬间突然受到宗教的感召,体悟到了自己的智慧。难怪他想和我谈谈这个话题,因为我对他说过我曾研究了基督教的起源,但是现在我还知道,那种感觉是脑水肿的第一个症状。

玛丽亚过来收拾餐桌,告诉我说她觉得我父亲一下子就睡着了。因此,我也放下心来,一身轻松地去睡觉了。外面狂风大作,我在温暖的床上听着,就好像它是一支渐行渐远的摇篮曲,因为我已沉浸在了睡梦之中。

我不知道自己睡了多久,是玛丽亚把我叫醒的。看样子她为了叫醒我,已经在我的房间跑进跑出了很多次。在深沉的睡眠中,我先是感到有些不安,然后看到一个老妇人在房间里跳来跳去。最后我搞懂了状况。玛丽亚想把我叫醒,但是当我终于醒来时,她已经不在我的房间里了。风依然为我唱着摇篮曲,而我,说实话,我必须承认自己是怀揣着从睡梦之中被撕扯出来的痛苦走向我父亲的房间的。我记得玛丽亚总以为我父亲身处险境,要是他这次没病,那她就要倒大霉了!

我父亲的房间不大,家具稍微有些多。在我母亲去世后,他为了更彻底地忘掉这些回忆而换了房间,把他所有的家具都搬到了这个更狭小的新环境中。整个房间都笼罩在阴影里,只有煤气灯的一簇小火苗在低矮的床头桌上发出微弱的光亮。玛丽亚正扶着我父亲,他仰躺着,但上半身从床上支了起来,近旁的灯光把他覆满汗水的脸庞映得通红。他把头靠在玛丽亚忠心耿耿的胸前,因为疼痛大声呻吟着。他的嘴巴松弛无力,口水沿着下巴滴落下来。他直直地盯着面前的墙,我进来时也没转过头。

玛丽亚告诉我她听到了我父亲的呻吟,及时赶来才没让他从床上掉下去。在我来之前——她肯定地说——他要更激动一些,现在看起来已经安静多了,但她不敢让他一个人待着。她似乎是想为了叫醒我而道歉,而我已经明白她叫醒我是对的。她和我说话时一直在哭,但我还没有和她一起哭的意思,反而警告她别出声,不要用她的哽咽加重此时阴森的氛围。我还没搞清楚状况呢。那可怜的女人努力克制着自己的啜泣。

我凑到父亲的耳朵边朝他大喊道:"爸爸,你为什么要哼哼呀?你觉得不舒服吗?"

我觉得他听到了,因为他的呻吟声减弱了,眼睛也从对面的墙上移开了,就好像他尝试着看向我,身体却没办法朝着我的方向转动。我一次次在他耳边喊出同样的问题,但得到的结果都一样。我的男子气概一下子就消失了。我的父亲,在那个时候,离死亡比离我的距离还要近,因为我的呼喊再也无法触及他。我害怕极了,脑海中浮现的第一件事是我们前一晚的对话。这场对话后的几个小时,他就要动身去查明我们两个谁有道理了。真奇怪啊！痛苦伴随着悔恨涌现在我心底。我把脸埋在父亲的枕头上，绝望得痛哭失声，发出我之前责备的玛丽亚的那种呜咽。

现在轮到她来安慰我了，但她行事的方法很奇怪。她劝我冷静下来，却屡次提起我的父亲。他还在呻吟着，眼睛睁得特别大，就好像死人的眼睛一般。

"可怜的人啊！"她说，"这就要死了！他有一头这么浓密、这么美丽的头发！"她抚摸着那些头发。这是真的。我父亲的脑袋上确实顶着一头浓密的白色鬈发，而我30岁时头发就很稀疏了。

我那时完全没想起来这个世界上还有医生，有时候他们是能救人性命的。我已经在那张因痛苦而扭曲的脸上看到了死亡，不再抱有任何希望了。是玛丽亚首先提到医生的，然后她跑去叫一个农夫起床，好让他进城去请医生。

有那么十几分钟，我孤零零地扶着父亲，感觉那段时间永远都不会过去。我记得我试图把内心泛滥的所有柔情都捧在掌心里，爱抚那备受折磨的身体。他听不到任何话语。我要怎么才能让他知道我有多爱他呢？

那个农夫赶来后，我回到房间准备写张便条。我发现自己很难组织语言向医生解释眼下的状况，好让他在过来的时候带一些药品。我眼前一直浮现父亲那不容置疑、迫在眉睫的死亡。我自问道："现在，我在这个世界上要做什么呢？"

然后是几个小时的漫长等待，我对那几个小时记得很清楚。第一个小时之后，我就没有必要扶着父亲了，他已经失去了意识，安静地躺在床上。他的呻吟声虽然停了下来，人却陷入了彻底的昏迷状态。他的呼吸十分急促，不知不觉间，我也开始学着他呼吸了。我没办法长时间地保持这种呼吸节奏，便时不时停下来缓口气，同时希望这能让病人和我一起稍做休息。然而，他却不知疲倦地奔跑下去。我们试着喂他一勺茶水，但没成功。当他要从我们的干涉中保护自己时，他无意识的状态就会减轻。他坚定地闭着嘴巴，即使在昏迷状态下，他那不屈不挠的固执也始终存在。离天亮还有很久的时候，他的呼吸节奏发生了变化。这种变化可以归类成几个阶段：一开始，他平缓地呼吸了几次，就像一个健康的人；接着，他的呼吸变得急促；然后长时间地、恐怖地停了下来，在玛丽亚和我看来，这似乎是死亡的先兆。但是这个阶段总是以几乎一模一样的方式重复着，就像一段悲伤的、无穷无尽的音乐，没有一丁点儿色彩。那些呼吸声不尽相同，但声音一直很大，它们似乎成了那个房间的一部分。从那时起它们会一直存在，会持续很长很长时间！

我倒在一张沙发上，在那里熬过了几个小时，玛丽亚则坐在父亲床边。在那张沙发上，我哭出了生平最汹涌的眼泪。哭泣会模糊人自身的过错，让他不容置疑地指责命运。我哭是因为我失去了父亲，我一直是为了他活着的。我陪在他身边的时间很少，但这并不重要。我努力变成一个更好的人，难道不是为了让他满意吗？我渴望的成功不仅是我向他这个一直对我持怀疑态度的人夸耀的资本，同时也是给予他的安慰。可是现在他再也不会等我了，甚至他在离我而去的时候，还确信我是个软弱且无可救药的人，我的眼泪苦涩到了极点。

在纸上写下，或者不如说刻下这些痛苦的回忆时，我意识到那个在我第一次尝试回顾过去时困扰我的画面——那个拖着一列车厢爬坡的火车头，正是在我听着父亲的呼吸声时首次浮现在我眼前的。那些拖着巨大重量的火车头就是这么行驶的：它们有规律地喷出烟雾，接着开始加速，最后在停下来时结束。那个停顿也充满了威胁,因为听到声音的人可能会担心自己发现这节火车头已经拖着它的车厢一头栽进了山谷。真的!我第一次为回忆所做出的努力就把我带回了那个夜晚,带回了我生命中最重要的几个小时。

柯普罗西奇医生到达别墅的时候,天色尚未破晓,随行的还有一位拿着一个小药箱的护士。因为暴风雨,他找不到车,只得步行前来。

我哭着接待了他,他以十分亲切的态度回报,并鼓励我保持希望。尽管如此,我得马上说明,自我们那次会面以来,这世界上还没有几个人能像柯普罗西奇医生那样在我内心激起如此强烈的反感。如今,他依然健在,尽管年老力衰,但他仍受到全城人的尊敬。每当我看到他走在街上,衰老得那么厉害,脚步那么虚浮,寻找着一点点活动和新鲜空气,哪怕是今天,那种反感仍然会在我内心涌现。

那时,医生刚40岁出头。他在法医学上投入了很大精力,尽管他作为一名意大利人被视为一位公认的好人,他还被帝国[①]皇家权威机构委以重要的法医学鉴定任务。他是一个瘦削且神经质的男人,面容毫不起眼,秃顶却很引人注目,因为这使得他的额头看上去格外高。他的另外一个弱点给了他一些重要特性:当他摘下眼镜时(他在需要沉思时总这么做),他那双变瞎了的眼睛会盯着和他说话的人的旁边或者上方,它们的样子很古怪,就好像雕像那没有颜色的眼睛,流露出威胁或讥讽的意味。这样的眼睛在那个时候并不讨人喜欢。即使他只有一句话要说,也会把眼镜重新架在鼻梁上,这样一来,他的眼睛就又变回了任何一个

---

① 指奥匈帝国。在1372到1918年间,故事发生的城市的里雅斯特曾经是奥匈帝国的一部分,一战后并入意大利管辖。

正派的中产阶级都会有的那种眼睛，这种人会仔细地检查自己谈论的事情。

他在前厅坐下，休息了几分钟，并且要求我事无巨细地告诉他从第一声警报响起到他抵达之间发生的所有事情。他摘下眼镜，用他那双奇怪的眼睛盯着我身后的墙壁。

我尽量做到严谨，鉴于我当时的状态，这并不是一件容易的事。我还记得柯普罗西奇医生无法容忍不懂医学的人使用医学术语，同时装出一副对这个领域略有所知的样子。当我讲到那个我觉得是什么"脑部呼吸"的现象时，他为了和我说话戴上了眼镜："下定义时要慎重。我们待会儿看看到底是怎么回事。"我还谈到了我父亲奇怪的举止，谈到了他急着见到我，谈到了他去睡觉时的匆忙。我没有和他提到我父亲说的那些奇怪的话：也许我害怕自己不得不说出当时我给我父亲的回答。不过，我谈到了父亲没有办法准确地表达自己的意思，似乎他深深地思考着某件盘踞在他脑子里的事，却不知道怎么组织语言。医生戴着鼻梁上那副眼镜得意地喊道："我知道他脑子里盘踞着什么！"

我也知道那是什么，但我没说出来，以免惹柯普罗西奇医生发火：那是水肿。

我们来到病人的床边。他在护士的帮助下一遍又一遍翻动那可怜而无力的身体，整个过程对我来说长得无穷无尽。他听听这儿听听那儿，仔细检查着病人，还试图让他自己配合，但徒劳无功。

"行了！"他在某个时候说。他手里拿着眼镜走向我，双眼盯着地板。他叹了口气，对我说：

"勇敢些！情况非常严重。"

我们去到了我的房间，他还洗了把脸。

正因如此，他没戴眼镜，当他抬起头擦脸时，那颗湿漉漉的头看起来就像一个新手做出来的护身符上的小脑袋。他记得我们几个月前见过面,并说他很惊讶我们为什么没有再去找他。他甚至以为我们抛弃了他,去找另外一个医生了,他当时明确表示过我的父亲需要治疗。当他这样不戴着眼镜批评人时,样子可怕极了。他抬高了声音,要求给他个解释,他的眼睛到处寻找着答案。

他当然是对的,我活该受到责备。现在我得说明一下,我确定自己并不是因为柯普罗西奇医生的那番话才讨厌他的。我请他原谅,解释说我父亲十分反感医生和药品。我边说边哭,医生则试图用他那副慷慨的好心肠安慰我,说就算我们早点去找他,他的医术最多也只能延缓我们眼前的这场灾难,但无法阻止它。

然而,当他继续询问病情的早期症状时,他又找到了新的理由来责备我。他想知道最近几个月我的父亲是否抱怨过自己的健康状况,是否抱怨过自己的食欲和睡眠。我给不了什么确切的答案,甚至说不清我父亲在那张我们每天一起用餐的桌子上吃的是多还是少。我因为自己这明显的过失灰心丧气,但医生根本没打算深究。他从我这里得知玛丽亚总是认为父亲快死了,而我一直因为这件事嘲笑她。

他掏着耳朵,眼睛看向高处。"几个小时后他可能会恢复一部分意识。"他说道。

"所以说还是有希望的吗?"我喊起来。

"一丁点儿也没有!"他斩钉截铁地回答道,"但是这种情况下使用水蛭① 永远不会出错。他肯定会恢复一点点意识,就是可能会变得歇斯底里。"

他耸了耸肩,把毛巾放回原处。他那个耸肩的动作显然意味

---

① 水蛭疗法(Leech Therapy)是一种使用水蛭(即蚂蟥)进行的传统医疗方法,主要用于放血和治疗各种疾病。——编者注

着没把自己的工作当回事，我因此有了开口的勇气。我一想到父亲可能会从昏迷中醒来见证他自己的死亡就害怕得要命，但是如果没有那个耸肩的动作，我根本不敢说出来。

"医生啊！"我恳求道，"您不觉得让他恢复意识是很残忍的行为吗？"

我失声痛哭。哭泣的愿望一直流淌在我紧绷的神经里，但为了让医生看到我的眼泪，我放弃了抵抗，不受控制地大哭起来，这样一来，我就能让医生原谅我对他的工作发表的评价。

他非常和善地对我说："行了，您冷静一点儿。病人的意识不会清醒到让他明白自己的状况。他不是医生。只要别告诉他自己快死了，他就不会知道。我们可能会面临更糟糕的情况——他可能会变得歇斯底里。不过我带了拘束服过来，护士也会留在这里。"

我从来没有这么害怕过。我恳求他不要给父亲用水蛭，他则非常平静地告诉我，护士肯定已经给父亲用上了水蛭，因为他在离开房间之前就下了指令。我生气了。还有什么行为比唤醒一个没有丝毫救治希望的病人更为恶劣，仅仅是为了让他陷入绝望，或是让他——他喘气喘得那么厉害——冒着被迫穿上拘束服的风险呢？我非常激烈地断言道——虽然话语里还带着请求宽恕的哭泣——不让一个已经彻底没有希望的人安详离世，这真是前所未有的残忍！

我讨厌那个人，因为他那个时候对我发火了。这是我永远也无法原谅的。他太过激动，连眼镜都忘了戴，却仍然精准地找到了我的头在什么位置，用他那双可怕的眼睛盯着我。他对我说，他认为我这是想切断那仅存的一线希望。他就是这么对我说的，直白生硬。

我们快要打起来了。我一边哭一边大叫着反驳，他自己刚刚才把病人得救的所有希望排除了啊。我的家和家人不应该被用来做实验，要做实验的话，这世界上有的是地方！

他的神情非常严肃，带着一种充满威胁意味的平静回答道："我向您解释的是那一刻的医学状态。但谁能说出半个小时之后或明天会发生什么？我维持您父亲的生命，这样就能向所有可能性敞开大门。"

他又把眼镜戴上了，用那副书呆子职员的样子，重新开始没完没了地解释医生的介入对一个家庭的经济命运可能产生的影响的重要性：多呼吸半个小时就可能决定一笔遗产的命运。

我当时还在哭，因为我同情自己不得不在那个时候待在那里去听这么一番言论。我感到筋疲力尽，没再争论下去，反正水蛭已经用上了！

当医生来到病人床边时，他就是权力。我对柯普罗西奇医生极其尊重，应该就是因为这种尊重，我没敢提出会诊，这件事让我自责了许多年。现在这份悔恨已经和我所有其他的情感一起消逝了。我冷淡地在这里谈起这些情感，将来也会以同样一种冷酷的态度讲述发生在别人身上的事。在我的心里，那些日子唯一留下来的就是对那位医生的厌恶，可惜他仍然固执地活着。

晚些时候，我们再次来到我父亲的床边。我们发现他睡着了，身体朝右侧躺着。他们在他的额头上放了一小块布来遮盖水蛭造成的伤口。医生想马上检查他的意识是否有所恢复，便冲着他的耳朵大喊起来。病人没有任何反应。

"这样更好！"我鼓足了勇气说，然而还是哭个不停。

"预期的效果是肯定会发生的！"医生回答道，"您没看到他的呼吸已经变了吗？"

的确,他的呼吸急促而艰难,但已经不再形成那个让我害怕的周期了。

护士对医生说了什么,后者点了点头。他们打算试着让病人穿上拘束服。他们从行李箱里拿出那玩意儿,把我父亲抬起来,强迫他坐在床上。那个时候,病人睁开了眼睛,他的双眼黯淡无光,对光线还没有反应。我还在抽泣,害怕那双眼睛马上就会看到并意识到一切。然而,当病人的头重新躺回枕头上的时候,那双眼睛重新闭上了,就像某些娃娃的眼睛一样。

医生摆出一副胜利的姿态,"这就完全是另外一回事了。"他低声说。

是啊,这就完全是另外一回事了!对我来说,这除了是个严重的威胁,其他的什么都不是。我激动地亲吻着父亲的额头,在心里祝愿他:"唉,睡吧!在永恒的长眠中睡去吧!"

我就这样祝福了父亲的死亡。但是医生没有察觉到,因为他亲切地对我说:"现在,看到他恢复了意识,您也觉得很高兴吧!"

医生离开时,天已经破晓了。那是一个阴郁的、迟疑的黎明。风仍然一阵阵吹着,我觉得它减弱了,虽然它仍能掀起结了冰的雪花。

我陪医生走到了花园。我表现出过分的礼貌,以免他察觉到我的恨意。我的脸上只有沉思和尊重。只有看到他沿着通往别墅出口的小径走远时,我才如释重负地让自己流露出一个厌恶的鬼脸。医生那小小的黑影在雪中摇摇晃晃,每遇到一阵风就停下来,以便更好地抵御它。那个鬼脸对我来说还不够,我感到自己压抑了那么久之后,还需要做些其他暴力的行为。我冒着严寒,光着头在那条小径上走了几分钟,愤怒地踩着厚厚的雪。然而我不知道这种孩子气的愤怒究竟是针对医生,还是更多地针对我自己。首先是我生自己的气，因为我希望父亲死去，却没敢说出来。我的沉默将那由最纯洁的孝心激发的愿望转化为了一桩真正的罪行，它压得我喘不过气来。

病人还在睡着。他只说了两个我没听懂的词，但语气平静了不少，像是在进行一场对话，这很奇怪，因为它打破了他一直以来过于频繁、完全说不上平静的呼吸。他是在恢复意识，是离绝望更近了吗？

玛丽亚现在和护士一起坐在床边。这位护士让我感到值得信任，我唯一不喜欢的是他有些过分的责任心。他驳回了玛丽亚给病人喝一勺汤的建议。玛丽亚认为那是一剂良药，但是医生没有提到汤，那个护士想等到医生回来再决定这么重要的事。他语气专横，远超过了这件事应有的重要性。可怜的玛丽亚没有坚持，我也没有。不过我做了另外一个厌恶的鬼脸。

他们让我去睡觉，因为我要和护士值夜班看护病人，有两个人在他身边就够了，其中一个人可以在沙发上休息。我躺下后马上就睡着了，彻底地、舒适地失去了意识，而且——我敢肯定——没受任何梦境打扰。

然而昨天晚上，在花了一整个白天收集我的这些记忆之后，我做了一个无比真实的梦。它长长一跃，带我穿越时间，回到了那些日子里。我又一次见到了医生，就在我们讨论水蛭和拘束服的那个房间里，它的样子完全变了，因为它现在变成了我和我妻子的卧室。我在教医生怎么治疗我父亲，让他痊愈，医生（他不像现在这么衰老、虚弱，而是像当时一样精力充沛，神经过敏）则很生气，他手里拿着眼镜，眼睛看着错误的地方，对我喊道根本不值得做这么多事。他原话是这么说的："水蛭会让他活过来，让他受苦，没必要给他用！"而我则摇着一本医书，大喊道："水蛭！我要水蛭！还有拘束服！"

我的梦境可能太吵了，因为我的妻子把我叫了起来，打断了它。遥远的阴影啊！我觉得自己需要某种增强视觉的工具才能把它看清楚，而这种工具会把它从头到尾颠倒过来。

我对于那天最后的记忆就是那场平静的睡眠。随后是一连串漫长的日子，每个小时都十分相似。天气变好了，据说我父亲的情况也有所好转。他在房间里自由地行动，在床和扶手椅之间奔走，寻找着空气。他还会透过紧闭的窗户，短暂地凝视着太阳下耀眼的雪覆盖的花园。每次我走进那个房间，他都准备好和我进行一番讨论，让柯普罗西奇医生期待的意识变得模糊不清。虽然我的父亲每天都表现出更好的听力和理解力，但那份意识却始终遥不可及。

遗憾的是，我必须承认，在父亲临终的床边，我心中始终怀有一股巨大的仇恨，它奇怪地与我的痛苦纠缠在一起，使它变得虚伪。这仇恨首先是针对柯普罗西奇的，我试图掩藏它的努力使它变得更加剧烈。然后我恨我自己，因为我没能重新开始和医生争辩，明明白白地告诉他，我根本不在乎他那套狗屁科学，我希望我父亲能死去，好让他不要受苦。

我的恨意最终也对准了病人。如果有人试过日复一日，一个星期接一个星期地陪在一个不安分的病人身边，自己又不适合临时充当护士，只能被动地看着其他人忙碌，他会理解我的。我还需要好好休息一番来理清思绪，克制因我父亲和我自己而感受到的痛苦，我甚至有必要体会它。然而，我现在却要和他斗争，要么是为了让他咽下药品，要么是阻止他离开房间。斗争总会产生怨恨。

一天晚上，卡洛，也就是那个护士叫我过去，好让我看看父亲取得的最新进展。我赶去时心脏跳得飞快，担心父亲可能会意识到自己的病情，并因此责备我。

我父亲站在房间中央，只穿着内衣，头上戴着红色的丝质睡帽。尽管他气喘得还是很厉害，从他嘴里时不时会蹦出一两句理智的话。我走进房间时，他对卡洛说："打开！"

他想要打开窗户。卡洛回答说太冷了，他不能这么做。我的父亲有那么一会儿忘记了自己的要求。他走过去坐在窗户旁的扶手椅上，身体伸展开来，寻求一些舒适感。他看到我时微笑了起来，问我道："你睡过觉了吗？"

我不认为我的回答能传到他那里。这不是那种我曾经极度恐惧的意识。一个人在临死时，他有比思考死亡更重要的事情要做，他的整个肌体都在为呼吸而努力。他不但没在听我说话，而且又对卡洛喊了起来："打开！"

他一刻也没闲着。他从扶手椅上站起来。然后十分艰难地在护士的帮助下躺到了床上。他先朝左侧躺了几秒，然后马上翻到了右侧。他保持了几分钟这个姿势，然后再次要求护士帮他站起来。最后他回到了扶手椅上。有时他能在上面多待一段时间。

那天，从床走向扶手椅时，他停在镜子前，看着自己的倒影，低声说："我看起来像个墨西哥人！"

我认为他那天为了摆脱从床到扶手椅这段路程可怕的单调感，尝试过抽烟。他设法一口吸了个够，但是马上就喘着气把烟吐了出来。

卡洛叫我过去，是为了让我见证病人神志清醒的那一刻。

"所以我病得很重吗？"他焦躁地问道。这么清醒的意识再也没有出现。恰恰相反，他过了一小会儿就陷入了错乱状态。他从床上站起来，以为自己一夜过后在维也纳的一家旅馆醒来。他一定是梦到了维也纳，因为他渴望着能在焦渴的嘴中送入一些清凉感，所以回忆起了那个城市里好喝且凉爽的水。他马上就说起来这好喝的水在下一个饮水喷泉那里等着他。

总而言之，他不是一个安静的病人，但是很温和。我害怕他，因为我总是担心他一旦意识到自己的处境，就会变得尖酸刻薄。因此他温和的态度并没能减轻我繁重的负荷，不过他顺从地接受了每一个建议，因为他期待着这些建议能让他从那种喘不过气的状态中解脱出来。护士提出去给他拿一杯牛奶，他满心欢喜地接受了，又带着同等程度的焦虑等着那杯牛奶。他只浅尝了一小口就想赶紧摆脱它，因为这个愿望没有马上得到满足，就任凭那杯牛奶掉到地上。

医生从未对病人的状况感到失望。他每天都能诊断出一丝好转的迹象，但同时也看得出大难将至。有一天他乘车过来，又很快离开了。他嘱咐我尽可能让病人长时间地躺着，因为水平的姿势最有利于血液循环。他也这样叮嘱了我父亲，他听懂了，并且以非常机灵的样子做出了承诺，但是他仍然站在房间中央，并且迅速回到了那种出神的状态，或者更准确地说，回到了我所说的那种对他呼吸困难的深思中。

接下来的那个夜晚，我最后一次体会到了恐惧，害怕那让我避之不及的意识再次出现。他坐在窗边的扶手椅上，透过玻璃凝视着晴朗的夜色和繁星密布的天空。他的呼吸还是那么急促，但他专注地仰望着高处时，似乎并未因此感到痛苦。也许因为呼吸的缘故，他的头好像不停地点着，表示着同意。

我惊恐地想道："他就这么一头扎进了他始终在回避的问题里。"我试着在天空上找到那个他盯着看的确切位置。他凝望着天空，上半身直挺着，努力程度不亚于一个通过位置过高的小孔窥视的人。我认为他在看昴宿星团。也许他在一生中从未如此长时间地注视过如此遥远的地方。

突然间,他转向我,上半身依然挺得很直:"看啊!看啊!"他以一种严厉的警告态度对我说,然后马上回头继续凝视天空,接着再次转向我:"你看到了吗?你看到了吗?"

他试着再转回去看星星,但是做不到。他筋疲力尽地瘫倒在扶手椅的靠背上,当我问他想要向我展示什么时,他没有理解我的意思,也不记得他看到了什么以及想让我看什么。那句他曾经寻找了很久要告诉我的话,永远从他那里溜走了。

那个夜晚很漫长,但是我必须承认,我和护士并不怎么累。我们让病人做他想做的事,他穿着那套奇异的衣服在房间里走动,完全不知道自己在等待死亡。有一次他试着走到门外冰冷的走廊上。我阻止了他,他立刻听从了。而另一次,护士因为听到了医生的那句嘱咐,想阻止他从床上站起来,那时我父亲反抗了。他脱离了那种糊涂的状态,一边大哭一边骂骂咧咧地站起来。我帮他争取到了在房间里随意走动的权利。他很快就安静了下来,回到了他那种寂静的生活,和那种为了寻求舒适而进行的徒劳奔走中。

医生复诊的时候,他允许他检查自己,甚至按要求试着呼吸得更深一些。然后向我求助道:"他说了什么?"

他的注意力暂时离开了我,但很快又回到了我这里:"我什么时候可以出去?"

医生受到了他那温和态度的鼓舞,劝我告诉他必须在床上多待一段时间。我父亲只听从他最习惯的声音——我的,还有玛丽亚和护士的声音。我不相信那些医嘱有什么用,但还是照做了,甚至在我的语气中带上了威胁的意味。

"好的,好的。"我父亲保证道,他在同一时间站起身来走向扶手椅。

医生看着他,无可奈何地低声说:"看得出来他换个位置能更舒服一些。"

不久之后我就上床了,但我无法合上眼睛。我凝视着未来,探寻着为了什么目的,为了谁,我才应该继续为了提升自己而做出努力。我哭得很厉害,但更多的是为我自己,而不是那个在他的房间里无休无止奔走的可怜人。

当我起床时,玛丽亚去睡觉了,我和护士一起留在我父亲身边。我垂头丧气,疲惫不堪,我的父亲比任何时候都更加不安分。

就在那时发生了我永远无法忘记的可怕一幕,它投下长长的阴影,遮蔽了我的每一丝勇气、每一份欢乐。为了忘记那痛苦,我的每一种情感都必须随着岁月逐渐淡化。

护士对我说:"如果我们能让他留在床上就好了,医生非常看重这一点!"

那个时候我还躺在沙发上。我站起身来走向床边,父亲当时正躺在上面,喘息声比任何时候都要急促。

我下定了决心:我要强迫父亲按医生希望的那样至少休息半小时。这难道不是我的责任吗?

父亲立刻试着向床沿翻去,想躲开我施加的压力站起来。我把一只有力的手按在他肩膀上,制止了他的行为,同时高声命令他不要动。有那么一小会儿,他被吓到了,服从了我的命令,接着大喊道:"我要死了!"

他坐了起来。而我被他的喊声吓了一跳,也随即减轻了手上的力道。因此他得以坐在床沿上,脸正对着我。我认为那个时候他变得更加愤怒,因为他发现自己——尽管只有一瞬间——的行动被限制了,而且他肯定觉得,正如我站在他面前挡住了光一样,我也剥夺了他急需的空气。他以超乎常人的努力站了起来,高高地举起一只手,就好像他知道除了自身的重量之外,再不能传给那只手其他的力量。他让手落在我的脸颊上,然后滑倒在床上,又从那里滚到地板上。他死了!

我不知道他已经死了,但是他在奄奄一息时想要惩罚我却让我的心痛苦得缩成了一团。我在卡洛的帮助下把他抬起来放回床上。我哭得像一个受了罚的孩子,冲着他的耳朵大喊道:"不是我的错啊!是那个该死的医生要强迫你躺着!"

这是个谎言。然后,我还是像个小孩子一样,补充说我保证再也不这么干了:"我会让你想去哪儿就去哪儿的。"

护士说:"他死了。"

他们费了很大劲才把我从那个房间里拖走。他死了,而我再也不能向他证明我的清白了!

我试图在孤独中恢复镇定。我推理起来:要排除这种情况,即我那神志始终不清醒的父亲竟然能下定决心惩罚我,还能精准地控制他的手打向我的脸颊。

要怎么确认我的推理是正确的呢?我甚至想去找柯普罗西奇医生,他作为一个医生应该可以告诉我一个垂死的人有多大的决策和行动能力。我也可能是一个动作的牺牲品,而这个动作是我在试着帮他呼吸得更顺畅一些时做出的!但我没有和柯普罗西奇医生交谈。我不可能去找他,向他透露我的父亲是怎么和我告别的。他已经指责过我不爱我父亲了!

当我晚上在厨房里听到卡洛——那个护士,对玛丽亚说:"做父亲的把手抬得特别特别高,在他生命里的最后一刻扇了儿子一耳光。"我又受到了一次沉重的打击。他知道这件事了,所以柯普罗西奇也会知道的。

当我走进停尸间时,我发现他们已经给死者穿好了衣服,护士应该也整理了他那头美丽的白发。死亡已经使那具躯体变得僵硬。他躺在那里,庄严而凶险。他那双有力而指节分明的大手已经发青,却那么自然地摆放着,看起来像随时准备抓住某个人惩罚他。我不想,也没办法再去看他一眼。

随后,在葬礼上,我设法回忆父亲在我童年之后一直是多么软弱、多么善良的人。我相信他在临终时扇我的那一巴掌并不是有意为之。我变得很仁慈,非常仁慈。父亲留下的记忆始终伴随在我身边,变得越来越甜蜜。就好像一场美妙的梦境:我们现在完全和解了,我变得更软弱,而他变得更强大。

我回到了我童年的宗教记忆中,并长时间地留在那里。我想象着父亲能听到我,我能告诉他,错的不是我,而是那个医生。谎言并不重要,因为如今他能明白一切,我也是如此。在很长一段时间里,我和我父亲的对话持续着,温柔而隐秘,就像一场禁忌的爱情,因为我在人前继续嘲笑着所有的宗教知识,而实际上——我想在这里坦白——我每天都在狂热地向某位神明为我父亲的灵魂祈祷。恰恰是真正的宗教不需要大声宣扬就能给予人安慰,有时候——虽然这种时候很少——人们确实离不开这种安慰。

# 第五章　我的婚姻故事

在一个中产阶级家庭的年轻人头脑中，人生的概念和职业生涯的概念联系在一起，而在青少年时期，职业生涯便是拿破仑一世的职业生涯。这并不是说他因此梦想着当皇帝，而是因为人可以在远远不及拿破仑的地位上仍与他相似。最忙碌的人生会被最原始的声音概括，那是海浪的声音，从成形的那一刻起，就无时无刻不在变化，直至消亡！因此，我也期待着自己能像拿破仑和海浪一样成形和消散。

我的人生只能挤出一个一成不变的音符。它调性很高，还引来了一些人的嫉妒，却乏味到了可怕的程度。在我的一生中，我的朋友们对我始终保持着同样的尊重，而我也相信，自从到了懂事的年龄，我对自己的看法也没有太大的变化。

所以，结婚这个念头可能是源于我厌倦了演奏和聆听那唯一的音符。还没有经历过婚姻的人会认为它比实际上更重要，所选择的伴侣会在后代身上更新自己的种族，让它变得更优秀或者更低劣，但是希望此事发生却无法引导我们一蹴而就的大自然母亲——因为在那时我们根本不会考虑后代——让我们相信妻子也会让我们自己焕然一新，这是任何一个经典文本都没有佐证过的奇思妙想。结婚后，我们会在彼此身边生活，永远不会变化，除非对与我们截然不同的人产生新的厌恶之情或者嫉妒比我们更优秀的人。

有趣的是,我的婚姻之旅始于我与未来岳父的相识,以及我对他怀抱的友情与信仰,那时我还不知道他是几个待嫁女儿的父亲。所以说,把我引向那未知目标的并不是什么固有的决定。我忽视了一位我一度认为适合我的女孩,整天黏在我未来的岳父身边。我甚至差点儿相信这一切都是命中注定。

乔瓦尼·马尔芬蒂满足了我心中对新事物的渴望,他与我和我到那时为止寻求友谊和陪伴的人都大相径庭。我是个博学多才的人,因为我大学读了两个专业;另外,我那种长期随遇而安的态度也颇有教育意义。他呢,恰恰相反,是一个伟大的商人,无知而勤奋。但无知给他带来了力量和安宁,我常常着迷地看着他,对他羡慕不已。

马尔芬蒂当时大约50岁,身形健硕,高大而肥胖,硬朗得如铁打一般,体重超过100公斤。他会以极其清晰的条理执行那颗大脑袋里转动着的零星几个想法,废寝忘食地钻研它们,把它们应用到每天数不清的新业务里,以至于它们变成了他的一部分,如他的四肢,并融入了他的性格中。我在这些想法方面非常贫乏,便黏在他身边以求充实自己。

我在奥利维的建议下进入了泰尔捷斯泰奥[①]交易所。他对我说去交易所上班会给我的商业活动开个好头,我也能在那里为他收集一些有用的信息。我坐的那张办公桌旁,我未来的岳父也庄严地坐着。从那时起,我的位置就再也没动过,我感觉自己来到了一个真正的商业讲坛,而这正是我寻觅多时的。

---

① 泰尔捷斯泰奥(Tergesteo)是的里雅斯特当时的金融活动中心之一,本书作者伊塔洛·斯韦沃曾在那里的银行工作。

他很快就注意到了我的钦佩之情,并以友谊相报。我立刻感到那是一种父辈的友谊。他是不是从一开始就知道事情会以怎样的方式结束呢?一天晚上,我受到他那庞大商业版图的激励,宣布想要摆脱奥利维,亲自接手我的生意,他劝我不要这样做,甚至看上去因为我这个提议而紧张起来。我可以从商,但必须始终和奥利维保持稳固的联系,他清楚奥利维的为人。

他非常愿意指导我,甚至亲手在我的笔记本上写下了他认为足以让任何公司生意蒸蒸日上的三条定律:"一、不需要知道如何工作,但不会驱使别人工作的人有难了;二、真正的遗憾只有一个,即没有能力去创造自己的利益;三、在生意场上,理论很有用,但只有在交易结束后才能践行。"

我熟记了这三条定律和其他许多定理,但它们对我毫无帮助。

当我敬佩某人时,会很快试着去模仿他,马尔芬蒂也成了我模仿的对象。我想变成一个老谋深算的人,也感觉自己确实如此。有一次我甚至梦想比他还要狡猾。我自认为在他的商业架构中发现了一个错误,我想马上把这个错误告诉他,赢得他的尊重。一天,在泰尔捷斯泰奥交易所的桌子旁,当他在讨论一桩生意,正准备骂那个和他对话的人是个畜生时,我打断了他。我提醒他说,在我看来,他到处宣扬自己多么老谋深算是个错误。我认为在生意场上,真正老谋深算的人应该表现出愚笨的样子。

他嘲笑了我,他认为老谋深算的声望非常有用。与此同时,很多人来向他寻求建议,给他带来最新的消息,而他则凭借着从中世纪开始积累的经验给出极为有用的建议;有的时候,他还有机会在获取消息的同时达成几笔交易;最后——他说到这里时大喊了起来,因为他觉得终于找到了能说服我的论点——为了在买进卖出时获利,所有人都会向那个最老谋深算的人求助。从愚笨的人那里，除了诱使他牺牲自己的利益，人们对他不会有别的期待，但他的商品总是比那个老谋深算之人的商品要贵，因为他在购进的时候就已经被骗了。

对他来说，我是那张桌子上最重要的人。他向我透露了他的商业秘密，我从来没有泄露过。他的信任放对了地方，以至于他有两次把我骗得团团转，那个时候我已经成了他的女婿。第一次，他的精明给我造成了一定的财产损失，但被骗的是奥利维，所以我并没有很介意。当时奥利维派我去他那里打探一些消息并且如愿得到了它们。但这些消息造成的后果让奥利维再也没能为此事原谅我，此后每次我开口告诉他一条信息时，他都会问我："您是从哪里得到它的？是从您的岳父那里吗？"为了给我自己辩护，我不得不为马尔芬蒂辩护。到最后，我感觉自己更像一个骗子，而不是一个被骗了的人。这是一种非常愉快的感觉。

但另一次，我确实扮演了傻瓜的角色，但即使那样我也没能对我的岳父滋生出任何怨恨。他时而让我羡慕，时而让我大笑。我在自己的不幸中看到了他如何精准地实施他那些永远不会向我解释得那么清楚的原则，他甚至有办法跟我一起嘲笑这件事，死不承认欺骗过我，同时声称他只是在笑我倒霉时的滑稽模样。他唯一一次承认对我玩了把戏是在他女儿阿达的婚礼上（新郎不是我），喝了点儿香槟之后，他那平时只喝纯净水的庞大身躯有些混乱了。

那时他讲出了事实，他大声喊着，以免因为笑得太厉害说不出话："然后那条法令就出现了！我正在那儿垂头丧气地计算这要花我多少钱，我的女婿就进来了。他告诉我说他想做生意。'这儿有个好机会'，我对他说。他着急忙慌地签了文件，害怕奥利维会及时赶到阻止他，这事就成了。"随后他对我大加赞赏："他对经典作品了如指掌。知道谁说了这个谁说了那个。但是不知道怎么读报纸!"

这是真的!如果我在每天必读的5份报纸里不怎么显眼的地方找到了那条法令,就不会上当了。我本来也应该马上明白那条法令意味着什么,并且看到它会引发的后果。这不是一件容易的事,因为它调低了一项关税的税率,从而会使受到波及的商品贬值。

第二天,我的岳父矢口否认了他的这份供词。这件事在他口中恢复到了晚宴前的样子。"酒能编故事。"他平静地说,坚持说相关法令是在那笔交易完成的两天后才发布的。他从来没有想过如果我看到了那条法令,可能会误解它的意思。我对此感到受宠若惊,但他对我如此宽容并非出于善意,而是因为在他看来,所有人在读报纸时都会只记得自己的利益。相反,我在读报纸时感觉自己变成了公众舆论的一部分,看到关税减少时,我想到了科布登[①]和自由主义。这个思绪十分重要,它没有给我留下任何余地去让我考虑我的商品。

然而,有一次我确实赢得了他的钦佩,而且我能做到这一点正是因为我本来的面目,甚至是因为我最糟糕的品质。

有一段时间,我们俩都买了一家糖厂的股票,人人都期待这些股票能创造奇迹,然而股价却每天缓慢地下跌。马尔芬蒂不想逆风而行,卖掉了他的股票,并且说服我也把我的股票卖掉。我完全同意,打算给我的经纪人下达指令,并把这件事记在了那些天重新用起来的笔记本上。但众所周知,白天没有人会去翻看自己的衣兜,所以有好几个晚上,我都是在要睡觉的时候惊讶地在自己的兜里找到了那条笔记,而那时已为时过晚,有一次我懊

---

[①] 理查德·科布登(Richard Cobden,1804—1865),英国政治家,他被称为"自由贸易之使徒",是英国自由贸易政策的主要推动者。

恼地大喊起来,为了不用过多地向我妻子解释,我告诉她我咬到了舌头。还有一次,我惊讶于这种粗心大意的态度,咬了自己的手。"现在你要小心脚了!"我的妻子笑着说。这样的麻烦事之后再没出现,因为我已经习惯了。我呆呆地看着那该死的笔记本,它太薄了,根本不能让人在白天感受到它的压力,所以不到晚上,我根本想不起来它的存在。

一天,一场突如其来的暴雨迫使我躲到泰尔捷斯泰奥交易所。我在那里偶遇了我的经纪人,他告诉我,那些股票的价格在过去的八天里几乎翻了一番。

"我现在要把它们卖掉了!"我得意扬扬地宣布。

我跑去找我的岳父,他已经知道那些股票价格上涨,正对自己已经卖掉了它们而感到痛心,也对引导我卖掉了自己的股票稍感内疚。

"耐心点儿!"他笑着说,"这还是第一次你因为听我的建议而亏钱。"

另外一笔交易是在他的提议而不是建议下达成的,这在他看来有着天壤之别。

我开心地笑了起来。

"但我根本没听那个建议!"光有运气对我来说还不够,我还想用它邀功。我告诉他,那些股票我明天才会脱手,并且换上一副严肃的神情,想让他相信我手里有一些忘了告诉他的消息,正是这些消息让我决定不听他的建议。

他生气了,恶狠狠地斜瞪着我,然后别过脸去对我说:"有你这样的脑子就别做生意了。而且,如果真的干了这么恶劣的事情,也不应该承认。你还有很多东西要学。"

我很抱歉惹他发火,但这比他损害我的利益时要好玩儿得多。

我诚实地告诉了他事情的真相。

"你看，就是我这样的脑子才适合做生意。"他马上消了气，和我一起笑了起来，"你从这笔交易中赚到的不是利润，而是一笔补偿金。你的头脑已经让你花了不少钱，补偿你的一部分损失是应该的！"

我不知道为什么要花那么多时间去讲述我和他之间的争执，这种事情其实很少。我真的很爱他，所以才寻求他的陪伴，尽管他为了思考得更清楚习惯于大喊大叫。我的耳膜能承受他的喊叫。如果他喊得少一些，他那些不道德的理论就会更加咄咄逼人，如果他的受教育程度高一些，他的力量似乎就不那么重要了。尽管我和他有那么多的不同之处，但我相信他也对我抱有一种相似的感情。如果他没有英年早逝的话，我本来会更加确定地知道这一点。在我结婚以后，他孜孜不倦地给我上了许多课。他上这些课时常常大喊，态度蛮横无理。我对所有这些都来者不拒，我认为这是我应得的。

我娶了他的女儿。神秘的大自然母亲将我引领至此，读者们将看到这种引导带有何种强制性的暴力。如今，我会时不时审视我几个孩子的面孔，思索在我那象征着脆弱的细长下巴周围，在我传给他们的那对爱做梦的眼睛周围，是否至少留有一些我为他们挑选的外祖父那野蛮力量的痕迹。

在岳父的墓前，我痛哭流涕，尽管他最后一次道别并不那么亲切。他临终时对我说，他羡慕我那厚颜无耻的好运，羡慕我能随心所欲地行动，而他却被困在病床上。他的话让我吃惊，我问他我到底做了什么，让他希望看到我生病。他是这样回答我的："如果我能把我的病转给你，让自己摆脱它，我立刻就会这么做，甚至加倍给你！我才不会有你那些人道主义的顾虑！"

他这番话没有任何冒犯之意：他只是想重现那次成功让我接手一笔贬值货物的交易。然后，这番话里也流露着慈爱之情，因为我不介意用他安在我头上的人道主义顾虑来解释我的软弱。

在他的墓前，如同曾在所有令我垂泪的墓前一样，我的悲伤也倾注给了自己那随之被埋葬的一部分。对我而言，我失去了第二位父亲，那平凡、无知、野蛮的斗士，这是一种怎样的损失啊！他反衬了我的软弱、我的文化、我的胆怯。这就是真相：我是个胆小鬼！如果不是研究过马尔芬蒂的话，我本不会发现这一点。谁知道如果他继续陪在我身边的话，我会对自己有怎样更全面的认识呢！

我很早就意识到，在泰尔捷斯泰奥交易所的那张桌子旁，马尔芬蒂喜欢展现自己的本色，甚至表现得要更恶劣一点儿，但他还是有所保留：他从不谈论自己的家事，除非不得已而为之，这种时候，他态度庄重，语气也比平时温柔。他对自己的家庭极其尊重，也许对他来说，不是每个坐在那张桌边的人都有资格对其略知一二。在那里，我只了解到他四个女儿的名字都以字母"A"开头，这在他看来很有实用性，因为那些刻有姓名首字母的东西可以由一个女儿传给另一个女儿，不用变来变去。她们叫作（我很快就把这些名字熟记于心了）：阿达、奥古斯塔、阿尔贝塔和安娜。那张桌子上还有人说这四个女孩都很漂亮。这个姓名首字母"A"给我带来的震撼远超过它的实际价值，4个被她们的名字紧紧绑在一起的女孩子出现在了我的梦里，就好像她们要被捆成一束，寄送出去。首字母也会传达别的信息。我叫泽诺，因此我总感觉自己会在远离家乡的地方结婚。

这也许是个巧合，在去马尔芬蒂家拜访之前，我刚好结束了与一个女人相当长久的恋爱关系，也许她应该得到更好的对待。

但这个巧合引人深思。让我下定决心与她分手的是一件微不足道的小事。那个可怜的女人以为找到了把我拴在她身边的好办法，那就是让我产生嫉妒之心。恰恰相反，怀疑的念头足以让我和她断得一干二净。她不可能知道我那时一门心思想要结婚，而且认为结婚的对象不可能是她，因为她没有让我体验到足够的新鲜感。她故意在我心中埋下的疑虑便是婚姻优越性的一种证明。在婚姻中，这种疑虑不应该出现。当我很快觉得这种怀疑站不住脚，并把这个念头驱散时，我又记起了她花钱花得太多。现在，在经历了24年诚实的婚姻后，我已经不再这么认为了。

这对她来说着实是一桩幸事。因为几个月后，她嫁给了一位非常富有的人，并且比我提前得到了梦寐以求的改变。我刚结婚不久便在家中遇到了她，因为她丈夫是我岳父的朋友。我们经常见面，但是多年以来，在我们还年轻时，我们之间保持了最大的谨慎，从来不谈过去的事。前几天，她突然问了我一个问题，那张框在灰白头发里的脸庞泛起了年轻人特有的红润："您那时为什么要离开我？"

我诚实地回答了她，因为我没有足够的时间去编造一个谎言："我已经不记得了，但我生活里许多其他的事我也不是很清楚。"

"我感到很遗憾。"她说，我已经准备好接受她这句话中暗含的恭维。"上了年纪以后，您看起来似乎是个非常有趣的男人。"我努力挺直了身子，这可不是应该道谢的时候。

有一天，我得知马尔芬蒂一家结束了他们愉快而漫长的旅行，从乡下的避暑地回到了城里。我还没采取任何行动让自己被引荐给那个家庭，马尔芬蒂便先一步行动了。

他给我看了一封来自他密友的信，信中这位密友问起我的近况：他曾是我的同学，我过去非常喜欢他，甚至坚信他注定要成为一名伟大的化学家。不过现在我已经对他完全不感兴趣了，因为他成了一位伟大的化肥商人，而我对这个领域一无所知。马尔芬蒂邀请我去他家做客，因为我是他这位朋友的朋友。显然，我一点儿也不反对。

我清楚地记得第一次登门的场景，好像它就发生在昨天。那是秋日里一个阴沉而寒冷的下午，我甚至还记得在那暖洋洋的屋子里脱掉大衣后的舒畅感。我就要达到目的了。现在我还在惊叹当时错当成远见的盲目。我追求着安全感，追求着合法性。那个首字母"A"后面确实藏着四个女孩子，但是她们中的三个会被立刻淘汰，而至于第四个，她也将经受严格的审查。我将化身为一位极其严格的法官，但同时我也说不出自己究竟要求她具备哪些品质，她的哪些品质又会让我生厌。

那间布置优雅而宽敞的客厅中摆放着两种风格迥异的家具，一种是路易十四的风格，另一种是连皮革上都镶有大量金饰的威尼斯风格。按照当时的习惯，客厅被这些家具分成了两部分，在那里，我遇到了独自在一扇窗边读书的奥古斯塔。她跟我握了握手，她知道我的名字，并且告诉我她的家人已经恭候我多时了，因为她爸爸提前通知说我要来做客，然后她就跑去叫她的母亲。

就这样，四个有着相同首字母的女孩中的一个已经不关我的事了。他们怎么会说她漂亮呢？第一眼就能看出她有严重的斜视，要是有一段时间没见到她，再想起她的时候，斜视就成了她的代名词。她的头发也算不上浓密，虽然是金色的，不过黯淡无光。整个人算不上难看，但是在她那个年纪显得有点儿胖。我在自己待着的那几分钟里想："要是其他那三个也像她一样……"

不久后，这些女孩的人数被筛到了两个。她们中的一个跟着她妈妈走了进来，只有 8 岁。那个小女孩真可爱啊！她那一头长长的鬈发披散在肩上,闪闪发光,肥嘟嘟的脸庞甜美得像拉斐尔[1]画中凝神静思的小天使(只要她别说话)。

我的岳母……唉!我也总是克制着不要太过放肆地谈论她。多年来我因为她是我的母亲而爱她,但我此时在讲述一桩往事,在这个故事里,她并不是我的朋友,而我哪怕在这个她永远不会看到的笔记本里,也不打算写下任何对她不敬的话。另外,她的干预很短暂,短暂到我甚至可以忽略不计。她在正确的时刻轻轻推了我一把,力道恰好让我失去了那摇摇欲坠的平衡。也许她就算不干预,我也会失去平衡,再说,谁知道后面发生的一切就是她想要的结果呢?她的教养很好,不会像她丈夫那样因为喝了太多酒向我泄露那些有关我生意的真相。事实上,她身上从来没发生过这类事情,因此我在讲述一个我不太了解的故事。也就是说,我不知道是由于她的精明还是我的愚蠢,我最终娶了她那个我原本不想娶的女儿。

不过我可以说,在我第一次登门拜访时,我的岳母还是一位美丽的女人,连她那奢华却不张扬的衣着都显得那么优雅,她举手投足间无一不流露出温柔与和谐。

我在我岳父岳母身上看到了那种自己梦寐以求的夫妻一体同心的典范。他们在一起时十分幸福,他总是大声嚷嚷,而她则一直面带微笑,那微笑同时代表了认可与宽容。她深爱着她那身形魁梧的丈夫,而他一定是凭借着出色的生意征服了她,把她留在了自己身边。她并不是因为利益才与他结合,而是出于发自内心的崇敬。我对岳父也怀有同样的崇敬,因此我很容易理解她的感情。他精力充沛地活跃在那片狭窄的空间里,那里就像一个只容

---

[1] 拉斐尔·桑西(Raffaèllo Sanzio, 1483—1520),意大利著名画家,文艺复兴三杰之一。

得下一件商品和两个敌人（合同双方）的笼子，从中却不断诞生、发掘出新的关系和组合，因而使生活本身也变得朝气蓬勃。他会向她讲述每一桩生意，而她则因为良好的教养，从不给出建议，因为她担心这可能会让他误入歧途。他感到自己需要这种沉默的支持，他有时会匆匆忙忙赶回家大声地自说自话，确信自己是在向妻子征询意见。

当我得知他背叛了她，她知道一切却对此安之若素时，并没有感到惊讶。我结婚一年后的某天，马尔芬蒂心烦意乱地告诉我，他丢掉了一封对他来说十分重要的信，想再检查一遍他交给我的那些文件，希望能看到那封信在里面夹着。然而几天过后，他却兴高采烈地告诉我，他在自己的钱包里找到了那封信。"是一个女人寄来的吗？"我问他。他点了点头，开始炫耀自己的好运。而我呢，有一天他们指责我弄丢了一些文件，我为了给自己辩护，就对我的母亲和妻子说："我可没有爸爸那么好的运气，文件能自己回到钱包里面。"我的岳母非常开心地笑了起来，以至于我只能怀疑那封信正是她放回去的。很显然，在他们的关系里，这件事根本就无足轻重。在爱情里，每个人都有自己的处理方式，而且在我看来，我岳父岳母的处理方式并不是最愚蠢的。

马尔芬蒂夫人非常热情地接待了我。她道歉说自己不得不把小安娜带在身边，因为她那会儿正在闹别扭，她不能把小安娜托付给别人。小姑娘神情严肃地打量着我。奥古斯塔回来的时候坐在了我和马尔芬蒂夫人对面的一张小沙发上，小姑娘走过去爬到她的腿上，身子靠在她怀里，然后就一动不动地盯着我看。这让我感觉怪好玩儿的，直到我了解到她那颗小脑袋里转着什么念头。

一开始，我们之间的对话并不是很有趣。马尔芬蒂夫人像所有教养良好的人一样，在初次见面时相当乏味。她不厌其烦地问起我那位貌似将我引荐给了这个家庭的朋友,而我甚至不记得他的教名是什么。

终于,阿达和阿尔贝塔进来了。我松了口气,两个人都很漂亮,她们为直到那时都略显灰暗的客厅带来了一抹亮色。两个人都长着棕色的头发,身材高挑且苗条,但彼此之间非常不同。我要做的选择并不困难。阿尔贝塔当时不过十七岁,和她母亲一样,虽然她的头发是棕色的,但她的皮肤红润而清透,这让她看上去有些孩子气。而阿达已经是一位成熟的女人了,她有一双严肃的眼睛,皮肤白皙,甚至有些微微发青,一头浓密的鬈发整理得一丝不苟,流露出雅致的气息。

要追溯一段日后变得热烈的情感最初是怎么以温柔的方式开始的,这并不是一件容易的事,但我很确定,我对阿达并没有像人们所说的那样"一见钟情"①。那种触电般的感觉被我当即形成的信念取代了,即她就是我需要的女人,她也肯定会在神圣的一夫一妻制生活中引领我走向道德和身体上的健康。当我回想起那一刻时,我惊讶于自己当时没有一眼就爱上她,反而在心中形成了一种信念。众所周知,男人不会在妻子身上寻找那些我们在情人那里喜爱或厌恶的品质。所以说,我应该是没有马上看到阿达全部的优雅和美丽,而是被我认为她所具有的其他品质迷住了。我看中了她那一本正经、朝气蓬勃的样子,一言以蔽之,就是那些她父亲身上我爱的品质,只不过略有减轻。既然我那时相信(我现在仍然相信)自己没有看走眼,并且相信阿达从小就拥有这些品质,我认为自己是一个优秀的观察者,然而我这个优秀的观察者也颇为盲目。我初见阿达时,心里只有一个愿望:那就是爱上她,

---

① 原文为法语"coup de foudre",意为"一见钟情"。

因为我必须先经历这个过程才能娶她。我以自己长期保持个人卫生的那股子劲头展开了攻势,我说不出自己是在什么时候做到的,也许就是在第一次登门拜访那段相对短暂的时间里,我已经爱上了她。

马尔芬蒂一定对他的女儿们讲了很多关于我的事。抛开别的不谈,她们知道我从法律转攻化学,然后又——可惜啊——回到了之前的专业。我试图解释:当人囿于一个专业时,绝大部分学问自然也就被无知遮蔽了。我说道:"如果现在生命的严肃性没有落在我肩上,我还会继续从一个专业转到另一个专业。"我没有说自己是在不久前决定结婚的时候才感受到这种严肃性的。

然后我打趣说,我总是在要考试的时候转专业,这可真是匪夷所思。

"这不过是个巧合。"我带着那种想让别人相信我在撒谎的微笑说。但实际上,我在人生的各个阶段都换过研究领域。

就这样,我开始追求阿达。我坚持不懈地让她取笑我,哪怕是在我背后,我也忘记了我正是因为她那一本正经的性格才选了她。我是有些古怪,但在她眼里,我应该表现得像是个彻头彻尾的疯子。这并不全是我的错,从没被我选中的奥古斯塔和阿尔贝塔那里就能看出来,她们对我的评价截然不同。可是阿达当时太严肃了,她那双漂亮的眼睛转来转去,寻找着一位能被接纳进自己爱巢的男人,却无法爱上一个引她发笑的人。她大笑着,笑得那么久,久到她的笑声让那位引她发笑的人显得丢人现眼。她这种行为真是恶劣,最终一定会伤害到她,但首先受伤的人是我。如果我能在适当的时候保持沉默,事情的走向可能会有所不同。与此同时,我也应该给她留点儿时间让她说话,让她在我面前展示自己,让我有机会观察她。

四个女孩坐在那张小沙发上,虽然安娜坐在奥古斯塔膝盖上,她们还是勉强才挤得下。她们待在一起时美丽极了。我心满意足地确认了这一点,同时看到自己正以壮丽之姿开始欣赏和爱慕她们。她们真的很美!奥古斯塔那暗淡的头发正好衬托了其他女孩子的棕发。

我之前说起了大学,正在读高中倒数第二年的阿尔贝塔便开始谈论她的学习。她抱怨道拉丁语对她而言非常难。我说这不奇怪,因为这门语言并不适合女性,我甚至认为古罗马时期的女人已经在说意大利语了。然而在我这里——我一口咬定——拉丁语是我最喜欢的科目。但是不久后我犯了个轻率的错误,引用了一句拉丁语,结果阿尔贝塔不得不纠正我。真倒霉!我没把它当回事,并且告诫阿尔贝塔,在她上了几年大学后,也应该小心不要引用拉丁语。

阿达刚刚和父亲在英国待了几个月,她说那个国家的很多女孩子都懂拉丁语。然后她用那种一贯严肃的语气说:"英国的女人和我们这里的完全不一样。她们聚在一起是为了做慈善,或者是为了宗教,甚至是出于经济目的。"她的声音完全没有乐感,比她那温柔的外表带给人的印象要低沉一些。阿达的姐妹们催促她说下去,她们想再听一遍我们这座城市的女孩子们那时认为精彩绝伦的东西。为了满足她们的愿望,阿达谈起了那些担任主席、记者、秘书和政治宣传员的女性,她们能在几百人面前发言,即使被人打断,或者是有人反驳她们的观点,她们也不会脸红或者感到困惑。她说话的方式很简练,没有太多感情色彩,丝毫没有让人惊讶或者发笑的意图。

我爱上了她那简洁的用语。我这种人一开口就会歪曲事实或者篡改别人的形象,否则便觉得说话毫无意义。我不是一位演说家,却有遣词造句方面的毛病。对我来说,言语自身应该构成一个事件,因此,它不应该被其他的事件束缚。

但我对背信弃义的阿尔比恩①抱有一种特殊的厌恶。我当即便表达了这一点,根本不害怕冒犯到阿达,再说她也没有表现出对英国是喜欢还是讨厌。我在那里生活过几个月,但没能认识任何出身良好的英国人,因为我在旅途中弄丢了我父亲一些做生意的朋友开给我的介绍信。所以我在伦敦的时候只和一些法国以及意大利人交往,并最终认为那座城市里的正派人都是从欧洲大陆过去的。我对英语的了解非常有限,然而在一些朋友的帮助下,我竟然也对那帮岛民的生活略知一二,尤其是,我得知他们讨厌所有的非英国人。

我向女孩们描述了逗留在敌人中间给我带来的那种不甚愉快的感觉。尽管如此,我本来是能忍受英国,在那里待满6个月的。我父亲和奥利维想让我在那里受苦,让我去学习英国的商业模式(然而我连它的边都没碰到,因为它似乎在隐秘的地方进行),可是我却遭遇了那桩倒霉的冒险。我去一家书店找一本词典,那家店里的柜台上躺着一只体形硕大、气宇不凡的安哥拉猫,它让人忍不住去抚摸那软绵绵的毛发。但是啊!就因为我温柔地摸了它,它就忘恩负义地袭击了我,狠狠地抓伤了我的手。从那一刻起我就再也不能忍受英国了,第二天我就到了巴黎。

奥古斯塔、阿尔贝塔甚至马尔芬蒂夫人都开怀大笑。阿达却感到很吃惊,估计没听懂我的意思。至少应该是那个书店老板本人冒犯了我,把我抓伤了吧?我不得不重复我的话,这就很没意思了,因为没人能在第二遍的时候把故事讲好。

---

① 阿尔比恩(Albione)为不列颠半岛的古称。

阿尔贝塔，那个学富五车的女孩，想要帮我："古代的人也会根据动物的行为来下决定。"

我没有接受她的帮助。那只英国猫的行为可不是什么神谕，它这么做是命运使然！

阿达瞪圆了她那双大眼睛，想要更多的解释："那只猫对您来说代表了整个英国人民吗？"

我真是不幸啊！尽管发生的一切都是真的，那次冒险对我而言却十分有趣并且富有教育意义，就好像它是为了某个特定的目的被编造出来的。为了理解它背后的含义，只要想一想在有我认识并深爱着的许多人的意大利，那只猫的行为就不会被抬高到一个如此重要的程度了，不是吗？但我说出口的并不是这件事，反而是："可以肯定的是，没有哪只意大利猫会做出这种事。"

阿达笑了很久，非常非常久。我甚至觉得通过贬低自己换来的成功巨大得有些过分了，于是又添油加醋地贬损了一番我这段冒险经历："那个书店老板也对猫的举动感到惊讶，它明明对其他人都很友好。这件倒霉事落在我头上是因为我就是我，或者是因为我是意大利人。这真的让人感到恶心[①]，我不得不逃走。"

这时发生了一件本该让我感到警觉并拯救我的事情。一直静静观察我的小安娜突然大声替阿达喊出了她的感受："他真的疯了不是吗？完完全全疯了！"

马尔芬蒂夫人责骂她说："你能把嘴闭上吗？你在大人讲话的时候插嘴，不觉得害臊吗？"

她这番责骂使情况变得更糟了，安娜尖叫起来："他疯了！他和猫说话！得马上找根绳子把他捆起来！"

---

[①] 原文为："It was really disgusting"。

奥古斯塔尴尬得涨红了脸,她站起身来把小安娜带走,一边训斥她一边向我道歉。但这条小毒蛇走到门口还在盯着我看,朝我做了个丑陋的鬼脸,对我喊道:"等着瞧吧,会有人把你捆起来的!"

我没料到这场出其不意的攻击,竟一时间找不到方法捍卫自己。然而,我宽慰地意识到,阿达也觉得自己的感受被这种方式表达出来着实是件憾事。小姑娘无礼的言行把我们之间的距离拉近了。

我发自内心地笑了起来,对她们说我家里有一张按正规流程盖了章的证书,它从各种方面证实了我的精神健康状况,这样她们就知道了我对我那年迈的父亲开过的玩笑。我提议说可以把这份证书拿给小安娜看看。

当我暗示自己要离开时,她们不让我走,希望我能先忘掉家里的那只"猫"给我留下的抓痕。她们把我留下,让我喝了一杯茶。

毫无疑问,我很快就隐约感到,为了让阿达喜欢我,我必须做些改变。我认为自己很容易就能变成她期待的样子。我一次次谈起我父亲的死,我觉得如果能揭开那个让我痛苦不堪的伤疤,严肃的阿达应该会和我产生共鸣。但是很快,在我努力变得和她相似的过程中,我失去了自己的天性,显而易见,我很快就与她疏远了。我说这么失去一个人的痛苦太大了,如果我有孩子,我会尽量让他们不那么爱我,以免他们日后因为我的离世而受太多苦。当她们询问我要如何做到这一点时,我有点尴尬。虐待他们、打他们吗?阿尔贝塔笑着说:"最保险的方法是杀了他们。"

我看到阿达尽力想不让我失望。因此她迟疑不决,但无论她怎样努力,都不能下定决心。然后她说,在她看来,我是出于善意才打算这样安排子女的人生,但是为了走向死亡而活着并不正确。我强硬地坚持道，死亡才是生命真正的组织者。我总是想着死亡，因此我只为一件事痛苦：人终有一死。所有其他的事情都显得无足轻重了，对它们我只会报以愉快的微笑，或是同样愉快的大笑。我任凭自己谈论着那些不那么真实的事情，尤其是和她在一起的时候，她已经成了我生命中举足轻重的一部分。实际上我相信自己之所以对她说那些话，是希望她知道我是一个非常快乐的男人。这种愉快的态度常常帮助我赢得女性的青睐。

她心事重重，犹豫不决地向我坦白说，她并不喜欢这样的心态。贬低生命的价值会使它变得比大自然所希望的还要脆弱。事实上，她告诉我说我并不适合她，但我到底还是让她犹豫，让她有心事了。我认为这算得上成功。

阿尔贝塔举了一个古代哲学家的例子，他对生命的诠释和我很相似，而奥古斯塔则说笑是一件特别美妙的事情。她的父亲也很爱笑。

"因为他喜欢生意兴隆。"马尔芬蒂夫人笑着说。

我终于结束了这次难忘的拜访。

在这个世界上，没有什么比按照自己的意愿结婚更困难的事了。从我的例子上就能看出来，我早在选定一位未婚妻之前就决定结婚了。我为什么不先多看几个女人再作选择呢？不要！我应该是不想看太多的女人，也不想费那个劲。选定一个女孩后，我可以更加细致地审视她，至少可以确定她会和我在街边偶遇，就像结局皆大欢喜的浪漫小说里写的那样。但我选的女孩声音如此沉稳，稍稍有些蓬乱的头发被梳得一丝不苟。我当时认为，她这么严肃，不会拒绝一个像我这样聪明、富有、出身良好而且长相也还不错的男人。虽然在我们第一次交谈时，我就察觉到了一些不和谐的元素，但不和谐是通往和谐的道路。

我甚至得承认自己这样想过："她应该保持现在的样子，因为我喜欢现在的她，要改变的人是我，如果这是她所希望的。"总的来说，我是相当谦虚的，因为改变自己总比改造他人更容易。

很快，马尔芬蒂一家成了我生活的中心。我每个晚上都和马尔芬蒂一起度过。自从把我介绍给他的家人后，他对我更加友好和亲切了，他这种友好的态度让我变得放肆起来。起初我每周去看望一次他的女眷，后来变成了一周几次，到最后，我每天下午都会去他家待几个小时。赖在那个家里的借口多的是，而且我确信，这些借口正是她们想出来的。有几次我带了小提琴过去，和奥古斯塔一起演奏了一小会儿音乐，她是那个家里唯一会弹钢琴的人。可惜阿达什么乐器都不会，可惜我的小提琴拉得那么糟糕，至于奥古斯塔，她也不是什么伟大的音乐家，这可真是雪上加霜！我不得不从每首奏鸣曲里删掉几个太难的乐段，谎称自己太久没碰小提琴。钢琴家的技巧总是比业余小提琴家的技巧要高超。奥古斯塔弹得还不错，我拉小提琴的技术比她差多了，实在没法儿觉得这种情况尽如人意。我总是想："如果我也像她那样会弹钢琴，我能弹得多好啊！"就在我评价奥古斯塔的同时，其他几位女士也在评价我，后来我得知，她们的评价并不是正面的。奥古斯塔本想再重复几遍我们的协奏曲，但我注意到阿达对此感到不耐烦，便好几次假装自己把小提琴忘在了家里。之后，奥古斯塔就不再提起这件事了。

遗憾的是，我在那个家里流连的几个小时并非只与阿达相伴。不久后，她就整天和我待在一起了。她是我选择的女人，因此她已经属于我了，我用所有的幻想来装点她，让这生命给我的馈赠更加美好。我为她添上了我所需要却不具备的种种品质，因为她不仅将成为我的伴侣，还将成为我的第二位母亲。她会引领我走向那完整的、壮丽的、充满斗争与胜利的人生。

在我的幻想中，我甚至美化了她的肉体，然后才将她交给别人。其实，我这一辈子追求过许多女人，她们中的很多人也让我追到手了。在幻想中，我把所有的女人都追到了手。当然，我说的美化并不是改变她们的容貌，而是像我的一位笔触无比细腻的画家朋友那样，他在给美丽的女人画肖像时，也专注在另一些美丽的事物上，比如说极其优雅的瓷器。这类幻想十分危险，因为它可能会赋予那些幻想中的女人新的力量，在现实的光芒下打量她们时，可能会发现她们还保留着某些用来装饰她们的水果、花朵和瓷器的特质。

我很难描述我是怎样追求阿达的。那是我生命中很漫长的一段时期，其间发生了许多我强迫自己忘掉的蠢事，它们让我尴尬得想大喊着抗议："那个畜生根本不是我！"那又能是谁呢？但是抗议本身让我感到一丝安慰，于是我就不停地抗议。如果我是在10多年前，在我20多岁的时候这么做，那还说得过去！但我只是决定要结婚，就受到了这么残忍的惩罚，对我来说未免太不公平了。我那时已经凭着一股勇往直前、近乎无耻的精神经历过种种情场上的大风大浪，而现在，我又变回了那个害羞的小男孩，试着去触碰心爱女孩的手，希望她不会察觉，然后因为自己身上的一部分曾有幸和她有过联系而沾沾自喜。如今我年事已高，回忆起这段生命中最纯洁的冒险时，我仍将其视为最令人作呕的经历。那种感情完全是不合时宜的，就好像一个10岁的男孩留恋奶妈的胸脯一样。多恶心啊！

然后我又要怎么解释自己摇摆不定的心态呢？我迟迟不敢当面和阿达讲清楚："下个决定吧！你到底想不想要我？"我去那个家里时总是浮想联翩。我数着那些通往二楼的台阶，对自己说如果台阶的数量是奇数,那就证明她爱我,而台阶总是奇数,因为它总共有43级。我带着满满的自信走向她,到头来谈论的却都是别的事情。阿达还没找到机会让我明白她的鄙视,而我又一直在回避这个话题!要是我处在阿达的位置上,我也会一脚踹在这个30岁年轻人的屁股上,让他滚蛋!

我得说,在某些方面,我并不完全像一个20多岁坠入爱河的小伙子,等待着心爱的姑娘搂住自己的脖子,我期待的完全是另一码事。我本来会坦露心迹的,但得在更晚一些的时候。如果我没有采取行动,那是因为我对自己有所怀疑。我期待着自己能变得更高贵、更强大、更配得上我那神圣的女孩。这种变化随时都可能发生。为什么不等等呢?

我也对没能及时意识到自己正在走向一场彻头彻尾的惨败而感到羞愧。我面对的是一个再单纯不过的女孩,但因为我总是对她想入非非,她在我眼里已经变成一个老奸巨猾的荡妇了。当她最终让我明白她对我根本不感兴趣时,我发那么大的火是不对的。但那时我已将幻想和现实混为一谈,没办法让自己相信她从来没有吻过我。

误解女性真是一种缺乏男子气概的表现。我之前从来没有犯过类似的错误,而且我相信我之所以在阿达的事上走偏了,是因为我从一开始就曲解了我们之间的关系。我接近她并不是让她为我折服,而是要和她结婚,这是爱情中一条与众不同的道路,这条路既宽阔又舒适,但哪怕和目的地离得再近,也无法直接通向它。以这种手段得到的爱情缺乏它最主要的特征,即对女性的征服。这么一来,男性就总是打不起精神去扮演他的角色,这种懒洋洋的态度可能会蔓延到他的感官中,甚至是他的视觉和听觉中。

我每天都给三位女孩带去鲜花，将我的奇思妙想送给她们，最重要的是，我用一种难以置信的轻浮态度，每天都给她们讲述我的生平。

当眼下的问题变得更为重要时，所有人都会热切地回忆过去。据说一个垂死的人在高烧的最后阶段会回顾自己的一生。现在，我的过去以一种告别的力量紧紧抓住我，因为我感到自己正与它渐行渐远。我总是向那三位女孩讲述我的过去，奥古斯塔和阿尔贝塔那聚精会神的样子鼓励了我，也可能掩盖了阿达心不在焉的态度，这一点我不是很确定。奥古斯塔生性温柔，很容易就会被感动；而阿尔贝塔听我描述学生时代那些放荡不羁的往事时，憧憬着自己未来也能经历类似的冒险，脸颊激动得通红。

很久之后，我从奥古斯塔那里得知，三位女孩中没有一个人相信我的那些小故事是真的。在奥古斯塔看来，它们是我编造出来的，因此显得更珍贵，因为它们比命运强加在我头上的故事更有原创性。在阿尔贝塔看来，那些她不相信的部分反而非常有趣，因为她觉得从中得到了很好的启发。唯一对我的谎言表示愤慨的是严肃的阿达。我的努力使我像个射击手，他成功地打中了别人的靶心，但他自己的靶子却摆在旁边。

尽管如此，那些小故事里的大部分内容是真实发生过的。我再也说不出它的具体比例是多少，因为在把它们讲给马尔芬蒂家的女孩子们之前，我已经对许多其他的女人讲了不知多少遍。我在不知不觉中为它们添上了许多虚构元素，以便让它们更引人入胜。从我再也不能用别的方式讲述的时候开始，它们就变成真的了。今天，我已经不在乎它们看起来是否是像真的了。我不想打破奥古斯塔的幻想，她着迷般地相信这些都是我编的。至于阿达，我认为她改变了看法，认为那些故事都是真实的。

我在阿达那里经历的惨败正好在我认为终于要和她说清楚的时刻浮现了出来。我惊讶地意识到了这个事实,一时间难以置信。她从来没说过一句讨厌我的话,而我又闭上了眼睛,故意不去看她那些意味着对我没什么好感的小动作。然后,我也没有说出要说的话,我甚至想象到阿达并不知道我已经准备好了要娶她,她可能认为我——这个性格古怪、不太正经的学生——想要的是完全不同的东西。

这场误会因为我过于坚定的结婚念头一直没能得到澄清。事实上,我当时渴望阿达的全部。我坚持不懈地打磨她的脸颊,缩小她的手脚,让她的身形变得更加苗条和优雅。我既想要她成为我的妻子,也想要她成为我的情人。然而,第一次接近一个女人的方式会产生决定性的影响。

现在情况变成了这样:连续三次,我去她家做客时都是别的女孩子在接待我。第一次,她们借口说阿达有一场推脱不掉的拜访;第二次,阿达生病了;而第三次,她们没有给我任何解释,直到我心中警铃大作,问她们阿达在哪儿。我提问时偶然求助的对象是奥古斯塔,她没有回答,求助般地看向阿尔贝塔,后者便代替她回答了我的问题:阿达去一位姨妈家了。

我感到喘不上气来。阿达明显在躲着我。前一天她不在,我觉得还可以忍受,我甚至多待了一会儿,盼望着她最终会出现。但那天,我张口结舌地愣了几分钟,然后就借口说头突然疼得厉害,起身离开了。有趣的是,我第一次发现阿达在反抗我时,感受到的竟然是冲天的愤怒!我甚至想过去找马尔芬蒂帮忙,让他迫使阿达就范。一个想要结婚的男人完全做得出这种事,仿佛在重复他祖先的行为。

阿达的第三次缺席应该含有更深远的意味。我无意中发现她其实在家,却待在自己的房间里,闭门不出。

在此之前我要先说一件事,那个家里还有一个人我没能征服:她就是小安娜。因为受过大人们严厉的训斥,她已经不在众人面前针对我了,她甚至有几次陪着姐姐们一起听我讲那些有趣的小故事。然而当我告辞时,她会在门口追上我,礼貌地请我朝她弯下腰,然后踮起脚尖,拼命把她那只小嘴贴在我的耳朵上,压低声音,用只有我能听到的音量说:"你疯了,完全疯了!"

有意思的是,在其他人面前,这个阴险的小家伙会对我用敬语。如果马尔芬蒂夫人在场,她会立刻躲入她的怀抱,而她母亲则会一边爱抚着她一边说:"我的小安娜变得多有礼貌啊!不是吗?"

我没有提出异议,而礼貌的安娜还是常常用同一种方式叫我疯子。我卑微地笑着,接受了她的说法,就好像在向她道谢。我希望这个孩子不会胆子大到敢把她这种过激的行为告诉大人,也不想让阿达知道她的妹妹对我有着怎样的评价。那个孩子真是让我尴尬极了。我要是在和别人说话时不小心对上了她的目光,我就得马上设法看向别的地方,这种时候要表现得自然是很困难的,我每次都会脸红。我觉得那个天真的孩子可能会用她的评价伤害到我。我给她带了一些礼物,但这些礼物并没有驯服她。她应该是意识到了自己的力量和我的软弱,在别人面前,她会用那种刨根问底的目光挑衅我。我相信,我们每个人都会不由自主地想到自己精神和肉体上那些脆弱而隐秘的地方。没人能说得清那是什么,但每个人都知道它们确实存在。我从那个想要看穿我的孩子身上转开了眼睛。

但那天,当我孤孤单单、心灰意冷地离开那个家时,她追上了我,让我弯下身子去听她那寻常的恭维,我换上了一副狰狞的表情，像个真正的疯子那样朝她凑过去，手伸成爪子状威胁她，她吓得大哭，尖叫着跑开了。

就这样，那天我还是见到了阿达，因为她一听到小安娜尖叫就冲了过来。小家伙抽抽搭搭地告状说我恶狠狠地威胁了她，就因为她叫我疯子："因为他就是个疯子，我想告诉他。这有什么不对的？"

我没去听小女孩在说什么，而是惊讶地发现阿达竟然在家。这么说来，她的妹妹们是在撒谎了，或者说得更准确一点儿，撒谎的只有阿尔贝塔，而奥古斯塔为了让自己脱罪，把这个责任转嫁给了她！我瞬间猜到了一切。我对阿达说："很高兴见到您。我原以为这三天您都在您姨妈家。"

她光顾着俯下身去安慰那个哭泣的孩子，没有回答我的话。我迟迟听不到自认为应得的解释，感到周身的血液都沸腾了起来，涌上了头顶。我什么都说不出，又向着大门方向迈出了一步。如果阿达不说话，我就会离开，然后再也不会回来了。盛怒之下，我觉得要放弃一个持续了那么久的梦想，实在是件再容易不过的事。

然而就在我这么想的时候，她朝我转过身子，脸涨得通红。她告诉我说她才刚回来，因为发现姨妈没在家。

这句话足以让我平静下来。看看她吧，她像母亲一样俯身安慰着那个乱喊乱叫的小姑娘，样子多可爱啊！她那十分灵巧的身体似乎为了离那个小家伙更近一点儿而变得越发娇小了。我磨蹭着不走，痴痴地看着她，心中再次涌起了将她占为己有的念头。

我感到内心十分平和，想让她们忘掉我刚刚表现出的愤怒。我愉快地笑了起来，特别客气地对阿达和安娜说："她总喜欢叫我疯子，我就想让她看看真正的疯子会有什么样的表情和举止。

请您原谅我!还有你,可怜的安努恰①,别害怕,因为我是一个好疯子。"

阿达也变得非常客气。她责备了那个仍然在抽泣的小家伙,并替她向我道了歉。如果我运气好到能让安娜一气之下跑掉,我本来是会开口说话的。我也许会说出一句在某本外语语法书上常见的话,这句话结构精巧,能让一个语言不通的人在当地的生活过得便利:"我可以从您父亲那里接过您的手吗?"我这是第一次产生结婚的念头,因此可以说,我正身处一个完全陌生的国家。在这之前,我和女性交往时的表现是完全不同的,我总是会发起攻势,一上来就动手动脚。

但就连这几个词我也没能说出口。它们需要时间去酝酿!说出这句话时,脸上得带着一种恳求的神情,这在我刚经历过和安娜以及阿达的冲突后是很困难的,而且,马尔芬蒂夫人这时也因为听到了小女孩的尖叫声,从走廊尽头走了过来。

我伸出手向阿达告别,她也立即亲热地握住了我的手,我对她说:"明天见,请代我向夫人说声抱歉。"

说完我却犹豫起来,不确定要不要放开那只带着如此信任的态度放在我掌心的手。我感觉到如果在那时离开,我和这个女孩之间仅有的机会也就告吹了。为了补偿她妹妹对我的无礼行为,她正在真心向我示好。当时我灵光一现,朝她的手俯下身去,轻轻地吻了一下,然后立刻打开门溜走了。阿达递给我的是右手,左手则扶着紧紧抓住她裙摆的安娜。开溜前,我看到她惊讶地盯着那只被我嘴唇轻触过的手,仿佛想要确认上面是否留下了些什么印记。我相信,马尔芬蒂夫人并未察觉到我的行为。

---

①Annuccia,意大利语中对"安娜"这个名字的昵称。

我在楼梯上停了一会儿，被自己这没头没脑的行为搞得心惊肉跳。我还有可能回到那扇亲手关上的门前，按响门铃，请求对阿达说出那句她在自己手上没有找到的话吗？我觉得根本没戏！我要是太心急，就会颜面扫地。而且，我已经跟她说过我会回来，这就等于我已经提前宣布了会给她一个解释。现在，她能否听到这些解释，完全取决于她是否给我这个机会。就这样，我终于不再对着三个女孩讲故事，而是亲吻了她们其中一人的手。

　　但这一天余下的时间却相当难熬。我坐立不安，焦虑难耐。我告诉自己，我只是因为急着澄清这次冒失行为才会这么焦虑。我可以想象，如果阿达拒绝了我，我完全可以不慌不忙地去追求其他的女人。把我和她拴在一起的只有我在完全自由的情况下做出的决定，现在，这个决定可能会被另一个覆盖，被它取消掉！那时我没意识到，在这个世界上，除了阿达，我根本不需要其他女人。

　　接下来的夜晚似乎格外漫长，我几乎彻夜未眠。自从父亲去世后，我就放弃了夜游的习惯。现在，既然我决定要结婚，深夜再出去晃荡似乎就很奇怪了。所以我早早就上了床，希望自己能睡着，让时间快点过去。

　　白天的时候，我过分盲目地相信阿达对我到访时她一连三次没出现在客厅的解释。我完全没起疑心，因为我能肯定自己所选择的这位正经女人不会说谎。但到了夜里，这种信任感降低了。我不确定自己有没有告诉她阿尔贝塔——因为奥古斯塔拒绝说话——替她辩解说她去了姨妈家。我不记得自己在头脑发热时对她说了什么，但我肯定提到了那个借口。真可惜啊！如果我没有这么做，也许她会给自己找个借口，编造些别的什么事情，那样我就能抓到她撒谎，并且现在已经如愿搞清楚状况了。

我本可以在那时意识到阿达对我已经变得多么重要，因为我为了得到一些心灵的宁静，便自语道如果她不接受我，我就永远不会结婚了。也就是说，她的拒绝将改变我的生活。我继续做着梦，自我安慰她的拒绝对我来说反而可能是件幸事。我想起了某位希腊哲学家，他预言到一个人无论是结婚还是保持单身，都会抱恨终生。总之，我还没有失去对自己冒险经历发笑的能力，我只是缺少入睡的能力。

我在天亮时才睡着，醒来时已经很晚了，距我可以去拜访马尔芬蒂家的时间仅剩下几个小时。因此，我已经没有必要去凭空想象，也不再需要收集其他线索来明确阿达的心意，但是阻止自己的思绪飘向一个太过在乎的话题是很困难的。如果有人能做到这一点，那他无疑是更幸运的生物。那天，在我夸张地打扮自己时，脑子里只转着一个念头：我应该亲吻阿达的手吗？还是说，我犯了错误，本来应该去亲吻她的嘴？

正是在那个早晨，我脑子里产生了一个想法。我认为这个想法深深伤害了我，它剥夺了我在那奇异的少年心境下仅有的一点点主动精神。那是一个痛苦的疑虑：如果阿达并不爱我，甚至打心底里讨厌我，她嫁给我只是应父母的要求，那又要怎么办呢？因为那个家里的所有人，也就是马尔芬蒂、马尔芬蒂夫人、奥古斯塔和阿尔贝塔肯定都喜欢我，我唯一不确定的就是阿达。我的眼前浮现出了那种通俗小说里的经典情节，一个年轻女子迫于家族的压力而步入她所厌恶的婚姻，但我绝不允许这种事发生。这就是我必须与阿达，而且只与阿达一个人谈话的新理由。只对她说出那句我已经打好腹稿的话还不够，我要看着她的眼睛问她："你爱我吗？"如果她说是，我就会紧紧拥抱她，感受她那颗颤抖着的真心。

这样一来，我便感到自己已经做好了万全的准备。然而，我本应意识到自己即将面对的处境，就好像我去参加一场考试，却正好忘了复习被问到的那几页。

接待我的只有马尔芬蒂夫人，她让我在那间偌大客厅的一角坐下，然后立刻热情地和我攀谈了起来，甚至没能让我问问女孩们的最新消息。因此，我多少有些心不在焉，重复着应试的课程，以免在关键时刻忘掉它。突然间，我的注意力被拉了回来，就好像有人吹响了喇叭。马尔芬蒂夫人在铺垫一段开场白。她向我保证了她和她丈夫的友谊，还有他们全家（包括小安娜）的爱。我们认识很长时间了。这4个月以来我们天天见面。

"5个月！"我纠正道，我在前一天夜里已经计算过时间，回想到我们第一次见面是在秋天，而如今我们已处于盛春之中。

"对！5个月！"马尔芬蒂夫人若有所思地说，就好像在验证我的计算结果。然后，她的语气中带上了一丝责备："我认为您伤害了奥古斯塔。"

"奥古斯塔？"我问道，相信是自己听错了。

"是的！"马尔芬蒂夫人确认道，"您恭维她，又伤害了她。"

我天真地表达了我的感受："但我都没怎么瞧过奥古斯塔呀。"

她做了个惊讶的手势（或许这是我的错觉？），惊讶中还夹杂着痛苦。

与此同时，我搜肠刮肚，试着想出一个解释，来澄清这个我眼中的误会，但很快我就意识到了它的重要性。我在脑子里回想了一遍自己每次来做客时的表现。在那5个月里，我一直在暗中留意阿达。我和奥古斯塔一起弹过琴，而且我感觉有时候，比起阿达来，我和她说话的次数确实更多，但这只是为了让她带上赞许态度给阿达解释我讲的故事。我要不要和马尔芬蒂夫人摊牌，告诉她我对阿达的心意？但不久前我才下定决心只和阿达一个人谈话，然后搞清楚她究竟在想什么。如果我那时能开诚布公地和马尔芬蒂夫人谈一谈，事情的走向也许会有所不同，也就是说，要是我没能娶成阿达，我肯定也不会娶奥古斯塔。我在见到马尔芬蒂夫人，并且听到她说出那些匪夷所思的话之前已经做出了决定，因此我一言不发。

我冥思苦想，把脑子都想乱了。我想知道这究竟是怎么一回事，我想猜出来，而且要快。当一个人把眼睛睁得太大时，他看东西反而更不清楚。我隐约感到他们可能想把我扫地出门，又觉得这种可能性应该被排除掉。既然我没有去追求他们想要保护起来的奥古斯塔，那我就是无辜的呀。但他们非说我对奥古斯塔有意，也可能是为了不让阿达受到伤害。那为什么要用这种方式保护阿达呢？她已经不是小女孩了！我敢肯定自己只在梦中抓住过她的长发。事实上，我什么都没做，只是轻吻了她的手。我不想让他们剥夺我进入那个家的资格，因为在离开那里之前，我希望能和阿达谈一谈。所以，我用颤抖的声音问道："夫人，请您告诉我，我要怎么做才能让所有人都满意。"

她迟疑了起来。我其实更愿意对付思考时喜欢大声嚷嚷的马尔芬蒂。然后，她斩钉截铁地对我说："您应该暂时减少来我们家的频率，也就是说，您不应该每天来，一星期来两三次就可以了。"

她努力表现出彬彬有礼的样子，这从她的声音里能明显听出来。如果她粗鲁地让我滚蛋，永远别再回来，我会按自己原先的决定，恳求她容许我在这个家里至少再待上一两天，好让我理清和阿达的关系。然而她的话却比我所担心的要温和，这给了我勇气来表达自己的愤怒："如果这是您想要的，我再也不会踏入这个家门一步！"我所希望的事情发生了。她提出了抗议，再次强调他们所有人都很尊重我，并恳请我不要生她的气。我摆出一副宽宏大量的态度，答应了她的所有要求，也就是说，我答应暂时四五天不来这个家，然后再按一定的规律回来，每周两三次，特别是，我答应不会对她怀恨在心。

既然已经做出了这些承诺，我便想用行动让她明白我会遵守诺言，便起身准备离开。

马尔芬蒂夫人笑着抗议道："和我在一起没有这些条条框框，您可以留下来。"

我请求她让我离开，因为我刚才突然想起来还有事要处理，实际上，我迫切希望能一个人待着，来好好想一想我经历的这场非比寻常的冒险。可是马尔芬蒂夫人竟然恳请我留下，说这样我才能让她明白我没生她的气。于是我留了下来，备受煎熬地忍耐着她那些没完没了的絮絮叨叨。她喋喋不休地谈论着自己并不想追随的女性时尚、剧院还有春天到来之前常见的干燥天气。

不久后，我很高兴自己留了下来，因为我发现自己还需要进一步搞清楚状况。我毫不客气地打断了马尔芬蒂夫人的话，我已经没在听她说什么了。我问她："那么家里的每个人都会知道您让我离这个家远一点儿吗？"

一开始，她似乎都不记得我们之间的约定。然后她反驳道："离这个家远一点儿？但只有几天而已啊，我们得说清楚。我不会把这件事告诉任何人，甚至不会告诉我丈夫，如果您也能和我一样守口如瓶，我会非常感激的。"

这一点我也答应了，我还答应说："要是有人问起来为什么我来得不像之前那么勤了，我会找各种借口搪塞过去。"我一时间相信了马尔芬蒂夫人的话，并且想象着阿达可能会因为突然看不到我而感到惊讶,并且还会伤心。这可真是一个十分愉快的画面!

在这之后我还没走,依然期待着会有什么其他一闪而过的灵光,给我进一步的指引。与此同时,马尔芬蒂夫人的话锋转到了近日来变得极为昂贵的食品价格上面。

但我等来的并不是什么灵光一闪,而是罗西娜姨妈,她是马尔芬蒂的一个姐姐,比他年长,却远不如他聪明。不过,她面相上透出的那股精气神足以让人看出她和马尔芬蒂是一家人。首先,她也对自己的权力和他人的义务有着充分的自觉,这在她身上多少有点儿可笑,因为她没有任何拿得出手的武器来彰显自己的权威;其次,她也有一上来就大声嚷嚷的坏习惯。她坚信自己在弟弟家里享有很多权利。我后来了解到,这种想法让她在很长一段时间内一直把马尔芬蒂夫人视为不速之客。她没有结婚,生活中只有一个女仆做伴,谈起这个女仆时,她总是把她当成自己最大的敌人。临终之际,她嘱咐我妻子守护好她的房子,直到那位照顾她的女佣离开。马尔芬蒂一家都忍让着她,因为他们害怕她那暴烈的性格。

我依然没有告辞。罗西娜姨妈在所有侄女中最偏爱阿达,我突然间希望自己也能设法和她交上朋友,便绞尽脑汁想出一句恭维话来讨好她。我模模糊糊地记得上次见面的时候(我当时只是瞥了她一眼,因为我觉得没必要好好看她),罗西娜姨妈一离开,她的侄女们就议论说她脸色不太好。事实上,其中一个说道:"她可能是因为和那个女仆生气,把身子搞垮了!"

我找到了想说的话。我真挚地看着老夫人那张皱纹密布的大脸,对她说:"我感觉您看上去气色好多了,夫人。"

我真不该说出那句话。她惊讶地看着我,反驳道:"我一直都是这样呀。我什么时候气色变好了？"

她想知道我最后一次见到她是什么时候。我不记得具体日期，只好提醒她说我们曾和三位小姐共同度过了一整个下午，就是在这个客厅里，但我们当时没有坐在这一边，而是另外一边。我本来是想对她表达关心，但是她要求的解释让这个话题变得没完没了。我的虚情假意沉甸甸地压在我的心上，给我造成了真正的痛苦。

马尔芬蒂夫人微笑着插了句嘴："您该不是想说罗西娜姨妈发福了吧？"

该死的！原来罗西娜姨妈生气的原因是她和她弟弟一样身形硕大，但仍然希望自己能瘦下来。

"发福了？绝对没有！我只是在说夫人看起来气色更好了。"

我试图保持着和颜悦色的态度，却不得不克制自己别对她破口大骂。

罗西娜姨妈这时看起来还是不满意。她最近从来没觉得不舒服，不明白为什么会让别人产生自己生过病的印象。马尔芬蒂夫人随声附和道："确实，她的一个特征就是脸色从来不会变。"她转过头对我说道："您不认为是这样吗？"

我认为正是这样。这甚至再明显不过了。我立刻起身告辞。我非常客气地向罗西娜姨妈伸出手，希望这能安抚到她，但她和我握手时眼睛却看着别的地方。

一踏出那扇家门，我的心情就完全变了。终于解脱了！我再也不用研究马尔芬蒂夫人的意图，也不用逼着自己取悦罗西娜姨妈了。事实上，我相信如果罗西娜姨妈没有粗暴地横插一脚，那个老谋深算的马尔芬蒂夫人肯定已经达到了她的目的，我也会高高兴兴地离开那个家，认为自己得到了公正的对待。我连蹦带跳地跑下楼梯。罗西娜姨妈的行为简直就像为马尔芬蒂夫人煽风点火。马尔芬蒂夫人建议我和她家保持几天距离。亲爱的夫人真是善解人意啊！我会超出她的预期，她再也见不到我了！她们折磨我，她、姨妈还有阿达！凭什么？就因为我想结婚？但我再也不这么想了！自由多好啊！

我百感交集地在街上狂奔了足足一刻钟。然后我感到自己需要更彻底的自由。我必须想个办法来明确表示自己绝不会再踏入那个家门半步。我排除了写一封告别信的想法。如果不告诉他们我的意图，我的离开就会更具有鄙视意味，我将简单地把马尔芬蒂一家抛诸脑后。

我找到了一个方法来表明心意，它既谨慎又得体，并且还因此带了些嘲弄性质。我跑到花店去挑了一束艳丽的花，把它随同我的便条一起寄给了马尔芬蒂夫人，便条上除了日期以外什么都没写。这就够了。那是一个我永远不会忘记的日期，也许阿达和她的母亲也不会忘记：5月5日，拿破仑的忌日。

我尽量用最短的时间把花寄了出去。花束必须在当天送达，这一点非常重要。

然后呢？所有的事都做完了，所有的，因为再也没什么可做的了！阿达和她全家都会永远和我一刀两断，而我只要好好活着，什么都不用做，等着他们中的某人来找我就行了，这个人将给我一个机会去做些或者说些别的事。

我跑回我的书房去理清思绪，同时也是为了把自己锁起来。如果我屈服于那股痛苦的焦虑感，我就会马上跑回那个家，甚至还有比那束花先到的风险。借口总是找得到的。我也有可能忘了带走我的雨伞嘛！

我不想做这种事。我用那束花表现了无可挑剔的态度，这必须保持下去。我现在一定要按兵不动,因为下一步棋轮到他们来走了。

我在小书房中冥思苦想,期待着自己能得到一丝安慰。我只想明白了让自己绝望到落泪的原因。我爱着阿达!我还不知道"爱"这个动词是否恰当,便继续分析下去。我不仅想把她占为己有,还想让她成为我的妻子。那个身体瘦弱,面孔如大理石一般的她;那个一本正经,无法理解我有多幽默的她;我不会教导她理解我,相反,我会永远舍弃自己幽默的性格。她将教会我如何明智地生活,将教会我把一生奉献给工作。我想要她的一切,也想从她那里得到一切。我最后得出结论,恰当的动词正是那个:我爱着阿达。

我认为自己想通了一件至关重要的事,它可以指引我接下来该如何行动。去他的犹豫不决吧!搞明白她是不是爱我已经不重要了。我要做的是设法得到她,如果马尔芬蒂能做主的话,我就不用再和她谈话了。眼下最要紧的是把一切安顿好,这样一来,我要么马上就能获得幸福,要么就去忘掉一切以求疗伤。为什么还要在等待中饱受煎熬呢?当我知道——而我只能从马尔芬蒂那里知道——我彻底失去了阿达时,我至少不用再和时间搏斗了,它会继续慢吞吞地流逝,而我也不会感到有必要推着它往前走了。一旦某件事成了定局,风浪也就平息了,因为它已经从时间中脱离出来了。

我立刻跑去找马尔芬蒂。我来回奔波了两次,一次是去他的办公室。我们一直把他办公室坐落的那条街叫作"新屋街",因为我们的祖先就是这么称呼它的。那条街坐落在海边,高大的老房子遮蔽了它的光线,日落时分,街上通常没什么人,所以我可以走得很快。我走路时,心里只盘算着怎么在最短的时间内想好我要对他说的话。只要告诉他我非他的女儿不娶就够了。我既不需要赢得他的肯定，也不需要说服他。那位生意人一听明白我的问题，就会知道该怎么回答我。然而还有一件事让我烦恼，那就是在这种场合中究竟该讲国语还是该讲方言。

但是马尔芬蒂已经离开办公室，到泰尔捷斯泰奥交易所去了。我动身走向那里，这次步伐放慢很多，因为我知道在交易所里得等上很长一段时间才能与他单独谈话。走到卡瓦纳街时，我不得不再次放慢脚步，因为那条窄窄的街道已经被人群挤得水泄不通。正是在费力地穿过人群时，我终于像是在幻象中得到启迪那般，找到了自己寻觅多时的答案。马尔芬蒂一家希望我娶奥古斯塔而不是阿达，他们这么做的原因再简单不过，那就是奥古斯塔爱上了我，而阿达却根本没有。根本没有，否则他们也不会插进来把我们俩分开。他们说我让奥古斯塔受了伤，恰恰相反，她这是因为爱上了我而咎由自取。我在那时明白了一切，就好像亲耳听到他们家里的某个人这么告诉我。而且我推测，阿达也同意让我和那个家保持距离。她不爱我，至少在她妹妹爱着我时，她不会爱我。在人潮涌动的卡瓦纳街，我的思路比在孤独的书房里要更直接。

如今，当回想起那引领我走向婚姻的、值得铭记的 5 天时，我总是惊讶于自己的心境并没有因为得知可怜的奥古斯塔爱上了我而有所缓和。当时我已经被马尔芬蒂一家赶了出去，对阿达的爱也染上了愤怒。为什么那显而易见的场景没能让我感到满意呢？马尔芬蒂夫人把我赶走完全是无用功，因为我还是会留在那个家里，待在离阿达非常近的地方，也就是说在奥古斯塔心里。相反，我当时认为马尔芬蒂夫人又一次冒犯了我，因为她要求我不要伤奥古斯塔的心，也就是要求我娶她。我对那个爱上我的丑姑娘只有满腔鄙视，但同时我又不承认我爱上的她那个美丽的姐姐对我持有同样的态度。

我加快了脚步，但调转方向，走向了我自己家。我已经没有必要和马尔芬蒂交谈了，因为现在我完全明白自己该如何行动，局势已经清晰到了令人绝望的程度，这样一来，也许我终于能安下心来，从那过于迟缓的时间中解脱。和那个没有教养的马尔芬蒂谈话也是很危险的，马尔芬蒂夫人说话时采用的方式让我在走到卡瓦纳街之前都没能理解她的意思。她丈夫的举止可能会有所不同。他甚至可能会对我说："为什么你想娶阿达呢？咱们来捋一捋！你娶奥古斯塔不是更好吗？"因为我记得他有一个理论，就是在这种情况下指导他如何行动的："你每次都得把生意和你的对手解释清楚，因为这样你才能确定自己比他理解得更透彻！"然后呢？这会导致一场公开的决裂。只有到了那个时候，时间才会按它想要的步调前进，因为我将再也找不到理由去干涉它了，我的故事已经画上句号了！

我记起了他的另外一个理论，它在我心里燃起了巨大的希望，所以我紧紧抓住了它。我在5天的时间里一直抓着它不放手，而那5天将我的激情转变成了疾病。马尔芬蒂常说，如果清算一桩生意不会给你带来好处，就不要清算它。每桩生意或早或晚都会走到清算那一步的，证据就是在漫长的世界历史上，悬而未决的生意少之又少。在没走到清算那一步之前，每桩生意都还有可能朝着有利的方向发展。

我不记得马尔芬蒂还有什么别的理论与此相悖，就紧紧抓住了这一条，毕竟我总得抓住些什么。我下了钢铁般的决心，我不会再采取任何行动，除非了解到有什么新发生的事情会把我的生意带向有利的局面。这个决心让我深受其害，也许正因如此，这之后再没有任何决心能让我长时间坚持下去。

我刚一下定决心，就收到了马尔芬蒂夫人的便条。我认出了信封上的笔迹，在打开它之前，我沾沾自喜地认为自己那铁一般的决心已经足以使她后悔亏待了我，并且要试图挽留我了。当我发现便条上只写了"p. r."①这两个意味着对我送出的花束表达感谢的字母时，我绝望了，我扑倒在床上，用牙齿咬住枕头，把自己钉在上面，以防我跑出家门打破自己的决心。那两个字母呈现出的平静是何等讽刺啊！远比我那张便条上写下的日期表露出的要多，而那个日期已经代表了一种决心，或许甚至算得上是一种责备。"Remember（记住）"，查理一世②在被斩首前曾这么说，她应该也想到了那一天的日期！我也叮嘱我的对手要记住并且对此心怀恐惧！

那是不堪回首的五天五夜，我守候着那意味着结束与开始的黎明和黄昏，它们会把我带向自由，那让我再次为爱而战的自由。

我为那场战斗做着准备。现在我已经知道我的女孩希望我成为什么样的人。我很容易回忆起当时自己发的那一连串誓言，首先是因为我近期发了同样的誓；其次是因为我把它们记在了保存至今的一张纸上。我打算变成一个更加正经的人。这就意味着不再讲那些笑话，它们能把人逗笑，却也败坏了我的名声，同时还让丑陋的奥古斯塔爱上了我，而我的阿达却因此鄙视我。然后，我决定每天早上8点出现在我的办公室，我已经很久没去了，现在过去也不是为了和奥利维争论我的权利，而是为了和他一起工作，以便能在合适的时间接管我的生意。这一切应该在更平静的时期进行，那时我也应该停止吸烟，也就是说，在我重获自由之

---

① 意大利语"Per ringraziamento"的缩写，意为"谢谢"。
② 查理一世（Charles I, 1600—1649），在英国内战中败给奥利弗·克伦威尔后被处斩。

后，因为没必要让那个可怕的间隔期变得更糟。阿达应该有一个完美的丈夫。为此，我决定去读一些严肃的书籍，并且每天花半小时练习击剑，一周还要骑几次马。一天 24 小时并不算多。

在与马尔芬蒂一家分离的那些日子里，从头到尾伴随我的是苦不堪言的嫉妒心。我发了一个英雄般的誓言，要改正自己的所有缺点，准备好在几个星期后赢得阿达的爱情。但与此同时呢？在我对自己施加最严厉的约束时，难道城里的其他男人会按兵不动，不会试图夺走我的女人吗？他们之中肯定有人不需要进行这么多锻炼就能得到垂青。我知道，或者说我相信自己知道当阿达找到适合的男人时，她不会等到自己坠入爱河，而是会马上接纳他。那些日子里，每当我遇到一个穿着得体、身体健康而且心平气和的男人时，我就会憎恨他，因为我觉得他和阿达十分般配。我对那些日子最清晰的记忆就是那如浓雾般降临在我生活中的嫉妒之情。

我那些天对自己眼睁睁看着别人夺走阿达的猜疑并不可笑，因为如今事情的结局早已明朗。回想起那些充满激情的日子，我对自己那预言家般的灵魂佩服得五体投地。

有几次，我站在深夜路过那幢房子的窗下。里面似乎还是那样其乐融融，和以前我在场时没什么两样。在午夜前后，客厅的灯光会熄灭。我则会仓皇逃跑，害怕自己被那时离开的访客看见。

那些日子里，每一个小时都因为我急切的心情变得格外难熬。为什么没有人问起我？马尔芬蒂为什么不采取行动？难道他不会对我既不出现在他家也不去泰尔捷斯泰奥交易所感到奇怪吗？所以说，对我被疏远这件事，他也是同意的吗？无论在白天还是在夜晚，我经常散步散到一半就跑回家去，确认是否有人来找过我。我无法带着疑虑上床睡觉，便常常把可怜的玛丽亚叫醒并询问她。

113

我会在家里等好几个小时，因为这是最容易找到我的地方。但是没有人问起我，而且可以肯定的是，如果当时我没有下定决心行动起来，现在我还会是单身汉。

一天晚上，我去俱乐部玩儿牌。我一直信守着对父亲做出的承诺，已经有很多年没去那里了。我认为这个承诺如今已经不再有效，因为父亲当时不可能预见到我如此痛苦的境况，以及我对放松精神的迫切需求。一开始我手气很好，这让我很难过，因为我觉得它是对我情场失意的一种补偿。后来我输了，我还是很难过，因为我觉得就像输掉牌局那样，我也输掉了爱情。我很快就对打牌失去了兴趣，它配不上我，也配不上阿达。这份爱情让我变得多么纯洁啊！

我还知道在那些日子里，我对爱情的幻梦被无比残忍的现实抹杀了。梦想已经面目全非，令我想入非非的不再是爱情，而是胜利。有一次，我沉睡时的梦境因为阿达的到访而变得格外甜美。她穿着婚纱，和我一起走向圣坛，但只剩我们两人时，就连在梦里我们也没有做爱。我成了她的丈夫，因此有权质问她："你怎么能这么对我？"我对行使其他的权利并不关心。

我在抽屉里找到了写给阿达、马尔芬蒂和马尔芬蒂夫人的信稿，它们都是在那些日子里写下的。给马尔芬蒂夫人的信很简短，我在里面和她告别，打算踏上一段长途旅行，但我不记得自己有过这样的打算，当我还不确定是否有人会来找我时，我是不可能离开这座城市的。如果他们来找我但是没找到，那将是多大的不幸啊！这些信一封也没有被寄出。相反，我觉得自己写这些信只是为了把当时的想法记在纸上。

多年来，我一直认为自己有病，但我的病更多是折磨别人，而不是自己。只有那时，我才体会到了名为"痛苦"的病症——

身体上种种不适的感觉让我郁郁寡欢。

病情是这样发作的。凌晨一点左右，我无法入睡，便起身去温和的夜色中散步，一直走到郊区的一家咖啡馆。我从来没去过那里，因此不可能碰到任何熟人。我对此感到很满意，因为我想和马尔芬蒂夫人继续那场当我在床上时和自己开始的争论，不希望有人前来干涉。马尔芬蒂夫人找到了新的理由指责我，她说我试图把她的女儿们当棋子。好吧，就算我尝试过类似的事情，那也只是针对阿达的。一想到这个时候马尔芬蒂家或许正在这么指责我，我就直冒冷汗。缺席总是不对的，他们可能会利用我不在场的这段时间联合起来对付我。在咖啡馆明亮的灯光下，我能更有力地为自己辩护。当然，有几次我试图用我的脚去钩阿达的脚，我甚至感觉自己有一次钩到了，而她也默许了我的行为。然而我之后才发现，自己碰到的是桌子的木脚，而它是不可能说话的。

我假装对台球产生了兴趣。一位挂拐杖的先生朝我走来，正好坐在了我旁边。他点了一杯鲜榨柠檬汁，于是服务生也等着我点些什么，所以我也就漫不经心地点了一杯，虽然我受不了柠檬的味道。这时，那根靠在我们沙发上的拐杖滑到了地上，我几乎是下意识地弯腰把它捡了起来。

"天啊，泽诺！"那个可怜的瘸子在向我道谢时认出了我。

"图里奥！"我惊呼道，和他握了手。我们曾经是同学，已经很多年没有见面了。我知道他中学毕业后进了一家银行，在那里担任一个不错的职位。

我的心思过于飘忽，竟然直接问他右腿怎么会变得这么短，以至于他不得不挂拐杖。

他心情大好，告诉我说自己6个月前得了风湿，最后把腿搞坏了。

我连忙向他建议了很多种治疗方法，这是不需要费太大功就能假装深切关心的好办法。他说这些方法自己都试过了。于是我又建议道："那这个时候你怎么不睡觉呢？我觉得夜晚的空气对你应该没什么好处。"

他开了个善意的玩笑：他认为夜晚的空气对我也没有好处，以及如果有谁还没得风湿，只要他还活着，就有可能患上这种病。奥地利的宪法也允许人们在熬夜后上床睡觉。另外，与常识相反，风湿和冷热并没有关系。他研究过自己的病，甚至可以说，他现在活着不干别的，专门研究这种病的起因和治疗方法。他向银行请了长假，与其说是为了把自己治好，不如说是为了深入研究。然后他告诉我说自己正在尝试一种奇怪的疗法。他每天吃一大堆柠檬，那天已经吞了 30 多个，希望自己能通过这种锻炼吃得更多。他很诚实地对我说，在他看来，柠檬对许多其他的疾病也有好处。从他开始吃柠檬以来，吸烟过度造成的不适感便减轻了。他也有很大的烟瘾。

我一想到这么酸的东西就打了个激灵，但紧接着，我对人生有了更愉快的看法：我不喜欢柠檬，但是如果它们能让我自由地去做我想做或者应该做的事情而不会受到伤害，同时又能让我摆脱所有其他的束缚，那我也会吞下同样多数量的柠檬。能在做不喜欢的事情的同时去做自己想做的，那才是完全的自由。真正的束缚是被迫自我克制：就像是坦塔洛斯，而不是赫拉克勒斯[①]。

然后，图里奥也假装急不可耐地询问我的近况。我决心不对

---

① 坦塔洛斯与赫拉克勒斯皆为希腊神话中的人物。坦塔洛斯因戏弄众神，被判在冥界中接受永远的惩罚。他站在没至下巴的水中，头上挂着果树。每当他想喝水时，水都会退去，每当他想吃东西时，果树的枝丫都会升高。因此他注定要永生受到饥渴的折磨。赫拉克勒斯则被称为大力神，他在疯狂中杀害了自己的儿子，为消除罪孽，他完成了 12 项艰巨的任务，并获得了不朽的名声。

他说起自己那悲惨的爱情，但我需要找个由头发泄一下。我夸大其词地谈论自己的种种不适（我是这么记录的，虽然我确定这些不适的症状其实很轻微），直到我的眼里充满了泪水。与此同时，图里奥却感觉越来越好，因为他相信我病得比他重，他问我是否在工作。城里的人都说我整天无所事事，而我则担心这会引来他的嫉妒，那一刻我绝对需要同情。我撒了个谎！我告诉他说我在自己的公司上班，不是很忙，但一天至少要工作6小时，然后我父母还给我留下了一堆非常庞杂的事务，这需要我再花6个小时处理。

"12个小时！"图里奥评论道，脸上浮现出了满意的微笑，我从他那里得到了自己想要的东西，也就是他的同情："你可真不是个令人羡慕的对象啊！"

这个结论太正确了，我感动得要命，拼命克制自己才没哭出来。我比以往任何时候都要感到不幸，以我当时那种自怨自艾的脆弱状态，任谁看了都会觉得我已经是一个千疮百孔的人。

图里奥又开始谈论他的病，这是他主要的消遣。他研究过腿部和脚部的解剖学。他笑着对我说，当一个人快步行走时，迈出一步所需要的时间不会超过半秒钟，而在那半秒钟里，运动的肌肉不会少于54块。我震惊了，思绪立刻飘到了我的腿上，寻找着那庞大的机器。我认为自己找到了它。当然，我没能查明那54个零件究竟在哪儿，但确实发现了一个无比复杂的系统，我一把注意力集中在上面，它就失去了原有的秩序。

我一瘸一拐地离开了那家咖啡馆，接下来的几天我总是一瘸一拐的。走路对我来说变成了一项艰辛还带些痛苦的劳作。那些错综复杂的装置似乎已经缺油，它们在运转时会互相磨损。几天后，我得了更严重的病，它减轻了之前的症状，这一点我稍后会讲到。即使在我写下这些事情的今天，如果我走路时有人看着我，那54个零件就会停摆，我也会马上跌倒。

我把这次受到的伤害也归咎于阿达。很多动物在坠入爱河时会成为猎人或其他动物的猎物。那时我成了疾病的猎物，而且我敢肯定，如果我在其他时候了解到那台庞大的机器，是不会为此受伤的。

我在一张留存至今的纸上找到了几行字，它们让我想起了那些天的另外一段冒险。除了表达自己有信心治愈那54个零件运转的疾病以及在旁边写下的"最后一支烟"的注释外，纸上还有一次作诗的尝试……献给一只苍蝇。如果不是亲笔所写，我会以为这些诗句出自一位品行端正的小姐之手，她用"你"来称呼自己所歌颂的昆虫。但因为是我写的，我就必须相信，既然我能写出这样的诗句，那么任何人都能做成任何事。

以下是这些诗句的诞生过程：我在一个深夜回到家，没有上床睡觉，而是去了书房，并点亮了煤气灯。一只苍蝇被灯光吸引，开始骚扰我。我拍到了它，但是为了不弄脏手，力度很轻，然后就把它抛在脑后了。但后来，我看到它在桌子中央慢慢恢复过来。它一动不动，直直地立着，似乎比之前更高了，因为它的一条腿已经僵硬，不能弯曲。它用两只后腿不断地梳理着翅膀，它试图移动，却翻了个仰面朝天。它重新站起来，固执地又一次开始了那勤奋的工作。

我在那时写下了那几行诗。我惊讶地发现这个遍体鳞伤的小生命付出了巨大的努力，却犯了两个错误：首先，它无比固执地梳理着没有受伤的翅膀，这表明它不知道疼痛来源于哪个器官；其次，它如此勤奋的努力显示它那颗小脑袋里转着一个基本的信念，即健康属于所有生命，即使它离开了我们，也一定会回来。

对于只能存活一季的昆虫来说，这些错误是可以被轻易原谅的，它没有时间积累经验。

星期天到来了。从我上一次去马尔芬蒂家做客算起，5天的期限已满。我虽然不怎么工作，却对节假日抱有极大的尊重，因为节假日会将生活分为几个短暂的周期，使它变得更加易于忍受。那个假日也为我艰辛的一周画上了句号，让我享受自己应得的快乐。我并没有改变我的计划，但是它们在那一天并不算数，而我会再次见到阿达。我不会说出任何一个句子来妨碍我的计划，但我得再见她一面，因为事情可能已经朝着对我有利的方向发展，如果真是这样，那么白白受苦就得不偿失了。

因此，中午时分，我甩着两条可怜的腿，用最快的速度跑进了城里，来到了那条据我所知马尔芬蒂夫人和她的女儿们做完弥撒一定会经过的路上。那是一个阳光明媚的假日，我一边走路一边思忖着，也许我那期待已久的好消息正在城里等着我，阿达的爱情！

结果并非如此，但我确实在一瞬间产生了这种幻觉。命运以难以置信的方式帮了我一把，我竟当面遇到了阿达，而且只有阿达一人。我感到双腿发软，呼吸困难。怎么办？我下定的决心本来应该让我退到一旁，礼貌地打个招呼就让她过去。然而我的大脑却有些混乱，因为之前我还下过其他的决心，我记得，其中之一是我应该和她把话讲清楚，并从她口中得知我的命运。我没有把路让开，她向我打了个招呼，就好像我们5分钟前才告别，于是我就走到了她身边。

她对我说："早上好，科西尼先生！我有点儿赶时间。"

而我说："您能允许我陪您走一段路吗？"

她微笑着接受了。这也就是说，我应该和她谈一谈吗？她补充说自己要直接回家，于是我明白我最多只能和她交谈5分钟，而且我还浪费了一部分时间来计算这5分钟够不够让我说完那些重要的事情。如果我不能把话说完，那还不如不说。还有一点让我感到困惑，在我们这座城市，那个年代，一个女孩让一位年轻男子陪着自己走在街上已经是一种有损名声的行为了，而她允许我这么做。难道我对此还不满意吗？与此同时，我看着她，试图再次完整地感受那一度被愤怒和猜忌遮蔽了的爱情。我能重新开始做梦吗？她在我眼中显得既高大又娇小，身体的线条无比和谐。即使她就走在我身边，那些梦想也如潮水般涌了回来。这是我渴望某件事物的方式，我满心喜悦地回到了那种状态里。我心中所有的怨恨和怒气都消失了。

但是我们身后传来了一声犹豫不决的呼唤："劳驾，小姐！"

我愤怒地转过身。是谁胆敢打断我还没开始的解释？一个没留胡子、脸色苍白的棕发年轻人热切地看着她。我也转头看向阿达，疯狂地希望她向我求助。只要她一个示意，我就会扑到那个人身上，质问他为何如此放肆，但愿他能坚持自己的态度。如果我能允许自己尽情发泄那野蛮的力量，我身体上的种种不适会立刻消失得一干二净。

但阿达并没有向我示意。她的面孔上浮现出了真挚的微笑，因为她脸颊和嘴唇的线条发生了轻微的变化，眼神也不一样了。她向他伸出了手："圭多先生！"

这个名字刺痛了我。她刚刚喊我时用的还是我的姓氏。

我更仔细地观察了这位圭多先生。他的穿着透出一股矫揉造作的优雅，戴着手套，右手拿着一根长长的象牙柄手杖，哪怕有人按公里数给我付钱，我也绝不会带这种东西出门。我不能怪自己认为这样的人会对阿达产生威胁，一些身份可疑的家伙也会穿得这么优雅，甚至也会拿着这样的手杖。

阿达的微笑把我赶回了最普通的社交关系中。她做了介绍。我也微笑起来了！阿达的笑容就像清风拂过水面时吹起的涟漪。我的笑容也差不多，但像是一块石头扔进水里激起的波纹。

他叫圭多·斯佩尔。我的微笑自然多了，因为我马上就得到了一个机会对他说些没那么动听的话："您是德国人吗？"

他彬彬有礼地告诉我说，他知道所有人听到他的名字，都会觉得他是德国人。恰恰相反，他的家谱能证明他们在好几个世纪之前就是意大利人了。他说一口流利的托斯卡纳语①，而我和阿达只能说我们那难听的方言。

我直直地盯着他，以便能更好地理解他的意思。他是一个非常英俊的年轻人：嘴唇自然地微微张着，露出两排洁白而完美的牙齿。他的双眼炯炯有神，情感丰富，而且在他摘下帽子时，我注意到他那头稍微有些鬈曲的棕发覆盖住了大自然为它们预留的所有空间，而我头顶的很大一部分都被前额侵占了。

即使阿达不在场，我也会讨厌他，但这种厌恶让我十分痛苦，于是我便试图缓和这种情感。我想，他对阿达来说太年轻了。然后我又想到，阿达对他表现得那么亲切和友善，应该是受了她父亲的指示。也许他对马尔芬蒂家的生意很重要，我认为在这种情况下，全家人都有义务配合。我问他："您在的里雅斯特定居吗？"

他回答我说自己已经在这里住了一个月，正在筹建一家商业公司。我松了一口气！我可能猜对了。

我一瘸一拐地走着，但还算自然，因为没人注意到我的姿势。

---

① 托斯卡纳语被视为标准意大利语。

我看着阿达，试图忘掉其他所有事，包括那个陪在我们身边的人。归根结底，我是个活在当下的人，只要未来不给现在蒙上一层挥之不去的阴影，我就不会去考虑它。阿达走在我们两个人中间，她那张平时没什么表情的脸上神色轻快，好像马上就要泛起微笑。这种愉悦的神情我似乎从来没见过。这微笑又是因谁而起的？会不会是很久没和她见面的我？

我竖起耳朵听他们说话。他们在谈论招魂术，我很快就了解到，圭多把降灵桌①带到了马尔芬蒂家里。

我迫不及待地想要确认阿达唇边那抹若隐若现的甜美微笑是因我而起的，便插入了他们正在谈论的话题，我信口胡诌了一个灵异故事。没有哪位诗人能在对韵游戏②里比我发挥得更好。我甚至还不知道要怎么收尾，便开始侃侃而谈，我说我现在也相信亡灵的存在了，因为我前一天遭遇了一件事，就在这条街上……不对！是在旁边我们能看到的那条与它平行的街上。然后我谈起了阿达也认识的伯尔蒂尼教授，他退休后定居在了佛罗伦萨，前不久刚刚去世。我们在当地报纸里一篇短短的讣告上读到了他的死讯。我本来已经把这件事忘了，其实，每次想起伯尔蒂尼教授，我都能看到他在卡西内公园③里散步，享受着他应得的休憩。现在呢，就在一天前，就在和我们这条街平行的街上某个特定的地方，一位先生向我走了过来，他认识我，我觉得自己也认识他。他的步伐很奇怪，像小老太太那样为了走得更容易些而

---

① 在19世纪末20世纪初的欧洲，降灵会是流行于资产阶级中的一种风尚。灵媒和参与者需要围坐在通常用3条腿支撑的降灵桌旁，召唤自己想见的亡灵。当参与者将手放在桌上时，若桌子挪动则会被视作亡灵的力量依附在参与者身上。
② 对韵游戏是当时诗人间常见的一种游戏，参与者要按规定韵脚即兴赋诗。
③ 卡西内公园（Parco delle Cascine），是佛罗伦萨一块占地160公顷的绿地，始建于1530年左右，最初作为美第奇家族亚历山德罗一世的狩猎庄园。

扭来扭去……

"当然啦！那可能是伯尔蒂尼！"阿达笑着说。

这个笑容是因我而起的，我受到了鼓舞，继续说下去："我感觉自己认识他，但就是记不起来。他谈起了政治。他就是伯尔蒂尼，因为他说了很多蠢话，声音像羊咩咩叫一样……"

"连声音也对上了！"阿达又笑了起来，热切地看着我，想知道故事的结局。

"对！那肯定是伯尔蒂尼！"我使出了自己那如同伟大演员一样的天赋，假装害怕地说——现在这种才华已经在我身上消失了，"他和我握手告别，然后就摇摇晃晃地走远了。我跟他走了几步路，试图搞明白他到底是谁。当他从我的视线里消失后，我才反应过来刚才和我说话的是伯尔蒂尼，而他在一年前就去世了！"

不久后，她在自己家的大门前停了下来。她一边和圭多握手，一边说她在晚上等他。然后，她也向我告别，对我说如果我不怕无聊，晚上可以去她家，让那张降灵桌跳舞。

我没有回答，也没有道谢。我得先分析分析她发出的邀请，再决定要不要接受。我感觉那句邀请听起来像是不得已而为之的客套话。行吧，也许我会去赴约，给这个假日收尾。但我想表现得客气一点儿，好让我面前的所有道路畅通无阻，包括接受邀请的那条道路。我问她马尔芬蒂在哪儿，我有事要和他说。她回答我说我可以在他的办公室找到他，他刚去那里处理一桩紧急事务。

圭多和我驻足了片刻，看着那优雅的身影消失在房子黑洞洞的前厅中。我不知道圭多那一刻在想什么。至于我，我伤心极了，她为什么不先邀请我再邀请圭多呢？

我们一起沿路返回，几乎走到了我们遇见阿达的地方。圭多既有礼貌又从容不迫地谈起了那个我即兴编造的故事（那种从容不迫的态度恰恰是我最嫉妒别人的地方），他把那个故事当真了。其实，那个故事里只有一处是真的：伯尔蒂尼死后，的里雅斯特城里还有另外一个人整天说些蠢话，走路的样子好像踮着脚尖，声音也同样奇怪。那几天我刚好认识了他，一时间，他让我想起了伯尔蒂尼。我不介意圭多想破脑袋去研究我瞎编的那个故事。可以肯定的是，我不应该憎恨他，因为他对马尔芬蒂一家来说不过是一位重要的生意伙伴，但他那股子矫揉造作的优雅和那根手杖实在让我反感。其实，我觉得他非常讨厌，迫不及待地希望赶紧把他甩掉。我听到他总结说："您提到的那个人也许比伯尔蒂尼年轻许多，走起路来像个彪形大汉，声音雄浑有力，唯一和他相似的地方就是喜欢说蠢话。这一点就足以让您相信那是伯尔蒂尼了。但如果要接受这种观点，就得相信您实在是一位神情恍惚的人。"

我可不会在他费劲做出这种推断时给他帮腔："我神情恍惚？您想哪儿去了！我是个生意人。如果我神情恍惚的话，能有什么好下场？"

然后我觉得自己这是在浪费时间。我想见马尔芬蒂。既然已经见过了他女儿，我也可以见见那位远没有那么重要的父亲。如果我还想在他的办公室遇到他，那就得加快速度了。

圭多还在那里苦思冥想，一桩奇迹究竟该在多大程度上归结于制造它或见证它的人一时间恍了神。我想和他告别，也想至少表现得和他一样从容。这导致我着急忙慌地打断了他，之后又近乎无礼地把他一个人留在原地。

"对我来说，奇迹既存在又不存在。用不着讲那么多故事把它复杂化。要么相信，要么不相信，在这两种情况下事情都非常简单。"

我不想对他表现出敌意，事实上，我感觉自己的话像是一种对他的让步，因为我是一个坚定的实证主义者，并不相信奇迹。但这个让步是我在极不情愿的情况下做出的。

我一瘸一拐地走开了，比任何时候都跛得厉害。我希望圭多不会费心去看我的背影。

我确实需要和马尔芬蒂谈谈。幸好还有他能让我明白那天晚上应该怎么做。我从阿达那里收到了邀请，而从马尔芬蒂的举止中，我可以知道是接受它，还是应该提醒自己它违反了马尔芬蒂夫人明确表示过的愿望。我需要明确和这些人的关系，如果这个星期天搞不明白，那我会把星期一也用上。我一直在违背曾经许下的诺言，却对此毫无察觉。相反，我认为自己是在执行一个考虑了5天后做出的决定。我正是这么看待自己那些天的活动的。

马尔芬蒂用洪钟般的声音跟我打了招呼，这让我感觉很舒服。他邀请我坐到他办公桌对面一把靠墙的扶手椅上。

"5分钟！我马上来！"他紧接着问道，"您瘸啦？"

我脸红了！不过我当时正好有胡编乱造的兴致。我告诉他，我从咖啡馆出来的时候滑了一跤，我口中的咖啡馆正是自己遭遇意外的那家。我担心他以为我当时喝多了，脑子不清醒，所以才触了霉头，便笑着补充了一个细节，说我摔倒时，身旁正好有一个患了风湿病的瘸子。

马尔芬蒂的桌边站着一位雇员和两位搬运工。想必是某次送货的过程中出现了一些混乱，马尔芬蒂正以他那种粗鲁的方式干预仓库的运转。他很少亲自过问此类事情，因为希望能腾出脑子来做一些——正如他所说——别人替代不了的工作。他的吼叫声比平时还要大，就好像他要把自己的指令刻进员工耳朵里，我认为他正在制定办公室和仓库之间的运作程序。

"这张纸，"马尔芬蒂喊道，把那张他从账本上撕下的纸从右手传到左手，"你要给它签上名，收到这张纸的人也要给你一张同样的纸，上面要有他的签名。"

他盯着面前那些人的脸，时而透过眼镜看他们，时而从眼镜上方看他们，然后以另一声吼叫结束了训话："你们听懂了吗？"

他想从头再解释一遍，但在我看来，他浪费了很多时间。我有种很奇怪的感觉，如果我动作快一点儿，就能为阿达打一场更漂亮的仗，但后来我十分惊讶地发现，并没有人在等我，而我也没在等任何人，我在这里没什么事好做。我朝马尔芬蒂走去，向他伸出手："我今晚到您家去。"

他立刻向我走来，其他人则退到了一边。

"为什么我们这么久没见到您了？"他坦率地问道。

我被这猝不及防的问题吓了一跳，脑子有些发蒙。这正是阿达没有问我，而我本应得到的问题。如果不是有其他人在场，我本来会很诚实地告诉马尔芬蒂，他问的问题证明了他的清白，我现在感觉在这场针对我的阴谋中，只有他是清白的，只有他值得我信任。

也许我当时没有马上就想得这么清楚，证据就是我没有耐心等待那个雇员和两个搬运工离开。另外我还想研究一下，阿达是不是因为突然遇到了圭多才没问我那个问题。

但马尔芬蒂也没让我开口，他急着回到手头的工作上。

"那我们今晚见。您会听到一位此前没听过的小提琴手的演奏。他自称是小提琴业余爱好者，这仅仅是因为他很富有，不屑于以此为职业。他打算做生意。"他轻蔑地耸了耸肩，"我呢，虽然喜欢做生意，如果站在他的位置上，我唯一卖的东西只会是音符。不知道您认不认识。他叫圭多·斯佩尔。"

"真的吗？真的吗？"我假装高兴地说，摇晃着头，张着嘴，总而言之，调动了我意志能控制的所有器官。那个英俊的小伙子甚至会拉小提琴？"真的吗？他拉得很好吗？"我希望马尔芬蒂是在开玩笑，他那夸张的褒扬是想说圭多只不过会用小提琴折磨人，但他始终带着十分赞赏的态度摇晃着脑袋。

我握了握他的手："再见！"

我一瘸一拐地向门口走去。一个疑问让我停下了脚步。也许我最好别接受那个邀请，这样的话，我就得先和马尔芬蒂打个招呼。我转过身想回去找他，但那时我意识到他正全神贯注地盯着我，他的身子向前倾，以便从更近的地方打量我。我无法忍受这一切，于是就离开了！

一名小提琴家！如果他真的演奏得那么好，我呢，简而言之，就彻底完蛋了。我就不该演奏那个乐器，或者在马尔芬蒂家的时候，就不该让他们说服我去演奏。我带小提琴到那个家去不是为了用我的音乐征服人心，而是为了在那个家找个待着不走的借口。我真是个大傻瓜！我本来可以找很多其他风险没那么大的借口！

没人能说我是个妄自尊大的人。我知道自己有着很高的乐感，我追寻更复杂的音乐也并不是为了炫技，但我那高超的乐感多年来一遍又一遍地提醒我，我演奏的音乐永远不可能达到让听众愉悦的水平。如果我还在继续演奏，那也是为了治好我自己的病。如果不是病了，我本来会演奏得非常好，而且我在研究4根弦上的平衡时，也在追求健康。我的身体有轻微的麻痹症状，它在演奏小提琴时暴露无遗，因此更容易治愈。即使水平最差的演奏者，只要他知道什么是3连音、4连音和6连音，就能精准地从一个节奏过渡到另一个节奏，像他的眼睛从一种颜色看向另一种颜色那么自然。而我，一旦拉响某个节奏，就会被它缠住，再也无法从中脱身,然后它就会混进下一个节奏里,把它变得不三不四。为了把音符放在正确的位置,我必须用头和脚打拍子,但这样一来,就没有什么从容、庄重可言了,更别提演奏音乐了。一具协调的肢体演奏出的音乐本身就等同于它创造和充分利用的节奏。当我能达到这个水平时,我的病也就算是痊愈了。

我第一次想放弃战场,离开的里雅斯特,去别的地方散散心。再没有什么值得期盼的事了。我已经失去了阿达。这一点我很肯定!难道我不明白,她会像授予荣誉学位那样,对一个男人严审细查,把他放在秤上细细称量,然后才会嫁给他吗?我感觉这一切十分荒唐,因为说真的,在人类之间,小提琴不应该在选择丈夫的问题上占有一席之地,但这种观点并不能拯救我。我感受到了那种音乐的重要性。它能起到决定性的作用,就像鸟儿唱的歌一样。

我缩回我的书房,对于其他人来说,假日还没结束呢!我把小提琴从袋子里拿出来,犹豫着是把它摔成碎片还是拉响它。然后,我试着拉了拉,仿佛是要给它最后的告别,到头来,我学习起了永恒的克鲁采尔①。我已经让我的琴弓在同一个地方来来回回走过了很多里程,然后又在茫然无措的时候,让它机械地徘徊了很久。

所有和那该死的四根弦较过劲的人都知道,只要一个人不与外界接触,他就会相信每一点微小的努力都会带来相应的进步。如果不是这样,谁会心甘情愿地忍受这永无休止的强制劳动,就好像曾不幸杀过人一样?练习了一段时间后,我觉得自己在和圭多的战斗中还有翻盘的可能。谁能说得准,我会不会带着胜利的

---

① 鲁道夫·克鲁采尔(Rodolphe Kreutzer, 1766—1831),法国著名小提琴家、指挥家及作曲家。

小提琴在圭多和阿达之间插上一脚呢？

这可不是自负，而是那种我怎么也摆脱不掉的乐观精神。每一场灾难带来的威胁起初都会让我惊慌失措，但这种恐慌很快就会被忘掉，因为我无比坚定地相信自己肯定能幸免于难。现在呢，我只要对自己拉小提琴的水平更宽容一些就可以了。在这类艺术里，人们都知道准确的评价是从对比中得来的，而此处缺少的正是一个参照物。再说，自己的小提琴声在离耳朵那么近的地方回响，再走几步路就能直击心灵了。当我感到累了，停止演奏时，我对自己说："干得好，泽诺，你挣到了你的面包。"

我毫不犹豫地前往马尔芬蒂家。我已经接受了邀请，现在可不能缺席。女仆用一个温柔的微笑迎接了我，问我这么久没来是不是生病了，这在我看来是个好兆头。我给了她一笔小费。她代表了马尔芬蒂全家，她口中说出的是全家人问我的问题。

她把我带到客厅，那里笼罩在最深沉的黑暗中。我从明亮的前厅走进来，一时间什么也看不见，也不敢动弹。然后我看到几个人影围坐在客厅深处的一张小桌子旁，离我很远。

阿达的声音在向我问好，那声音在黑暗中听来十分性感。它带着笑意，像某种爱抚："请您坐到那边去，不要打扰到亡灵！"如果她继续说下去，我肯定是不会去打扰它们的。

小桌子的另一边响起另外一个声音，它可能属于阿尔贝塔，也可能属于奥古斯塔："如果您想参与招灵仪式，这里还有一个空位子。"

我决心不让自己被冷落，坚定地走向阿达的问候声传来的方向。我的膝盖撞到了那张小桌子的角上，它是一张威尼斯式的小桌子，上面全是角。我疼得要命，但没停下脚步。我走到那把不知道谁给我留出的椅子前，一屁股坐了进去，夹在两位女孩中间，我觉得右边那位是阿达,另一位是奥古斯塔。我为了不碰到左边这位女孩,马上朝另一边挪了挪。但我又怀疑自己搞错了,便向右边的女孩提问,想听听她的声音:"你们已经从亡灵那里得到什么信息了吗?"

圭多——我感觉他坐在我正对面——打断了我。他用命令的口吻喊道:"安静!"

然后他用更温和的语气说:"请各位集中精神,想着你们希望召唤的亡灵。"

我一点儿也不反感以任何形式尝试窥探另一个世界。我甚至懊恼把那张小桌子带进马尔芬蒂家的不是自己,因为它取得了这么大的成功。但我不想听从圭多的命令,所以根本没集中精神。我还不停地责怪自己让事态发展到了这一步,却连一句表白的话都没对阿达说过。既然那位女孩就在我身边,那在这片对我如此有利的黑暗中,我应该把一切都说清楚。唯一阻止我开口的是那份甜蜜感,她坐在离我这么近的地方,而我之前还担心自己已经永远失去她了。我感到她身上那温暖的布料轻轻扫过我的衣服,想着我们就这样紧紧靠在一起,心里美滋滋的。我的脚碰到了她的小脚,我知道她在晚上穿着漆皮短靴。禁欲了这么久之后,这简直是太过火了。

圭多再次开口:"我请大家集中精神。现在,请求你们召唤的亡灵动一动桌子,显示自己的存在。"

他仍然一门心思地关注着桌子,这让我很高兴。现在,阿达明显默许我把全部重量压在她身上了!如果她不爱我,是不会允许我这么放肆的。表白的时候到了。我把右手从小桌子上移开,慢慢地用手臂搂住了她的腰:"我爱您,阿达!"我低声说,把脸朝她凑过去,为了让她听得更清楚。

那位女孩没有马上回答。然后，一个游丝般微弱的声音传了过来，但那声音却是奥古斯塔的："您为什么这么久没来？"

我差点儿在震惊和失望中从椅子上跌下来。我立刻感觉到，就算我最终能把这个烦人的姑娘从自己的命运里剔除，也还是应该给她应有的尊重，就像一个卓越的骑士——也就是我——对待他心爱的女人那样，哪怕她是有史以来最丑陋的女人。她多么爱我啊！我在痛苦中感受到了她的爱情。只有爱情才让她没告诉我她不是阿达，反而抛出了我在阿达那里求之不得的问题。她肯定是已经提前做好了准备，才会在见到我的时候立刻问出这个问题。

我随着自己的直觉，没有回答她的问题。不过，在迟疑了一小会儿之后，我对她说：

"尽管如此，我还是很高兴向您坦白了一切，奥古斯塔，我认为您是个心地非常善良的女孩！"

我马上在落座的三角凳上重新找回了平衡。我没能和阿达把话说开，却向奥古斯塔挑明了一切。这里不可能再发生其他的误会了。

圭多再次发出了警告：

"如果诸位不愿意保持安静，那我们在黑暗中消磨时间就没有意义了！"

他对刚刚发生的事情一无所知，但我确实需要一些黑暗来隔离我自己，让我能理清思绪。我发现了自己的错误，而我唯一恢复的平衡就是在椅子上的平衡。

我会和阿达谈一谈的，但要在明亮的光线下。我怀疑坐在我左边的不是她，而是阿尔贝塔。我要怎么才能确定呢？这个疑虑让我差点儿朝着左边跌倒，为了重新找回平衡，我扶了一把桌子。所有人都尖叫起来："它动了！它动了！"我的无心之举应该会向我指明一切。阿达的声音是从哪里传来的？但是圭多的声音盖过了所有人，他命令在场的人闭嘴，而我诚心诚意地希望，闭嘴的人是他。然后他的语气软了下来，毕恭毕敬地（蠢货）对那位他相信显灵了的亡灵说：

"请告诉我们你的名字，请用我们的字母表把它拼出来。"

他预先判断了一切可能发生的事：他担心那个鬼魂会回忆起希腊字母表。

我继续着这场闹剧，同时在黑暗中窥探阿达的身影。稍稍犹豫了一会儿后，我让桌子升起了7次，这样一来，我们就得到了字母G。我觉得这个主意不错，尽管接下来的U需要晃动无数次桌子，我还是清晰无误地拼出了"Guido（圭多）"这个名字。我很清楚，在拼写他的名字时，激励着我的念头就是将他驱逐到那些亡灵中间去。

当圭多的名字被完整拼出来时，阿达终于开了口：

"是您的某位祖先吗？"她猜测道。她就坐在他旁边。我真想让那张小桌子晃到他俩中间，把他们分开。

"有这个可能！"圭多说。他相信自己有祖先，但这一点并没有吓到我。他的声音因为真正动了感情而发生了变化，这让我十分高兴，不亚于一名击剑者发现对手并没有自己想象中那么可怕时的心情。他搞这些神神鬼鬼的名堂时也没有那么冷静嘛。真是个彻头彻尾的白痴！所有的弱点都能轻易博取我的同情，但他的弱点并不包括在内。

然后他对那亡灵说："如果你叫斯佩尔，就晃动一次桌子。如果不是，就晃动两次桌子。"

既然他想要个祖先，那我就满足他。我移动了桌子。

"我的祖父！"圭多低声说道。

然后他和鬼魂的对话加快了。他问鬼魂是不是想带给他一些消息。它回答说是。是关于生意的，还是关于其他的？关于生意的！这个答案之所以获得垂青，是因为只要它晃动一次桌子就够了。然后圭多问这个消息是好是坏。坏消息需要两次晃动，而我——这次没有任何犹豫——本来想晃动两次桌子。但我在晃第二次时遇到了阻碍，一定是在座的某个人希望消息是好的。是阿达吗？为了让桌子晃第二次，我甚至整个人扑到了上面。轻松获胜！消息是坏的！

因为我这次抗争，第二次晃动过于剧烈了，甚至在座的每一个人都跟着动了起来。

"奇了怪了！"圭多嘟囔着，然后他坚定地大喊起来，"够了！够了！有人在我们背后捣鬼！"

众人同时听从了这个命令，客厅一下子被从多处点亮的光源照得灯火通明。圭多的脸色看起来很苍白！阿达看错了这个人，而我会擦亮她的眼睛。

客厅里，除了三位女孩以外，还有马尔芬蒂夫人和另外一位女士。一看到她我便觉得既尴尬又浑身难受，因为我相信那是罗西娜姨妈。两位女士出于不同的原因从我这里收到了小心翼翼的问候。

有意思的是，我依然留在桌边，身旁只有奥古斯塔。这又是一个有损名誉的场面，但我不想加入其他人。她们都围在圭多身边，后者正带着些许激动，解释说晃动桌子的并不是什么亡灵，而是一个有血有肉、图谋不轨的人。另外也不是阿达，而是他去试图控制那张变得过于健谈的桌子。他说：

"我用了全身的力量去阻止那张小桌子再次晃动。那个人甚至得整个身子扑到上面才能胜过我施加的阻力。"

他的通灵水平可真是高妙；这么大的力气不可能是一个亡灵使出来的！

我看了眼可怜的奥古斯塔，想知道在我向她表达了对她姐姐的爱意后，她的脸色怎么样。她的脸涨得通红，但面带友好的微笑望着我。直到那时她才决定承认自己听到了表白：

"我不会说出去的！"她小声对我说。

我对此十分欣慰。

"谢谢。"我低声说，握住了她那只不算小，但形状完美的手。我愿意成为奥古斯塔的好朋友，而在此之前这是不可能的。因为我没办法和长相丑陋的人交朋友。不过，我有点儿喜欢她的身材，我曾经拥抱过她，发现她比我想象中的要苗条。她的脸也还说得过去，只是因为那只走偏了的眼睛才显得畸形。我肯定是把那畸形的范围夸大了，以为它一直延伸到大腿。

他们派人给圭多送上了一杯柠檬汁。我向那群依然围在他身边的人走去，迎面碰到了正从那里离开的马尔芬蒂夫人。我开心地笑着问她：

"他需要一杯饮料来提神吗？"她的嘴角轻蔑地撇了撇，"简直不像个男人！"她直白地说。

我沾沾自喜地想到，我的胜利可能起到了至关重要的作用。阿达的看法不可能与她母亲的相左。这场胜利对我产生了不可避免的影响，所有的怒气都烟消云散了，我也不想让圭多继续受苦。如果这个世界上有很多像我这样的人，他肯定不会如此残酷。

我坐到了他身边，没看别人，对他说：

"请您原谅我，圭多先生。我搞了个恶作剧。是我让桌子宣布它被一个和您同名的亡灵移动了。如果我知道您的祖父也叫这个名字，我是不会做出这种事的。"

圭多的脸色明亮了起来，这暴露了我的话对他来说有多么重要，但他不愿承认这一点，反而对我说：

"这些女士的心肠太好了！我甚至不需要安慰。这件事根本无足轻重。我感谢您的诚实，但我已经猜到是有人在冒充我的祖父。"

他欣慰地笑了起来，说道：

"您可真是强壮啊！我早该猜到，在场的男士除了我还有您，也只有您还能移动那张桌子。"

我确实表现得要比他强壮，但很快，我便感到自己比他虚弱了。阿达用不怎么友善的目光看着我，那张漂亮的脸蛋因为激动而涨红了，她质问道：

"我真为您感到遗憾，您竟然认为自己有权利搞这种恶作剧。"

我感到呼吸困难，结结巴巴地说：

"我只是想开个玩笑！我本来以为我们没人会把桌子的故事当真的。"

现在攻击圭多已经有些迟了，甚至可以说，如果我的心思能敏感一些，本应该感觉到在我和他的斗争中，胜利永远不可能再属于我。阿达对我表现出的愤怒已经说明了一切。我怎么能看不出来她已经完全被他折服了呢？但我却一厢情愿地相信他配不上她，因为他并不是她那双严肃的眼睛所寻找的男人。难道马尔芬蒂夫人也对此毫无察觉吗？

所有人都在替我说话，他们让我的处境更糟了。马尔芬蒂夫人笑着说：

"这只不过是一个非常成功的玩笑。"

罗西娜姨妈那肥硕的身躯笑得花枝乱颤，她赞叹道：

"太精彩了！"

我很遗憾圭多表现得如此友好。确实，他唯一在乎的只是确

认小桌子给出的坏消息不是某个亡灵带来的。他对我说:

"我打赌,一开始您并没有故意移动桌子。第一次移动是无意的,然后您才决定恶作剧式地移动它。也就是说,直到您决定放任自己使坏之前,这件事都还是有意义的。"

阿达转过身来,饶有兴致地看着我。她打算原谅我,来向圭多表示那夸张的忠诚。而她这么做仅仅是因为圭多原谅了我。我止住了他的话。

"不是这样的!"我一口咬定,"那些不愿意过来的亡灵让我等烦了,所以我才代替了它们,给自己找点儿乐子。"

阿达转了回去,耸了耸肩,我感觉自己被扇了一耳光,甚至散落在她颈后的发卷都表达着对我的鄙视。

我像往常那样,不去观察和倾听,而是全心沉浸在自己的思绪里。阿达这种自降身价的行为让我透不过气来,我感受到的痛苦不亚于发现自己遭到了女人的背叛。虽然她一直在对圭多示好,但她还是可能属于我,但我感觉自己永远不会原谅她的行为。是不是我的思维转得太慢,跟不上发生的事情,同时在我的大脑里,先前事件留下的印象还没有被抹去?我还是应该在种种决心标出的道路上继续走下去。这是一种真正的、盲目的固执。我甚至想把我的决心再一次写下来,让它变得更强烈。我走向奥古斯塔,她正热切地看着我,脸上挂着真挚而鼓舞人心的微笑。我认真地、悲伤地对她说:

"也许这是我最后一次来您家了,因为我,就在今晚,会向阿达表白我的爱情。"

"您不该这么做,"她恳求道,"您没意识到这里发生的事情吗?如果您因此受苦,我会很难过的。"

她依然挡在我和阿达之间。我想惹恼她,所以故意和她说:

"我要和阿达说话,因为我应该这么做。我根本不在乎她怎么回答。"

我再次一瘸一拐地走向圭多。我走到他身边,看着自己在一面镜子中的倒影,点燃了一支香烟。我从镜子里看到自己的脸色非常苍白,发现这一点后,我变得更苍白了。我努力让自己感觉好一点儿,同时让自己表现得从容。在这双管齐下的努力中,我的手无意间抓住了圭多的杯子。既然已经把杯子抓在手里了,我就不得不把杯子里的东西喝光。

圭多放声大笑起来:

"这样一来,您就对我的想法了如指掌啦,因为我刚刚也用了那个杯子。"

我一直都不喜欢柠檬的味道,那杯柠檬汁对我来说简直像毒药一样。首先,因为对我来说,用圭多的杯子喝饮料就像和他进行了恶心的接触;其次,因为那一瞬间阿达对我流露出了厌恶和愤怒的表情。我马上叫来了女仆,坚持向她要了另外一杯柠檬汁,虽然圭多声称他已经不渴了。

那一刻我由衷地怜悯阿达,她把自己的身段降得越来越低了。

"请您原谅我,阿达,"我低声下气地对她说,直直地盯着她,就好像希望她给我一个解释,"我不是故意让您不高兴的。"

然后我突然怕得要命,眼里因此噙满了泪水。我不想变成众人的笑柄,便喊道:

"柠檬汁溅到我眼睛里啦!"

我用手帕遮住眼睛,这样一来,我就不用强忍泪水了,我只需要留神不要哭出声来。

我永远不会忘记手帕后面的那片黑暗。它不仅遮掩了我的泪水,也遮掩了那一刻的疯狂。我想着我会告诉她一切,她会理解

137

我，并爱上我，而我永远不会再原谅她。

我把手帕从脸上拿开，将一双泪眼暴露在所有人面前，我努力笑起来，也试图让别人和我一起笑："我敢打赌，马尔芬蒂先生肯定给家里寄了一些柠檬酸来做鲜榨柠檬汁。"

马尔芬蒂正好在这个时候回家了，他以他一贯的热情问候了我。这让我感到一丝安慰，但这种安慰没持续多久，因为他说他之所以比平时回来得早，是因为想听圭多演奏小提琴。他话锋一转，问我为什么眼泪汪汪的。他们向他讲了我对他家柠檬汁质量的怀疑，他哈哈大笑起来。

我竟然卑微到和马尔芬蒂一起热切地请求圭多演奏小提琴。我想起来了：我那晚来做客，不就是为了听圭多拉小提琴吗？有趣的是，我竟希望给圭多捧场来讨阿达欢心。我看着她，盼望着终于能在那个晚上和她第一次产生共鸣。多么奇怪啊！我不是有话要和她说，不是要永远不原谅她吗？相反，我只能看到她的肩膀，和散落在她颈后那充满鄙夷的鬈发。她跑着去把小提琴从琴盒里取出来。

圭多请求再给他一刻钟的时间，他看起来有些犹豫。后来，在我与他相识的漫长岁月里，我了解到，如果有人请他做任何一件哪怕最简单的事，他总要先犹豫一番。他只做自己喜欢的事，在答应别人的请求之前，他会先探索一番自己的内心，看看自己想做的是什么。

于是在那个难忘的晚上，我度过了最幸福的一刻钟。我用诙谐机智的谈吐逗乐了在场的所有人，包括阿达。这自然要归功于我激动的心情，但也是因为我极力想要战胜那耀武扬威的小提琴，它在渐渐逼近，渐渐逼近……那段短暂的时光里，其他人因为我的功劳而乐不可支，我却在进行着一场紧张的战斗。

马尔芬蒂说他在回家时乘坐的电车上看到了令人痛心的一幕。一个女人没等车停稳就跳了下去,结果重重跌倒在地,受了伤。马尔芬蒂有些夸张地描述了那一刻他紧张的心情。他意识到那个女人准备跳下车,而且预见到她肯定会摔倒,甚至可能被电车碾过去。预见到一切却无法及时阻止真是一件令人痛苦不堪的事。

我突然来了灵感,说自己找到了一个方法来对付曾经折磨过我的眩晕感。当我看到一位体操运动员在过高的地方做动作,或者看到上了年纪且腿脚不太灵便的人从电车上下来时,我会盼望他们出事,这样就能把内心的焦虑感驱散得一干二净。我甚至编了一套祈祷词,来祝愿他们跌倒并摔得粉身碎骨。这能给我带来极大的安慰,使我能够完全冷静地面对悲剧的威胁。如果我的祈祷没有应验,我会感到更加庆幸。

圭多对我的这个想法十分着迷,他认为这是心理学上的一项发现。他会去分析每一桩琐事,并且迫不及待地尝试这个方法。阿达和他一起笑了起来,甚至用赞许的目光看了我一眼。我这个废物当场飘飘欲仙了起来。不过我发现我并不是真心打算再也不原谅她,这也是一个巨大的优势。

我们像关系很好的朋友那样笑了很久。有那么一刻我待在客厅的一角,身旁只有罗西娜姨妈。她还在谈论那张降灵桌。她相当肥胖,一动不动地坐在她那把椅子上,讲话时都不看我。我设法让其他人明白我认为她的谈吐相当无聊,他们的注意力都集中在我身上,在罗西娜姨妈注意不到的地方偷偷笑着。

为了让气氛更活跃一些,我想到了一个点子,没作任何铺垫就对她说:

"夫人,您看上去气色好多了,我觉得您看上去更年轻了。"

如果她生了气,那就有得笑了。但那位女士没有生气,反而

139

对我非常感激，说自己最近刚生了一场病，确实恢复得不错。我对她的回答感到非常惊讶，脸上的表情应该十分滑稽，所以我期待的欢乐气氛还是出现了。不久之后，这个谜团被解开了。我得知她并不是罗西娜姨妈，而是玛丽亚姨妈，马尔芬蒂夫人的一个姐姐。这样一来，我就从那间客厅里去除了一个令我不快的源头，但不是最大的那一个。

在某一刻，圭多拿来了小提琴。他决定在没有钢琴伴奏的情况下演奏恰空舞曲。阿达带着感谢的微笑把琴递给了他，他没有看她，而是看着小提琴，似乎希望一个人单独待着，沉浸在灵感里。然后他走到客厅中央，背对着一大部分人，用琴弓轻轻地碰了碰琴弦，调好音，还演奏了几段琶音。他中断了演奏，面带微笑地说：

"我可真是大胆，想想看，我自从上次在这里演奏过后就没碰过小提琴了。"

虚情假意的骗子！他甚至能当着阿达的面背过身去。我焦虑地盯着她，想看看她是否因此感到难过。看起来并没有！她的胳膊肘撑在一张小桌子上，手托着下巴，神情专注，准备好听圭多演奏。

然后，在我面前，圭多化身成了伟大的巴赫本人。无论是在那之前还是那之后，我都没有从那四根琴弦上听到过如此美丽的音乐，他就好像是米开朗琪罗[①]从一块大理石中雕刻出的天使。我感到自己焕然一新，是他引领我去观赏那超凡脱俗的美丽，仿佛那是一种我闻所未闻的事物。尽管如此，我仍然挣扎着让自己和那音乐保持距离。我一刻不停地想着："当心！小提琴就像塞

---

[①] 米开朗琪罗·博那罗蒂（Michelangelo Buonarroti, 1475—1564），意大利著名画家、雕塑家，文艺复兴三杰之一。

壬女妖[①]一样,哪怕一个人没有英雄气概,也会被它感动得泪流满面!"那音乐俘获了我,也给了我重重一击。我感到它在宽容地诉说着我的疾病和痛苦,用微笑和爱抚平我的病痛。但那是圭多在说话!我试图摆脱音乐的影响。我对自己说:"要做到这一点,一个人只需要有些乐感,手稳一些,懂得模仿就够了。虽然这些我都没有,但这并不是说我低人一等,只能说我运气不好。"

我抗争着,但这位"巴赫"如命运般坚定地前进。他激情满怀地奏出高音,又降下来寻找固定低音[②]。即使听众的耳朵和心理都做好了准备,还是会对他奏出的音符感到惊讶,它们稳稳地落到了正确的位置上!再晚一刻,旋律就会消失,无法和共鸣衔接;再早一刻,它就会盖过乐曲,将其扼杀。在圭多这里,什么都没有发生,即使面对巴赫,他的手臂也不会颤抖,这才是我真正低人一等的原因。

如今,我写下这些书,我已经掌握了有关这个判断的全部证据。但那时,我并没有为自己敏锐的眼光而感到高兴。相反,我的心里充满了怨恨,虽然那音乐已经与我的灵魂融为一体,但并未使我的恨意止息。后来,这种怨恨在日复一日的平凡生活里烟消云散了,我并没有死抓着它不放。这是不言而喻的!平凡的生活里有很多事可做。如果天才们意识到了这一点,那可就糟糕了!

圭多以高超的技巧结束了演奏。除了马尔芬蒂之外,没人鼓掌,一时间四下鸦雀无声。然后,不幸的是,我感觉自己需要说点儿什么。我是怎么敢在这群听过我的小提琴演奏的人面前开口的?说话的仿佛是我那眼巴巴盼望着音乐的小提琴,它批评了另

---

[①] 塞壬女妖为希腊神话中的生物,传说她的歌声可以诱惑过路的航海者而使其触礁沉没。
[②] 固定低音为音乐中反复出现的低音组,通常会完全重复一个固定的旋律。

外一把琴,而在那把琴上——这一点没人能否认——音乐已经变成了生命、光明和空气。

"好极了!"我说,我的语气听起来更像是让步而不是喝彩,"但我有一点不明白,在结尾的地方,您为什么要把那些巴赫标为联奏的音符处理得那么分明呢?"

我对恰空舞曲了如指掌。曾经有一段时间,我相信为了提高小提琴的演奏水平,这种挑战是必须面对的,于是我花了几个月的时间,一小节一小节地研究了巴赫的几部作品。

我听到责备和嘲笑充斥了整间客厅,那是对我唯一的回应。尽管如此,我还是顶着所有人的敌意,继续说下去。

"巴赫,"我补充道,"在他的演奏手法上十分谦逊,他是不会允许这么使用琴弓的。"

我说得可能有道理,但同样不可置疑的是,我甚至不知道琴弓还可以这么用。

圭多迅速做出了反击,他的态度和我的一样过分。他声称:

"也许巴赫不知道这种表达方法的可能性。那我就送给他吧!"

他骑到了巴赫头上,但在那个场合中,没人提出抗议,而我却遭到了嘲笑,就因为我仅仅想骑到他头上。

这时发生了一件事,这件事本身无足轻重,却对我产生了决定性的影响。离我们很远的一个房间里传来了小安娜的尖叫声。事后我得知,她当时摔倒了,跌破了嘴唇。就这样,有几分钟我和阿达单独待在一起,因为所有人都从客厅跑了出去。圭多在跟上其他人之前把他珍贵的小提琴交给了阿达。

"您要把小提琴给我吗?"我看到阿达犹豫着是否要跟他们一起去,便开口问她。说真的,我还没意识到那个我期待已久的机会终于来临了。

她迟疑了片刻，但随后，她那种奇怪的警惕性占了上风。她把小提琴抱得更紧了一些。

"不用了，"她回答道，"我不需要和其他人一起去。我不认为安娜真的出了什么事。她总是无缘无故地尖叫。"

她抱着小提琴坐了下来，我觉得她这个举动是在邀请我说话。再说，我怎么能没和她说上话就回家去呢？之后我要怎么度过漫漫长夜？我预见到自己在床上辗转反侧；或者在街上闲逛；再不然就是进赌场找乐子。不行！必须把一切说清楚，我不能在自己的内心平静下来之前就离开这个家。

我试图用三言两语表达自己的心意。我不得不这么做，因为我喘不上气来。我对她说：

"我爱您，阿达。您能允许我和您的父亲谈一谈这件事吗？"

她惊恐地看着我。我担心她会像客厅外面那个小安娜一样尖叫起来。我一直都明白她那双严肃的眼睛和那轮廓分明的脸庞并不知爱情为何物，但我从来没见过她像现在这样离爱情如此遥远。她开了口，说了些开场白之类的场面话。但我想要一个清晰的答案：行还是不行！也许她犹豫的样子已经冒犯了我。为了让她快点做决定，我质疑了她拖延时间的权利：

"您怎么会没注意到呢？您不可能相信我在追求奥古斯塔啊！"

我想强调这句话中的某些词，但匆忙中，我把重点放错了位置，结果，奥古斯塔那可怜的名字被我用一种轻蔑的语气说了出来，我还加了个不屑的手势。

阿达就这样摆脱了尴尬的局面。她只注意到了我对奥古斯塔的冒犯：

"您为什么觉得自己比奥古斯塔高贵呢？我可不认为奥古斯塔会同意成为您的妻子！"

143

然后她突然记起还欠我的一个回答：

"至于我……我很惊讶您会有这样的念头。"

这句尖刻的话应该是为了给奥古斯塔报仇。我已经头昏脑涨，没想到它还能有什么别的意思，要是她抽了我一耳光，我可能还会反思一下，去研究这背后的动机。因此我仍然坚持道：

"请考虑一下，阿达。我不是个坏人。我很有钱……我是有点儿怪，但我很容易就能改好。"

阿达的态度也软了下来，但她重新说起了奥古斯塔：

"您也考虑一下吧，泽诺。奥古斯塔是个好姑娘，真的和您很般配。我不能替她说话，但是我相信……"

听到阿达第一次用我的名字称呼我真是一种莫大的慰藉。她这么做难道不是在邀请我说得更清楚一些吗？也许我失去了她，或者她不会立刻答应和我结婚，但与此同时，我必须阻止她继续在圭多面前自降身段，我必须擦亮她的眼睛。我很慎重，首先告诉她我十分尊重奥古斯塔，但绝对不想和她结婚。我对她说了两遍我不想娶她，以确保她清楚地理解了我的意思。这样一来，我至少希望自己可以平息阿达的怒火，她之前认为我冒犯了奥古斯塔。

"奥古斯塔是一个善良、可爱、惹人怜惜的姑娘，但是她不适合我。"

然后我加快了进度，因为走廊上传来了一些噪声，我的话随时可能被打断。

"阿达！那个男人不适合您。他就是个白痴！您难道没注意他因为降灵桌的回答而心烦意乱吗？您看到他的手杖了吗？他小提琴拉得很好，但是有些猴子也会拉小提琴。他说的每一句话都暴露了他的愚蠢……"

之前她听我说话时，脸上始终带着犹疑不定的表情，似乎不确定要不要全盘接受我的言论，现在她打断了我。她突然站起来，手里还拿着小提琴和琴弓，对我吐出了一连串冒犯性的话语。我拼尽全力忘掉那些话，并且成功了。我只记得她大声问我怎么能这样谈论他和她！我惊讶得睁大了眼睛，因为我觉得我只是在谈论圭多。我忘记了她对我说的那一大堆鄙夷的话，但我永远不会忘记她那几乎像大理石般坚定、美丽、高贵、健康的脸。那张脸因愤怒而涨得通红，线条也更加清晰了。当我回想起我的爱情和我的青春时，眼前总会浮现阿达在她彻底把我从她的命运中抹去的那一刻，她那美丽、高贵、健康的脸。

　　所有人都回到了客厅里，他们围在马尔芬蒂夫人身边，小安娜依偎在她怀里，还在哭个不停。没人注意到我或者阿达，我没有向任何人道别就离开了客厅，并在走廊上拿起了我的帽子。奇怪！竟然没有人来挽留我。于是我只好自己劝自己留下，我想不应该忘记良好的教养，因此在离开之前，我应该礼貌地向所有人道别。毫无疑问，我之所以没让自己就这么走掉，是因为我深信很快就会迎来一个比之前的五晚还要可怕的夜晚。我终于把一切都安顿清楚了，现在我有另一个需求：我需要与所有人和平共处。如果我能解决与阿达还有其他所有人之间的每一个矛盾，我就能更容易入睡。如果我没有理由责怪圭多，那这种矛盾为什么还要继续存在呢？阿达垂青他又不是他的错，虽然他根本不配！

　　只有阿达注意到了我在走廊上徘徊，看到我回来，她神色焦虑地盯着我。她在担心我会大吵大闹吗？我想马上让她安下心来，于是走到她身边，低声对她说：

　　"如果我冒犯了您，还请您原谅我！"

　　她握住了我的手，放心地捏了捏。对我来说这是一种莫大的慰藉。我闭了一会儿眼睛,和自己独处了片刻,想看看这个动作能给自己带来多少安宁。

就在大家忙着照顾那个孩子时,命运让我发现自己坐到了阿尔贝塔旁边。我之前没看到她,直到她和我说话,我才意识到她在我身边。

"她没什么大碍。要命的是爸爸也在,如果他看到她哭了,就会给她送一份大礼。"

我停止了自我分析,因为我看到了一个完整的自己!为了内心的和平,我必须确保自己不会被再次赶出那间客厅。我看着阿尔贝塔!她长得和阿达很像!她有点儿像更年轻的阿达,身上还有些明显没有褪去的稚气。她很容易抬高声音,常常夸张地大笑,让那张小脸皱成一团,变得通红。真奇怪啊!那一刻我想起了父亲曾嘱咐我的话:"选一个年轻的女人,你会更容易按你的方式教育她。"这段回忆有着决定性的力量。我又看了看阿尔贝塔。在我的脑海中,我设法褪去了她的衣服,她就像我想象中那样甜美、那样稚嫩,这使我感到十分满意。

我对她说:

"听着,阿尔贝塔!我有个想法:您不觉得您已经到了该嫁人的年龄了吗?"

"我不想结婚!"她温柔地看着我,微笑着说,没觉得尴尬,脸也没有红,"我想继续学业,妈妈也是这么希望的。"

"您结婚以后也可以继续学业呀。"

我灵光一闪,随即对她说:

"我也想在结婚后开始学习。"

她放声大笑起来,我意识到自己这是在浪费时间,因为用这种无聊的话题是不可能赢得一个妻子和平静的。需要严肃一些。在阿尔贝塔这里似乎很简单，因为她对待我的方式和阿达完全不同。

我真的严肃了起来。我未来的妻子首先需要知道一切。我动情地对她说：

"就在刚才，我向阿达求了婚，就像现在我向您求婚一样。她轻蔑地拒绝了我。您可以想象我现在的处境是怎样的。"

我带着悲伤的神色说出了这些话，这是我最后一次对阿达表白爱情。我严肃得过了头，微笑着补充道：

"但我相信，如果您答应嫁给我，我会非常幸福，我会为了您忘记一切，忘记所有人。"

她也严肃了起来，对我说：

"请您不要对此感到冒犯，泽诺，因为我会很难过的。我十分尊敬您。我知道您是个心地单纯的好人，再说，您知道的事情确实不少，却没能意识到这一点，而我的教授们则对自己的学识一清二楚。我不想结婚。有一天我可能会改变想法，不过现在我只有一个目标：我想成为一名作家。看，我多信任您。我还从来没对别人说起过，也希望您不要出卖我。至于我，我向您保证不会把您的提议透露给任何人。"

"不是这样的，您可以告诉所有人！"我恼火地打断了她。我再一次感到自己有被逐出那间客厅的危险，急着想找个地方避难。现在，只有一个办法挫挫阿尔贝塔胆敢拒绝我的锐气了，我刚一发现就马上采用了它。我对她说：

"我现在要对奥古斯塔提出同样的建议，我还会告诉所有人我要娶她，因为她的姐姐和妹妹都拒绝了我！"

我因为自己这番怪异的举动心情大好，笑了起来。我引以为豪的精神不在于言语，而在于行动。

我四处张望，寻找着奥古斯塔。她正从走廊路过，手里端着一个托盘，上面只有一个半空的杯子，里面装着给安娜的安神剂。我急忙跟了上去，喊住她，她靠在墙上等着我。我站到她面前，立刻对她说：

"听着，奥古斯塔，您愿意咱俩结婚吗？"

这提议着实很突兀。我要娶她，而她要嫁给我，我既没有过问她的想法，也没有考虑过我可能必须给出一些解释。如果我只是做了所有人都希望我做的事呢？

她惊讶得睁大了眼睛。这么一来，她那只斜视的眼睛和另一只的差别就更大了。她那圆润白皙的脸庞现在变得十分苍白，然后迅速烧了起来。她右手稳住在托盘上摇摇晃晃的玻璃杯，用几乎听不见的声音对我说：

"您在开玩笑，这可不好。"

我担心她哭起来，于是产生了一个奇怪的念头。我想告诉她我的伤心事，以此来安慰她。

"我没在开玩笑，"我严肃而伤心地说，"我先是向阿达求婚，她生气地拒绝了我，然后我要阿尔贝塔嫁给我，她说了些漂亮话，也拒绝了我。我不记恨她们两个人。我只是感到非常非常不幸。"

她在我的痛苦面前恢复了镇定，动情地看着我，纠结万分。她的目光像是一种爱抚，却不能让我感到舒适。

"那我必须知道并且记住您并不爱我吗？"她问道。

这句含糊的话究竟意味着什么？它是否预示着她同意了？她想记住！她要在和我相伴的余生里都记住这件事吗？我好像是为了自杀而置身险境的人，现在不得不极力挽救自己的生命。如果奥古斯塔拒绝了我，让我安然无恙地回到自己的书房——而那天我待在书房里的时候感觉不是很糟糕——这不是更好吗？

我对她说：

"是的！我只爱阿达一个人，而现在我要娶您……"

我本来要告诉她，我不能忍受自己和阿达变成陌生人，因此只好成为她的妹夫。这么说应该太过分了，而且奥古斯塔也可能再次认为我在戏弄她。所以我只能对她说：

"我再也不能忍受独自一人了。"

她仍然靠在墙上，也许是感到自己需要一个支撑物，但是她看上去更平静了，现在用一只手就能拿住托盘。我究竟是逃过一劫，必须离开那间客厅；还是可以留下来，但必须结婚？我东拉西扯，仅仅是因为没耐心等她那迟迟不愿给出的回答：

"我是个心地单纯的好人，而且我相信即使没有深切的爱情，和我生活在一起也会很轻松的。"

这是我在之前那漫长的几天里准备说给阿达的话，为了说服她在不怎么爱我的情况下答应我。

奥古斯塔轻轻喘着气，还是一言不发。她的沉默可能意味着拒绝，一个人可以想象到的最委婉的拒绝，我几乎要跑去找我的帽子，好及时戴上它逃之夭夭。

然而奥古斯塔下定了决心，她做了一个我永生难忘的端庄姿势，她挺直身子，离开了墙壁。这么一来，她在那条不是很宽的走廊上就站在她面前的我更近了。她对我说：

"泽诺，如果您需要一个愿意为您而活，并且帮助您的女人，我愿意成为那个女人。"

她向我伸出那只圆乎乎的手，我几乎出于本能地吻了它。显然，我再也没有可能做别的事情了。我还要坦白，当时一股满足感向我席卷而来，使我感到胸膛都扩大了。我再也没有需要解决的事，因为一切都已经被解决了。这才是真正的事态清晰。

149

就这样,我订婚了。我们立刻收到了最热烈的祝贺,我的情况和圭多用小提琴取得的巨大成功有些相似,所有人都在鼓掌。马尔芬蒂亲了我,马上开始用"你"称呼我。他带着过于灿烂的表情对我说:

"很久以前,从我开始给你生意上的建议起,我就觉得自己像你父亲了。"

我的未来岳母也向我伸出了脸颊,我轻轻吻了一下。即使我娶了阿达,这个吻也是无法避免的。

"看吧,我全都猜中了。"她带着不可思议的自信对我说。她没有受到惩罚,因为我不想也不知道怎么反驳她。

然后,她拥抱了奥古斯塔,她深沉的爱在一声逃逸而出的啜泣里展露无遗,打断了她喜悦的话语。我本来无法忍受马尔芬蒂夫人,但我得说,至少在那个晚上,她的那声啜泣为我的订婚仪式添上了既友好又重要的光彩。

阿尔贝塔容光焕发地握住了我的手:

"我想成为您的好妹妹。"

而阿达则说:"做得好,泽诺!"

然后她低声说:"要知道,没有哪个认为自己仓促行事的男人能比您做得更明智。"

圭多说了一句让我非常惊讶的话:

"今天早上我就看出来您想娶马尔芬蒂家的某位小姐,但我猜不出是哪一位。"

然而不久之后,阿达又对我说:

"我希望您能像一位哥哥那样爱我。其他的事就让它过去吧。我什么也不会告诉圭多的。"

其实,能给一个家庭带来这么多欢乐是一件美好的事。我之所以不能尽情地享受这一刻，仅仅是因为我太累了。我还困得要命。这证明了我采取行动时十分谨慎。我的夜晚将会很美好。

用晚餐时，我和奥古斯塔沉默地参加了为我们举办的庆祝仪式。她认为有必要为自己无法加入大家的交谈而道歉：

"我什么也说不出来。您要记住，半个小时前，我还不知道自己身上会发生什么。"

她总是原原本本地说出真相。她看着我，不知道是该哭还是该笑。我也想用目光去爱抚她，我不知道自己是否做到了。

那天晚上，我在餐桌边又受了一次伤，伤害我的正是圭多。

似乎在我赶来参加降灵会前不久，圭多告诉大家我当天早上声称自己并不是一个神情恍惚的人。他们马上当着他的面列出种种证据证明我撒了谎，而他为了报复（也可能为了显示自己会画画）给我画了两幅漫画。在第一幅画中，我鼻孔朝天，身体撑在一把支在地面的雨伞上。在第二幅画中，伞折断了，手柄刺入了我的背里。这两幅漫画达到了它们的目的——用简单卑劣的手法引人发笑。画中那个应该是代表我的人——他其实和我一点儿也不像，但有着标志性的大秃头——在第一幅和第二幅画中一模一样，因此可以想象他的心思过于飘忽，就连被雨伞捅了个窟窿，脸上的表情也没有改变。

所有人都哈哈大笑，甚至笑得上气不接下气。圭多十分成功地让我变成了笑柄，这让我深感痛苦。就在那时，我第一次感受到了一股针扎般的疼痛。那晚我的右前臂和侧腹开始隐隐作痛。那是一种神经里火烧火燎的麻痹感，就好像它们叫嚣着要让自己失去知觉。我震惊地用右手扶住侧腹，左手抓住受伤的前臂。奥古斯塔问我：

"你怎么了？"

我说自己在咖啡馆跌倒时摔到了一些地方，它们现在疼起来了。那晚我也讲述了那次摔跤的经历。

我马上使出浑身解数摆脱那种疼痛。我认为如果能报复他们对我的侮辱，我就能痊愈。我要来了一张纸和一支铅笔，试着画出一个被一张翻倒在他身上的小桌子压在下面的人，还在他身边添上了一根因为这次事故而掉落的手杖。没人认出那根手杖，因此我的报复并没有达到预期的效果。为了让大家明白那个人是谁，他又是怎么落到了那般境地，我在这幅画底下写上了《圭多·斯佩尔和小桌子搏斗》。但是在那幅画中，人们只能看到那个被桌子压住的倒霉鬼露出的一双腿，这双腿本来和圭多的腿很相似，只是我故意把它们画成了歪歪扭扭的样子，另外，我复仇的冲动也让我原本已经很幼稚的画作变得更加糟糕。

那股恼人的疼痛让我匆匆忙忙地完成了画作。我那可怜的身体从来没有如此渴望伤害别人过，但凡我手里拿的是一把佩剑，而不是我不怎么会使用的铅笔，我的疗程或许已经结束了。

圭多真诚地因为我的画作笑了起来，但是随后非常公正地评论道：

"我不觉得那张小桌子对我造成了什么伤害！"

他的确没有受到伤害，而这正是这种不公令我痛苦不堪。

阿达拿走了圭多的两张画，说要把它们保管起来。我直直地盯着她，向她传达我的责备，她不得不避开我的视线。我有权责备她，因为她加剧了我的痛苦。

我在奥古斯塔那里找到了避风港。她想让我在画上写下我们订婚的日期，因为她也想保存我的涂鸦。她表露出的爱意使我感到一股暖流涌上心头，我第一次意识到这样的爱对我十分重要。然而疼痛并没有平息，这让我不由想到，如果这样的爱意来自阿达，它会让我的血液彻底沸腾起来，我神经中积累的残渣也会被冲刷得一干二净。

这种疼痛再也没有离开过我。现在，我已步入晚年，疼痛有所减轻，因为当它袭来时，我会宽容地忍受它："啊！你来了，你是来证明我曾经年轻过吗？"但在我还年轻时，它就完全是另外一回事了。我不是说这种疼痛很剧烈，虽然有时它让我不能自由行动，或者让我整晚睡不着觉。但它在我的生命里占据了重要的位置。我想要治愈它！为什么我的身体要一辈子带着失败的烙印？为什么我要把它变成圭多行走的纪念碑呢？我要从我的身体上把这种疼痛根除掉。

就这样，我开始了治疗。但是愤怒的源头很快就被遗忘了，我现在甚至很难找回它。这是不可避免的，我对我的主治医生们抱有极大的信任，他们把疼痛归因于新陈代谢或者体液循环不畅，到后来又说是肺结核或者某些炎症，其中有几种甚至难以启齿。无论他们的诊断是什么，我总是会诚心诚意地相信。我必须承认，所有这些治疗都会暂时缓解我的疼痛，因此但凡有新的诊断结果，我总觉得它找出了真正的病因。总有一天，这些诊断会变得不那么准确，但也不完全错误，因为我没有任何一个身体机能是在完美运转的。

只有一次，诊断真的出了错。我把自己交到了一个什么兽医手里，他固执地用起疱剂攻击我的坐骨神经，直到被我的疼痛狠狠嘲弄了一番。因为在一次治疗过程中，疼痛突然从侧腹跳到了后颈上，所以和坐骨神经一点儿关系也没有了。这个江湖郎中勃然大怒，把我赶了出去。我离开时——我对这件事记得很清楚——一点儿也没觉得受了冒犯，反而对他佩服得五体投地，我的疼痛移到了新的位置，但没有任何变化，依然是那副狂暴的、难以触及的样子,和它折磨我的侧腹时一个样儿。我们身体的每一部分都会以相同的方式疼起来,这真是怪事一桩。

其他所有的诊断结果都无比真切地活跃在我的身体中,为了占据主导地位争斗不休。有几天,我活着是因为有了尿酸体质。几天后,这种体质就被抹杀了,也可以说被治愈了,取而代之的是某种静脉炎症。我的药品满满当当地装了几个抽屉,这些抽屉是我唯一亲自整理的地方。我爱我的药物,并且知道如果我停用了某种药物,迟早会重新开始服用它。再说,我不觉得这是浪费时间,如果我的疼痛没有表现出某种疾病的征兆,促使我在患病前提早治疗,谁知道我会不会早就患病死掉了。

但是,我虽然无法解释这种疼痛的本质,却知道它第一次出现的时间,就是因为那幅比我的画的水平高出许多的画作。它是压死骆驼的最后一根稻草!我可以肯定之前从来没感到过那种疼痛。我尝试过向一位医生解释这种疼痛的起源,但他没理解我的意思。谁说得准呢?也许心理分析会揭示我的身体在那几天里经历的变化,尤其是在我订婚后的那短短几个小时里。

那几个小时甚至并不短暂!

那天的聚会开到很晚才解散。奥古斯塔高兴地对我说:

"明天见!"

这个邀请让我很高兴,因为它证明我达到了我的目的,一切都没有结束,一切都将在第二天继续。她看着我的眼睛,发现我的目光十分坚定,这让她放了心。我走下那些再也不用数的台阶,自问道:

"我爱她吗?"

这是伴随我一生的疑问,如今我可以认为,伴随着如此多疑问的爱情,可能才是真正的爱情。

但在离开那所房子之后,我也没能躺到床上,在深沉而悠长的睡眠里好好休息一番,采集我那晚的劳动果实。天气很热。圭多想吃冰激凌,便邀请我陪他去咖啡馆。他友好地挽住了我的胳膊,我也同样友好地挽住了他。他对我来说非常重要,我没办法拒绝他的任何要求。巨大的疲惫感本来应该驱使我上床睡觉,却让我变得比平时还要顺从。

我们走进的正是可怜的图里奥把他的病传染给我的那家咖啡馆,我们在角落里的一张桌边坐下。一路上,我的疼痛——我那时还不知道它会成为我忠实的伴侣——让我吃了不少苦头。当我终于得以坐下时,我感到它似乎减轻了一些。

圭多的陪伴甚至可以用糟糕透顶来形容。他非常好奇地打探起我和奥古斯塔之间的爱情故事。他怀疑我在欺骗他吗?我厚着脸皮告诉他,我和奥古斯塔在我第一次去马尔芬蒂家做客的时候就相爱了。疼痛感让我变得非常健谈,我甚至想大喊大叫,和它比一比谁更厉害。但我说得太多了,如果圭多更留神一些,就会发现我并不是那么爱奥古斯塔。我谈起了奥古斯塔身上最有趣的地方,就是她那只斜视的眼睛,它会让人不公正地相信她的其他部位也不在它们应该在的地方。然后我试图解释自己为什么之前没有采取行动。也许圭多会对我在那个家里拖延到最后一刻才订婚感到惊讶。我大喊道:

"毕竟,马尔芬蒂家的小姐们习惯了奢侈的生活,我不确定自己是否能承担得起这样的生活方式。"

我很抱歉把阿达也牵扯了进来,但要补救为时已晚,把奥古斯塔和阿达分开太困难了!我把声音压得越来越低,以免自己再说出什么不恰当的话来:

"所以我必须得算几笔账。我发现自己的钱不够,于是就开始研究有没有可能扩大我的生意……"

然后我说,算这些账要花费很多时间,所以我有整整五天都没去马尔芬蒂家做客。最终,那条信马由缰的舌头终于吐出了一些真话。我按着侧腹,带着哭腔低声说:

"5 天真的很漫长!"

圭多说他很高兴能发现我是一个目光如此长远的人。

我直截了当地评论道:

"目光长远的人并不比冒失的人更受欢迎!"

圭多笑了起来:

"目光长远的人竟然觉得有必要为冒失的人辩护,真是奇怪啊!"

然后,他话锋一转,直白地告诉我他打算向阿达求婚。他把我拉到咖啡馆来就是为了向我坦白这件事吗?还是说他厌倦了听我一直说自己的事,打算扳回一局?

我几乎可以肯定自己成功展现出了最大限度的惊讶和喜悦。但紧接着,我找到了一个绝妙的方法来反咬一口:

"现在我明白为什么阿达会钟情于被篡改成那样的巴赫拉法了!演奏十分动听,但是在某些地方,八大法官①禁止亵渎经典作品。"

这对圭多来说是当头一棒,他的脸因为难堪而涨红了。他的回答相当温和,因为现在可没有那一小群热情的观众给他撑腰。

"我的上帝啊!"他试图为自己争取一点儿时间,"一个人在演奏中会时不时即兴来上一段。那个房间里几乎没人认识巴赫,所以我就把他改得稍微现代化了一些。"

他似乎觉得自己这个解释不错,我竟然也感到很满意,因为

---

① 八大法官在意大利语中被称作 Otto di Guardia e Balìa 或者 Signori Otto,在中世纪时是佛罗伦萨共和国处理犯罪案件的司法机关,成立于 1376 年,在 1777 年被解散。

我觉得他这是屈服了,给自己找了一个借口。这一点就足以减轻我的痛苦。而且,我无论如何也不想和阿达未来的丈夫争执,便说我很少能听到一位业余爱好者演奏得这么好。

这对他来说还不够。他评论说自己之所以能被称为业余爱好者,仅仅是因为不想成为职业小提琴家。

"他不想要别的了吗?"我同意他的看法。很明显,他不应该被人当作一位业余爱好者。

就这样,我们又一次成了好朋友。

然后,他突然间讲起了女人的坏话。我惊讶得目瞪口呆!如今我对他有了更透彻的了解,我知道当他相信自己能取悦对方时,会毫不犹豫地对任何一个话题大谈特谈。我刚才说起过马尔芬蒂家的小姐们习惯了奢侈的生活,他就从这个话题着手,一直说到了女人其他所有的缺点。我太累了,无法打断他,只能不停地点头,就连这个动作也让我疲惫不堪。不然的话,我肯定会反驳他的。我知道,我有充分的理由讲所有女人的坏话,阿达、奥古斯塔和我未来的岳母首当其冲,但他绝对没有理由去责骂另一个性别的人,尤其是对他来说,代表这个性别的是他深爱着的阿达。

他的学识很渊博。尽管累得要命,我还是满心钦佩地听他讲话。很久之后,我才发现他竟然把年纪轻轻就自杀了的魏宁格[①]的天才理论据为己有。至于那时,我只感受到了巴赫第二次现身的分量。我甚至怀疑他想治好我,不然的话,他为什么想说服我女人既不能成为天才也不能成为好人呢?我觉得这次治疗并没有

---

[①] 奥托·魏宁格(Otto Weininger, 1880—1903),奥地利哲学家,代表作有《性与性格》,书中对女性的观点引起了广泛争议。魏宁格认为不存在绝对意义上的男人与女人,只有男性素质和女性素质,两者的比例会决定一个人的性格。他认为女性素质缺乏理性、独立个性以及精神深度,无法达到男性素质所具备的创造性和道德理想。

起到作用,因为主治医生是圭多。但我记住了那些理论,并通过阅读魏宁格的作品来完善它们。这些理论从来没有治愈我,但用来追求女人真是再合适不过了。

圭多吃完了他的冰激凌后,感到自己需要一些新鲜空气,便央求我陪他去城市的郊区散散步。

我记得一连几日,人人都盼着城里能掉几滴雨,缓解这早来的热浪。我甚至没注意到那种炎热。那天晚上,几片淡淡的白云开始在天空中聚集起来,那是会让人期待大雨将至的云,然而一轮巨大的月亮在依然澄澈的深蓝色天空上缓缓移动,那种脸颊鼓鼓的月亮会让人们相信它能把云彩吃掉。确实,可以清楚地看到,它碰到的地方云都消散得一干二净了。

我想打断圭多喋喋不休的闲聊,听他说话时我不得不连连点头,这简直是一种折磨。他描述着诗人扎姆博尼[①]在月亮中发现的吻:和圭多在我身边展现出的偏见相比,那个在夜空中陪伴着我们的吻是多么甜蜜啊!我开始说话,把自己从那种因为不停点头而陷入的麻木状态里解放了出来,我的疼痛似乎减轻了。这是对我奋起反抗的奖赏,我一步也没有退让。

圭多不得不暂时和女人休战,抬头望着天,但只有一会儿!在我指出月亮里有一个女人苍白的身影时,他又回到了之前的话题上,开了个玩笑,但这个玩笑只逗乐了他一个人,他的笑声回荡在空无一人的大街上:

"那个女人能看到很多东西!可惜作为一个女人,她什么也记不住。"

他的理论(或魏宁格的理论)中的一部分,就是女人不可能

---

① 菲利波·扎姆博尼(Filippo Zamboni, 1826—1910),意大利诗人与作家。他在诗作中将月球上的阴影比作接吻中的人。

成为天才，因为她们记不住事情。我们来到了贝尔韦德莱路下方的路口。圭多说爬点坡对我们的身体有好处，就连他的这个要求我也满足了。我们走到上面的时候，圭多做了一个像是毛头小伙子才会做的动作，他在一堵隔开上下两条路的墙头上躺了下来，把自己置于可能从十几米高度摔下去的风险中。他觉得这是一桩勇敢的行为。看到他爬上了这么危险的地方，我首先像平常一样感到头晕恶心，但是随后，我想起了那天晚上自己灵光一闪时编出的那套应对这种焦虑的策略，于是我开始热切地祈祷他会掉下去。

他在那个地方继续鼓吹着针对女性的言论。他现在说到女人和小孩子一样需要玩具，但她们要的玩具价格可不便宜。我记得阿达说过她非常喜欢珠宝首饰，所以他谈论的就是她吗？我难道不应该杀了这个把阿达从我身边抢走，又不爱她的人吗？那一刻，我觉得当我杀了他之后，我能马上跑去找阿达，从她那里得到奖赏。在那个月色皎洁的怪异夜晚，我有种感觉，阿达本人正在听着圭多如何诋毁她。

我得坦白，那一刻我是真的打算杀死圭多！他躺在那堵低矮的墙上，我就站在他身边，我冷静地研究着我要怎样抓住他才能确保自己的行动万无一失，然后我发现根本没必要抓住他。他的头枕在交叉的双臂上，只要突然一推就足以让他彻底失去平衡。

我心中浮现了另外一个念头，它的重要性在我看来不亚于那轮一边在天上前行，一边把云清理干净的巨大月亮：我之所以答应与奥古斯塔订婚，就是为了确保自己能在那天晚上睡个好觉。如果我把圭多杀了，我要怎么才能睡得着呢？这个念头拯救了我们两个人。我想马上离开那个地方，在那里我的优势比圭多的要大，它在引诱我犯下那种行为。我跪倒在地，头几乎触到了地面。

"好疼啊！好疼啊！"我喊道。

圭多被我吓到了，跳起来问我怎么了。我继续呻吟着，声音降低了一些，没有回答他。我知道自己为什么要呻吟，因为我曾经想要杀人，也可能是因为我没能动手。疼痛和呻吟为一切提供了借口。我既觉得自己大喊大叫是因为我本就不愿意杀人，又觉得自己大喊大叫是因为如果我没能动手，那也不是我的错，我的病痛要为此承担一切责任。然而我记得很清楚，我的疼痛恰恰在那时消失得一干二净了，我的呻吟变成了一出纯粹的滑稽戏，我却徒劳地想给这出戏寻找一点儿内容，便呼唤着我的疼痛，想把它重建起来，好重新感受它，受它折磨。但这些都是无用功，因为疼痛只有在它想回来的时候才会回来。

圭多按他一贯的作风提出了假设。他问这种疼痛是不是那次我在咖啡馆摔倒留下的后遗症。我觉得这个想法不错，便肯定了它。

他握着我的胳膊，好心地帮我站起来。然后他一直扶着我，小心翼翼地帮我走下那段小坡。当我们走到下面时，我说自己感觉好点儿了，而且我相信如果他扶着我，我可以走得更快一些。就这样，睡觉的时间终于到了！这也是我在那天第一次真正地感到心满意足。他为我忙前忙后，差点儿把我抱了起来。我终于把自己的意愿强加在了他身上。

我们找到了一家还在营业的药店，他想让我在上床时喝点儿安神剂。他构建起了一整套理论来解释真实的疼痛和对这种疼痛的夸张感受：疼痛会因为它自身的加剧而被放大。就是从那瓶安神剂开始，我沉迷于收集各类药品，而那瓶安神剂正是圭多选的，这再合适不过了。

为了夯实他的理论基础，圭多假设这种疼痛已经折磨我好多天了,我很遗憾不能在这一点上满足他。我说自己当晚在马尔芬蒂家没有感受到任何疼痛。在盼望了那么久的事情变成现实的那一刻,我显然是不会觉得难受的。

为了做一个诚实的人,我希望完全变成自己所说的那样。我一遍遍地告诉自己:"我爱奥古斯塔。我不爱阿达。我爱奥古斯塔,而今晚,我终于让自己的梦想成真了。"

我们就这样走在月光如洗的夜色中。我猜圭多已经有些撑不住我的重量了,因为他终于闭嘴了。然而,他还提出要一直把我送到床上。我拒绝了,当我终于在身后关上家门时,我松了一口气。我敢肯定,圭多也松了一口气。

我三步并作两步地跑上了我别墅的楼梯,10分钟内就上了床。我很快就睡着了,但在入睡前那短短的一段时间里,我既没有想起阿达,也没有想起奥古斯塔,而是想到了圭多,他是个多么温柔、善良、有耐心的人啊!当然,我没有忘记自己不久前还想杀了他,但这根本不重要,因为如果一件事不为人所知,也没有留下痕迹,它就像不存在一样。

第二天,我有些踌躇地去了我未婚妻的家。我不确定前一晚做出的承诺是否会像我认为的那样有价值。但我发现它对所有人来说都有价值。奥古斯塔也认为自己订婚了,她甚至比我更确信这件事。

这是一场令人身心俱疲的婚约。我感觉自己有好几次取消了它,又费了老大的劲重新订下婚约。让我惊讶的是竟然没有人察觉到这一点。我从来没有确信过自己真的会走向婚姻的殿堂,但表面上我确实表现得像一个情意绵绵的未婚夫。事实上,我一有机会就会亲吻阿达的妹妹,把她紧紧搂在怀里。奥古斯塔像她观念里一个合格的未婚妻那样,忍受着我放肆的行为,再说,我表现得也还不错，因为除了几次短暂的时间，马尔芬蒂夫人从来不让我们单独待在一起。我的未婚妻根本不像我之前认为的那么丑，我在亲吻她时发现了她最美丽的地方：她会脸红！我亲吻过的地方会腾起一团因我而起的火焰，而我吻她更多是出于实验者的好奇精神，而不是出于恋人的热情。

但是，欲望并没有缺席，它使那个沉重的时期变得轻松了一些。如果奥古斯塔和她的母亲没有阻止我惯常的欲望，放任我一次性把那团火焰燃烧殆尽，那我就有大麻烦了。这之后又该怎么生活呢？至少这样，在我走上马尔芬蒂家的楼梯时，我的欲望还是会搅得我心痒难耐，就像我从前每次去征服阿达的心一样。如果台阶是奇数，我就会在那一天让奥古斯塔见识到她所期望的订婚究竟是什么样子。我梦想着可以犯下暴烈的行为，重新充分地感受到我的自由。我只想要这个，而且非常奇怪的是，当奥古斯塔明白我究竟想要做什么时，她将其解释为恋爱的激情。

在我的记忆中，那段时期可以分为两个阶段。在第一个阶段，马尔芬蒂夫人经常让阿尔贝塔监视我们，或者把小安娜和她的家庭教师赶到客厅去，和我们待在一起。阿达在这个阶段从来没有和我们接触过，我总对自己说应该安于现状，但实际上，我隐约记得有一次曾经想过，如果能当着阿达的面亲吻奥古斯塔，那该是多么愉快的一件事啊。谁知道我会用何等的暴力做出这种事。

第二个阶段从圭多和阿达正式订下婚约的那一刻开始。马尔芬蒂夫人秉承着她那实干家的精神，将两对情侣安排在同一间客厅，以便他们互相监督。

在第一阶段，我知道奥古斯塔对我的方方面面都感到满意。当我不对她发起突然袭击时，我就会变得异常健谈，这也是我当时的需求。我借此机会给自己灌输了一个想法：既然我要娶奥古斯塔，我就应该开始教育她。我教育她要恭顺、热情，尤其要忠诚。我记不清自己是如何说教的，但她把一字一句都刻在了脑子里，有些内容还是经她提醒我才记起来的。她温顺而认真地听我说话。有一次，我在教育她时兴奋得过了头，便宣布如果她发现我出了轨，她有权利以其人之道还治其人之身。她生气了，反驳说就算我允许，她也不知道该如何背叛我，如果我背叛了她，她能获得的唯一自由就是哭泣。

这些说教本来只是为了随便说点儿什么，却产生了截然不同的效果。我相信它们给我的婚姻带来了许多益处。说实话，它们影响了奥古斯塔的灵魂。她的忠诚从来没有受到考验，因为她对我的那些风流韵事一无所知，但在我们共同度过的漫长岁月里，她的热情和她的恭顺始终没有变过，和我要求她承诺过的一模一样。

当圭多订婚时，我用一个誓言开始了我婚约的第二阶段："我已经从对阿达的爱中痊愈了！"直到那时，我还相信奥古斯塔绯红的脸颊足以使我彻底康复，但很显然，一个人是永远不可能完全康复的！我一记起那绯红的脸颊，就会想到它如今在阿达和圭多之间也会出现。阿达脸红的样子肯定远胜于奥古斯塔，这消弭了我全部的欲望。

侵犯奥古斯塔的愿望仅限于第一阶段，到了第二阶段，我的冲动减弱了许多。马尔芬蒂夫人安排我们在尽量不受她打扰的情况下互相监督，这个决策真是太正确了。

我记得有一次，我开玩笑似的吻了奥古斯塔。圭多没有拿我寻开心，而是也亲吻起了阿达。我认为他的举止很不雅观，因为他不像我那样，出于对他们的尊重而吻得那么纯情，而是直接吻上了阿达的嘴唇，甚至还吮吸了起来。我很确定自己在那时已经习惯了把阿达当成一个妹妹,但我没有丝毫准备看到她被以这种方式对待。我也怀疑一个真正的哥哥是否愿意看到他的妹妹这样被人玩弄于股掌之间。

因此,圭多在场时,我再也没有吻过奥古斯塔。圭多倒是又有一次试图当着我的面把阿达拉到怀里,但她拒绝了他,他也就不再尝试了。

我对那些我们一起度过的许多个夜晚只有模糊的记忆。有一个场景不停地出现,它是这样刻在我的脑子里的:我们四个人都坐在那张威尼斯式的小桌子旁,桌子上点着一盏很大的煤油灯,一块绿色的布盖在它上面,除了两个女孩手中的针线活儿,一切都笼罩在阴影里。阿达埋头在一块随便抓在手里的丝绸手帕上,奥古斯塔则在一个小圆框上刺绣。我看到圭多高谈阔论,一般情况下,应该只有我一个人给他帮腔。我还记得阿达那一头微微鬈曲的黑发在黄绿色的灯光下呈现出的奇异效果。

我们谈论了那束灯光,也谈论了阿达头发真正的颜色。对绘画很在行的圭多向我们解释了如何分析一种颜色,我连他上的这一课也没能忘掉,直到今天,当我想把一片风景中的颜色看得更清楚时,就会半闭起眼睛,直到许多线条变得模糊,视野里只剩下在唯一真实的颜色中变暗的光线。但是,当我这么分析时,在看到真正的图像之后,仿佛是生理反应一样,我的视网膜里会重新浮现出我第一次用来训练自己眼睛时看到的黄绿色的光,还有棕色的头发。

在许许多多个夜晚中,有一晚我永远无法忘记,因为奥古斯塔竟然吃了醋,而我随后也表现得很不得体,应该受到谴责。那天晚上,圭多和阿达为了和我们开个玩笑,坐到了客厅另一边那张路易十四风格的桌子上,离我们很远。我扭过头去想要和他们说话，脖子上马上传来一阵疼痛。奥古斯塔对我说：

"别管他们了！他们真的在那儿做爱呢。"

我当时懒得用脑子，低声对她说不应该这么想，因为圭多不爱女人。我这么说似乎是在为自己介入了两位恋人的窃窃私语找个借口。但我把圭多那些有关女性的言论告诉奥古斯塔，这种冒失的行为只能用心怀不轨来形容。他只对我这么说过，从来没在我们未婚妻的家庭成员面前吐露过只言片语。我说的那些话让我难过了好几天，而杀死圭多的想法甚至没让我烦恼一个小时。虽说杀人也算得上一种背叛，但比起把一位朋友的知心话告诉别人，前一种形式的伤害还是更有男子气概。

奥古斯塔那时的嫉妒心是没有道理的。我把脖子扭成那样不是为了看阿达。圭多用他的高谈阔论帮我度过了那段漫长的时光。我已经很喜欢他了，每天都会花一部分时间和他待在一起。我和他变得这么亲密，也是因为我很感激他为我着想，并且在其他人面前为我说话。现在就连阿达也会认真听我说话了。

每天晚上，我都会急切地等待晚餐的钟声。我对那些晚餐的主要记忆是永恒的消化不良。我为了保持活跃，总是吃得太多。晚餐时，只要我塞得满满的嘴巴还能出声，我就会对奥古斯塔说很多情意绵绵的话，而她父母唯一会对我产生的糟糕印象，就是我那狼吞虎咽的吃相削弱了热烈的激情。他们很惊讶地发现，我从蜜月旅行回来后，食欲就没有那么旺盛了。当没人再要求我展现出那种我感觉不到的热情时，我的食欲也就消失了。在一个人准备把新娘带到床上时，总不能让她的父母看到自己表现冷淡吧！奥古斯塔对我在餐桌旁低声说出的情话记得非常清楚。我必须在每口食物之间编织出华丽的辞藻，当她对我复述时，我感到十分惊讶，因为它们听起来根本不像是我会说的话。

甚至我的岳父，精明的马尔芬蒂，也被我骗了，在他还活着的时候，每当想举例说明热情似火的爱是什么样子时，就会提起我对他的女儿，也就是对奥古斯塔的爱。他这样一个好父亲总是会幸福地笑起来，但同时也越来越看不起我了。因为在他看来，如果一个男人把自己的命运交付在妻子手里，而没意识到这个世界上还有许多其他的女人，那他就算不上是一个真正的男人。从这里可以看出，我受到的评判并不总是公正的。

我的岳母则恰恰相反，她从来没相信过我的爱情，哪怕奥古斯塔本人已经全身心沦陷了进去。

她用怀疑的目光审视了我许多年，担心着她最喜爱的女儿的命运。这也是为什么我相信她在我准备订婚的那些日子里诱导了我。既然她肯定比我更了解我的灵魂，我是不可能骗过她的。

我结婚的那天终于到了，正是在那天，我最后一次犹豫不决。我本来应该在早上8点到新娘家里，但7点45分，我还在床上愤怒地抽着烟，盯着我的窗户，冬日的第一缕阳光在上面闪耀着，嘲笑着我。我在考虑抛弃奥古斯塔！既然现在我已经不在乎留在阿达身边了，我的婚礼也就变成了一场彻头彻尾的笑话。如果我没有按时出现，也不会发生什么大事吧！其次，奥古斯塔是个挺可爱的新娘，但是谁也不知道结婚后第二天她的表现如何。万一她马上就开始骂我是个畜生，我又为什么要让自己陷入那种境地呢？

万幸的是，圭多来了，我不仅没有反抗，还因为自己迟到向他道歉，一口咬定我本来以为婚礼定在了另一个时间。圭多没有责备我，反而讲起了他自己也有很多次因为疏忽错过了约会。甚至在神情恍惚这一点上，他也想压过我一头，我只好不再听他说话，这样才能离开家。我就这样跑着去结婚了。

然而我还是迟到了好一会儿。除了新娘之外，没有人责备我，大家都接受了圭多替我找的一些借口。奥古斯塔的脸色十分苍白，连嘴唇也失去了颜色。虽然我说不上爱她，但我肯定也不想伤害她。我试图补救，无耻地给我的迟到找了三个借口。这三个借口实在是太多了，它们清清楚楚地描述了我在床上，看着冬日的阳光时脑子里都想了些什么。最后，我们不得不推迟去教堂，给奥古斯塔时间平复心情。

在婚礼圣坛上，我心不在焉地说了"是"，因为我那时非常同情奥古斯塔，正在绞尽脑汁地想着第四个借口来解释我为什么迟到，而且我觉得这第四个借口比前面三个都更有说服力。

然而当我们从教堂出来时，我注意到奥古斯塔的面色重新有了光彩。这让我有点儿恼火，因为我觉得自己那句"是"根本不足以让她确信我真的爱她。我做好了心理准备，要是她平复得太好，因为我让她陷入了这样的境地而骂我是个畜生，我就会十分粗暴地对待她。恰恰相反，等我们回到她家里后，她抓住了我们单独相处的片刻，哭着对我说：

"我永远不会忘记，即使你不爱我，你还是娶了我。"

我没有反驳，因为事态已经过于明显，容不得否认。但是，我满怀同情地拥抱了她。

在这之后，我和奥古斯塔谁也没再提起过这件事，因为结婚比订婚要简单得多。一旦结了婚，人们就不会再谈论爱情了，当有必要说起爱情时，动物的本能就会占上风，然后一切重归沉默。现在，这种动物的本能已经变得过于人性，以至于它开始表现得虚情假意，而且一言难尽。这就造成，当一个人埋头于女性的一头秀发间时，会努力去呼唤并不存在于那里的光彩。他会闭上眼睛，而这个女人的形象也会幻化成另外一个女人，直到他抛弃她

167

时才会回到本来的样子。所有的感激都会集中在她一个人身上，如果努努力，这种感激之情还会更加丰沛。正因如此，如果我能重生一次（大自然无所不能！），我还是会同意娶奥古斯塔，但绝对不会和她订婚。

在车站，阿达伸出脸颊，让我像哥哥那样和她吻别。前来给我们送行的人很多，把我搞得晕头转向，直到那时才看到她。我立刻想道："正是你把我驱逐到了这般境地！"我把嘴唇凑近她那细腻的脸颊，但小心翼翼地避免吻到它。这是那天我第一次感到心满意足，因为我在一瞬间感受到了婚姻给我带来的优势：我拒绝了利用这唯一一次可以亲吻阿达的机会，我报复了她！然后，在行驶的火车上，坐在奥古斯塔身边时，我却不确定自己做得究竟对不对。我担心这一行为会损害我和圭多的友谊，但是后来我又想到，阿达甚至可能都没注意我有没有亲吻她伸过来的脸颊。这么一想，我更加痛苦了。

她注意到了，我在很多个月以后才知道这一点，那时轮到她和圭多从同一个车站出发。她亲吻了所有人，而对我仅仅十分礼貌地伸出了手。我冷淡地握了握。她的报复来得太晚，情况已经完全不一样了。从我蜜月旅行回来后，我们之间的关系就变得像兄妹一样，她在吻别时跳过了我，这真是不可理喻。

## 第六章　妻子和情人

在我生命中的很多个阶段，我都相信自己正在走向健康和幸福。然而这种信念从来没有像我在蜜月期间和刚回到家的那几周那样强烈。它始于一桩令我深感惊讶的发现：我爱奥古斯塔，就像她爱我一样。起初我对这一点抱有疑虑，我享受着眼下的日子，期待第二天会完全不一样。但每一天都大同小异，时间日复一日地流逝，明媚而灿烂，充满了奥古斯塔的柔情蜜意以及——这是让我惊讶的地方——我的柔情蜜意。每天早上我都会在她身上体验到深情款款的爱意，而我也能用同样的感激之情回应她。如果这算不上是爱情，它至少与爱情非常相似。当我一瘸一拐地离开阿达，走向阿尔贝塔，最终来到奥古斯塔身边时，谁能预见这一幕呢？我发现自己不是一头盲从他人指引的野兽，而是一个非常睿智的人。奥古斯塔看到我这么吃惊，便对我说：

"你怎么一惊一乍的？你不知道婚姻就是这样的吗？我比你无知多了，但就连我也知道！"

我说不准是在感受到这份柔情之前还是之后，我的灵魂深处萌发出一种强烈的希望，我希望自己最终能变得像奥古斯塔那样，成为健康的化身。在订婚期间，我连这健康的影子也没看到，因为那时我一门心思地沉溺在研究里，先是研究我自己，然后研究阿达和圭多。客厅里那盏煤油灯从来没能照亮奥古斯塔稀疏的头发。

这比她脸颊泛起的红晕要多得多！当这种红晕如晨曦般在阳光的照射下消失得无影无踪时，奥古斯塔自信地踏上了她的姐妹们此前在这个世界上走过的道路。她的姐妹们会在法律与秩序中找到一切，不然的话，她们就会一无所有。无论我知道她安全感的根基多么不稳固——它毕竟是建立在我身上的——我还是爱着、崇拜着她的这种感情。在她面前，我至少应该表现出对待降灵术时的谦逊。亡灵有可能存在，因此，生命中的信念也可能存在。

但让我感到吃惊的是，她的每一句话、每一个动作都显示出她在内心深处相信永恒的生命。这并不是说她有过这样的言论：在我爱上奥古斯塔犯下的错误之前，我一直对不正确的事深恶痛绝，因此感到自己有必要提醒她生命的短暂，她对此很是惊讶。哪里的话！她知道所有人终有一死，但不管怎样，我们现在已经结婚，会永远、永远、永远在一起。所以，她忽视了一个事实，即我们在这个世界上结合在一起的时间非常短暂，短暂到让人想不明白，两个人明明在无尽的时间里素不相识，最终怎么会亲密到以"你"相称，马上又会在同样无尽的时间里永远不再相见。当我意识到对她来说，现在是一个可以蜷缩取暖的有形真实时，我终于理解了什么是完美的人类健康。我悟出了一点：对她来说，"当下"就代表着可以触摸的真理，人可以把自己隔绝起来，暖暖和和地待在里面。悟出这点之后，我终于明白了人类完美的健康是什么。我试图让自己被接纳进这种状态，并且留在里面，下定决心不去嘲笑我和她，因为这种嘲笑别人的冲动只能是我的疾病带来的，我至少应该小心不要去传染给那些信任我的人。因此，在为了保护她而做出的努力中，有一段时间我表现得像一个健康的人那样行动。

她懂得所有令人绝望的东西，但是在她手中，这些东西的性质发生了变化。即使地球转个不停，也没必要感到头晕目眩！恰恰相反！地球在转动，但其他的一切都保持在它们各自的位置上。这些静止不动的事物有着非比寻常的重要性：结婚戒指、所有的珠宝首饰和衣服，绿色的、黑色的、回到家就挂在衣柜里的便服，和绝不能在白天穿出去，也不能在我不想穿燕尾服时穿的晚间正装。晚餐和睡觉的时间都被严格遵守。那些时间是存在的，并且被安排到了它们应该在的位置上。

周日她会去望弥撒，有时我会陪她一起去，看看要怎么承受痛苦和死亡的形象。对她来说，那里没有痛苦和死亡，而弥撒会赋予她整整一周的平静。她也会在某些节日里去教堂，这些节日她铭记于心。但仅此而已，如果我是个信徒，我肯定会整天待在教堂里，来确保自己获得极乐。

但尘世间也有很多权威能让她感到安全。首先是那些能保证在路上和在家里安然无恙的权威，我总是尽量去附和她对这些权威的尊重。然后还有医生，他们经历了所有的正规训练，来确保能在我们生病时——但愿不会——挽救我们的性命。我每天都在利用这方面的权威，但她从来没有。但正因如此，我知道当我身染重疾时会面临怎样可怕的命运，而她即便在那时依然相信，只要能站稳脚跟，无论是在天上还是在地下，都算得上是得到了救赎。

我正在分析她的健康状况，但没能完成，因为我意识到，在分析的过程中，我会让这种健康也染上疾病。写下这些文字时，我开始怀疑她的健康情况是否有接受治疗的必要，或者她是否真的需要学习如何康复。而在与她共同生活的这么多年间，我从来没有过这样的疑问。

她在自己小小的世界里把我看得多重要啊！我要在方方面面发表意见，无论是选择食物还是衣服，或者是女伴和读物。我被迫保持高度的活跃性，但这并不让我感到厌烦。我正在和她一起建立一个父权式家庭，我也变成了自己曾经痛恨的一家之主。如今，一家之主的角色对我来说似乎成了健康的象征。成为一家之主与不得不对另一个窃取了这种威严的人顶礼膜拜完全是两码事。我想要健康，哪怕代价是把疾病转嫁给不是一家之主的人。尤其是在蜜月旅行的时候，有几次我喜滋滋地摆出了骑马雕像般的姿态。

但在旅途中扮演这样的角色并不总是一件容易的事。奥古斯塔像是在参加学校旅行那样，什么都想看。光是去碧提宫[1]还不够，她还要进到那无穷无尽的展厅里面，一间一间参观，并在每一件艺术品前逗留一会儿。我拒绝离开第一间展厅，其他的什么也没看，唯一让我感到疲惫的就是给自己的懒惰找借口。我那天有一半时间都待在美第奇家族创始人的肖像前面，最后发现他们长得像卡耐基[2]和范德比尔特[3]。太神奇了！虽然他们和我是同一个人种！奥古斯塔没有感受到我的惊奇。她知道什么是"美国佬"[4]，但还不太清楚我究竟是谁。

她的健康在这里并没有给她带来优势，所以她不得不放弃了

---

[1] 碧提宫（Palazza Pitti）为文艺复兴时期的佛罗伦萨宫殿，由银行家卢卡·碧提在1458年建造，后被美第奇家族的科西莫一世买下，成为托斯卡纳大公的主要住所。
[2] 安德鲁·卡耐基（Andrew Carnegie, 1835—1919），美籍苏格兰裔实业家、慈善家，卡耐基钢铁公司创始人。
[3] 科尼利尔斯·范德比尔特（Cornelius Vanderbilt, 1794—1877），美国工业家、慈善家，范德比尔特家族的创始人。
[4] 原文为"Yankees"，指纽约扬基队，是对美国人的戏称。

博物馆。我告诉她有一次我被那么多艺术品搞得精神恍惚，差点儿把维纳斯的雕像砸成碎片。奥古斯塔无可奈何地说：

"幸亏人们只是在蜜月旅行的时候去博物馆，之后就再也不去了！"

确实，生活里没有博物馆那种单调的感觉。过去的日子虽然可以用画框裱起来，但它们充满了喧嚣的声音。除了线条和色彩外，生活里还有真正的光线，那种光线如火一般炽热，所以并不会惹人厌烦。

健康会赋予人活力，让他忍受种种无聊的事情。博物馆之旅画上句号后，购物就开始了。奥古斯塔虽然还没住进我们的别墅，却比我更清楚里面的情况。她知道哪个房间缺一面镜子，哪个房间需要一块地毯，哪个房间里能摆得下一个小雕像。她买了整整一间客厅的家具，无论我们旅行到哪个城市，她都会至少组织一次家具寄送。我认为在的里雅斯特买这些家具更合适，也方便得多。现在我们得考虑处理寄送、保险和海关手续。

"你不知道所有的货物都要运输吗？你不是个商人吗？"她说着笑了起来。

她差点儿就说对了。我反驳道：

"人们运输货物是为了把它卖掉，然后赚钱！如果不是为了这个目的，就应该让它好好待着，这样一来自己也省心！"

但这种敢想敢做的精神是她身上我最爱的品质之一。她这种天真的冲劲太迷人了！说她天真，是因为一个人必须对世界历史一无所知，才能相信买下一个物品，就算达成了一桩好交易：购买的东西对不对只有在出售时才能知道。

我相信自己完全恢复了健康，我的病痛不再像从前那样折磨我了。从那时起，我始终保持着愉悦的态度。它就像是那段难忘的日子里我和奥古斯塔许下的一个承诺，也是我唯一没有违背过的信念，除非生活更加响亮地嘲笑我，但那些时刻也很短暂。我们之间的关系总是一种令人笑眯眯的关系，她总能让我的脸上浮现出微笑，因为我相信她对很多事情一无所知；我也总能让她微笑起来，因为她觉得我学识渊博，同时也总能及时纠正我的错误，她自得其乐地陶醉在这样的幻想里。即使重病缠身，我也让自己表现得很幸福，就好像我的病痛不过是一种挠痒痒般的轻抚。

在周游意大利的漫长旅程中，虽然我的健康状况已经焕然一新，但很多痛苦还是让我束手无策。我们出发时没带推荐信，走在陌生的人群里，我总觉得许多人对我抱有敌意。我知道这种恐惧很可笑，但没有办法克服它。我可能会遭到攻击、羞辱，尤其是诽谤，谁会来保护我呢？

有一次，这种恐惧引发了真正的危机。万幸的是没人注意到，甚至奥古斯塔也没看出来。我习惯于沿途购买所有能买到的报纸。一天，我站在一家报刊亭前面时，突然担心老板会因为讨厌我而把我当成小偷抓起来，因为那时我只从他手里买了一份报纸，而腋下还夹着从别处买的许多份，全部都还没有打开。我跑掉了，奥古斯塔跟在我后面。我没有告诉她自己为什么落荒而逃。

我和一位马车夫还有一位导游交上了朋友，在他们的陪伴下，我至少能确信不会被安上莫须有的盗窃罪名。

我和马车夫之间产生了一些显而易见的共鸣。他非常喜爱卡斯泰利葡萄酒，还告诉我有段时间他的脚总是会突然肿起来。所以他去了医院，在那里治好了病。出院时，医生反复叮嘱他千万要戒酒。他那时下了所谓的"铁一般的决心"，为了把这种决心具象化，他在随身携带的怀表的金属链上打了个结。但我认识他那会儿，他的表链松垂在背心上，上面并没有什么结。我邀请他到的里雅斯特做客。我想说服他相信这种激烈疗法的结果,便对他描述了我们那里葡萄酒的味道,和他喜爱的那种非常不一样。他根本不感兴趣,拒绝了我的提议,脸上已经流露出想家的神情。

我和那位导游交朋友是因为我觉得他比同行要优秀。比我拥有更渊博的历史知识并不是什么难事,但连严谨的奥古斯塔也用她的那本旅游手册求证了这位导游的确给出了很多正确的信息。另外,他很年轻,总是在雕像林立的道路上跑来跑去。

当我失去了这两位朋友后,我就离开了罗马。马车夫因为从我这里得到了许多钱,便给我表演了一段葡萄酒是如何冲昏他的头脑——他带领我们撞上了一座十分坚固的古罗马建筑。再说那位导游,有一天他突发奇想,一口咬定古罗马人精通电力,而且把它运用到了生活的方方面面。他还朗诵了几句据说能证明这一点的拉丁语诗歌。

但在那时,我患上了另外一种小病,我似乎再也没从这种病中痊愈过。这是一种微不足道的病,它是对变老,尤其是对死亡的恐惧。我认为这病起源于一种特殊的嫉妒心。我害怕衰老的唯一原因是它会把我引向死亡。只要我还活着,奥古斯塔就不会背叛我。可是我想象着自己一旦死去,被埋进土里,奥古斯塔在确认过我的坟墓得到了精心照料,并为我举行过必要的弥撒之后,就会马上四处张望,给我找一个继任者,并且把他带进同一个健康而有序的世界里,和那个让我感到心满意足的世界一模一样。她那美好的健康不会随着我的死一同消逝。我对她的健康深信不疑,以至于我认为它不会凋谢,除非被一辆全速行驶的火车碾碎。

我记得有一天晚上在威尼斯,我们乘贡多拉穿过一条运河。运河上方不时会出现一条街道,它深沉的宁静也会被街道上的光线和喧嚣搅乱。奥古斯塔像往常一样观察着周遭的事物,并仔细地把一切记录下来：一座翠绿而清新的花园搭建在退潮后露出的肮脏地基上；一座钟楼倒映在混浊的水面上；一条绵长而昏暗的小巷，尽头是一条灯火通明、人来人往的河流。而我则在黑暗中心灰意冷。我对她说起一去不返的时间，还有她可能很快就会和另外一个人重走这段蜜月之旅。我对此深信不疑，就好像在对她讲述已经发生的故事。让我感到奇怪的是，她哭了起来，否认了那个故事的真实性。也许她误解了我的意思，以为我觉得她想杀了我。根本不是！为了解释得更清楚一点儿，我向她描述了自己可能会如何死去：我那双血液循环已经十分不畅的双腿会长出坏疽，然后坏疽会蔓延开来，最后会侵染任何一个维持眼睛张开的器官。到了那个时候，我的眼睛就会闭上。永别了，一家之主！需要让另一个人承担这个角色了。

她继续抽泣着，我感到在那条运河上无边的悲伤中，她的哭泣有着非比寻常的重要性。她哭是因为窥见了她那可怕的健康，从而感到绝望吗？那样的话，全人类都会发出同样的抽泣声。与此相反，我知道连她也不了解健康是什么样的。健康不会进行自我分析，也不会照镜子。只有我们这些病人对它略知一二。

就在那时，她告诉我，在见到我之前她就已经爱上了我。她是从她父亲那里听到我的名字时爱上我的，她的父亲在介绍我时说：泽诺·科西尼，一个天真的人，听到随便一句商业策略都会睁大眼睛，匆匆忙忙地把它记在一本全是箴言的笔记上，但又总找不到本子在哪里。

如果我没注意到我们第一次见面时她有多慌乱，那肯定是因为我当时也紧张得要命。

我记得第一次见到奥古斯塔时，被她丑陋的样貌搞得心烦意乱，因为我本来期待着会在那个家里见到四个美若天仙、姓名以字母"A"开头的女孩。我现在知道她很早就爱上我了,但这又能证明什么呢?我是不会改变自己的想法来弥补她的。我死了以后,她自然能从另一个人那里得到慰藉。她哭得没那么伤心了,更紧地依偎在我身边,突然笑了起来,对我说:

"我从哪里能找到一个人来代替你?你看不到我有多丑陋吗?"

说的也是,因为她,我还有一些时间可以平静地腐烂。

但我再也没能摆脱对变老的恐惧,因为我总是害怕把我的妻子拱手相让。这种恐惧感没有在我背叛她时减轻,也没有在我想到自己会以同一种方式失去情人时加剧。这两件事之间毫无关系,根本不能相提并论。当对死亡的恐惧感扰得我终日不得安宁时,我就去向奥古斯塔寻求安慰,就好像小孩子把手弄伤了,非要妈妈亲一亲才好。她总能说出新的话来安慰我。蜜月旅行时,她说我还有30年的青春,而现在,她的说法依然没变。不过,我知道蜜月旅行那几周开心的时光已经让我大大接近了人在濒死之际扭曲的面庞。奥古斯塔可以说她想说的,但账早就算清楚了:每过一个星期我都会离死亡更近一个星期。

当我意识到一直缠着我不放的是同一种痛苦时,我不想用陈词滥调去烦她。我只需低声说:"科西尼真是可怜啊!"就能让她明白我需要安慰,而她总能知道是什么在困扰着我,会马上用她深切的柔情将我包裹。这样一来,即使我遭受了其他种种的痛苦,我也总能从她这里得到安慰。有一天,背叛她的痛苦折磨得我死去活来,我无意间低声说道:"科西尼真是可怜啊!"我从这句话中得到了许多好处,因为即使在那时,她的安慰对我来说也弥足珍贵。

从蜜月旅行回来后,我惊讶地发现自己的住处从来没有这样温暖和舒适过。奥古斯塔带来了她所拥有的、能提供舒适感的东西，还有一些她自己的发明。从我记事的时候起，浴室就在走廊尽头，离我的卧室有几百米那么远，现在它被移到了我们的卧室旁边，里面还多添了几个喷头。饭厅旁的一个小房间被改造成了咖啡室，铺上了厚厚的地毯，还摆上了几把皮质扶手椅，我们每天吃过午饭后都要去那里待差不多一个小时，那里还有吸烟所需的一切，虽说这与我的心愿背道而驰。就连我那间小小的书房也在我的抗议下被改造了一番。我本来担心这些变动会让我讨厌它，然而很快我就意识到，只有在改造过后，它才真正变得宜居。奥古斯塔添了几盏灯，让我可以坐在桌边、靠在扶手椅上，或者躺在沙发上阅读。甚至小提琴也得到了它专用的乐谱架，上面有一盏精巧的小灯，可以照亮音符，不会伤害眼睛。甚至在那里，我也不情不愿地发现了所有能让我安安静静抽烟的器具。

所以，家中里里外外都进行了翻修，有些混乱扰乱了我们的宁静。对于一直在工作的她来说，短暂的不便可能无关紧要，但在我这里就完全不一样了。我坚决驳回了她想在我们花园里新辟一个小洗衣间的愿望，因为这意味着我们要搭一个小房子。奥古斯塔声称在家里建一个洗衣房可以保证小宝宝的健康，但反正小宝宝们还没生出来，我觉得没有必要在他们到来之前就把自己弄得那么不舒服。而她却把一种野外的本能带进了我原先的家，她沉浸在爱情中，就像一只归巢的燕子。

但我也会谈情说爱，也会带着鲜花和珠宝回家。我的生活因为婚姻而发生了彻头彻尾的变化。在有气无力地抗争了一番后，我放弃了按照自己的意愿去安排时间，反而适应了更加严格的日程。在这方面，我的说教起到了辉煌的成果。在我们蜜月旅行结束不久后的一天，我无意中耽搁了回家吃午饭的时间，然后去一家酒吧随便吃了些东西，一直在外面待到晚上。我回到家时已是深夜，发现奥古斯塔也没吃晚饭，饿得几乎要昏过去。她没有责怪我，但我也没能说服她做得不对。她温柔却坚决地说，除非提前得到通知，不然她会一直等我到吃正餐的时间来吃午饭。她可不是随便说说的！还有一次，一个朋友让我在外面待到凌晨两点才回家。我发现奥古斯塔还在等我，忘了生炉子，冻得牙齿打战。这让她小小地生了一场病，也让我得到了难忘的教训。

有一天，我想送她一份大礼：去工作！这是她一直期望的，而我也始终认为工作对我的健康有好处。很明显，一个没什么时间生病的人是不会经常生病的。我开始上班了，如果我没能留在那个位置上，那真不是我的错。我带着最良好的意愿和最真诚的谦逊去工作。我没有要求参与管理生意，而是申请去记账。在厚厚的大账本面前，我对那如街道和房屋般排列整齐的字符肃然起敬，开始用颤抖的手在上面写字。

奥利维的儿子负责教导我。他很年轻，衣着朴素而优雅，戴一副眼镜，精通所有商业学科的知识。说实话，我没什么可抱怨的。他的经济学知识和供需理论多少让我有些心烦，我感觉供需理论比他讲的要浅显得多，但能看出来他对老板多少还抱有一些尊重。我对此十分感激，因为这种态度是不可能从他父亲那里学来的。尊重老板应该也是他经济学的一部分。我记账时经常出错，他从来不因此责备我，只是他总会把我的错误归咎于我的无知，然后给我一些实际上多此一举的解释。

问题是，每天过目着一门门生意，我也萌生了做生意的念头。账本上的条目让我对自己的钱包有了非常清晰的概念，当我在客户的"债务"栏记下一笔金额时，我感到自己手里拿着的不是笔，而是荷官在赌桌上用来聚拢筹码的小棍子。

小奥利维也会让我浏览寄来的信件，我仔细地阅读它们，而且——我得承认——我希望自己能比别人理解得更透彻。某天，一份非常普通的报价引起了我的强烈兴趣。甚至在细看之前，我就感到胸口有什么东西在蠢蠢欲动，我马上就认出这是我偶尔会在赌桌旁体会到的那种说不清道不明的预感。这种预感很难用三言两语描述清楚，我的肺部会膨胀起来，无论它已经被烟熏成了什么样子，还是会愉快地呼吸空气。不仅如此，当你把赌注翻了一番时，马上就会感到自己的手气比原来更好。但要彻底理解这一切还需要实际经验：你得两手空空地离开赌桌，因为忽视了那种预感而备受煎熬，这么一来，你就再也逃不掉了。而且一旦你忽视了这种预感，那一天你就彻底没有获救的希望了，因为纸牌会报复你。但在赌场的绿色桌子前没察觉到这种预感多少还是可以原谅的，而在安安静静的账本前面就完全是另外一回事了。我的确清晰地感受到了它，同时内心大喊起来："马上买下那些葡萄干！"

我小心翼翼地和奥利维谈了这件事，当然对我的灵感只字未提。奥利维说他只有在作为第三方能赚点小钱时，才会接下这笔生意。这样，他就把突发奇想的可能性从我的生意中剔除了，把这种可能性仅仅留给了第三方。

夜幕降临之后，我的信心更坚定了：预感确实存在于我身上。我呼吸得那么顺畅，以至于无法入睡。奥古斯塔感受到了我激动难耐的心情，我不得不把原因告诉她。她立刻和我一样福至心灵，甚至睡觉时都说起了梦话：

"你不是老板吗？"

确实，早上出门前，她忧心忡忡地对我说：

"你最好别让奥利维生气。你要我跟爸爸说说吗？"

我不想这么做，因为我知道马尔芬蒂对灵感也不怎么上心。

我到办公室的时候,已经下定决心要为我的想法战斗,同时也是为了给我在不眠之夜里经受的痛苦讨个公道。这场战斗一直持续到了中午,即接受报价的最后期限。奥利维依然是那副雷打不动的态度,用那几句老生常谈来搪塞我:

"您难道想削弱已故的令尊大人交给我的职权吗?"

我愤愤不平,暂时回到了账本上,下定决心再也不去搅和什么生意了。但是葡萄干的味道一直残留在我嘴里,每天我都会去泰尔捷斯泰奥交易所查询它的价格。别的事情我已经不在乎了。它缓缓上升,似乎是在冲刺前养精蓄锐。然后仅仅在一天之间,价格突然蹦到了一个可怕的高度。这下人们才知道葡萄的收成很差。灵感这东西可真奇怪啊!它没能预测到收成的减少,只预见到了价格上涨。

纸牌实现了它们的复仇。我再没办法守着账本,也对我的老师们彻底失去了尊敬,这也是因为现在奥利维开始拿不准主意了。我笑了起来,尽情嘲弄他们,这成了我每天的主要工作。

接着我们收到了第二个报价,几乎翻了一倍。奥利维想让我心理平衡一点儿,便询问我的意见,而我扬扬得意地对他说,我是不会吃那个价格的葡萄的。奥利维受到了冒犯,轻声嘟囔道:

"我只不过是遵照了我奉行一辈子的商业准则。"

然后他去找买家。他找到了一个人,只愿意买进很少的一点,他好心好意地回到我这里,犹豫着问我:

"我要拿下这么一小笔交易吗?"

我回答得依然很刻薄:

"要是我的话,在做这笔交易之前就把它拿下了。"

结果奥利维彻底对自己失去了信心,把那笔交易晾在了一边。葡萄干的价格持续上涨,而我们损失了那笔小小的交易可以损失的一切。

但是奥利维竟然生起我的气来了,宣称他这么做只是为了让我开心。这个狡诈的家伙忘了我曾经建议他押红色,而他为了骑在我头上,押了黑色。我们之间的争端已经到了无法弥合的程度。奥利维对我的岳父诉苦说,公司在他和我手上肯定会受到不可挽回的损失。如果我的家庭愿意,他会带着他儿子退出,留给我自由发挥的空间。我的岳父立刻做出了有利于奥利维的决定。他对我说:

"这笔干果的交易太有教育意义了。你们两个人不能待在一起,现在谁要退出呢?谁能在不受另一个人干涉的情况下自己达成一桩漂亮的交易,或者说,谁已经管理这个家半个世纪了?"

就连奥古斯塔也受了她父亲的感染,跑来劝我不要再插手自己的生意。

她对我说:"看起来,你善良和天真的性格并不适合做生意。和我一起待在家里吧。"

我生气了,撤退到了自己的帐篷,也就是书房里。有段时间,我心不在焉地阅读,偶尔也会拉拉小提琴,然后,我感到自己急需做一些更严肃的事情,差点儿没回到化学和法律的怀抱。到最后,说真的不知道为什么,我还一门心思地研究起了宗教。我感觉自己重新捡起了父亲去世后开始的学习。也许这次是为了努力接近奥古斯塔和她的健康。和她一起去做弥撒远远不够,我必须采取不同的方法,也就是阅读勒南[①]和施特劳斯[②]的作品,前者让我感到很愉悦,后者简直是在受刑。我讲述这件事仅仅是为了

---

[①] 厄内斯特·勒南(Erneste Renan, 1823—1892),法国哲学家、语文学家、宗教史学家,代表作有《基督教起源史》等。

[②] 大卫·弗里德里希·施特劳斯(David Friedrich Strauss, 1808—1874),德国哲学家。

说明把我拴在奥古斯塔身边的究竟是什么样的愿望。而她在看到我手里捧着评注版的福音书时并没能感受到我的这种愿望。她宁愿对科学不闻不问,因此无法欣赏我用最明显的方法向她表示爱意。当她像往常那样暂停梳妆打扮,或者把家务活儿放在一边时,她会出现在我书房门口,和我打个招呼。她看到我埋首在那些文本之间,嘴便往下一撇,说道:

"你还在搞那些东西呐?"

奥古斯塔需要的宗教用不着时间去入门或者实践,只要行个礼就能马上回去生活了!没必要做更多的事。在我这里,宗教完全是另外一副样子。如果我有真正的信仰,那么在这个世界上,它将会是我唯一的傍身之物。

在我那间精心布置过的书房里,有时我也会觉得无聊。或者不如说,我会感到焦虑,因为正是那段时间我感到自己可以大有作为,但我在等待生活交给我一些任务。在这段等待的时间里,我常常出门,去泰尔捷斯泰奥交易所或者随便一家咖啡馆里消磨好几个小时。

我活在一种装出来的忙碌中,这是一种无聊至极的忙碌。

一位大学时期的朋友前来看我,这位朋友病得很厉害,不得不带着满腔怒火从施泰尔马克州①的一个小村子赶回来。虽然看起来并不是那么回事,但这件事成了我的报应。他先在的里雅斯特卧床休息了一个月,然后才来找我,这一个月内,他的病——一种急性肾炎——转变成了慢性肾炎,而且可能终生无法治愈。但他却相信自己好多了,兴高采烈地准备着一开春就搬去一个比我们这里气候更温和的地方,他期待着能在那里完全恢复健康。

---

① 施泰尔马克州(Stiria)为奥地利东南部的一个联邦州。

也许在故乡这片粗糙的土地上耽搁太久对他来说是致命的。

他来做客时身患重病，但心情愉悦且笑容满面，我认为他给我带来了毁灭性的影响。但我也可能想错了：它仅仅标出了我生命中的一个日期，而这一天我是无论如何都要度过的。

我的朋友恩里克·科普勒很惊讶地发现我对他和他的病都一无所知，他的病情乔瓦尼应该是知道的。但是马尔芬蒂也生病了，他顾不上关心其他人的事情，更是什么都没有告诉我，虽然他每天都会来我的别墅，在户外的阳光下睡几个小时。

两位病人度过了一个十分愉快的下午。他们讨论了各自的疾病。这对病人来说是最大的消遣，听他们说话的健康人也不会感到太伤心。他们之间唯一的分歧是，马尔芬蒂需要新鲜空气，而对另一位来说这是要严格避免接触的。当一阵微风吹过时，马尔芬蒂不得不进到温暖的房间里和我们待在一起，这个分歧也就消失了。

科普勒说他的病没有让他感到痛苦，却夺走了他的力气。只是现在他感觉好些了，才知道自己曾经病得有多厉害。他谈起自己被要求服用的药，这让我来了兴致。另外，他的医生还给他推荐了一套能保证长时间睡眠的方法，这样一来，他就不用吃那些真正的安眠药来毒害自己了。这正是我最需要的东西！

我可怜的朋友察觉到了我需要吃药，一时间以为我和他得了一样的病，便建议我找个医生看看，告诉他我的症状，让他进行分析。

奥古斯塔开怀大笑起来，说我的病都是想象出来的。这时，科普勒消瘦的脸上似乎闪过一丝怨恨。他立刻摆脱了那种低人一等的状态，表现出一副阳刚的样子，精力充沛地对我展开了攻势：

"你的病都是想象出来的？好吧，我宁愿真的生病了。首先，想象自己生病的人都是可笑的变态；其次，这类人是没什么药可以医治的，而用药这门学问呢，对我们这些真正的病人来说总还是有点儿效果的！"

他的话像是从一个健康的人嘴里说出来的，而我，说实话，感到自己被这话刺伤了。

我的岳父也精神百倍地给他帮起了腔，但是他的话没能表现出对无病呻吟之人的鄙视，因为它们过于明显地暴露出了他对健康的人的羡慕。他说如果自己像我这么健康，肯定不会叫苦连天，搅扰身边的人，而是会忙着照顾自己心爱的生意，尤其是现在，因为他已经成功减掉了肚子。他甚至不知道自己体重下降并不是什么有利的症状。

科普勒那一番尖刻的话让我看上去真的像个病人，而且是一个饱受虐待的病人。奥古斯塔感到她有必要介入来拯救我，她一边抚摸着我放在桌子上的手，一边说我的病没有打扰到任何人，她也不认为我真的相信自己病了，不然的话，我不可能活得这么快乐。这么一来，科普勒又回到了那种注定低人一等的状态中。他在这个世界上完完全全是孤身一人，就算他能在健康问题上和我争执，也无法对奥古斯塔给我的爱反唇相讥。他一直渴望着能有一位护士，所以后来无奈地向我承认，他十分嫉妒我能得到这样的照顾。

这场争论在接下来的几天里依然在继续，但气氛已经平和了许多，与此同时，马尔芬蒂一直在花园里打盹。科普勒在深思熟虑后声称，想象自己生病的人才是真正的病人，而且这种人的病要更隐秘，也更顽固。说实话，他的神经已经衰弱到了一定程度，让他感知到了自己还没患上的病，而神经的正常功能本来是用痛觉发出警报，让人赶紧去找办法补救的。

"是的！"我说道，"就像牙齿一样。只有在神经暴露出来的时候你才会感到牙疼，你得把这些神经杀死才能痊愈。"

在这场争论的最后，我们达成了一致意见：两个病人各有各的道理。他的神经系统没能给出他有关肾炎的警示，现在也依然没有动静；而我的神经系统则太过敏感，现在就开始警告几十年后我会死于哪种疾病。所以说，我的神经系统很完美，它唯一的缺点就是让我这辈子没过上几天舒心的日子。科普勒成功把我归到了病人的行列，他对此感到心满意足。

我不知道为什么这个生了病的可怜虫有议论女人的癖好，只要我的妻子不在场，他就只会谈这个话题。他认为，至少在我们所知的疾病范围内，真正的病人不会有什么性欲，这是身体采取的一种有效的防御措施，而幻想自己生了病的人则因为过于活跃的神经系统所引起的紊乱（这是我们得出的诊断结果），性欲旺盛到了病态的程度。我从自己的切身经验出发，肯定了他的这套理论，我们都觉得对方很可怜。我不知道为什么不想告诉他，我已经很长时间没有任何纵欲行为了。我本来至少可以承认说，就算我的身体并不是完全健康，它也处在恢复期，这样一来，我就不会太过分地冒犯他，因为在了解我们的身体结构究竟有多复杂之后，声称自己完全健康是一件很困难的事。

"你会对你看到的所有漂亮女人都产生欲望吗？"科普勒还在不依不饶地询问。

"不是所有女人！"我小声嘟囔道，为了让他明白我病得没有那么厉害。这段时间我每晚都能见到阿达，但我并不会渴望她。对我来说，她是绝对不能碰的女人。她裙摆的沙沙声在我听来毫无意义，而且就算我能亲手碰到她的裙摆，事情也不会有什么不同。幸亏我娶的不是她。这种无动于衷的态度体现了——或者说我觉得体现了——真正的健康。或许过去我对她的欲望过于强烈，以至于把它耗尽了。我无动于衷的态度也扩大到了阿尔贝塔身上，尽管她穿着那整洁、朴素的学生制服时看起来非常可爱。我是不是因为有了奥古斯塔，所以对马尔芬蒂全家的欲望都平息了？这可真是件高尚的事！

也许我没有谈论自己的品德是因为我一直在思想上对奥古斯塔不忠，就连现在和科普勒聊天时，欲望也在我的心头颤动，让我想起所有因为奥古斯塔而错过的女人。我想象着那些在大街上行色匆匆的女人，正因为她们全身裹得严严实实，第二性征反而更加突出；而在已经名花有主的女人身上，第二性征消失了，仿佛一旦嫁作人妇，这些性器官就缩了回去。我总是渴望着风流韵事，一上来就垂涎一只短靴、一只手套、一件裙子，以及所有那些会遮盖和改变身体形状的衣饰。但这样的欲望还称不上过错。可是科普勒不应该分析我。向一个人解释他的天性，就等于承认了他可以为所欲为。科普勒做得还要更糟糕，他在说话和行动时，根本没预见到他的所作所为会让我沦落到什么境地。

科普勒的话在我的记忆中留下了浓墨重彩的一笔，以至于当这些话在我的脑海中浮现时，也会一并唤起与之相关的所有感觉、所有人和所有事。我的朋友必须在日落前回家，我陪他走到别墅的花园。我的别墅坐落在一座小山上，那时还可以看到港口和海洋，如今视线已经被新起的建筑挡住了。我们停了下来，久久凝视着大海，微风拂过，将天空宁静的霞光在海面上揉碎成千万道火红的光点。伊斯特拉半岛①柔和的绿色使我们眼睛得到了休息，它仿佛一张巨大的弓，如浓重的暗影般伸入大海。码头和堤坝的

---

① 伊斯特拉半岛（Istria）为亚得里亚海东北岸的一个半岛，西北临的里雅斯特海湾。

形状十分清晰，显得渺小而微不足道，船坞的水面一片漆黑，让人分不清它究竟是静止不动，还是本身就十分浑浊。在这片壮阔的景色中，宁静的感觉和水面上那火一般绚丽的红色比起来显得微不足道，而我们则头晕目眩，不久后便转身背对着海洋。在家门口那片小小的空地上，夜色已然降临。

我的岳父睡在门廊前一张宽大的扶手椅上，他把裘皮大衣的领子翻了上来，用贝雷帽盖住了脸，双腿裹在一条毯子里。我们停下来看着他。他的嘴巴张得很大，下巴了无生气地垂着，响亮而急促地打着鼾。他的头不时垂到胸前，而他会在睡梦中重新把头抬起来。这个时候，他的眼皮会抖动，就好像他想睁开眼睛，以便更轻松地找到平衡的姿势，他呼吸的节奏也会改变。他的睡眠的确是中断了。

这是我岳父第一次把他病重的样子如此清晰地展露在我面前，我感到一阵深深的悲痛。

科普勒低声对我说：

"得给他治病。他有可能也得了肾炎。他不是在睡觉，我知道这种状态意味着什么。可怜的家伙！"

他最后推荐我去找他的医生。

马尔芬蒂听到了我们的声音，睁开了眼睛。他的病一下子看起来好多了。他和科普勒开了个玩笑：

"您竟然敢在室外待着？新鲜空气不是对您有害吗？"

他感觉自己睡得很香，没想到面前这片广阔的大海正在给他送来源源不断的空气，而他却呼吸不到！他的声音很微弱，他的话会被喘息声打断。他脸色灰白，从扶手椅上站起来时冻得直打战，不得不躲进屋子里。如今我依然能看到他在那一小块空地上走动，把毯子夹在腋下，向我们告别。他的呼吸很急促，脸上却挂着笑容。

"你看到真正的病人是什么样子了吗?"科普勒说道,他还是没能摆脱牢牢盘踞在脑子里的念头,"他死到临头都不知道自己生病了。"

我也觉得真正生了病的人受的苦比较少。我的岳父和科普勒已经在圣安娜①安息了许多年,但有一天在路过他们的坟墓时,我想到尽管他们已经在自己的石碑下躺了许多年,其中一人捍卫的论点并没有被削弱。

科普勒在离开他曾经的住处之前已经清算了他的生意,所以像我一样,他也完全没有正经事可做。然而他一起床就闲不下来,又因为无事可做,他就操心起别人的事情来,他觉得那些事情要有趣得多。那时我嘲笑他,但不久之后我似乎也学会了去揣摩他人的想法。他投身了慈善事业,因为他只靠自己财产的利息生活,没办法奢侈地负担全部支出。所以他组织了几次募捐,到处向朋友和熟人要钱。他在账本上记录了一切,就好像自己还是之前那个称职的商人,我认为他是用这个账本聊以自慰,如果我像他那样注定活不长久,又没有家庭的话,我会动用我的财产往账本里注入资金。但他是个幻想自己身体健康的人,只动用属于他的利息,他不愿意承认自己时日无多。

一天,他十分强硬地要求我捐出几百克朗来给一位贫苦的女孩买架小钢琴,这个女孩之前就由他牵线搭桥,每个月从我和其他人那里领一份小额月供。要想趁促销时买下来,就得尽快行动。我不知道怎么推脱,但有些粗鲁地指出,如果那天我待在家里的话,本来能促成一笔不错的生意。我时不时会变得有点儿吝啬。

---

① 圣安娜(Sant'Anna)为的里雅斯特的天主教墓园,始建于 1825 年。

科普勒从我这里拿了钱,道了声谢就离开了,但我的话在几天后产生了影响,而且不幸的是,这影响还很重要。科普勒过来告诉我钢琴已经准备妥当了,卡拉·杰尔柯小姐和她的母亲请求我去她们家坐坐,好当面感谢我。科普勒害怕失去他的主顾,也想让我亲身体验一下受益人的感激之情,好把我拴在他的项目里。一开始我想把这桩无聊的事情推掉,便说他应该放心,我确信他知道怎么以更谨慎的方式做慈善,但他一再坚持,直到我最终同意才罢休。

"她漂亮吗?"我笑着问。

"非常漂亮,"他回答道,"但她可不是我们能啃动的骨头。"

这可真有意思,他把自己的牙口和我的牙口相提并论,我还得面临被他传染蛀牙的危险。他告诉我那不幸的一家人十分正直,他们在几年前失去了顶梁柱,但哪怕是在最穷困潦倒的境遇里,这家人也以最严格的标准洁身自好。

那是个天气恶劣的日子。寒风刺骨,科普勒那身皮草大衣让我艳羡不已。我不得不用手抓住帽子,不然它就会飞走。但我心情很好,因为我正去收获自己的乐善好施结出的感激之情。我们沿着斯坦迪翁大道,步行穿过了公共花园。城市的这一隅我还从来没有见过。我们进入了一幢那种所谓的"投机取巧"的房子,它是我们的祖先四十年前在远离城市的地方建造的,但这片地方很快就被城市侵占了。它的外观很朴素,但还是比今天人们怀抱着同样的目的搭起来的房子更壮观一些。楼梯只占用了很小一部分空间,因此非常陡峭。

我们在二楼停了下来,我的同伴走得很慢,所以我到得比他早很多。我很惊讶地发现那层楼的三扇门里,靠边的两扇上面都钉着卡拉·杰尔柯的门牌。科普勒和我解释说,右边那扇门后面是杰尔柯一家的厨房和卧室，而左边那扇门后面只有一个房间，它被用作卡拉小姐的工作室。她们设法把中间那个房子转租出去了一部分，所以只用支付很少的租金，但不便之处就是她们必须穿过楼道才能从一个房间走到另一个房间。

我们敲响了左边，也就是那间工作室的门。杰尔柯母女已经提前得知我们要来做客，正在那里等着我们。科普勒为我们做了介绍。那位夫人十分拘谨，她满头雪一般的白发，身穿一袭简陋的黑色长裙，对我发表了一段似乎事先准备过的简短讲话：她们对我的来访深感荣幸，并感谢我给她们送了一份大礼。然后她就再也没开过口了。

科普勒在一旁观看，就好像一位老师在正式考试中聆听一位学生复述他费尽心机教授过的课程。他纠正了那位夫人的发言，说我并不仅仅慷慨资助了那架小钢琴，也给他每个月为她们攒起来的救助金做了些贡献。他这个人喜欢严谨。

卡拉小姐坐在钢琴旁的椅子上，她站了起来，对我伸出手，只说了一句简单的话：

"谢谢！"

她的话至少没有那么冗长。我肩负的慈善家角色开始变得沉重。我也像一个真正的病人那样操心起别人的事来了！那位可爱的少女会在我身上看到什么呢？一位值得尊敬的人，但不是一个男人！不过她确实很可爱！她穿着一条非常短的裙子，正符合当时的潮流。我相信她想让自己看上去比实际上更年轻，除非她穿的是以前还在长身体的时候穿的家居便服。她的脸庞却是一位成熟女性的模样，梳着那种一个女人想讨人欢心时做出的精致发型，棕色的头发被巧妙地编成了辫子，遮住了耳朵和一部分脖子。我很看重我的尊严，而且很害怕科普勒那审查官式的目光，所以我一开始甚至没正眼看那个女孩，但现在我对她已经知根知底了。她开口说话时声音富有某种乐感，还有些习惯性的做作，她喜欢拖长音节，似乎想要爱抚她能发出的声音。她的某些元音的发音甚至对的里雅斯特人来说也过长，这给她的语言添上了一些异国调性。后来我了解到，有些声乐老师在教发音时会改变元音的长度。她的发音方式和阿达的完全不一样。她发出的每一个声音在我听来都充满了爱意。

在我那次做客期间，卡拉小姐一直在微笑，可能是想把感激焊在脸上。她笑得有些勉强，这是感激的真正表现。当我在几个小时后对卡拉想入非非时，我想象着她那张脸上进行着一场快乐和痛苦的斗争。所有这些我都再也没有在她身上见到，而且之后我又了解到，女性的美丽可以模仿与之毫无关系的情感，就像一场画在画布上与英雄情感丝毫没有关系的战役一样。

科普勒看上去对这次引荐十分满意，仿佛这两个女人是他的杰作。他对我进行了一番详细介绍：她们一直对自己的命运心满意足，而且一直在工作。他的某些话听上去就像是从教科书里摘出来的，我机械地点着头，似乎要确认我做足了功课，因此知道拮据而贤惠的穷苦女人应该是什么样子。

接着他命令卡拉唱点儿什么。她拒绝了，说自己得了感冒，她提议说不如改天再唱。我怜悯地感到她在害怕我们的评判，但我想再多坐一会儿，于是加入了科普勒的行列，请求她开口。我还说自己不知道是否还能再和她见面，因为我非常忙。科普勒虽然知道我在这个世界上根本无事可做，却也一本正经地肯定了我的说法。我后来一下子就明白了他希望我再也见不到卡拉。

这个女孩还想要推辞，但科普勒坚持着，说出了一句命令式的话，于是她顺从了。强迫她可真是容易啊！

她唱了《我的旗帜》。我坐在柔软的沙发上听着她唱歌。我热切地渴望着能赞美她。要是能看到她被天才的光环所围绕,那该有多好啊!恰恰相反,我很惊讶地听到,当她唱歌时,她的声音就失去了所有的音乐性。她的努力让那声音变质了。卡拉甚至不知道如何弹奏,而她那残缺不全的伴奏让本来就可怜兮兮的音乐变得更加惨不忍睹了。我意识到我面对的是一个学生,便开始分析她的音量是不是合乎标准。她的声音可真是足够响亮!它在那片狭小的空间里刺伤了我的耳朵。为了能继续鼓励她,我想她只是上的学校不够好。

当她停下来的时候,我和科普勒一样热烈鼓起了掌,还和他一起对卡拉的歌声赞不绝口。他说:

"想象一下,如果有一支优秀的管弦乐队给这个声音伴奏,它会产生什么效果。"

这话确实不假。需要叫来一整支强大的管弦乐队盖过那个声音。我非常真诚地说,我目前持保留意见,需要几个月之后再来听卡拉小姐的演唱,然后我会对她那所学校的水平发表些看法。我又不那么真诚地补充道,她的声音肯定配得上一所顶级学校。然后,为了弥补我第一句话可能造成的不快,我故作深沉地高谈着必须为一个卓越的声音找一所卓越的学校,这个最高级的赞美盖过了一切。然而之后我独身一人时,我又很惊讶地感到自己有必要对卡拉说实话。我是不是已经爱上她了?但我还没有好好看过她呢!

在那飘散着可疑气味的楼梯上,科普勒对我说:

"她的声音太厉害了。她的声音适合去剧院演唱。"

他不知道那时我已经知道了更多的东西:那个声音属于一个十分狭小的环境,人在那里可以品味到那门艺术的天真感所带来的印象，并梦想着将艺术——也就是生活和痛苦——带到那片环境中。

科普勒在道别时和我说，卡拉的老师什么时候组织一场公开音乐会时，他会通知我。那位音乐老师在城里还不是很出名，但将来肯定会成为大明星。科普勒对此深信不疑，虽然那位老师的年龄已经很大了。看来他会在认识科普勒之后变得出名。这是垂死之人特有的弱点，也就是说，是那位老师和科普勒特有的弱点。

奇怪的是，我觉得有必要把这次做客的经历告诉奥古斯塔。也许有人会认为我这么做是出于谨慎，因为科普勒知道这件事，而我又不想请他保密。但我甚至迫不及待地说起了这件事。我感到了一种莫大的解脱。直到那时，我唯一自责的地方就是对奥古斯塔保持沉默。现在我是清清白白的了。

她问了我一些关于那个女孩的信息，还有她漂不漂亮。这个问题我很难回答，我说那个可怜的女孩似乎患有严重的贫血症。然后我有了一个好主意：

"你是不是可以稍微关照她一下？"

奥古斯塔在她的新家和她原先的家庭之间忙得团团转，她的家人还叫她过去帮忙照顾生病的父亲，所以再也没把卡拉的事放在心上。我的这个主意也因此显得绝妙。

不过，科普勒从奥古斯塔那里得知我已经把我们去拜访卡拉小姐的事全都告诉她了，所以他也忘了他曾经赋予无病呻吟之人的品质。他当着奥古斯塔的面告诉我，我们不久后还会再去看望一次卡拉。奥古斯塔给予了我她全部的信任。

我整天无所事事，不久后便期待着再次见到卡拉。我担心科普勒会知道，不敢直接跑去找她。但借口还是很多的。我可以去找她，背着科普勒给她提供更多帮助，但首先我得肯定她会为了自己的利益保持沉默。万一那个真正的病人是她的情人呢？我对真正的病人一无所知，他们很有可能习惯于让别人给自己的情人出钱。要是果真如此，只消去看一次卡拉就足以让我身败名裂了。我不能冒险破坏我那个小家庭的安宁。也就是说，在我对卡拉的欲望增长之前，我不会把自己的家庭置于险境。

但欲望一直在增长。比起她与我握手告别的那一刻，我已经对她有了更多的了解。我尤其记得她那条乌黑的辫子盖住了雪白的脖颈，我得用鼻子把它推开，才能吻到被辫子遮住的皮肤。我一想到这座小城市里的某个楼梯间上住着一位我唾手可得的美丽女孩，我走短短一段路就可以把她据为己有，欲望就会变得饥渴难耐！在这样的情况下，与负罪感搏斗变得十分艰难，因为我必须在每一天，在每个小时重新唤起这种感情。卡拉那长长的元音在呼唤着我，或许正是它们发出的声音在我心中植入了一种信念：当我放弃抵抗时，其他的阻碍也就不复存在了。但我很清楚我可能是在自欺欺人，也许科普勒对这一切看得反而更清楚。这个疑虑也削弱了我的意志，因为可怜的奥古斯塔也许会被卡拉本人所救，免遭我的背叛，至于卡拉，作为一个女人，抵抗诱惑是她的天职。

不过，我的欲望来得正是时候，它把我从那段日子里的单调中拯救了出来，既然如此，我为什么又要感到内疚呢？它根本没有伤害我和奥古斯塔之间的关系，而且还起到了完全相反的效果。我现在不仅仅是照本宣科地对她说情话，还在这些情话里加上了我想对另一位说的甜言蜜语。我家里的气氛从来没像现在这样温情，奥古斯塔似乎已经完全沦陷了进去。我总是会严格遵守所谓的"家庭时间"。我的良心十分敏感，以至于在那时就已经用自己的方式做着准备，减轻我会在未来产生的负罪感。

我也不是一下子就向自己的欲望屈服,证据就是我没有立刻跑去找卡拉,而是把这个过程分成了几个阶段。一开始的几天我最多只会走到公共花园,真诚地希望能享受那些在街道和房屋的灰暗中显得尤为纯净的绿色。然后,如果没有像自己期望的一样和她偶遇,我便从花园离开,一直走到她的窗下,激动难耐。我的这种行为恰恰让我想起了少年时代第一次接触到爱情时那种神魂颠倒的感觉。在这么长的一段时间里,我缺少的不是爱情,而是冲向爱情的脚步。

我刚离开公共花园,就面对面撞上了我的岳母。起初我产生了一个有趣的疑虑:这大早上的,她在离家这么远的地方干吗呢?她是不是也背叛了生病的丈夫?然后我很快就明白自己误会了她,她才去找过医生,想从他那里得到一些安慰,因为她刚刚在马尔芬蒂身边度过了十分糟糕的一个夜晚。医生对她说了些好听的话,但她还是非常焦虑,很快就和我告别了,甚至没心思对我出现在那里感到惊讶,一般情况下,来这里的只有老人、小孩子和他们的保姆。

但是看见她已经足够让我再次感受到家庭的牵绊。我迈着坚定的脚步向家里走去,一边踩着节奏,一边低声说:"再也不干了!再也不干了!"在那短短一瞬间,我的岳母用她的痛苦让我感到了全部的责任。她给我上了宝贵的一课,这对那天来说已经够了。

奥古斯塔不在家,因为她跑去照料父亲了,整个早上都会待在他那里。她在餐桌旁告诉我,鉴于马尔芬蒂的身体状况,他们讨论过是否应该推迟阿达原定在下周举行的婚礼。马尔芬蒂已经好一些了。他好像是在用晚餐时吃得太多,消化不良,这让他看起来似乎病情加重了。

我对她说我已经从她母亲那里得到了消息,早上我在公共花园里偶遇了她。奥古斯塔也没质疑我为什么去那里散步，但我觉得有必要给她一些解释。我告诉她最近我比较喜欢把公共花园当作我散步的目的地。我会在一张长椅上坐下来，在那里读我的报纸。然后我补充道：

"是那个奥利维！他把一切都搞砸了，害得我这么无所事事。"

奥古斯塔对此感到有点儿内疚，她看上去有些心痛，也有些后悔。那时我感觉非常好。我确实是清清白白的，因为我在书房里待了整整一个下午，我也真的可以相信自己完全摆脱了每一丝邪恶的欲望。我现在开始阅读《启示录》①了。

虽然现在我已经得到了批准，可以每天早上去公共花园了，但我抵御诱惑的决心却变得非常坚定，以至于在第二天出门时，我故意选择了相反的方向。我去找一些乐谱，想尝试一种别人推荐给我的小提琴演奏方法。出门前，我得知我的岳父过了非常安稳的一夜，下午会坐车来看我们。我很为我的岳父和圭多高兴，他终于可以结婚了。一切都很顺利：我得救了，我的岳父也得救了！

但正是音乐把我带到了卡拉那里！在店员拿给我的演奏技法里，有一本册子内容不是小提琴，而是声乐。我很仔细地阅读了书名：《歌唱艺术完整教程（加西亚学派），由（小）E. 加西亚编写，附有提交给巴黎科学院关于人声的报告》。

我让店员去关照别的顾客，埋头读起了那本小册子。我得说，阅读时我的内心激动难耐，就好像一个不良少年在接触色情作品。就是它了：这就是走向卡拉的道路，她需要这本作品，如果不让她知道这本书的存在，那将是我的罪过。我买下了它，回家去了。

加西亚的作品分为理论和实践两部分。我继续读下去，想把

---

① 《启示录》为《圣经·新约》的最后一部分内容。相传为耶稣的门徒圣约翰所作，主要内容是关于世界末日的预言。

它理解透彻，以便我和科普勒去见卡拉时能给她一些建议。现在我争取到了一些时间，我可以继续安心做我的美梦，一边幻想着那等待着我的冒险，一边消磨时日。

但奥古斯塔却让事态急转直下。她过来和我问好，打断了我的阅读，她俯下身来，用嘴唇吻了吻我的脸颊，问我在做什么。当听到新的技法时，她以为说的是小提琴，没有细看。我在她离开后过分夸大了我面临的危险。我想到为了自己的安全，最好还是别把这本书放在书房里，而是需要马上把它带到它的目的地去。我就这样被迫直接开始了我的冒险之旅。我找到了一个比借口更好的理由去做那件我渴望的事情。

我不再犹豫了。我走上了那个楼梯间，径直向左边的门走去。不过，我在那扇门前停了一会儿，听着《我的旗帜》的歌声在楼梯上激昂地回荡。看来，卡拉在这段时间内一直在唱着同一首歌。她这种如此孩子气的行为让我的脸上露出了饱含爱意和欲望的笑容。然后，我小心翼翼地推开门，没有敲响它，踮着脚走进了房间。我想马上看到她，马上。在那片狭小的空间内，她的声音真的很刺耳。她唱歌时带着巨大的激情，比我初次到访时要热烈不少。她甚至把身体全部的重量靠在椅背上，以便能释放肺部所有的气息。我瞥了一眼她那颗围在粗重的辫子里的小脑袋，就打起了退堂鼓，惊魂不定地想着自己怎么会放肆到这个地步。与此同时，她没完没了地唱着最后一个音符，这让我得以退回到楼梯间上，并且在不惊动她的情况下在我身后把门带上。连那最后一个音符也在颤抖，忽上忽下，最后才稳定下来。也就是说，卡拉是有音准的，现在轮到加西亚来出手教她更快地找到正确的音符了。

我在心情平复了一些的时候敲响了门。她马上跑过来把门打开，我永远不会忘记她那温柔而娇小的身影，她倚在门框上，用那双棕色的大眼睛瞧着我,直到在黑暗中辨认出我究竟是谁。但这时,我已经平静到重新开始犹豫不决的地步了。我正走在背叛奥古斯塔的路上,不过我想到,如果在前几天,我已经满足于仅仅去公园那么远,那么现在,我更有可能在这扇门前止步,把那本后患无穷的书交给她,然后心满意足地离开。那是充满了美好意图的一瞬间。我甚至记起了别人跟我说过的一个奇怪建议,这个建议是用来戒烟的,也许同样适用于眼下的情况:有时候,为了让自己感到满足,只需点燃火柴,然后把香烟和火柴一起扔掉就行了。

这对我来说甚至不是什么难事,因为卡拉本人在认出我的时候,脸涨得通红,还有想逃跑的意思。我后来得知,她是因为穿着一件廉价而破旧的家居裙而感到不好意思。

一被她认出来,我就感到自己有必要道歉:

"我给您带来了这本书,我相信您会对它感兴趣。如果您愿意,我可以把书留给您,然后马上离开。"

我在说话时发出的声音非常强硬(或者这是我的印象),但话里的意思却正好相反,因为总的来说,我给了她自由决定的权利,我是应该离开,还是该留下来背叛奥古斯塔。

她一下子就做出了决定,因为她抓住了我的手,好更彻底地留住我,然后把我带进了她的房间。我情绪激动,看什么都是模模糊糊的。我认为引起这种激动心情的不仅仅是那只手温柔的触碰,更是那种在我看来决定了我和奥古斯塔命运的亲昵感。因此,我相信自己走进那个房间时多少带着些勉强,当我回忆起第一次背叛时,总感觉自己是被迫做出这种事的。

卡拉那涨得通红的脸真是美丽极了。我惊喜地发现,她在等的人虽然不是我,但也很期待我来看她。她非常殷勤地对我说:

"您到底还是觉得有必要再见到我，再见到那个欠了您很多情的可怜人吗？"

毫无疑问，只要我愿意，我马上就可以把她揽入怀中，但我连这个念头都没有。我脑中的念头非常少，甚至都没回答她那些在我看来是伤风败俗的话，而是重新谈起了加西亚，还有那本书对她的必要性。我说得过于激动，甚至蹦出了几句欠缺思考的话。加西亚会教导她怎么把音符变得像金属一样坚实，像空气一样柔美。他会向她解释一个音符只能代表一条直线，甚至一个平面，不过是一个真正非常光滑的平面。

当她打断我，表现出痛苦的怀疑时，我的热情才烟消云散："所以您并不喜欢我唱歌的方式吗？"

我对这个问题始料未及。我的评论确实苛刻，自己却没有意识到这一点。我真情实感地抗议了起来。我反驳得那么好，以至于我虽然只是在谈论唱歌，却同时感到心中重新涌现了那股把我拉进这所房子里的独断专行的爱意。我话语中的爱意十分浓烈，也流露出了几分真心：

"您怎么会有这种想法呢？如果真是这样，我又怎么会在这里呢？我在楼道里待了那么久，就是因为我喜欢听您的歌声，您的歌声既真诚，又美妙而超凡。只不过我认为您还需要一些其他的东西才能达到炉火纯青的境界，我来就是把这些东西带给您的。"

我不停地坚称自己不是被欲望驱使过来的，对奥古斯塔的牵挂在我心里占据了多大的分量啊！

卡拉静静地听我说着那些她甚至没有能力去分析的恭维话。她的文化程度并不是很高，但我惊讶地发现她的直觉却十分敏锐。她对我说，她对自己的天赋和声音充满了疑虑，她感觉自己没什么进步。她常常在练习了几个小时后，奖励自己高唱《我的旗帜》来放松一下，盼望着能在声音中发现一些新的特质。但她的声音总是那个样子：没有退步，甚至听起来还不错，就像别人和我向她保证的那样（此时，她那双美丽的棕色眼睛向我投来一道炙热而稍带疑虑的目光，她迫切需要确认我说的那番话究竟是什么意思，这些话仍然让她摸不着头脑），却也没有实际的进展。她的声乐老师说过，取得艺术上的成就不是细水长流的，而是一蹴而就的，总有一天她会开窍，然后变成一位伟大的艺术家。

"不过，这是个漫长的过程。"她眼神茫然地补充道，仿佛在回顾那些充满无聊和痛苦的时光。

人们说，诚实首先意味着真诚，从我的角度来看，建议这个贫穷的女孩放弃学习唱歌，成为我的情人，这是再诚实不过的行为了。但我还没有走到离公共花园那么远的地方，然后，不说别的，我对自己在歌唱艺术方面做出的判断并不是那么有把握。这段时间内我只担心一个人：那个每逢节假日都要到来拜访我和我妻子的、无趣的科普勒。那时我本来应该找些借口来央求这个女孩别告诉科普勒我来看过她，但我却没有这么做，因为我不知道要怎么粉饰我的请求。我算是做对了，因为几天后，我那可怜的朋友生起了病，不久之后便去世了。

相反，我告诉她，在加西亚的书上她能找到想找的一切，有那么一瞬间，也仅仅只有那一瞬间，她焦急地盼望着那本书上会出现什么奇迹。然而面对那么多文字，她很快就开始怀疑这魔法是否有效。我阅读加西亚用意大利语写下的理论，再用意大利语把这些理论讲给她听，如果这还不够，我就给她翻译成的里雅斯特方言，但完全没感觉到喉咙产生了任何变化，而只有在她感觉到这种变化之后，才会承认这本书真的有用。糟糕的是，我不久后便十分确信手中的那本书没有什么价值。我把同一个句子读了三遍,却不知道怎么处理它,于是便开始对着它大放厥词,替我的无能报仇。这位加西亚只为证明人的声音可以产生各种效果,所以不应仅仅被看作一种乐器,这不仅浪费了他的时间,也浪费了我的时间。但如果这么说的话,小提琴应该也被看作各种乐器的集合体。我或许不应该对卡拉抛出这么一大通批评,但在一个我想要征服的女人面前,很难不利用这样的机会来展示自己的优越性。她确实很佩服我,从身体层面远离了这本书,把它推到了一边。所以加西亚在我们之间充当了皮条客,但没能陪我们到最后,见证我们犯下大错。我不甘心就此罢休,决定下次来看她时还要带上这本书。科普勒一死,这书就彻底没有用武之地了。我和那所房子之间的一切纽带都已断裂,如此一来,能阻止我继续行动的就只有我的良知。

但与此同时,我们已经变得十分亲密,谁也不会料到聊半个小时天就能让我们亲密成那个样子。我相信,如果两个人能在批判性意见上取得一致,他们的关系就会迅速升温。可怜的卡拉抓住这种亲密的时刻,和我分享了她的一部分伤心事。科普勒出现之后,她们在那个家里的生活虽然寒酸,但也没有太大的困难。两位女性最大的负担是对未来的忧虑。因为科普勒虽然会在固定日期给她们送去救济金,但又不允许她们相信这笔钱会按时送到。他不想操心,情愿操心的是她们。他给出的那些钱也不是无偿的:他是那个家真正的主人,需要知道每一个微小的细节。要是有一笔开销事先没有经过他的批准,那她们的麻烦就大了!不久前卡拉的妈妈身体不太舒服,卡拉为了处理家务事,有几天没能唱歌。科普勒在接到声乐老师的通知后勃然大怒,宣称如果她是这个态度,那他去麻烦那些好心人接济她们就根本没有意义。她们一连几天都生活在恐惧之中，害怕自己被命运遗弃。然后科普勒回来了，重新制定了种种协议和条件，明确规定了卡拉每天应该用几个小时坐在钢琴前，应该用几个小时去处理家务。他甚至威胁说他白天会随时过来突击检查。

"当然啦，"女孩总结道，"他只是为了我们好，但他会为了微不足道的小事大发雷霆，总有一天他会一怒之下把我们赶到大街上去。但现在您也开始关照我们，这种危险再也没有了，不是吗？"

她再次紧紧握住了我的手。见我没有马上回答，她开始担心我和科普勒是同一个阵营，便补充道：

"科普勒先生也说您是个非常好心的人！"

这句话直截了当地赞美了我，但也赞美了科普勒。

卡拉对他的描述带有如此强烈的敌意，这对我来说是件新鲜事，反倒激起了我的好感。我想变得和他一样，但是把我带到这个家的欲望却让我和他大不相同！确实，他是在用别人的钱接济两个女人，但他对这件事非常上心，奉献了自己生活的一部分。他冲她们发火，其实是因为父爱。但我有一个疑问：如果他做这些事情是因为情欲呢？我毫不犹豫地问卡拉：

"科普勒先生要求过您的吻吗？"

"从来没有！"卡拉激动地回答，"当他满意我的表现时，就干巴巴地表示认可，轻轻握一握我的手，然后就会离开。另外几次，他生气的时候，甚至不会握我的手，也不会注意到我已经吓哭了。那时候一个吻对我来说算是一种解脱。"

卡拉看到我笑了起来，进一步解释道：

"我会心怀感激地接受一个让我欠了那么大人情的、那么老的男人的吻！"

这就是真正生病的人的优势：他们看起来比实际上要老。

我稍微尝试了一下模仿科普勒。为了不吓到这个女孩，我微笑了起来，对她说当我关心某个人时，我也会变得很专横。总而言之，我也同意一个学习艺术的人应该严肃对待他的专业。然后我全身心地进入了角色，板起脸来。科普勒是对的，应该严厉对待一个无法理解时间有多宝贵的年轻女孩：她也必须记得有多少人为帮助她做出了牺牲。我真的一本正经，十分严厉。

就这样，吃午餐的时间到了，我不想让奥古斯塔等我，特别是在那天。我对卡拉伸出了手，那时我注意到她的脸色有多苍白。我试图安慰她：

"放心，我会尽我所能在科普勒和其他人面前支持您的。"

她表示了感谢，但看起来却很沮丧。后来我了解到，她看到我来找她，马上就猜到了真相，而且差一点儿就猜对了，她以为我爱上了她，这么一来，她就得救了。可是后来——就在我准备离开时——她相信我爱的只是艺术和歌唱，因此，如果她唱得不好听，也没取得什么进步，我就会抛弃她。

看到她一副心如死灰的样子，我心中泛起了同情。由于时间所剩无几，我采取了最有效的方式让她安心，这方式还是她自己告诉我的。那时我已经走到了门口，我把她拉到我身边，小心翼翼地用鼻子挪开她那条粗粗的辫子，轻轻吻了她的脖子，甚至咬了她一小口。我的举动看起来像在开玩笑，她也终于笑了起来，但是在我松开她之后。在那之前，她惊呆了，一动不动地待在我的臂弯里。

她把我送到了楼道里，在我开始下楼时，她笑着问我：

"您什么时候再来？"

"明天，或者更晚一些！"我用已经不是那么确定的语气回答。

然后我变得更强硬了一些:"我明天肯定来!"然后为了让自己的形象不至于太龌龊,我补充道:"我们一起接着读加西亚。"

她的表情在那几分钟里没有变化,她准许了我第一个不那么确定的承诺,心怀感激地接受了第二个,甚至肯定了第三个,她一直面带微笑。女人总是知道她们想要什么。阿达拒绝我的时候,奥古斯塔接受我的时候,甚至卡拉允许我为所欲为的时候,都没有一丝一毫的犹豫。

一走到大街上,我马上感觉与自己更亲近的是奥古斯塔,而不是卡拉。我呼吸着室外的新鲜空气,充分感受着我的自由。我只是开了一个玩笑,别的什么也没做。虽然这并不能改变玩笑的性质,毕竟它是开在卡拉的脖子上,甚至伸到了她的辫子底下。更何况卡拉接受了那个吻,把它当成了爱情和帮助的承诺。

可是那天坐在餐桌前的时候,我感受到了真正的痛苦。我的冒险横亘在我和奥古斯塔之间,如同一片巨大而浓重的阴影,我觉得她肯定也看到了。我感到自己微不足道、重病缠身、罪大恶极,还感到身体的一侧隐隐作痛,那疼痛仿佛是从我良心上巨大的伤口投射过来的一样。我一边心不在焉地假装吃着东西,一边发了铁誓以求安慰:"我再也不会见她了,"我想道,"如果我出于礼节不得不再见她,那也是最后一次了。"我甚至不用费多大劲:我只要做一次努力,再不去见卡拉,这就够了。

奥古斯塔笑着问我:

"你这么失魂落魄,刚才是去见奥利维了吗?"

我也笑了起来。能开口说话真是让我大大地松了一口气。虽然话语不能让我完全安心——毕竟说话意味着要先坦白,再做出承诺——但在别无选择的情况下,能说点儿别的什么已经让我感到了莫大的宽慰。我滔滔不绝地说着,兴高采烈,满怀好意。然后我找到了一个更好的话题：我说起了那间奥古斯塔盼望已久的小洗衣房，此前我一直持反对意见，现在，我当即同意给她盖这么一间房子。她对我这个没用她催促就给出的批准感激不尽，站起来亲吻了我。这个吻无疑抵消了我之前的那个吻，我立刻感觉好多了。

就这样，我们有了洗衣房。直到今天，当我路过那间小房子时，我还会想起希望建造它的是奥古斯塔，而批准建造它的却是卡拉。

之后的那个下午，我们是在如胶似漆的柔情中度过的。我的良知当我独自一人时会让我更加坐立难安，奥古斯塔的甜言蜜语足以使它安静下来。我们一起出了门。然后我陪她去看她的母亲，整个晚上都和她待在一起。

在上床睡觉之前，我像往常一样久久凝视着已经入睡的妻子，她平静而轻柔地呼吸着，即使在睡梦中，她也是规规矩矩的，被子一直拉到下巴上，有些稀疏的头发在脑后梳成一股短短的辫子。我心想："我不要让她痛苦，永远不要！"我安心地睡着了。第二天，我会澄清我和卡拉之间的关系，我会找到一个方法来守护那个贫苦女孩的未来，这样一来，我就不用亲吻她了。

我做了一个很奇怪的梦：我不仅吻了卡拉的脖子，还把它吃掉了。不过，她的脖子很特别，我用暴烈的情欲咬出了伤口，但它没有流血，她的脖子因此始终被雪白的皮肤覆盖着，那稍稍弯曲的线条也没有变化。卡拉依偎在我的怀里，似乎没有因为我的撕咬感到痛苦，感到痛苦的是突然赶来的奥古斯塔。为了安抚她，我说："我不会全吃光的，我会给你留一块。"

我在半夜惊醒，思绪渐渐变得清晰，直到我回忆起梦境的内容时，它才显得像是噩梦，之前并不是这样，因为在梦中，甚至连奥古斯塔的存在都没有减弱它给我带来的满足感。

一旦醒来，我就彻底认识到了我欲望的力量，还有它给奥古斯塔和我带来的危险。或许当这位女人安睡在我身边的时候，她的子宫里已经出现了另一个生命，而我要对它负责。谁知道如果卡拉成了我的情人，她会对我提什么要求？我觉得她很渴望享受那些自己此前一直无法接触的东西。我怎么可能养得起两个家庭呢？奥古斯塔要求我给她一个实用的洗衣房，另一个女人可能会向我索要别的什么东西，但花销并不会更低。我眼前浮现出了卡拉的身影，得到一个吻后，她在楼道里微笑着向我道别。她已经知道我早晚有一天会成为她的囊中之物。这让我很害怕，在黑暗和孤独中，我忍不住呻吟了起来。

我的妻子马上醒了过来，问我怎么了。我被她吓了一跳，心情平复下来后，我用脑子里最先蹦出来的几个词回答了她，那时我仿佛忏悔般大喊道：

"我在想即将到来的老年啊！"

她笑了起来，试着让我宽心，但仍然是一副半睡半醒的样子。她用每次我害怕时间一去不返时安慰我的那句话回答我说：

"别想它了，现在我们很年轻……好好睡一觉吧！"

她的劝说起了作用：我不再想那些事情了，重新沉入了梦乡。那天夜里说过的话就像一束光，照亮了一小片现实，在它面前，尚未成形的幻想黯然失色。我还没有成为那个贫苦卡拉的情人，为什么要害怕她呢？我明摆着是在想尽办法吓唬自己。毕竟，直到现在，除了盖那栋洗衣房之外，那个奥古斯塔子宫里我呼唤过的"宝宝"还完全没有生命迹象。

我像往常一样带着最美好的心意起床。我跑到书房去准备了一些钱，把它们放进信封。我打算把这些钱寄给卡拉，同时通知她,我要与她断绝关系。但我也会告诉她,我已经作了打算,我会告诉她一个地址,每次她给这个地址写信要更多的钱时,我都会寄给她。就在我要出门时,奥古斯塔带着甜蜜的笑容请我陪她一道去她父亲家。圭多的父亲从布宜诺斯艾利斯赶来参加他儿子的婚礼,我们得去见他一面。比起对我的关心程度来,她自然不怎么在意圭多的父亲,只是想重温前一天的甜蜜时光。但事情已经截然不同了:我觉得自己本来可以用这段时间去实现那些美好的愿景,让它们白白流逝实在不妥。我们可以并肩走在路上,表面上对彼此的爱情深信不疑,但与此同时,另一个女人已经认为我爱上了她。这样不行。那次散步在我看来简直是活受罪。

我们发现马尔芬蒂的身体真的好起来了。他唯一的问题是双脚有些肿胀,所以穿不上靴子,当时他和我都没把这个小毛病放在心上。他和圭多的父亲待在客厅里,向我引荐了他。奥古斯塔待了一小会儿就离开我们去找她的姐妹和母亲了。

弗朗西斯科·斯佩尔先生在我看来远不如他儿子有教养。他身形矮胖,六十岁左右,没什么想法,也没什么活力。也许因为曾经生过一场病,他的听力衰退了许多。他说意大利语时偶尔会蹦出几个西班牙语单词:

"我每次[①]来的里雅斯特的时候……"

两位老人谈起了生意,马尔芬蒂十分专注地听着,因为这些生意关乎阿达的命运。我则是左耳朵进右耳朵出。我听到老斯佩尔已经决定清算他在阿根廷的所有业务,然后把他所有的"财

---

[①] 此处"每次"的原文为"Cada volta","Cada"为西班牙语,意为"每",volta为意大利语,意为"次"。斯佩尔先生的语言习惯也让泽诺在后文中戏称他为"卡达先生(Signor Cada)"。

产"①交给圭多,好让他在的里雅斯特创办一家公司。然后他会回到布宜诺斯艾利斯,和妻子与女儿一起生活在他留给自己的一座小农庄里。我不理解他为什么要当着我的面告诉马尔芬蒂这一切,到今天,我仍然没想明白。

我感觉有那么一刻,两位老人都不说话了,他们一起看向我,好像在等着我给他们提一些建议,为了表示友好,我评论道:

"如果那座农庄能让你们住进去的话,它肯定不小啊!"

马尔芬蒂立刻喊了起来:

"你在说什么呢?"他的声音炸开来,仿佛回到了他的全盛时期。但可以肯定的是,如果他的声音没有那么大,弗朗西斯科先生本来不会在意我的观点。乔瓦尼这么一嚷嚷,他的脸上褪去了血色,说道:

"我真希望圭多不会吞掉我那些资本产生的利息。"

马尔芬蒂用他一贯洪钟般的声音试着让他放心:

"不要说利息,如果您需要,两倍利息都成!他不是您的儿子吗?"

弗朗西斯科先生还是一副忧心忡忡的样子,要让他放下心来,缺的就是我的一句话。我马上使出浑身力气满足了他的期待,因为这位老人的听力比原来更差了。

随后两位生意人继续聊着天,但我要时刻提防不要再被牵扯进去。马尔芬蒂时不时从眼镜上方瞟我一眼,监视着我的一举一动,他粗重的呼吸就好像是某种威胁。然后他滔滔不绝地说起了话,在某个时刻问我:

"你觉得呢?"

---

① 原文为"Duros",一种西班牙货币。

我热切地点着头。

我表示同意的行为似乎还要更加狂热，因为我感到越来越愤怒，我的每个动作也随之变得更有张力。用来实现我美好愿景的时间正在白白流逝，我又在这儿做什么呢？他们强迫我去忽视一件对我和奥古斯塔都十分有用的事情！我正准备找借口离开，但就在那时，马尔芬蒂家的女人们在圭多的陪伴下涌进了客厅。圭多在他父亲到达不久后就送了新娘一枚华丽的戒指。没人看我，也没人和我打招呼，甚至连小安娜也没有理我。阿达已经把那颗闪闪发光的宝石戴在了手指上，她用一只手臂搭着未婚夫的肩膀，向她父亲展示着戒指。女人们也入迷地看着它。

我对戒指提不起什么兴趣。我连结婚戒指都不戴，因为它会阻碍我的血液流通！我没打招呼就溜出了客厅，走到了大门口，准备离开。然而奥古斯塔注意到了我要逃走，及时追上了我。我被她那惊慌失措的样子吓了一跳。她的双唇就像我们结婚那天去教堂之前那会儿一样苍白。我对她说我有急事。在这个危急关头，我突然想起前几天我一时兴起，买了一副非常轻便的远视眼镜，并把它装进了背心的口袋里，我一直能感觉到它，但从来没戴上过。我对她说我约好了要去看眼科医生，最近这段时间，我感觉视力下降了，要请他做些检查。她说我可以马上离开，但同时请求我在走之前先和圭多的父亲打个招呼。我不耐烦地耸了耸肩，但还是满足了她的要求。

我回到客厅，每个人都亲切地和我告别。而我呢，确定了他们这是在送我走之后，心情竟有一瞬间愉快了起来。圭多的父亲在这么大一个家庭中间有些头昏脑涨。他问我：

"我回布宜诺斯艾利斯之前还会再见到您吗？"

"哦！"我说道，"您每次①到这个家来的时候，都有可能见到我！"

大家都笑了起来，我带着胜利者的姿态离开了，奥古斯塔甚至相当愉快地和我告别了。我尽到了所有的礼数，离开时又是那么有规矩，因此可以安心走路。但让我最终下定决心的还有另外一个原因：我从岳父家逃出来是要离它越远越好，换句话说，我要一直逃到卡拉家。他们在那个家里不止一次(我是这么感觉的)怀疑我在圭多背后搞小动作。我完全是无意中说起了阿根廷的那座农庄，我的岳父立刻曲解了我的话，就好像我精心编织了这个话题，要在圭多的父亲面前败坏他的形象。如果有必要的话，我和圭多之间轻易就能把话说开，至于他和其他那些怀疑我有能力策划这种阴谋的人，我只想报复他们。这并不是说我现在就要去背叛奥古斯塔。但我要光明正大地做自己想做的事。拜访卡拉并不是一件坏事，甚至可以说，如果我又一次在那附近撞上我的岳母，如果她问起我要去做什么，我会脱口而出：

"好事！我要到卡拉那儿去！"因此这是唯一一次我去找卡拉的时候没有想到奥古斯塔。反正我岳父的态度冒犯到我了！

我在楼道里没有听到卡拉的声音。我一时间乱了方寸：她出去了吗？我敲了敲门，在没得到允许的情况下就闯了进去。卡拉确实在，但她的母亲也在。她们一起做着针线活儿。这个场景可能很常见，但我之前从来没有见过。她们一人一边缝制着一张巨大的床单，彼此相隔很远。好极了，我跑过来见卡拉，卡拉却和她母亲待在一起。这完全是另一码事。无论我的意图是好是坏，都没法儿实现了。什么都没解决。

---

① 这里泽诺模仿了斯佩尔先生的语言习惯，也把"每次"说成了"Cada volta"。

卡拉腾的一下站了起来,那位老妇人则慢慢摘下眼镜,把它放进了一个袋子里。与此同时,那一刻,我觉得自己有充分的理由感到愤怒——不仅仅是因为我无法立刻表达清楚我的感受。现在难道不是科普勒规定的学习时间吗?我礼貌地和老妇人打了招呼,甚至表现出礼貌对我来说都有点儿困难。我也和卡拉打了招呼,但几乎没正眼看她。我对她说:

"我来是想看看我们能不能从这本书里,"我指了指加西亚的那本书,它原封不动地躺在桌子上,还在我们之前留下的位置,"再挖掘出一些有用的东西。"

我坐在了前一天坐过的地方,马上打开了那本书。卡拉一开始试着对我微笑,但在发现我对她的好意无动于衷后,便马上识趣地坐到了我旁边准备看书。她有些犹豫,她不理解究竟发生了什么。我盯着她,从她脸上看出了一丝可能是不满和倔强的表情。我想象着她平常就是以这副样子接受科普勒的责备的。只不过她不确定我的责备和科普勒的是不是同一种性质,因为——她后来告诉我——她记得我前一天吻了她,因此相信自己永远不会被我的怒火波及,仍然打算随时把那一丝不满转化成友好的微笑。在这里我要说明一下,因为之后我就没时间提到这件事了。她坚信自己用那仅有的一个吻就驯服了我,这让我很不高兴:有这种思想的女人非常危险。但那时我的心境和科普勒的完全一致,充满了对卡拉的怒火和责备。我大声读起了我们前一天已经读过的,还被我贬得一文不值的部分。我摇头晃脑地读着,不作多余的评论,仅在一些我认为更有意义的词上加重语气。

卡拉声音有些发颤地打断了我:

"我觉得这些内容我们已经读过了!"

终于有人要求我说点儿什么了。能开口说话会让人好受一点儿。我的话不仅比我的心境和行为要温和，甚至让我重新回到了社交场景中：

"您看，小姐，"我非常亲昵地称呼她，脸上立刻挂起了一个可以说是情人般的微笑，"我想在读别的内容之前，先把这些重温一遍。也许昨天我们的判断下得有些仓促了，我的一位朋友不久前还提醒我，想完全理解加西亚，就要通读他的全部作品。"

最后，我也感到需要对那位可怜的老妇人表示一些尊重，她这一生里，无论运气有多差，都还没有遇到过如此艰难的情况。我也朝她笑了笑，比起给卡拉的笑容来，这个笑容要困难得多。

"这不是一件很有意思的事情，"我对她说，"但是哪怕是不唱歌的人也可能从中受益。"

我继续固执地读下去。卡拉明显感觉好多了，她丰满的唇边掠过一丝若有若无的微笑。那位老妇人则好像一只可怜的、被捉住的动物，她留在那个房间里只是因为她过于拘谨，找不到离开的方式。而我呢，无论如何也不会违背想把她扔出去的愿望。这会演变成一件很严重而且贻害无穷的事情。

卡拉表现得更为坚定。她非常有礼貌地请我中断阅读，转向母亲，对她说可以离开了，她们下午再继续处理那张床单。

老妇人走向我，犹豫着是不是要跟我握手。我甚至是饱含深情地握住了她的手，对她说：

"我知道这次阅读并不是特别有意思。"

我看起来就像是因为她要离开我们而表示遗憾。她把一直抱在怀里的床单放在一把椅子上，走了出去。卡拉跟在她身后，和她在楼道里说了几句话。而我则饥渴难耐，等着她坐回到我身边。卡拉回到了房间，关上身后的门，重新坐到了她的位置上。她的嘴角再次变得有些僵硬，就好像一个小孩子脸上的倔强。她说：

"每天这个时候我都在学习。偏偏现在得去做那个急活儿！"

"但是您难道没看出来，我根本就不在乎您的歌声吗？"我大喊道，猛地一下把她拽到怀里，先是吻了她的嘴，然后马上吻了我昨天吻过的地方。

真是奇怪！她突然哭了起来，挣脱了我的怀抱。她抽噎着说，看到我进来时是那副样子，她感到非常痛苦。她哭泣是因为同情自己，自怨自艾的人身上经常会发生这种事。眼泪不是为遭受的痛苦而流的，而是为了痛苦背后的故事。人们会在喊冤叫屈时哭泣，这么美丽的女孩子本来可以被人亲吻，强迫她学习实在是不公平。

总体来说，事情的走向比我设想过的还要糟糕。我不得不替自己辩解，为了尽早结束这个话题，我没花时间去编故事，而是原原本本地告诉了她真相。我告诉她我迫不及待地想见她、想亲吻她。我本来打算一大早就来看她，甚至因为这个计划整晚都没睡着。我自然说不出来我找她究竟想做什么，但这并不重要。说真的，在我想去找她，告诉她说我们要一刀两断时，我心中那种火烧火燎的感觉和我向她冲去、把她搂在怀里时体会到的情绪是一样的。然后，我对她讲述了早上发生的事情，我的妻子怎样逼着我和她一起出门，带我去了岳父家里，我在那里完全没有行动自由，只能听他们讨论和我一点儿关系都没有的生意。最后，我终于使尽浑身解数脱了身，走了很长一段路，匆忙赶来，结果我发现了什么？一个铺满了床单的房间！

卡拉突然大笑起来，因为她看出来我身上没有一点儿科普勒的影子。她脸上的笑容仿佛彩虹一般，我又吻了她。她没有回应我的爱抚，但顺从地接受了我的行为。我很喜欢她的态度，因为我对弱势性别的喜爱程度直接取决于她究竟有多弱势。她第一次告诉我，她从科普勒那里听说我很爱我的妻子：

"所以说，"她补充道，我看到她那张美丽的脸上掠过一丝严肃的阴影，"我们两个人只能做好朋友，不能有别的关系。"

我不是很相信她这个非常明智的提议，因为那张嘴在说出这些话时，依然无法抗拒我的吻。

卡拉说了很多话。显然她是想激起我的同情。我记得她对我说的所有事情，但只有在她从我的生活中消失后我才会相信。只要她还在我身边，我就一直害怕她会利用她对我的影响毁掉我和我的家庭。她向我保证过她唯一的心愿就是和母亲安稳度日，那时我没有相信她。现在，我清楚地知道她从来没有打算向我索要超出她需求的东西，每次想起她，我都会羞愧得满脸通红，因为我曾经把她想得那么坏，也没有好好爱她。这个可怜的小姑娘没有从我这里得到任何东西。我本来可以给她一切，因为我是那种会支付自己债务的人。我一直等着她向我提出要求。

她对我说起她父亲去世时那种绝望的情境。她和她的母亲不得不一连好几个月没日没夜地工作，完成一位商人交给她们的针线活儿。她天真地相信上帝的恩典会给她帮助，甚至有时会在窗边待几个小时，看着那些街道，祈求神灵的到来，但来的偏偏是科普勒。她说自己很满意目前的处境，可她的母亲晚上却睡不着觉，因为她们得到的帮助非常不稳定。要是某天她发现自己既没有歌唱家的声音，也没有歌唱家的天赋呢？科普勒就会抛弃她们。他还说再过几个月就要让她登台亮相。如果她彻彻底底演砸了呢？

她依然试图激起我的同情，告诉我她家庭糟糕的财务状况也破坏了她恋爱的梦想：她的未婚夫抛弃了她。

我还是没有感觉到同情。我对她说：

"您的那个未婚夫经常吻您吗？就像我这样？"

她因为我插的这句嘴笑了起来。就这样，我看到了一个为我指明道路的男人。

我应该在家吃午餐的时间早过了。我想离开。那天发生的事已经够多了。令我彻夜难眠的内疚感已经褪去，把我推向卡拉的那种激动难耐的心情也消失了。但我的内心并不平静。也许我命中注定永远得不到安宁。我没有感到内疚，因为反正卡拉向我保证那许许多多的吻都顶着友谊的名义，它们不可能冒犯到奥古斯塔。我似乎想明白了为什么我会心情不好，体内的各种器官也总是跟着隐隐作痛。卡拉看错我了！卡拉看到我这么渴望得到她的吻，又同时爱着奥古斯塔，她可能会看不起我！而她表现出一副十分尊重我的样子，不过是有求于我罢了！

我决定说一番话赢得她的尊重。那些话会让我痛苦不堪，就像一个胆小鬼回忆起自己的罪行，或者就像为了能随心所欲地做出选择，在既没有必要也没有好处的情况下背叛他人。

那时我已经走到了门边，我带着平静的神色，作出情非得已的样子，对卡拉说：

"科普勒对您说起过我有多么爱我妻子。他说的是实话，我非常尊重我的妻子。"

然后我原原本本地向卡拉讲述了我的婚姻故事，我一开始是怎么爱上了奥古斯塔的姐姐，她对我完全不感兴趣，因为她爱的是另外一个人，以及后来我怎么向她的妹妹求婚，也同样被她拒绝，最终我只好娶她。

卡拉马上就相信了这个故事。后来我知道科普勒在我家了解到一些事情，向她转述了一些真真假假的细节，但大致没错，现在这些细节要么得到了我的确认，要么被我纠正了过来。

"您夫人漂亮吗？"她若有所思地问道。

"取决于个人品位。"我回答。

但我还是有些忌惮。我说我尊重我的妻子，但并没有说我不爱她。我没有说我喜欢她，但也没说我不可能喜欢她。我感觉自己在那一刻非常真诚，现在我知道在说出这番话时，我同时背叛了两个女人，还有我对她们以及她们对我的爱。

说实话，我还是没有平静下来，也就是说还少点儿什么。我想起了那个装着我善意的信封，便把它递给了卡拉。她打开以后又还给了我，对我说科普勒几天前已经给了她这个月的补助，目前她真的不需要钱。我内心的不安加剧了，因为很早以前我形成了这样一种观点，即真正危险的女人不会接受数额很小的钱。她注意到了我不自然的样子，于是天真地要我给她几个克朗去买盘子，因为厨房里的一次事故，这两个女人现在没有盘子可用。只有现在写下这些事情时，我才真正觉得她的天真实在是难能可贵。

随后发生了一件事，它在我记忆中留下了不可磨灭的痕迹。我在离开时吻了她，但这一次，她也热烈地回应了我的吻。我的毒药起效果了。她十分天真地说：

"我爱您，因为您是非常好的一个人，财富也没有让您堕落。"

然后她调皮地补充道：

"我现在知道了不可以让您等待，和您在一起，就只有这一个危险。"

在楼道里，她又问道：

"我可以把声乐老师和科普勒一起打发走吗？"

我一边跑下楼梯，一边对她说：

"再说吧！"

这也就意味着我们的关系里还有些事情没得到解决，其他的一切都已经安排得明明白白了。

这件事让我感到非常不舒服，以至于在走出公寓大楼时，我开始犹豫不决地朝着和我家相反的方向走去。我几乎想马上回去找卡拉，再和她解释一些事情：我对奥古斯塔的爱。这是可行的，因为我没说过不爱她。只不过在我讲述的那个真实的故事中，结尾时我忘了说现在我已经真的爱上了奥古斯塔。卡拉因此推断出我根本不爱她，所以才那么热情地回应了我的吻，又用她的表白强调了这个吻的重要性。我觉得，如果没有这么一出的话，我本来可以更容易地忍受奥古斯塔信任的目光。想想看，不久之前我还很高兴地得知卡拉明白我有多爱我的妻子，也正是因为如此，她才会下定决心以友情的形式让我得到我寻求的冒险，还加上了亲吻给它调味。

我在公共花园的一把长椅上坐下，心不在焉地用手杖在沙地上写下那天的日期。然后我苦涩地笑了起来：我知道这个日期并不标志着我背叛行为的终结。恰恰相反，它标志着我背叛行为的开始。我要去哪里找到力量，再也不去见那个秀色可餐的，并且在等待着我的女人呢？再说，我已经承担了一些义务，一些关乎荣誉的义务。我得到了一些吻，付出的代价是几件瓷器！正是这没结清的款项把我和卡拉绑在了一起。

午餐的气氛很沉闷。奥古斯塔没问我为什么迟到，我也没告诉她。我害怕自己会露馅，尤其是从公共花园回家那一小段途中，我满脑子想的都是要把一切向她和盘托出，因此，我背叛她的事情可能已经写在了我那张诚实的脸上。这本来是唯一能令我得救的方式。如果我告诉她一切，就能把自己置身于她的保护和监督之下。我本来会在无比坚定的决心下做出这样的事情，然后再真心实意地记下那天的日期,把它当作诚实和健康的开始。

我们聊了许多无关紧要的事情。我试图表现得开心一些,但连亲昵的举动都做不出来。她似乎有些呼吸困难,她自然是在等一个我并未给出的解释。

随后她继续去处理那桩将冬季的衣物收纳进一个专用衣柜的大工程。我经常能在下午看到她待在长长的走廊尽头,在一位女佣的帮助下全神贯注地做着她的工作。她并没有因为巨大的痛苦而中断自己那健康的工作。

我坐立难安,在卧室和浴室之间来回踱步。我本想叫住奥古斯塔,对她说我爱她,因为对她来说——这个可怜的傻瓜——这就足够了,但我却继续一边抽烟一边沉浸在自己的思绪里。

毫无疑问,我经历了几个不同的阶段。甚至有一刻我那一闪而过的良心败给了急不可耐的情绪:我期盼着第二天马上到来,那样我就可以跑去找卡拉了。这个愿望也可能是出于某种善意。说到底,最困难的是在孤身一人的情况下承担责任,然后再用这些责任约束自己。我本可以坦白一切来拉拢我的妻子,但这是无法想象的。那么我只能在卡拉的嘴唇上用最后一个吻发誓!卡拉是谁?我和她在一起,连敲诈都算不上是最大的危险!第二天她就会成为我的情人,谁知道这之后会发生什么事呢!我对她的了解全部来自科普勒那个白痴,就凭他提供的信息,像奥利维这样更谨慎的人甚至都不会考虑签下一份生意合同。

奥古斯塔在我家里里外外展现出的美丽而健康的活力全都被浪费了。我为了得到那求之不易的健康,采取了结婚这一激进的治疗措施,而它现在宣告失败了。我比任何时候病得都要厉害,还娶了个妻子,这简直害人害己。

后来当我真正成为卡拉的情人时,每次回忆起那个下午,我都想不明白自己当时为什么没能下定决心，在越陷越深之前停下来。我做出背叛行为之前就已经在为它痛哭流涕了，而人人似乎都相信这种背叛行为是可以轻易避免的。但是事后诸葛亮总是遭人耻笑，先见之明也一样，因为它没有用处。我在字典里大写字母"C（卡拉）"旁边用那天的日期记录了长达几个小时的焦虑，还写上了一句注释"最后的背叛"。但真正意义上的第一次背叛在第二天才发生，而它又导致了进一步的背叛。

时间已经很晚了，我不知道自己能做些什么，于是决定洗个澡。我感觉身上沾了脏东西，想把它洗干净。但泡进水里时我又想道："要把我洗刷干净，我得彻底溶解到水里才行。"于是我意兴阑珊地穿上衣服，甚至都没把自己完全擦干。

那一天已经过去了，我留在窗边，看着花园里树上新长出的叶子。我打了几个寒战，稍感宽慰地想到自己可能发烧。我并不想死，但希望能生一场病。我可以把这场病当作借口，做自己想做的事，或者说，它可以阻止我做自己想做的事。

奥古斯塔在犹豫了很长一段时间之后来找我了。我看到她那么温柔又心平气和的样子，身体抖得更厉害了，甚至牙齿都打起了战。她吓坏了，强迫我上床躺下。我依然冷到牙齿都在打战，但已经知道自己并没有发烧，并在奥古斯塔想去叫医生时阻止了她。我请求她把灯关掉，坐到我身边，不要说话。我不知道我们这样待了多久，最后我重新暖和了起来，也恢复了一些信心。但我的脑子还是很乱，奥古斯塔又一次提议叫医生，我对她说我知道自己为什么不舒服，以后会告诉她。我又想坦白了。我没有别的办法从这样沉重的压力中解脱出来。

我们就以这副样子又沉默地待了一会儿，然后我意识到奥古斯塔已经离开了她落座的扶手椅，正向我走来。我瑟瑟发抖：她可能已经全猜出来了。她握住我的手，摸了摸，然后轻轻把手放在了我头上，感觉着它有没有发烫，最后她对我说：

"你应该早就预料到他会来的呀！为什么还要大惊小怪的，还难受成这样？"

她说出这些让人摸不着头脑的话时发出了一声被抑制住的哽咽。我很吃惊。她指的明显不是我的冒险。我怎么可能预料到会发生这种事呢？我有些粗鲁地问她：

"你到底想说什么？我究竟应该预料到什么？"

她困惑地嘟囔道：

"圭多的父亲来参加阿达的婚礼啊……"

我终于明白了：她以为令我痛苦的是阿达那即将举办的婚礼。我感觉她真的冤枉我了：我没有犯下这样的罪行。我感到自己像新生儿一样纯洁无辜，低落的情绪也烟消云散了。我从床上跳了起来：

"你认为我是因为阿达的婚礼才这么难受吗？你疯了！自从结婚以来，我就再也没有想过她。我甚至不记得'卡达'先生今天会来！"

我满怀深情地把她抱在怀里，吻了她。我的语气十分诚恳，以至于她为自己的疑虑羞愧了起来。

她脸上的阴霾总算一扫而光，显出心地单纯的样子。我们两个很快就饥肠辘辘地去吃晚饭了。我们几个小时前在同一张桌子旁经历了那么痛苦的时刻，现在却像两个在度假的好朋友般坐在一起。

她提醒我说，我保证过告诉她自己为什么会不舒服。我假装自己生病了，这种病让我很难问心无愧地做自己喜欢的事情。我对她说，早上和那两位老先生待在一起时，我已经心灰意冷。后

221

来我又去眼科医生那里取眼镜,也许这个衰老的象征令我的心情更加沮丧。我在城里的街道上转了好几个小时。我还讲述了一些令我深受折磨的幻想,我记得某些幻想简直是在给我的坦白打草稿。虽然不知道这和想象中的疾病有什么联系,我也说起了我们那始终在循环的血液,它让我们保持直立,有能力思考和行动,因此也有能力犯错和悔过。她没明白我在说卡拉,但我却觉得我已经把一切都坦白了。

吃过晚餐后,我戴上眼镜,假装埋头读报,但那两片玻璃让我看不清东西。我的思绪更乱了,还有了一种飘飘欲仙的感觉,就像喝醉了酒一样。我得说,我一个字也没看进去。我继续扮演着病人的角色。

我几乎整夜未眠,满心期待着卡拉的怀抱。我渴望的就是她,那个头发茂密、辫子蓬乱的女孩,还有她的声音,在不被音符束缚时,那声音是多么富有乐感啊!她身上种种令我困扰的一切也令她变得如此诱人。我带着钢铁般的决心度过了那一夜。我在把卡拉变成情人之前要先对她敞开心扉,我要把我和奥古斯塔的关系原原本本地告诉她。我独自笑了起来:在试图征服一位女人时,嘴里说的却是对另一个女人的爱。这种做法几乎是前无古人后无来者。也许卡拉又会变成那副逆来顺受的样子!不过那又怎么样呢?就目前来说,我几乎可以肯定她对我是言听计从的,她无论做什么都不会使这个优点黯然失色。

第二天早上,我一边穿衣服,一边低声念叨着要对她说的话。卡拉在成为我的情人之前必须了解奥古斯塔的性格以及她的健康(我可以说很多话来解释我口中的健康是什么意思,这也许也会对卡拉有所教益)。奥古斯塔用健康赢得了我的尊重,也赢得了我的爱情。

喝咖啡时，我全神贯注地准备一番复杂的演讲，以至于出门前只轻轻吻了奥古斯塔一下，没做别的事情对她表示爱意。如果我只属于她一个人就好了！我去见卡拉正是为了重新燃起对她的激情。

一走进卡拉的工作室，我便无比欣慰地发现只有她一个人在，而且已经做好了准备，我一把将她拉到身边，热情地拥抱了她。然而她却用力地推开了我，吓了我一跳。这是何等粗暴的行为啊！她不愿意接受我，我张着嘴站在房间中央，因失望而痛苦万分。

但卡拉很快恢复了常态，她小声说：

"您没看到门还开着，正有人下楼吗？"

我假装自己是一个正经客人，直到那个扫兴的家伙经过。然后我们关上了门，我还把它锁上了，卡拉看到我这么做，脸色苍白了起来。如此一来，一切就清晰了。不久之后，她在我的怀里用气若游丝的声音说：

"你愿意吗？你真的愿意吗？"

她对我使用了"你"这个称呼，这是一个决定性的标志。我马上回答她：

"别的我什么都不想要！"

我已经忘了我本来是想先澄清一些事情的。

紧接着，鉴于我之前的疏忽，我本想马上对她说明我和奥古斯塔之间的关系。但那一刻我很难开口。那时和卡拉谈论别的话题就好像在贬低她献身的重要性。即使是最麻木的人也知道这么做是不对的，所有人都知道，这种献身行为的重要性在它发生之前和发生之后有着天壤之别。如果让一个第一次张开双臂的女人听到："首先，我得澄清一下昨天对你说过的话……"这将是对她极大的冒犯。昨天怎么啦？前一天发生的所有事情都不值一提，如果一位绅士无法对此感同身受，那对他来说就太糟糕了，他必须确保没有人会察觉到这一点。

毫无疑问，我正是那位无法对此感同身受的绅士，因为我在这番虚情假意里犯了个错误，而真诚的人永远不会犯这样的错误。我问她：

"你为什么会接受我呢？我怎么配得上这样的事情？"

我这到底是对她表示感激，还是责备她？也许我只是在为之后的解释作铺垫。

她有些惊讶地抬头看着我：

"我觉得是你占有了我。"她热情地微笑着，向我证明她并不是在责怪我。

我记得女人有从别人口中听到自己被占有了的需求。然后她意识到了自己的错误，只有物体才能被占有，而人与人之间需要相互协商。她低声说：

"我在等你！你就是那个要赶来拯救我的骑士。你已经结婚了，这当然不是件好事，不过，既然你不爱你的妻子，我至少知道我的幸福不会破坏其他任何人的幸福。"

我的侧腹突然传来一阵剧痛，以至于我不得不松开卡拉。所以，我并没有夸大我那些没过脑子的话的重要性？恰恰是我的谎言引导了卡拉委身于我？这下好了，如果现在我还想着谈论我有多爱奥古斯塔，卡拉就有权责备我是个给她下了套的骗子！此刻已经没办法再澄清或解释些什么了，但是稍后可能有机会把一切说清楚。我等待着那个机会出现，在这期间，我和卡拉的关系又有了新的进展。

在卡拉身边，我对奥古斯塔的所有激情都重新燃烧起来了。现在我只有一个愿望：冲到我真正的妻子身边，我想看她像勤劳的蚂蚁一样专注自己的工作,在飘着樟脑和卫生球味道的空气中储存我们的物品。

但我坚守着自己的义务,一个小插曲让这个义务变得无比沉重,它一开始让我心烦意乱,因为我觉得它是一个神秘莫测的威胁,等着我去处理。卡拉告诉我说前一天我走后没多久,声乐老师就来了,她直接把他赶了出去。

我无法隐藏自己的反感。这和把我们的私情告诉科普勒没什么两样。

"这件事科普勒会怎么说啊?"我喊了起来。

她哈哈大笑,主动躲进了我的怀里。

"我们不是说过,要把他也赶出去吗?"

她很可爱,但已经无法再征服我了,我也很快找到了一个适合自己的立场,即教育家的立场,因为它给了我一个发泄灵魂深处怒气的机会,而这怒气是由那个不允许我按照自己的心意谈论我妻子的女人引发的。"人在这个世界上需要工作,"我对她说,"因为,正如您应该已经知道的,这个世界很险恶,只有能干的人才能立足。万一我现在死了呢?您要怎么办?"我用一种完全不会冒犯到她的方式提出了我会离开的可能性,确实,她被我这番话触动了。然后我带着明显想贬低她的意图说:"在我妻子那里,只要我表达一个愿望,她就会马上满足。"

"好吧!"她无奈地说,"那我们就让老师回来吧!"然后她试图让我明白她有多讨厌那个老师。她每天都不得不忍受那个烦人的老家伙,他让她无休无止地重复着同样的练习,而这些练习对她毫无帮助。她记得只有在老师生病的时候,她才能过上几天好日子。她甚至希望他能死掉,但是她没有这么好的运气。

最后她在绝望中竟然变得暴躁起来。她一遍又一遍地抱怨自己交不到好运,程度越来越夸张:她真是太不幸了,不幸得无可救药。她之所以爱上我,是因为在她看来,我的行为、我的言语和我的眼神似乎能保障她过上一种不那么严格、不那么无聊、没有那么多义务的生活。她一想到这些就会哭。

就这样,我看到了她抽泣的样子,我感到心烦意乱。她哭得上气不接下气,那具单薄的身体甚至从头到脚颤抖了起来。我立刻感觉到自己的生活和钱包受到了重创。我问她:

"你是认为我妻子在这个世界上什么都不干吗?就在我俩说话这会儿,她的肺部正在被樟脑丸和卫生球熏染。"

卡拉抽抽搭搭地说:

"东西、家当、衣服……她多幸运啊!"

我生气地想她是不是希望我赶紧去把这些东西给她买来,就为了给她找些她喜欢干的活。感谢上帝,我没有表现出生气的样子。我的责任心在大喊道:"快去爱抚那个委身于你的女孩!"我听从了它的呼唤。我抚摸了她,我的手轻轻在她的头发上掠过。这样一来,她的抽泣声小了一些,眼泪如倾盆的暴雨般不受控制地流了下来。

"你是我的第一个情人,"她又开口说,"我希望你会继续爱我!"

她对我说我是她的第一个情人,这么说就好像为第二个情人留了位置,我没怎么被这种说法打动。这句表白说晚了,因为我们早在半个小时前就结束了这个话题,而且这是一个新的威胁。一个女人会相信她可以对自己的第一个情人行使所有的权利。我温柔地在她耳边低语道:

"你也是我的第一个情人……从我结婚时算起。"

我的甜言蜜语掩盖了我想要平衡两方的企图。

不久之后我就离开了她,因为我无论如何不想在吃午饭时迟到。临走前,我又一次从口袋里掏出了那封所谓的装满了善意的信封,因为它是被最美好的愿景创造出来的。

我觉得需要付这笔钱来让自己感到更多的自由。卡拉再次温柔地拒绝了我,我勃然大怒,但还能控制住这股怒火,不让它表现出来,虽说如此,我还是大喊大叫了一番,还说了许多非常温柔的话。我大喊大叫是为了不打她,但没人会意识到这一点。我得说,在把她据为己有时,我已经实现了最迫切的愿望,现在我想全方位支持她,让这种把她据为己有的感觉更加强烈。因此她必须小心不要惹我生气,因为那会让我痛苦万分。我想赶紧离开,便用三言两语概括了我的观点,因为我是喊出来的,所以它显得非常生硬:

"你是我的情人吗?所以养活你的任务落在了我身上。"

她被吓到了,不再继续推辞,接过了信封,同时焦虑地看着我,揣摩着我厌恶的吼叫和那些会让她梦想成真的甜言蜜语之间,究竟哪个才是真的。我在离开前轻轻吻了一下她的额头,她因此稍微平静了一些。我走到楼梯上时,心里浮现出一个疑问,现在她有了那些钱,也听到了我会对她的未来负责,万一科普勒下午来找她,她会不会也把他拒之门外?我本想回到楼上去劝说她不要做出这样有损我声誉的事情。但是已经没有时间了,我只得匆匆离开。

我担心读到这份手稿的医生会认为卡拉也是一个有趣的心理分析对象。他会觉得前脚刚把声乐老师送走,后脚就委身于人,这未免太快了。我也觉得卡拉期待我做出太多的让步来报答她的爱情。还要过很多月,我才能更彻底地了解这个女孩。也许她甘愿委身于我,是因为想摆脱科普勒那恐怖的监护,她应该既惊讶又难过地发现自己的献身行为完全是白费力气，因为我期望她做的止是那件令她倍感沉重的事，也就是唱歌。当听到自己要继续唱歌的消息时，她正依偎在我的怀里。一时间，她在愤怒和痛苦的刺激下开始口不择言。我们两个都说了很奇怪的话，原因却截然不同。她真心爱我时，会重新流露出因算计而失去的自然感。我在她面前从来没有感到过自然。

我匆匆离去的时候还在想着："如果她知道我有多爱我妻子，她的表现可能会完全不一样。"当她得知这件事的时候，她的表现确实不一样了。

我来到室外，呼吸着空气中的自由，并没有因为自己失去了它而感到痛苦。在第二天到来之前还有时间，我也许会想出办法解决那些威胁着我的困难。跑着回家时，我的怒气竟然也指向了社会秩序，仿佛我过去犯的所有错误都是因为它。我觉得它本应允许男人时不时（不是经常）做爱而不用担心后果，哪怕是和那些他根本不爱的女人。我心里没有一丁点儿罪恶感。因此我觉得罪恶感并不来源于犯下恶行之后的悔恨，而是来源于对自己犯罪倾向的认知。身体的上半部分弯下来审视下半部分，发现它形状畸异，由此产生了厌恶的情绪，这才叫罪恶感。在古代的悲剧中也是这样，受害者不会起死回生，而罪恶感却会消失。这意味着畸异的形状已经被纠正了过来，他人的悔恨已经无足轻重。我正带着满心的欢喜和爱意飞跑向我的合法妻子，在我身上，哪里还有罪恶感的位置呢？我已经有很长时间没感到自己这么纯洁了。

在吃午饭时，我没费任何力气就能在奥古斯塔面前表现得既愉快又热情。那天，我们之间没有任何不和谐的音符。一切都恰如其分：我的举止正是在面对一个真心实意，而且彻彻底底属于我的女人时应有的举止。只有两个女人在我内心深处交战时，我才会对她表现得过于热情，而这份过于浓烈的爱意也能让我更轻易地对奥古斯塔隐瞒事实，即我们之间会不时闪过另外一个女人的阴影。我也可以说，正因如此，在我不完全属于奥古斯塔，也不对她完全诚实时，她更喜欢我。

我很惊讶自己能如此平静，我觉得这是因为我最终设法让卡拉接受了那个装着好意的信封，这并不是说我们就两清了，我觉得自己是在开始用钱赎罪。不幸的是，在我和卡拉的关系里，金钱自始至终都是我最在意的事情。我一有机会就往书房一个隐秘的地方藏钱，以便做好准备应对那位令我十分忌惮的情人提出的任何要求。那笔钱就这样存了起来，当卡拉离我而去时，那笔她分文未动的资产被用来支付了完全不同的东西。

我们晚上要去我岳父家里参加一个只邀请了家庭成员的晚宴，它应该是替代了传统的婚前宴会。圭多想趁马尔芬蒂身体状况有所好转的时候赶紧结婚，所以把婚礼定在了两天后，他认为马尔芬蒂的这种状况不会持续很久。

当天下午，我和奥古斯塔早早地去了我岳父家。我在路上的时候提醒她，她前一天还在怀疑我会因为这场婚礼而闷闷不乐呢。她为有过这种念头感到羞愧，我于是滔滔不绝地讲起了自己是多么清白。我回到家的时候，甚至都不记得那天晚上有为准备婚礼而举办的庆祝活动！

尽管只邀请了家庭成员，马尔芬蒂夫妇还是希望能隆重地准备晚宴。奥古斯塔应他们的请求前来帮忙布置大厅和餐桌，阿尔贝塔对此毫不感兴趣。她不久前刚在一场独幕剧大赛中获了奖，现在正一门心思地准备改革全国的戏剧。于是我和奥古斯塔在一名女仆还有一个小伙子的帮助下围着那张桌子忙碌，小伙子名叫卢奇亚诺，是我岳父办公室里的职员，他处理家务事的本领丝毫不逊色于处理小公事务的本领。

我帮忙往桌子上放了一些花，把它们摆得整整齐齐。"你看，"我开玩笑似的对奥古斯塔说，"我也给他们的幸福出了一份力。哪怕他们请我去布置婚床，我也会用同样平静的态度去对待这个任务。"

过了一会儿，我们去看那对刚结束一次正式拜访的新人。他们俩待在客厅最隐蔽的一个角落，我觉得在我们过来之前，他们一直在接吻。新娘甚至还没有换掉她那身外出服，脸颊热得红扑扑的，十分可爱。

我相信那对新人为了彻底掩盖他们在接吻的这个事实，试图说服我们相信他们一直在讨论科学。这种行为太蠢了，甚至可能根本没有用处！他们是想让我们远离这种亲密时刻，还是觉得他们接的这些吻会让别人感到痛苦？但是这并没有破坏我的好心情。圭多告诉我阿达不相信他对黄蜂的说法：它们会一针麻痹其他更强大的昆虫，以便把这些活着的、新鲜却动弹不得的猎物保存起来，喂养它们的后代。我确信自己还记得自然界中确实存在着很多残暴的事物，但那个时候我不想让圭多称心如意。

"你觉得我是一只向你飞来的黄蜂吗？"我笑着和他说。

我们离开了新人，好让他们去做些更愉快的事情。然而，我却开始觉得下午的时光如此漫长，我想回家，在书房里等待晚餐开始。

我们在前厅遇到了刚从我岳父房间里出来的保利医生。他很年轻，却已经笼络了一大帮客户。他有一头耀眼的金发，皮肤白里透红，看起来就像个大男孩。虽然如此，他强健的身体上那一双眼睛却格外有神，让他显得严肃而庄重。眼镜令他的外表更加成熟，他的目光会黏在各种东西上面，就好像在抚摸它们。现在我跟他还有S医生——那个搞心理分析的——都很熟悉了，我认为他们俩的眼睛是那种刻意去刨根问底的眼睛，只不过在保利医生身上，这种眼神源于他那永远不知疲惫的好奇心。保利医生会十分精确地审视他的病人，但也会用同样的目光审视他们的妻子，甚至他们坐的椅子。天知道是他们俩之中的哪一个糟蹋了病人的身体！在我岳父生病期间，我经常去保利医生那里，劝说他不要让我的家人知道那威胁着他们的灾难马上就要发生了。我记得有一天，他久久地看着我，盯得我浑身不自在，然后他笑着和我说：

"您真的很爱您的妻子啊！"

他是个优秀的观察家，因为那时我的确很爱我的妻子，她父亲的病还有我日复一日的背叛让她吃了不少苦。

他对我们说我岳父的状态甚至比前一天还要好。现在他已经没什么好担心的了，因为季节十分宜人，他认为新婚夫妇可以放心地去旅行。"当然了，"他谨慎地补充道，"除非会有一些不可预见的并发症。"他的诊断成真了，我岳父确实患上了不可预见的并发症。

在和我们告别时，他想起来我们认识一个叫科普勒的家伙，他那天正好也去过他的床边参加会诊。他发现他的肾脏出现了某种瘫痪症状。他下了病危通知，但像往常一样，他给这种情况打了一个问号：

"如果他能看到明天早上的太阳，他的生命有可能会延长。"

奥古斯塔的眼里盈满了同情的泪水，她请求我马上去看看我的朋友。我犹豫了一会儿，然后欣然同意，因为我的心思突然被卡拉占据了。我对待那个可怜女孩的态度多生硬啊！科普勒这一死，她就要孤零零地留在那个楼梯间里，再也不会对我的声誉造成什么伤害，因为她和我的世界的每一丝联系都已经被斩断了。

但出于谨慎，我首先去了科普勒那里，我也得和奥古斯塔说我见到了他。我已经知道科普勒住在斯坦迪翁大街上的一间小公寓里，它虽然朴素，却十分舒适而体面。一个退休的老人把自己五个房间里的三个都租给了他。接待我的正是这位老人，他身材肥胖，气喘吁吁，双眼通红，经常不安地在一条昏暗而短小的楼道里来回走动。他告诉我主治医生不久前刚离开，走之前确诊了科普勒已经生命垂危。老人喘着气，把说话声压得很低，就好像担心会吵到那个濒死之人。我也放低了声音。这是一种我们人类会用来表示尊重的形式，虽然说我们并不能肯定当一个濒死之人走完生命的最后一程时，会不会想听到那些能让他回忆起生命的、清晰而洪亮的声音。

老人告诉我，有一位修女在照顾那个垂死的人。我满怀敬意地在那个房间的门前停了一会儿，那扇门后，可怜的科普勒正在用节奏十分精准的捯气声盘算着自己最后的时间。他那响亮的呼吸由两道声音组成：他在吸气时犹豫不决，呼气时却很急促。他急着去死吗？这两种声音之后是一段时间的停顿，我想，什么时候那段停顿的时间延长了，他什么时候也就应该已经开始自己的新生命了。

老人想让我进入那个房间，但是我并不想，已经有太多濒死之人面带责备地看着我了。

我没等那段停顿的时间变长就跑去找卡拉了。她工作室的门上了锁，我敲了敲，但没人回应。我不耐烦地踢了那扇门几脚，这时我身后的门被打开了，那里面传来了卡拉母亲的声音：

"是谁呀？"那位老妇人战战兢兢地探出身子，借着她厨房黄色的灯光认出了我。我发现她那在一头白发映衬下的脸庞突然涨得通红。卡拉不在家，于是老妇人便提议为我取来工作室的钥匙，在那里接待我，她认为那个房间是唯一能配得上接待我的地方。但我和她说不用麻烦了，然后走进她的厨房，直接在一把木椅子上坐了下来。炉灶里，一小堆炭火正在一口锅下燃烧着。我告诉她别因为我耽误了做晚饭。她让我放心，她在煮芸豆，这种豆子怎么煮都不会熟过头。这个家里饭菜的寒酸程度让我的态度缓和了下来，也平息了我因为没能立刻见到我的情人而产生的怒火，毕竟她们购买食物的钱现在都要我一个人来出了。

虽然我多次邀请老妇人坐下，她还是一直站着。我直截了当地告诉她我来是要通知她女儿一个非常糟糕的消息：科普勒快死了。

老妇人无力地垂下了双臂，她突然觉得自己需要坐下。

"我的上帝啊！"她嘟囔道，"现在我们要怎么办呢？"

然后她想起科普勒遭遇的事比她遭遇的事更严重，又补充了一句悼词：

"可怜的先生啊！那么好的人！"

她已经泪流满面了。她明显不知道如果这个可怜的人不及时去世，他就会被从这个家里赶出去。这也让我放了心，我身边有着多少绝对意义上的谨慎啊！

我想安慰她，便对她说，无论科普勒迄今为止为她们做过什么，我都会接着做。她反驳说她不是在为自己哭泣，因为她知道她们身边有许多好人，她是在为她们那位大恩人的命运哭泣。

她想知道他死于哪种疾病。我在告诉她这场灾难的一些先兆迹象时，想起了之前我和科普勒那场关于疼痛用处的辩论。这不，他的牙神经受了刺激，开始呼救，因为在离它们一米远的地方，肾脏已经停止工作了。我完全不在乎我这位朋友的命运。我不久前刚听过他的喘气声,现在还玩味着他的想法。如果他还能听到我的声音,我会告诉他,就像在那些幻想自己生了病的人身上发生的一样,神经可以完全理所应当地因为几公里之外发作的疾病而疼起来。

我和老妇人之间几乎没什么可说的了。我同意去卡拉的工作室等她。我拿过加西亚的书,试着读了几页,但我对歌唱艺术并不怎么感兴趣。

老妇人又来找我。她因为没看到卡拉回来而感到不安。她告诉我说卡拉去买盘子了,她们急需这些盘子。

我的耐心快要耗尽了。我生气地问她:

"你们打碎了盘子?就不能更小心一点儿吗?"

我就这样摆脱了那位老妇人,她一边离开一边嘟囔道:

"只打碎了两个……是我打碎的……"

她这番话把我逗乐了,因为我知道家里所有的盘子都被打碎了,而且不是老妇人打碎的,是卡拉本人打碎的。我还知道卡拉对待她母亲的态度根本算不上温柔,因此她非常害怕把她女儿的事讲给她的保护人听。好像有一次,她无意中告诉科普勒,卡拉有多讨厌那些声乐课。科普勒对卡拉发了很大一通火,卡拉则把这一切怪罪到了母亲头上。

我就在这种状态下终于等来了我那可爱的情人。我狂热而愤怒地和她亲热了一番。她受宠若惊,结结巴巴地说:

"我甚至怀疑过你的爱呢!我一整天都想着自杀,因为我把自己交给了一个马上就和我翻脸的男人!"

我和她解释说:"我经常会被剧烈的头痛折磨,当我陷入那种状态时,如果不能勇敢地忍下来,我就会马上跑回奥古斯塔身边。只要重新谈起那些痛苦,我就能抑制住它们。"我说着说着,重新夺回了控制权。最后我们一起为可怜的科普勒哭了起来,是真的一起哭了起来!

说到底,卡拉并非不在乎她的恩人的结局。谈到这件事的时候,她的脸上褪去了血色:

"我知道自己是什么样子!"她说,"我会在很长一段时间里都害怕一个人待着了。他活着的时候就已经让我很害怕了!"

她第一次有些羞怯地提出要我和她一起过夜。这种事我想都不敢想,我甚至无法在那个房间里多待半小时。但是我依然小心地避免向这个可怜的女孩揭露我的灵魂,我是它的第一个受害者,我提出了反对意见,告诉她这是不可能的,因为她的母亲也在家里。她带着真正的轻蔑撇了撇嘴:

"我们本来可以把床搬到这里来,妈妈是不敢来偷看我的。"

于是我告诉她,我的家人在等着我去参加婚宴,但是随后我觉得有必要和她讲清楚,我永远不可能和她过夜。我不久前才发誓善待卡拉,所以那时我设法让自己说话时始终表现得热情,但我觉得如果我再和她建立任何别的联系,或者仅仅让她怀有希望,那就等同于再一次背叛了奥古斯塔。我不想做出这样的事。

那一刻我感觉到了我和卡拉之间最强烈的联系:我发下的要好好爱她的誓言,还有我在解释我和奥古斯塔的关系时撒的谎,这些谎言需要随着时间慢慢淡去,直至不复存在。因此,我在那天晚上开始了这项工作。当然,我始终保持着适度的谨慎,因为我的谎言造成的后果还记忆犹新。我和她说我对我的妻子有很强的责任感,她是一个值得尊敬的女人,配得上更好的爱情。我无论如何都不希望她知道我是怎么背叛她的。

卡拉抱住了我:

"因为这样我才爱你,你既善良又温柔,我第一次和你见面的时候就立刻感受到了。我绝对不会去伤害那个可怜的女人。"

我不喜欢她把奥古斯塔称作可怜的女人，但我很感激她有这样温和的性格。她不讨厌我的妻子，这是一件好事。我想表达我的感激之情，便四下环顾，想找一个可以表达爱意的事物。最后我找到了。我也送了她一间专属的"洗衣房"——我允许她再也不去见那位声乐老师。

卡拉突然变得热情似火，这让我不胜其烦，但我勇敢地忍受了下来。然后她告诉我她永远不会放弃唱歌。她每天都在唱歌，不过是按照自己的方式，她甚至想让我马上听她唱一曲。但我根本不感兴趣，相当失礼地跑掉了。因此我觉得她那天晚上应该也想过要自杀，但我从来没给过她时间告诉我这件事。

我回家时又去了一趟科普勒那里，因为我需要给奥古斯塔带去病人的最新消息，让她相信这几个小时我一直和他在一起。科普勒大概两个小时前就去世了，就在我刚离开不久。那位仍然在用他的脚步丈量着那条小走廊的退休老头陪我一起走进了停尸房。死者已经穿好了衣服，躺在光秃秃的床垫上。他的双手握着一个十字架。退休老头低声对我说，一切程序都已经办妥了，死者的一个侄女会过来，在尸体旁守灵一整夜。

就这样，我知道了我那可怜的朋友已经得到了他还用得上的一点点东西。我本来可以离开，但我还是多留了几分钟，想好好看看他。我真希望自己能为这个可怜的人留下一滴真心哀悼的眼泪。他和疾病作了那么久的斗争，甚至试图与它妥协。"真是痛苦啊！"我说道。这种有很多药可医治的疾病残忍地夺去了他的性命，仿佛在嘲弄他。但我的眼泪并没有流下来。科普勒那消瘦的面庞从未像在它因死亡而僵硬时那般坚毅。他的脸看上去就像是在彩色的大理石上用凿子雕出来的一样，没有人会预见到它马上就要开始腐烂了。话虽如此，那张脸上却显示出了一种真正的生命迹象：它可能在满心鄙夷地对我——这个幻想自己生了病的人——表示不赞成的态度，他这种态度也可能是冲着卡拉来的，因为她不愿意唱歌。有那么一瞬间我被吓到了，以为死者又开始捯着气呼吸。当我意识到我不过是把那个退休老头因为情绪激动而加剧的喘息当成了捯气声时，我又恢复了批评家特有的冷静。

这个退休老头随后陪我走到了门口，请求我说，如果我认识的人里有谁需要这样的公寓，麻烦帮他推荐一下：

"您看，我即使在这种情况下也能尽到我的责任，而且我做得还要更多，比我职责范围内要多得多！"

他第一次提高了声音，他的语气里回响着愤怒，这愤怒的对象毫无疑问是可怜的科普勒，因为他没有提前通知就把公寓空出来了。我匆忙离去，同时向他承诺了一切他要求的事情。

我到岳父家的时候，所有人刚坐下来开始吃饭。他们问我有没有什么新闻，我为了不破坏宴会的愉快气氛，便说科普勒还活着，所以还有点儿希望。

我认为这个聚会很沉闷。也许这是我自己产生的印象，因为我看到我的岳父只能就着一杯牛奶喝一小碗汤，而他周围的人都对着更美味的食物大快朵颐。他的空闲时间很多，他就用这些时间看别人吃东西。当他看到弗朗西斯科先生对着开胃菜大吃大喝时，嘟囔着说：

"想想看，他比我还大两岁呢！"

然后，在弗朗西斯科先生喝下第三杯白葡萄酒时，他小声抱怨道：

"这是第三杯了！真希望他能把胆汁也吐出来！"如果我不

是也在那张桌子上又吃又喝,并且知道同样的诅咒也会降临在我喝下去的酒上,这个愿望本来不会被我放在心上。所以我开始偷偷摸摸地又吃又喝。我趁岳父把他那巨大的鼻子埋在牛奶杯里,或者回答某句话的时候囫囵吞下大口大口的食物,喝下大杯大杯的酒。阿尔贝塔为了逗大家笑,警告奥古斯塔说我喝得太多了。我的妻子举起食指,开玩笑似的威胁我。这本来是个无伤大雅的行为,却让情况急转直下,因为这样一来,我偷偷摸摸地吃东西就没有意义了。我的岳父此前都快把我忘了,这会儿却从他的眼镜上方十分厌恶地看着我。他说:

"我从来没暴饮暴食过。暴饮暴食的都算不上男人,只能算……"他重复了很多遍那最后一个怎么也称不上是恭维的词。

那个含有侮辱意义的词在酒精的作用下引起了哄堂大笑,也在我心中激起了毫无理智可言的复仇愿望。我攻击了我岳父最薄弱的地方:他的病。我大喊着说:"真正算不上男人的并不是那些不会暴饮暴食的人,而是那些医生怎么说就怎么来的人。"如果我是他的话,我会自行其是。在我女儿的婚礼上,若非出于善意,我一定不会阻止别人大吃大喝。

马尔芬蒂生气地评论道:

"我倒想看看等你沦落到我的境地时会怎么样!"

"我这番境地还不够你看的吗?你觉得我戒得了烟吗?"

这是我第一次能够夸耀自己的弱点,为了让我描绘的景象变成现实,我当即就点了一支烟。所有人笑了起来,告诉弗朗西斯科先生我的生命里充斥着最后一支烟。但这支烟并不是最后一支,我感觉自己很强大,充满了斗志。然而当我把酒倒进马尔芬蒂那只大水杯里的时候,我迅速失去了其他人的支持。他们害怕马尔芬蒂会真的把酒喝下去,大喊着阻止他,直到马尔芬蒂夫人不得不抓起那个杯子,把它拿走。

"你真的想杀了我吗?"马尔芬蒂温和地问道,好奇地打量着我,"你这酒啊,可真是差劲!"他没做出任何举动去享受我给他的那杯酒。

我垂头丧气,感觉自己被打败了。我差点儿扑倒在我岳父脚下请求他原谅。但我觉得这也是酒精上头的作用,便驱散了这个想法。向他道歉就等于承认了我的错误,与此同时,宴会还在继续,它会持续很长时间,来给我机会弥补之前那个效果奇差的玩笑。在这个世界上,无论做什么都有的是时间。并不是每个喝醉的人都会立刻听凭酒精的摆布。当我喝得太多时,我会像神志清醒时一样分析自己的种种冲动,这两种状态可能会得出同样的结论。我继续观察自己,想弄清楚我怎么会产生这种伤害我岳父的恶念。我觉得我累了,累得想死。如果大家知道我那一天是怎么过的,他们也许会原谅我。我整整两次先是占有了一个女人,又抛弃了她,而且我还两次回到自己妻子身边,又两次背叛了她。幸运的是,因为科普勒也和这两个女人有些关系,我脑海中浮现出了那具没能让我流泪的尸体,因两个女人而起的思绪也烟消云散了。如果不是这样,我最终一定会提起卡拉。就算没有在酒精的影响下变得直爽,我不也总有坦白一切的念头吗?我最后说起了科普勒。我想让所有人知道我在那一天失去了一个十分要好的朋友。他们应该会原谅我的行为。

我大喊道科普勒已经死了,真的死了。我之前一直没说,是不想让大家伤心。看!快看!我终于感到泪水涌出了眼眶,我不得不看向别处来遮掩它们。

所有人都笑了,他们都不相信我,就在那时,我那股固执的劲头涌了上来,而这正是酒精最明显的特性。我描述着死者的样子：

"他就像是米开朗琪罗雕刻出来的，那么僵硬，就像是最坚不可摧的石头。"

餐桌上陷入了沉默，圭多打破了这片寂静，他惊叹道：

"那现在您再也不觉得有必要不让我们难过了吗？"

这是一条中肯的评论。我违背了自己的初衷！难道没有什么话能补救了吗？我呵呵笑了起来：

"骗到你们了！他活着，身体也变好了。"

所有人都盯着我，想搞清楚我究竟在做什么。

"他身体变好了，"我严肃地补充道，"他认出了我，甚至还冲我笑了笑。"

所有人都相信了我的话，但所有人都生气了。马尔芬蒂叫嚣着说，如果不是担心剧烈的动作会伤到自己，他早就扔来一个盘子砸我的头了。我编造的消息破坏了晚宴，这着实不可原谅。如果这条消息是真的，我就没什么过错可言了。我是不是最好再告诉他们一遍真相？科普勒已经死了，我一有机会独处，就把憋回去的眼泪哭了出来，真心实意，汹涌澎湃。我想说点儿什么，但是马尔芬蒂夫人用她那副贵妇人的派头打断了我：

"我们先别管那个生了病的可怜人了。明天再想这事吧！"

我立刻服从了她的指令，甚至连我的思绪都彻底从死者身上断开了："再见！等着我！我过一小会儿就回来找你！"

祝酒的时候到了。马尔芬蒂得到了医生的允许，可以在那时喝一杯香槟。他虎视眈眈地监督着别人给他倒酒，并且拒绝在酒杯还没倒满之前把它举到唇边。他对阿达和圭多送出了严肃而朴实的祝愿，然后慢慢把杯中的酒喝光，一滴也没落下。他恶狠狠地盯着我说，最后一口酒敬给我的健康。我知道这个祝愿来意不善，为了不让它成真，我的双手在桌布底下比了一个驱邪的手势①。

那晚余下的记忆有些混乱。我知道在奥古斯塔的带头作用下，不久后那张桌子上就全是对我的溢美之词了，他们把我称为模范丈夫。我的一切行为都得到了原谅，甚至我的岳父也对我和善了一些。不过他还说希望阿达的丈夫能表现得和我一样好，但同时也要成为一个更优秀的商人，尤其要成为一个……他寻找着合适的词。他没找到，也没人去追问。甚至弗朗西斯科先生也没有提出异议，虽然他那天早上才第一次见到我，对我几乎不怎么了解。就我自己而言，我并没有感到被冒犯。一旦感觉到自己要修补一个弥天大错，人的心灵会变得多温和啊！我满怀感激地接受了所有粗鲁的言行，只要它们的出发点是我配不上的爱就行。在我那被疲倦和酒精搅得一团糟的脑子里，我万分平和地爱抚着自己那没有因为通奸而黯然失色的好丈夫形象。必须变得很好，非常非常好，其他的都不重要。我向奥古斯塔送了一个飞吻，她带着感激的微笑接受了。

然后，那张桌子上有某个人想拿我醉醺醺的样子寻开心，逼着我说一段祝酒词。我最终接受了这个提议，因为那个时候我觉得能在众目睽睽之下说出一些美好的祝愿会产生决定性的影响。我当时并不是怀疑自己，因为我感觉自己正是旁人描述的样子，但是如果我能在那么多人面前表达自己的祝愿，我还会变得更好，因为他们或多或少都会赞同我。

就这样，我在祝酒词中只谈到了我和奥古斯塔。那天，我第二次讲起了自己的婚姻故事。我在卡拉面前歪曲了事实，没有提

---

① 比出这个手势时，人需要伸出一只手的食指和小拇指，弯折大拇指、中指和无名指，指尖朝向地面。如果指尖朝上则有侮辱的意味。

到我有多爱我妻子,现在我故技重施,不过把它歪曲成了另一种样子,因为我略过了我婚姻故事里两个重要的人物,即阿达和阿尔贝塔。我讲到那夺去了我很多幸福时光的犹豫不决的心态,为此我吃了不少苦头。然后,我秉承着骑士精神,把它归咎于奥古斯塔那踌躇不前的态度,但是她大笑着否认了。

我有些艰难地重新拾起了话题,我讲到我们最终去度了蜜月,还讲到了我们怎样在意大利所有的博物馆里做爱。我几乎全身心沉浸在谎言里,甚至把这个完全没有必要的细节也添加了进去。人们还说酒后吐真言呢!

奥古斯塔第二次打断了我,把每件事情都还原成它们本来的样子,她讲到我们不得不避开博物馆,因为我会给那些伟大的作品造成危险。她没有意识到这样一来,自己揭穿的可不仅仅是那一个特定的谎言!如果那张桌子上有一个观察家,他很快就会发现我所描述的爱情究竟是什么样子,因为在那种环境里不可能萌生爱情。

我继续进行着那段冗长而枯燥的讲话,我讲到我们回了家,做了这样那样的事,让它变得越来越像样子。我们甚至盖了一间洗衣房。

奥古斯塔又一次笑着打断了我:

"这不是为我们举办的宴会,而是为阿达和圭多举办的!谈谈他们吧!"

所有人都闹哄哄地赞同了她的话。我也笑了起来,意识到宴会的气氛因为我变得十分欢快和喧闹,这才是这种场合该有的样子。但我不知道自己要说什么。我感觉自己已经说了好几个小时了。我一杯接一杯地灌了许多酒。

"这杯敬阿达!"我站起来看了看她是不是在桌子底下比出

了驱邪的手势。

"这杯敬圭多!"我把杯中的酒一饮而尽,然后补充道,"真心的!"我忘了我在喝第一杯酒的时候并没加这么一句。"这杯敬你们的第一个孩子!"

如果没有人拦着,我还会为他们的孩子喝下许多杯酒。我会为了那些天真无邪的可怜虫喝光桌子上所有的酒。

然后一切都变得更模糊了。我只能清晰地回忆起一件事:我最担心的是自己会流露出醉态。我尽量挺直身板,也不怎么说话了。我不信任自己,感觉有必要在开口前斟酌一番。与此同时,大家的谈话还在继续,我没有参与,因为他们不会给我时间理清思绪。我想自己开始一个话题,便向我的岳父说:

"你听说了没有?埃克斯特里厄股价下跌了两个点。"

我说了一个和我完全没关系的事,是我从股市里听来的消息。我只想谈谈生意,一个醉鬼一般不会想起来的正经事。我感觉我的岳父对这件事有了些兴趣,他说我是个乌鸦嘴。他的想法我一个也猜不中。

然后我的注意力转向了我的邻座阿尔贝塔。我们谈到了爱情,她对理论上的爱情很感兴趣,而我则对实际的爱情完全不感兴趣。所以这是一个有趣的话题。她问我对此有什么看法,我立刻引用了我从当天经历中得到的一个明显结论。一个女人的价值波动要胜过任何一只股票。阿尔贝塔没听懂我的意思,以为我说的是一件众所周知的事,即不同年龄段的女性有着截然不同的价值。我解释得更清楚了一些:一个女人的价值在上午的某个时间可能会非常高,到了中午就会变得一文不值,下午可能是上午的两倍,而晚上则可能变成负数。我解释了负数是什么意思:当女人的价值变成负数时,男人就会开始计算他能出得起多少钱让她离开他,越远越好。

然而这个可怜的剧作家看不出我的发现有多么正确,我在脑子里过了一遍卡拉和奥古斯塔在那一天的价值波动,更加确信了我的观点。就在我想解释得更清楚一点儿时,酒精发挥了作用,我完全偏离了主题:

"您看,"我对她说,"比如说您现在的价值是 X,如果您允许我用我的脚压一压您的小脚,您的价值至少会翻上一番。"

我马上把我说的话付诸实践。她的脸涨得通红,把脚抽了回去,她试图显得风趣一些,说道:

"但这已经不是理论了,是实践。我要去向奥古斯塔告状。"

我必须承认,我也觉得那只小脚和枯燥的理论完全没有关系,但我还是摆出一副全世界最纯洁的样子,大叫着抗议道:

"这就是纯粹的理论,纯粹得不得了,真可惜它在您看来是另外一副样子。"

酒精引发的胡思乱想可真是要命。

我和阿尔贝塔在很长时间里都没能忘记我曾经触碰过她身体的一部分,还告诉她我这么做是为了享受。言语能解释行为,反之亦然。她在结婚之前会对我微笑,脸上浮现出红晕,但后来让她脸红的就是对我的愤怒了。女人就是这个样子。每当新的一天来临,她们就会以新的方式来诠释自己的过去。她们的生活应该不会很单调。就我而言,我对那个行为的解释从来没变过:偷尝一口味道浓烈的小东西。如果说我在某个时期一直提醒她我做过那样的事,后来又情愿付出一定代价来把它完全忘掉,那全是阿尔贝塔的错。

我还记得在离开那个家之前发生的另一件事,它的性质要严重得多。有那么一会儿,我和阿达单独待在一起。我的岳父已经早早睡下，其他人都在和弗朗西斯科先生道别，他要在圭多的陪同下回酒店。我久久地凝视着阿达，她穿着一件洁白的蕾丝长裙，肩膀和手臂露在外面。我沉默了很久，虽然我感到自己有必要对她说点儿什么，但在斟词酌句一番后，我还是把跑到嘴边的所有话都压了下去。我记得我甚至考虑过是否可以对她说："很高兴你终于要嫁人了，还是嫁给我的好朋友圭多。我们之间的一切马上就要结束了。"我想说的是一句谎言，因为所有人都知道我们之间的一切早在几个月之前就结束了，但我觉得那句谎言也算得上漂亮的恭维话，一个穿成这样的女人肯定想让别人恭维她，也会因为听到这种话而开心。但是我思前想后，最后还是什么都没说。我能抑制住开口的冲动，是因为我在那片酒精的海洋里畅游时，找到了一块能让我幸免于难的木板。我觉得我不应该为了取悦对我没有好感的阿达，而冒险失去奥古斯塔的爱情。但这一瞬间的迟疑扰乱了我的心神，然后在努力把那些话赶出脑海时，我给了阿达一个特别的眼神，她因此起身离开了。在离开前，她回过头，警惕而惊恐地看了我一眼，仿佛已经准备好随时夺门而出。

人会像记住一句话那样记住一个眼神，也许对眼神的记忆还会更深刻，它比说出的话更重要，因为你翻遍词典也找不出哪个字能把女人剥得精光。我现在知道我当时的眼神歪曲了我想说出口的话，让它变得十分简单粗暴。在阿达看来，我的眼神想要穿透她的衣裙，甚至想要穿透她的皮肤。它无疑传达出了一个意思："你这会儿想和我上床吗？"酒真是太危险了，尤其是因为它不会让真相浮出水面。甚至可以说，它揭露的根本不是真相，也不是一个人当下的心愿，反而是已经被他遗忘的往事；它会把人近期琢磨过又抛诸脑后的小心思暴露在光天化日之下；它会忽略我们删减掉的东西，读出我们内心尚可感知到的一切。众所周知，没有任何办法可以像从汇票上划去一笔错误的数字那样彻底删除一段记忆。我们所有的经历都是可供阅读的，而酒精则会把它们大声喊出来，完全不管这会给我们的生活带来怎样的变故。

我和奥古斯塔乘车回家。黑暗中，我感到自己有义务亲吻和拥抱我的妻子，因为这是我在类似场合下的习惯，我担心如果自己什么也不做的话，奥古斯塔会怀疑我们之间的某些事已经发生了变化。我们之间什么也没变：酒精喊出的内容里也包括这个！她嫁给了泽诺·科西尼，他依然在她身边，和从前一模一样。就算那天我占有了其他女人又有什么关系呢？酒精为了让我更加快乐，还增加了她们的数量，只是我记不清被自己占有的究竟是阿达还是阿尔贝塔。

我记得在快要睡着的时候，眼前再次闪过躺在灵床上的科普勒那张大理石般的面孔。他似乎在要求公道，也就是我曾经向他承诺过的眼泪。即使在那会儿我也没有哭出来，因为我的意识已经在睡眠的怀抱里渐渐消散了。不过在睡着前，我向那个鬼魂道了歉："再等一等，我马上就会去你身边！"我再也没去找过他，我甚至没去参加他的葬礼。家里有那么多事要忙，我在家门之外也有事要处理，根本没时间留给他。我们有时会提起他，但只是为了取乐，因为我喝下的酒一次又一次宣判了他的死亡，然后又让他死而复生。他的名字在我们家里甚至变成了一句笑谈，那时报纸经常会刊登某个人的讣告，然后又说他其实没死，每次读到这种消息时，我们都会说："就像可怜的科普勒一样。"

第二天早上起床时我头有点儿疼。我侧腹的疼痛也让我有些心烦意乱，可能是因为我在酒精的作用下没有感觉到它，现在突然有些不适应了。但总的来说我并不伤心。奥古斯塔帮我恢复了平静，她说幸亏我去参加了那个晚宴，因为在我到场之前，她感觉气氛冷冷清清的，仿佛一场葬礼。这就是说，我用不着为我的行为感到愧疚。然后我感到自己只在一件事上没有得到原谅：我给阿达的那个眼神！

那天下午我见到阿达时，她忐忑地向我伸出手，我内心的焦虑也因此加剧了。不过她也许是因为自己当时匆匆离去而感到良心不安，毕竟这种行为完全算不上礼貌。但是我的眼神也很粗鲁。我清清楚楚地记得我的眼睛是怎样转动的，也能理解为什么被它刺伤的人会无法忘记它。我得以一个哥哥的身份做件得体的事来弥补我的错误。

人们说，要是一个人因为喝得太多而感到难受，最好的治疗办法就是再喝上一点儿。那天早上我去找卡拉，想从她身上恢复活力。我去找她时恰恰怀揣着让生活变得更刺激一些的愿望，而这种愿望会把人带回酒精的怀抱，但在走去她家的时候，我却希望她能给我的生活带来一种与前一天完全不同的刺激感。我有一些不怎么清晰，但十分诚实的打算。我知道自己不能马上抛弃她，但我可以开始一点一点地实施这个颇具道德感的行为。与此同时，我会继续和她谈论我的妻子。她总有一天会在毫不意外的情况下知道我有多爱我的妻子。为了预防偶发事件，我在上衣口袋里放了另外一个装着钱的信封。

我到了卡拉那里，一刻钟之后，她说了句责备我的话，这句话太正确了，以至于它在我的耳边回响了很长一段时间："你在爱情中多粗鲁啊！"我那时真没觉得自己粗鲁。我刚开始和她谈起我的妻子，我对奥古斯塔的赞美在卡拉听来就像是对她的责备。

令我受伤的正是卡拉。为了消磨时间，我告诉她那场宴会让我烦得要命，尤其是在我说了完全不合时宜的祝酒词之后。卡拉对此评论道：

"如果你爱你的妻子,你就不会在她父亲的餐桌上说错祝酒词。"

她还亲了我一下,算是奖励我对我妻子只有一点点爱意。

与此同时,那种让我来找卡拉、让生活变得更刺激一些的愿望也在拽着我马上回到奥古斯塔身边,她是唯一一个能与我讨论我有多爱她的人。我已经喝了太多用来治疗的酒,现在我想喝的已经完全是另一种酒了。但那天我与卡拉之间的关系应该变得更温和,她应该佩戴上用同情编织而成的花环,这是那位可怜的女孩应得的,正如我后来所了解到的一样。她有好几次提出要唱支小曲儿给我听,希望我能点评。但我完全不感兴趣,甚至不在乎这个行为有多么纯真。我对她说,既然她拒绝学习,那么唱歌就没什么意义了。

我的话着实很过分,她也很难过。她在我身边坐下,为了不让我看到她的眼泪,她静静地凝视着交叉放在膝盖上的双手。她又一次说出了她的责备:

"如果你对我都这么粗鲁,那你会怎样对待你不爱的人啊!"

我这个善良的恶魔被她的眼泪打动了,便请求卡拉在这个狭小的环境里用她那大嗓门撕破我的耳膜。她现在却推辞起来了,我甚至不得不威胁说如果我的愿望得不到满足,我会马上起身走人。我得承认,有么一刻我甚至觉得自己找到了一个至少能让我暂时重获自由的借口,但在我的威胁下,我那卑微的仆人低着头坐回到了钢琴前。她沉思了一下,然后用手擦了擦脸,仿佛要驱散所有的阴霾。令我惊讶的是,她真的打起了精神,当她把手放下来时,她脸上的痛苦已经消失得无影无踪了。卡拉唱起了她的小曲儿,她在娓娓道来,并没有大喊大叫。她后来和我说,是她的老师逼着她大喊大叫的,现在,就像她告别了声乐老师那样，她也和这种演唱方式说再见了。那首的里雅斯特小曲儿是这么唱的：

> 我真的尝了禁果，
> 有何不可？
> 难道十六岁的我，
> 就该傻站着，
> 像只呆鹅……

那是一支半叙事半自白的小曲儿。卡拉的眼睛里闪着狡黠的光芒，甚至比歌词还要不加掩饰。我不用再担心自己的耳膜会受到伤害了。我又惊又喜地走近她，坐到她身边，她那时唱着的小曲儿正是给我听的，她半闭着眼睛，用最轻盈、最纯洁的音符告诉我，十六岁的年华需要的是自由和爱情。

我第一次好好看了看卡拉那张小脸：它呈现出纯粹的椭圆形，一双弯弯的眼睛十分深邃，颧骨很薄，雪白的肤色把脸型衬得更加完美。这会儿她把脸转向了我，灯光驱散了任何一丝可能遮蔽它的阴影，她近乎透明的肌肤上那些柔美的线条巧妙地隐藏了静脉和在其中流淌的血液，不过这也许是因为它们过于纤细而不会显露出来。她脸上的一切都在索取着爱和保护。

现在我已经准备好无条件地给她提供很多爱和保护，哪怕是在我迫不及待想回到奥古斯塔身边的时候，因为在那时她想要的不过是父亲般的爱，我可以给她而不用背叛任何人。这是多么大的满足啊！我和卡拉待在一起，满足她那张椭圆形的小脸呈现的需求，同时又不用疏远奥古斯塔！我对卡拉的感情变得更温柔了。从那时起，我再也不用离开她才能感到自己的诚实和清白，相反，我可以留在她身边，只需换一个话题就行了。

我到底应该把这种新的柔情归功于她那张椭圆形的小脸，还是归功于她在音乐上的才华？谁也不能否定她的才华！那首奇怪的的里雅斯特小曲儿在最后一节中唱道，那个年轻的女孩如今已经年迈力衰，除了死亡带来的解脱外，她再也不想要别的自由。卡拉依然让这悲惨的歌词染上了狡黠和欢快的情绪。然而她是在用洋溢的青春假装老迈，以便在那个新的立场上更彻底地宣称自己的权利。

她唱完这支小曲儿时，发现我已经佩服得五体投地，她也是第一次在爱我之余真正喜欢上了我。她知道比起声乐老师教她的那首歌，我更喜欢这支小曲儿。

"可惜的是，"她难过地补充道，"如果不去咖啡馆卖唱的话，我就没办法靠这个谋生。"

我很轻易地让她相信情况并非如此，这世界上有很多伟大的女艺术家唱的正是这种娓娓道来的民间小调，而不是什么纯粹的歌曲。

她让我列出几个名字，她很高兴能了解到她的艺术会变得有多重要。

"我就知道，"她天真地补充道，"这首歌可比另外那首只用扯着嗓子喊的歌难唱多了。"

我笑了笑，没和她争辩。她的艺术确实很难，她知道这一点，是因为她只了解这一种艺术形式。她花了很长时间去钻研那支小曲儿，一个词一个词，一个音符一个音符地修改调性。现在她正在学习另一首，但还要几个星期才能掌握。她不想在这之前唱给别人听。

那个曾经只有粗暴场景的房间如今却迎来了愉快的时刻。卡拉就这样开始了她的职业生涯，而这种职业生涯可能最终会让我摆脱她。这和科普勒当时为她打造的道路很相似！我提议为她找一个声乐老师。她一开始被我的话吓到了，但随后我解释她可以先尝试一下，如果她觉得对方很无聊或者没什么用的话，可以随时让他走人，她很轻易地被我说服了。

那天我和奥古斯塔之间也十分融洽。我的心态很平静，仿佛我回家前只是去散了步，而不是去见了卡拉，或者说，我的心态就像可怜的科普勒在他没找到理由生气的日子里离开卡拉家时一样。我享受着这种心情，仿佛找到了一片绿洲。如果我和卡拉的这段长期关系一直都那么紧张，那对我和我的健康来说都是贻害无穷的。从那天开始，就像美学中对美的定义一样，事态的进展变得更加平静了，其间也会发生一些轻微的意外，但它们又会恰如其分地重新激起我对卡拉和对奥古斯塔的爱。虽然我每次去看卡拉就意味着对奥古斯塔的背叛，但一切很快就在健康和充满善意的氛围中被遗忘了，而且这些善意不像过去我准备告诉卡拉我再也不会去见她时那样残忍且充满火药味。我表现得像一个温柔的父亲，就这样，我重新考虑起了她的职业生涯。日复一日地抛弃一个女人，又在第二天去追求她，这种生活方式带来的麻烦是我那可怜的心脏无法承受的。然而这样一来，卡拉就始终在我的掌控之中了，我可以时而引导她走一条路，时而引导她走另一条路。

在很长一段时间里，我的善意都没有强大到让我跑遍全城为卡拉找一个适合她的老师。我一直没太把这个善意当一回事。然后有一天，奥古斯塔告诉我她感觉自己要做母亲了，我的善意一下子膨胀了起来，卡拉也就得到了她的老师。

我先前之所以踌躇不定，是因为卡拉明摆着在即使没有老师的情况下也知道如何在她新的艺术领域里开展严肃的工作。她每周都会唱新的小曲儿给我听，每一支无论是在姿态还是在歌词上都下了功夫。某些音符还需要稍稍打磨一番，但也许它最终会自然而然地变得精妙。我有着决定性的证据来证明卡拉是一个真正的艺术家，那就是她在不断完善演唱技法的同时，从来没有放弃她一开始就掌握的那些最好的部分。我常常让她重新给我唱她的第一首作品，每次我都能发现某些新颖而卓有成效的东西。她在寻找强有力的表达方式时，从来没有在那些小曲儿里唱出虚假或者夸张的声音。考虑到她的无知程度，这着实令人惊喜。她以真正艺术家的身份日复一日地往她那座小小的建筑上添砖加瓦，而其他的东西都保持不变。那些小曲儿的演唱方法并没有形成一个模式，但她投入的情感却总是相同的。她在唱歌之前总是会先把脸埋在手里，她会借着那只手后面只存在片刻的空间定下心神，确保自己会在瞬间进入状态来出演那由她创造的戏剧。她的戏并不总是那么幼稚。"罗西娜啊你生在棚屋里"[①] 这句歌词中，她的劝诫者无不讽刺地威胁着她，虽然并没有太较真。女歌手似乎是想告诉她的听众，她知道这样的故事每天都在上演。卡拉虽然不这么想，但还是得出了一样的结论。"我能和罗西娜感同身受，不然这首歌就不值得唱了。"她说道。

有时卡拉会无意中重新点燃我对奥古斯塔的爱火，也让我又一次感到内疚。事实上，每当她胆敢冒犯我妻子十分稳固的地位时，这种情况就会发生。她一直渴望着我能整夜全心全意陪在她身边。她对我表白说，她总觉得如果我们从来没有一起睡过觉，

---

[①] 这句歌词出自的里雅斯特民间小调《可怜的老爹弗朗西斯科》，歌曲后半段讲了罗西娜的故事。罗西娜出生在简陋的棚屋里，常常穿着破旧的衣服去和她的面包师情人约会。随着时间的推移，罗西娜拥有了财富和地位，不再爱她以前的情人了。

我们的关系也就没有那么亲密。我想让自己习惯于以温柔的态度对待她,所以并没有一口回绝她的愿望,但我常常想到这么做是不可能的,除非我宁愿在第二天早上发现奥古斯塔在窗前等了我一整夜。再说,这难道不是对我妻子的另一种背叛吗?有些时候,在我满腔欲火地跑去找卡拉时,我感到自己是想满足她的愿望的,但我马上就会看到这根本不可能,也有失体面。但这样一来,很长一段时间里我既没能完全否定这种可能性,也没能实现它。从表面上看,我们之间已经达成了共识:我们早晚会共同度过一整夜。反正现在这种可能性还是存在的,因为我设法让杰尔柯一家赶走了那位把她们家一分为二的房客,卡拉也终于有了自己的卧室。

在圭多举行婚礼后不久,我的岳父遭遇了那场会夺去他生命的危机。我不小心告诉卡拉我的妻子应该会在她父亲的床边守一整夜,以便让我的岳母能好好休息。我再也没有推脱的借口了:卡拉要求与我共度那个对我妻子来说如此痛苦的夜晚。我没有勇气反抗她这种任性的行为,只好带着沉重的心情迎合她。

我为这次牺牲做好了准备。我没在那天早上去找卡拉,这样一来,在晚上急不可耐地跑去找她时,我对自己说,不能把我的行为视作对奥古斯塔更彻底的背叛,这种想法十分幼稚,因为那天晚上她本来就在为其他事情烦心。因此,当可怜的奥古斯塔留住我,告诉我应该怎么准备晚饭,还有怎么准备在夜里和第二天要用的东西时,我竟然不耐烦起来。

卡拉在她的工作室接待了我。过了一会儿,那位既是她母亲也是她仆人的女士为我们准备了一顿美味的晚餐,我还带来了餐后甜点。那位老妇人随后回来收拾桌子,说真的,我想赶紧上床睡觉,但时间真的太早了,卡拉要求我留下来听她唱歌。她把自己所有的作品唱了个遍,这是那几个小时里最美好的部分,因为我等待情人时那种焦虑不安的心情增加了我每天从卡拉演唱的小曲儿中得到的乐趣。

"观众会用鲜花和掌声淹没你的。"我在某一刻对她说。我忘了根本不可能所有观众和我有同样的心情。

最后,我们在同一张床上躺了下来。这张床所在的房间既狭窄又寒酸,它看起来就像是在走廊上用一堵墙隔出来的。我还没有睡意,而且绝望地想到,就算我想睡觉,我也不可能在这么稀薄的空气里睡着。

卡拉被她妈妈腼腆的声音叫了过去。她走到门口,把门打开一条缝,不耐烦地问那位老妇人想干什么。她腼腆地说了些我没听清楚的话,然后卡拉喊了起来,当着她母亲的面砰地一声关上了门:

"别烦我了。我已经和你说过我今天晚上要在这里睡!"

就这样,我知道卡拉因为害怕夜晚,总是和她母亲一起睡在她原来的卧室里,那里有另外一张床,而我们现在躺着的这张一直空着。她显然是因为害怕才诱使我对奥古斯塔做出那么糟糕的事。她用一种调皮而轻快的语调和我说,她觉得和我在一起比和她母亲在一起更有安全感,这一点我无法苟同。那张床占据了我的思维,它和那间孤零零的工作室离得那么近,我却从来没有见过它。我感到嫉妒!不久后,卡拉对待她可怜母亲的态度也让我感到轻蔑。她和奥古斯塔有些不同,后者宁愿放弃我的陪伴也要去帮助她的父母。我对不尊重自己父母的行为特别敏感,毕竟我曾经那么顺从地忍受过我那可怜的父亲种种奇怪的行为。

卡拉既没察觉到我的嫉妒,也没看出我的轻蔑。我忍着没把嫉妒之情表现出来,因为我想起来我根本没这个权利,毕竟我一天中的大部分时间都盼望着有人能把我的情人带走。再说，既然我现在又开始考虑和她一刀两断，我也没什么理由让这个可怜的少女看到我的轻蔑，即使刚刚引发我嫉妒心的理由加重了我的这种态度。我现在要做的是尽快离开这个小房间，那里的空气还不到一平方米，而且热得要命。

我甚至不记得我是用什么借口匆忙离开的。我着急忙慌地穿好衣服。我说我忘了给我的妻子送钥匙，万一她需要的话，就进不了家。我让她看了那把钥匙，其实它一直被我装在口袋里，但此刻被我当成了佐证我说辞的确凿证据。卡拉甚至没试着阻止我，她穿好衣服，打着光把我送到楼下。在黑暗的楼道里，我感觉她一直在用审视的目光打量着我，这让我心烦意乱：她是不是看穿我了？这不是一件容易的事，因为我太擅长伪装自己了。为了感谢她放我离开，我时不时会在她脸颊上亲一口，假装自己仍然和去找她时一样热情。我非常肯定自己伪装得天衣无缝。不久之前，卡拉在爱意中灵光一闪，对我说"泽诺"这个我父母起的名字很难听，完全不适合我的性格，她希望我能叫达里奥。然后在那里，在黑暗中，她和我道别时用的正是这个名字。然后她意识到天气有些糟糕，便提出去给我拿一把伞。但我已经彻底无法忍受她了，我匆匆忙忙地离开，手里还攥着那把钥匙，连我都开始对它的用处信以为真了。

漆黑的夜空时不时被炫目的闪电划破。沉闷的雷声似乎在天边响起。空气依然像在卡拉的小房间里那样凝滞，让人喘不上气来。就连时不时落下来的大雨滴也是温热的。显然，一场来自高处的威胁迫在眉睫，我跑了起来，幸运地在斯坦迪翁大街上找到了一扇还开着的大门，并且亮着灯。我及时躲了进去！下一刻，整条街道都被阴云笼罩了起来，暴雨夹杂着狂风倾泻而下，似乎还裹挟着紧随其后炸开的雷声。我吓了一跳！要是我在这个点儿，在斯坦迪翁大街上被雷劈死，那就真算得上身败名裂了！幸亏就连我妻子也知道，我是个出了名的怪人，大半夜跑到那里也不是没有可能，总之一切都能找到借口。

我不得不在那个门廊里待了一个多小时。天气似乎每次都有好转的迹象，但紧接着又以另一种形式恢复成原来狂暴的样子。现在下起了冰雹。

看门人走过来陪我，我不得不给他一些钱来让他晚一点儿关大门。然后一个穿着白衣、被淋成落汤鸡的先生走了进来。他年龄很大，又干又瘦。我再也没见过他，但我无法忘记他那双黑眼睛里闪烁的光芒和那副小身板里散发出的能量。他因为被雨淋得浑身透湿而一直咒骂着。

我一直很喜欢和不认识的人聊天。和他们在一起，我感到既健康又安全。这甚至算得上是休息。我只需当心不要一瘸一拐地走路就没事了。

当天气终于变得平静一些后，我急忙赶去的不是我自己家，而是我岳父家。我觉得我必须马上赶去报到，并炫耀自己来看他。

我的岳父已经睡着了，奥古斯塔有一位女仆帮忙，因此得以抽身来接我。她说我能来真是太好了，然后哭着扑进了我的怀里。她看到她父亲被折磨成了什么样子。

她注意到我浑身都淋湿了。她让我在一张扶手椅上坐下，拿了几块毯子把我裹了起来，然后设法在我身边留了一会儿。我非常疲惫，甚至在她陪着我的那一小段时间里，我都在和睡意做着斗争。我感到自己十分清白，毕竟我对她的背叛还没有到彻夜不归的程度。这种清白的感觉真是太美妙了，我想把它加深一些，便开始对她说一些像是忏悔的话。我对她说我感到很虚弱，而且有负罪感,当她看着我,要求我说得更清楚一些时,我把头缩回了壳里。我完全从哲学的角度出发,告诉她我感觉我的每一个思想、每一次呼吸都充满了罪恶感。

"信教的人也是这么想的,"奥古斯塔说,"谁知道我们是不是因为忽视了一些罪过,才会受到这样的惩罚!"

她说的话恰如其分地呼应了她仍然不停地流眼泪。我觉得她没有完全理解我的思想和宗教人士的思想之间有什么区别,但我不想和她争辩。我冲动之下做出的忏悔给我的心灵带来了平静。我在狂风单调的呼啸声里睡着了,我睡了很久,彻底恢复了精神。

当我腾出精力解决声乐老师的问题时,一切都在几个小时内得到了妥善安排。我早就选好了老师。说实话,我注意到他的名字,首先是因为他是的里雅斯特最便宜的老师。为了不败坏我的名声,卡拉是自己去找他谈的。我从来没有见过他,但我得说现在我已经非常了解他了,他是这个世界上最值得被尊敬的人之一。他叫维托里奥·拉里,应该是个身体健康、头脑简单的人,这在凭借自己技艺谋生的人之间并不多见。总而言之,他是一个令人羡慕的男人,因为他有才华,而且很健康。

无论如何,我立刻感到卡拉的声音变得更柔和、更灵活,也更自信了。我们之前还担心这位老师会像科普勒选的那位一样给她强加许多要求。他可能是在迎合卡拉,因为他教授的自始至终都是卡拉喜欢的歌曲类型。

她在好几个月后才意识到自己的品位已经变得更精致,和那种类型的歌曲稍微拉开了一些距离。她再也不唱的里雅斯特小曲儿了,后来连那不勒斯的小曲儿也被她排除在外,她转向了古老的意大利歌曲,还有莫扎特和舒伯特。令我记忆犹新的是莫扎特的一首《摇篮曲》,在我更清晰地感受到生命何其悲伤,惋惜那

257

位曾经献身于我，又不被我所爱的少女时，这首《摇篮曲》就会在我耳边回荡，仿佛在责备我。那时，我会看到卡拉打扮成母亲的样子，从她的胸膛中发出最甜美的声音，哄她的孩子睡觉。她虽然是一位令人难以忘怀的情人，却不可能成为一位好妈妈，因为她当女儿当得很糟糕。不过既然她知道怎么像一位母亲那样唱歌，其他的性格也就不那么重要了。

我从卡拉那里得知了她声乐老师的故事。他在维也纳音乐学院学习过几年，然后来到了的里雅斯特，有幸得到了一个机会，为我们当地的一位音乐家工作。这位音乐家声名卓著，但眼睛失明了。拉里按他的口述为他誊写作品，也得到了他的信任，因为盲人总是要全身心地信任别人。通过这种方式，他了解了音乐家的心愿、成熟的信念和他那永远年轻的梦想。很快他的灵魂里便充满了音乐，连卡拉需要的那种也不例外。卡拉也向我描述了他的外貌：他很年轻，满头金发，身体健壮，不修边幅，他总穿着一件并不是很干净的白衬衫，松松垮垮地系着一条本应是黑色的领带，戴一顶破破烂烂的帽子，帽檐大得不成比例。据卡拉所说，他话不多，我必须相信她，因为几个月后，他在她面前变得健谈起来，她也马上把这一点告诉了我。另外，他非常专注于自己的工作。

我的日常生活很快变得复杂起来。每天早上我带给卡拉的除了我的爱意，还有我苦涩的嫉妒心，这种苦涩的感情会在一天之内慢慢平息。我觉得那个年轻人不可能不对那个善良而单纯的猎物下手。卡拉很惊讶我会有这样的想法，但我对她的反应也很惊讶。她难道不记得我们之间的种种是怎样开始的吗？

有一天，我因为嫉妒，在看望卡拉的时候发了好大一通脾气，她吓得要命，当即表示可以马上辞退那位老师。我不认为她害怕的仅仅是失去我的接济，因为那段时间里她对我流露出的爱意是毋庸置疑的。她的爱意有时会让我感到幸福，然而，当我处于另一种心境之中时，这种爱意却让我不胜其烦，因为我觉得它们就像是对奥古斯塔的仇视，而我也必须参与进来，无论这会让我付出什么样的代价。她的提议让我很为难。无论是在爱情还是悔恨中，我都不想让她做出牺牲。我的两种状态之间也需要有一定的联系，而我不想减少自己那已经屈指可数地从一种状态切换到另一种的自由。因此我无法接受这个提议，不过，它却让我变得谨慎起来，在我的嫉妒心变得太强烈时，我知道该如何隐藏它。我的爱情也染上了怒火，到头来，无论是在我渴望卡拉的时候，还是在我根本不想看见她的时候，她在我眼中始终要低人一等。不管她是否背叛我，我都完全不在乎她。当我不讨厌她的时候，我甚至想不起来还有她这么个人。我属于奥古斯塔统治的那片健康而诚实的王国，卡拉一放我自由，我马上就会马不停蹄地回到那里。

卡拉是个完全诚实的人，我精确地知道她在多长时间里是完全属于我的，而我那时反复出现的嫉妒心只能源于一种深藏不露的正义感。发生在我身上的事情是我应得的。首先，那位老师爱上了她。我相信他恋爱的第一个征兆表现在他说过的话里，卡拉带着胜利者的姿态向我转述了这些话，她认为这代表着她在艺术上首次取得了伟大的成功，因此理应得到我的夸赞。他似乎是对她说，现在他已经彻底喜欢上了声乐老师这份工作，即使她出不起学费，他也会继续免费给她上课。我本来要扇她一耳光，但后来我又假装为她真正意义上的成功而感到开心。她忘了一开始我的脸皱成了一团，就好像咬了一口柠檬那样，接受了我迟来的赞美。他把自己的一切都告诉了她，内容并不是很多：音乐、贫穷和家庭。他的妹妹给他惹了很多麻烦，而他则让卡拉对这个她并不认识的女人产生了巨大的反感。在我看来，这种反感实在是贻害无穷。他们现在一起唱他写的歌，无论是在我爱着卡拉的时候，还是在我感到这种爱已经成为一种枷锁的时候，这些歌在我看来都很糟糕。不过，这些歌也可能很好听，虽然我再也没听人提起过它们。后来他好像去美国当乐队指挥了，也许在那里他们也会唱他的歌。

然而有一天，卡拉告诉我他向她求婚了，她拒绝了他。我度过了非常糟糕的半个小时：在头一个15分钟里，我被愤怒冲昏了头脑，想等那个老师来，然后恶狠狠地把他踢出去；在后十五分钟里，我想不出什么办法去调和我的奸情和卡拉的婚姻，说到底，这是一件美好而有道德的事，而且比起幻想着卡拉在我的陪伴下开始她的职业生涯，它也能以更加稳妥的方式简化我的处境。

为什么那该死的声乐老师这么快就动情了呢？为什么他动情时用的还是那种方式呢？现在我和卡拉的关系已经持续了一年，我们之间的一切都变淡了，我离开她时也不再满面愁容。我的负罪感已经变得非常容易忍受，尽管卡拉还是能找到理由说我在爱情里表现得很粗暴，但是她似乎已经习惯了这种态度。对她来说这应该也很容易，因为我再也没像我们的关系刚开始时那么残忍，对她来说，一旦忍受过最初的那种过分行为，其余的也就相对温和了。

因此，即使在我已经不那么在乎卡拉的时候，我也还是能轻易地预感到，如果第二天我去找我的情人却再也找不到她的话，我肯定会不高兴。如果能在没有卡拉干扰的情况下回到奥古斯塔身边，那自然是一件再好不过的事，那一刻我感到自己完全有能力做到这一点，但在这之前我还想再试试。我当时的想法大概是：

"明天我会求着她接受声乐老师的求婚,但今天我要阻止她。"我尽力让自己依然表现得像个情人。现在我已经回顾了我冒险经历中的每一个阶段,写下这些话的时候,我仿佛在试图让别人娶我的情人,同时又让她和以前一样只属于我。一个比我更世故、更平和,道德也更加败坏的人可能会采取这种策略。但事实并非如此,她应该嫁给那位声乐老师,但做决定的时间只能是明天。因此只有到了那时,我坚称为无辜的状态才会结束。我再也不可能每天用一小点儿时间去爱卡拉,然后在接下来的24小时内都讨厌她,我也不会每天早晨像一无所知的新生儿那样醒来,重新过一遍和前一天几乎一模一样的生活,对它带给我的冒险感到惊讶,尽管这些冒险我已经熟记于心了。这一切都不可能再发生了。如果我不能抑制住摆脱我情人的渴望,或许我就会永远失去她。我马上就抑制住了!

就这样,当我已经不在乎她时,我给卡拉演了一出名为爱情的戏,这出戏的虚伪和狂暴不亚于那天我醉酒后在车上对奥古斯塔演的那场。只不过这里没有酒,而我到头来真的被自己说话时的语气打动了。我对她说我爱她,再也不知道离了她该怎么办,从另一方面来讲,我似乎在要求她牺牲自己的生活,因为我给她的任何东西都无法与拉里带给她的相匹敌。

尽管我们之间曾有过许多浓情蜜意的时刻,我的话也确实在我们的关系里奏响了一个新的音符。她听着我说话,感到心满意足。过了很久之后,她才开始劝我不要因为拉里爱上了她而这么难过。她根本就没把拉里的求婚放在心上!

我带着同样的热情感谢了她,但这种热情已经没办法再打动我了。我感觉胃里沉甸甸的:显然我做出的妥协比任何时候都要大。我那浮于表面的热情不仅没有减少,反而还增加了,这只是为了能对可怜的拉里说些溢美之词。我可不想失去他,我想拯救他,但要等到第二天。

当讨论到是要把那个老师赶走,还是让他留下来时,我们很快达成了一致,我不想既剥夺了她的婚姻,还剥夺了她的事业。她也承认自己非常看重她的老师:她每节课都能证明自己需要他的帮助。她向我保证我可以放心,可以信任她:她只爱我,不爱别人。

显然,我的背叛行为变本加厉了。我对我的情人迸发出了一种新的爱意,它给我建立了一些新的联系,并且侵占了以前只属于合法爱情的领域。不过我一回到家,这种爱意也就和以前一样烟消云散了,它被我以更强烈的方式转嫁到了奥古斯塔身上。谁知道那场求婚里有多少成分是真实的!如果有一天,卡拉在没有和那个人结婚的情况下送给我一个拥有高超音乐天赋的孩子,我也不会感到惊讶。我去找卡拉时下的那些铁一般坚定的誓愿又一次活跃了起来,每次我待在卡拉身边,它们就会离我而去,当我尚未与她告别时,它们回到我这里。这都是一些雷声大雨点小的事情。

这些新的情况并没有产生其他后果。夏天过去了,它也带走了我的岳父。这之后我在圭多新开的商业公司里忙得不可开交,我在那里工作的时间比任何一个地方都要长,甚至比我在读大学时的几个专业里待得要久。我以后再详细说明我的这些商业活动。冬天也过去了,我的花园里长出了新的绿叶,在它们看来,我的精神头比去年好了很多。我的女儿安东尼娅出生了。卡拉的声乐老师仍然随叫随到,但卡拉已经完全不在乎他了,我也一样,至少就目前来说。

然后,我和卡拉的关系中出现了一些看似不重要但引发了严重后果的事件。这些事件悄无声息地过去，直到它们成为定局时才被我察觉。

准确地说，那年刚开春的时候，我不得不同意和卡拉一起去公共花园散步。我认为这是一种相当严重的妥协，但卡拉非常希望能挽着我的胳膊在阳光下散步，我最终满足了她的愿望。我本来永远都不应该同意我们像夫妻那样生活，哪怕只有一会儿都不行，这次尝试的结局也很糟糕。

天上的太阳似乎刚刚恢复了统治地位，我们坐在一张长椅上，享受着突然转暖的天气。在节假日的早上，花园里一般不会有什么人，而且我觉得只要不到处走动，被人发现的危险也会降低。然而，有一个腋下夹着拐杖的人朝我们走了过来，那是以54块肌肉闻名的图里奥，他走得很慢，但每一步都迈得很大，他没看到我们就坐在了我们旁边。然后他抬起头，我们的目光相遇了，他向我打招呼：

"我们多久没见了！你怎么样？工作终于少点儿了吗？"

他恰好坐在了我旁边，我在惊讶中挪了下位置，试图挡住他看向卡拉的视线。然而在和我握过手后，他问我：

"这位夫人是？"

他显然在等着我向他介绍。

我无奈地说道：

"这是卡拉·杰尔柯小姐，我妻子的一个朋友。"

然后我继续撒谎，图里奥的反应让我知道，只用两个谎言就足以让他看清一切。我强颜欢笑地说：

"这位小姐也是没看见我就正好坐在了我身边。"

一个撒谎的人应该记住，为了让别人相信自己，只能说必要的谎言。当我们再次相遇时，图里奥流里流气地对我说：

"你解释得太多了,所以我猜到你在撒谎,那位漂亮的小姐应该是你的情人。"

那时我已经失去了卡拉,我开心地确认了他的猜想,又伤心地告诉他卡拉如今已离我而去。他没相信我,我很感谢他的这种态度。我觉得他的怀疑是个好兆头。

卡拉的心情突然变得很差,我从来没见过她那副模样。现在我知道,她从那一刻起就开始反抗我了。但当时我并没有马上察觉到她有什么不对,因为我把身子背了过去,听图里奥讲他的疾病和他采取的治疗措施。后来我才明白,一个女人即使大部分时间都得不到善待,也绝对无法接受自己在公开场合被否认。她的怒气主要是冲着那位可怜的瘸子,而不是我,当他试图和她攀谈时,她并没有回答。我也不再听图里奥说话了,因为我对他的治疗措施并不感兴趣。我盯着他的小眼睛,想搞清楚他对这次偶遇有什么想法。我知道他现在退休了,整天无所事事,很容易就能和当时的里雅斯特任何一小撮人聊起来。

卡拉在沉思了很长一段时间后站起身来离开了我们。她低声说道:

"再见。"然后她就走了。

我知道她生我气了,我一边顾忌着身边的图里奥,一边试图争取一些必要的时间来安抚她。我说正好我也要和她去同一个方向,便请求陪她走一段路。她那冷淡的告别几乎算得上是和我一刀两断的宣言,我第一次真的害怕她会离我而去。她那残酷的威胁让我喘不过气来。

但卡拉自己都还没决定要往哪个方向走。她那会儿只是在闹脾气,很快她就消气了。

她等了我一会儿,然后沉默地在我身边走着。当我们到家后,她突然大哭了起来，这并没有吓到我，因为她哭着扑进了我的怀里。我和她解释了谁是图里奥，还有他那条舌头会给我造成怎样的伤害。因为看到她哭个不停，但是依然缩在我的怀抱里，我有了勇气，换上了一种更强硬的语气：所以她是想伤害我吗？我们难道不是说好了我们会尽一切可能避免伤害到那个可怜的女人吗？她毕竟是我的妻子，也是我女儿的母亲。卡拉似乎意识到了自己的错误，但她想一个人静一静。我心满意足地离开了。

自从这件事发生之后，她似乎一直想在公开场合以我妻子的身份出现。看起来，她既然不想嫁给那位声乐老师，就试着强迫我去承担那个被她拒绝的人所担任的绝大部分角色。她不停地缠着我在剧院里订两个座位，我们会从不同的入口进来，假装偶然坐到了对方身边。我只满足了她去公共花园的愿望，但不止一次，那里是标志我过去错误的一座里程碑，现在我又从相反的方向转了回来。越界的事情我绝对不做！因此，我的情人最终变得和我几乎一模一样。她随时会毫无理由地突然对我大发雷霆，她很快就会意识到自己的错误，但这已足够让我变得非常温柔。我经常看到她泪流满面，却永远也弄不清楚她为什么伤心。也许这都是我的错，因为我没有坚持要她给我一个解释。当我更了解她的时候，也就是当她抛弃我以后，我也不再需要其他的解释了。她因为自己的需求和我一起闯入了这场冒险中，而这场冒险根本不适合她。她在我的怀抱里成了一个女人，而且——我喜欢这么想象——成了一个诚实的女人。这自然不是我的功劳，甚至可以说，我带给她的只有伤害。

她突然有了一个新的想法，我一开始为这个想法感到惊讶，但马上就被它温柔地触动了：她想见我的妻子。她发誓不会接近她，也不会让她看到自己。我向她承诺，一旦得知我妻子会在几点出门,我就会告诉她。她不能在我的别墅附近见我的妻子,因为那里十分偏僻,任何一个人都会引起过多的注意,不过她可以在人来人往的街道上实现这个愿望。

那段时间,我岳母的眼睛出了问题,不得不戴几天眼罩。她无聊得要命,而她的女儿们为了确保她能严格遵守疗程,开始轮流陪伴她:我的妻子会在早上去,而阿达则会一直待到下午4点。我一时间心血来潮,告诉卡拉我的妻子会在每天下午4点准时离开我岳母家。直到现在我也不想明白为什么我会把阿达当作我的妻子介绍给卡拉。当然,在那位老师向她求婚后,我感觉有必要把我的情人紧紧地绑在身边,也许我当时认为,她越是觉得我的妻子很漂亮,就越会珍惜一个愿意为她牺牲掉这样一个女人(打个比方)的男人。那时的奥古斯塔不过是一个非常健康的好保姆。我做出这个决定也可能是受我那谨慎态度的影响。我确实有理由担心我情人的脾气,还有她可能会一时冲动,对阿达做出一些不明智的举动。这其实没什么大不了的,因为阿达已经证明过她不会在我妻子面前说我的坏话。如果卡拉因为阿达让我难堪,我会告诉她全部的真相,说实话,我这么做还会颇有些满足感。

但我的计划还真带来了一些无法预料的后果。第二天一大早,我焦虑难耐地去找卡拉。我发现和前一天相比,她就好像变了一个人。她那高贵的椭圆形小脸上流露出异常严肃的神情。我想亲吻她,但她把我推开了,然后让我轻轻地吻一下她的脸颊,好让我安静地听她说话。我和她在一张桌子前面对面坐着。在我到来之前,她在一张纸上写了什么,她不慌不忙地拿起那张纸,把它放在桌子上的乐谱之间。我没有注意到那张纸,后来我才知道,那是她写给拉里的一封信。

然而现在我才知道,即使在那一刻,卡拉心中的疑虑也在进行着激烈的斗争。谁知道呢！如果我当时能更准确地猜出她内心的挣扎，我或许还能留住我那可爱的情人。

她告诉我她和阿达见面了。她在我岳母家门前等她，她看到阿达走来的那一刻，马上就认出了她。

"我不会认错的。你已经和我形容过她最主要的特征。哦！你可真了解她！"

她闭上了嘴，试图让自己平静下来，以免因为太激动而说不出话来。然后她继续道：

"我不知道你们之间发生过什么，但我再也不想背叛那个如此美丽，又如此悲伤的女人了！我今天给声乐老师写信，是说我已经准备好要嫁给他了！"

"悲伤！"我惊讶地叫了起来，"你这是在自欺欺人，要么就是那个时候她不舒服，因为鞋子太紧了。"

阿达竟然会感到悲伤！她一直都是笑容满面的，就连那天早上我在自己家见到她的那一小会儿，她也是那副样子。

但卡拉比我知道的更多：

"什么鞋子太紧了！她走路的样子就像云端的女神一样轻盈！"

她越发激动地告诉我，她设法让阿达和她说了一句话。"哦！她的声音多么温柔啊！"阿达把手帕掉在了地上，卡拉捡起来递给了她。阿达和她说了声谢谢，她因此感动得热泪盈眶。这两个女人之间还有更多的交流：卡拉坚称阿达注意到她在哭，在离开时充满同情地看了她一眼。对于卡拉来说，一切都已经很清晰了：我的妻子知道我背叛了她，因此非常痛苦！所以她才提议要嫁给拉里，再也不要和我见面。

我不知道怎么为自己辩护！我可以轻易地说阿达的坏话，但不能这样谈论我的妻子——那个健康的保姆。她一心一意地履行着自己的职责,根本没注意到我内心的波动。我问卡拉有没有注意到阿达的眼神是多么冷酷,还有她的声音是多么低沉、多么粗鲁,和温柔根本沾不上边。为了重新拥有卡拉的爱,我很乐意指控我的妻子还犯下了其他许多罪行,但我不能这样做,因为大约一年来,我和我的情人一直把她奉若神明。

我采用了另一种方式自救。我自己也被强烈的情绪感动得热泪盈眶。我认为我可以完全合法地自怨自艾。我无意中让自己陷入了困境,这让我感到十分不幸。把阿达和奥古斯塔混为一谈实在是难以忍受。事实上,我的妻子并没有那么漂亮,而阿达(卡拉同情的是她)则让我受过很多委屈。

因此卡拉在评判我时真的很不公正。

我的眼泪让卡拉变得温和了一些:

"亲爱的达里奥!你的眼泪让我多么欣慰呀!你们两个人之间肯定有什么误会,现在重要的是去澄清它。我不想太严厉地评价你,但我永远也不会背叛那个女人,我也不想让她因为我落泪。我已经发过誓了!"

虽然发了誓,卡拉到头来还是最后一次背叛了她。她想用最后一吻和我告别,但我只能以一种方式接受那个吻,否则我离开时就会满腹怨气。因此她顺从了。我们两个人低声说道:

"最后一次了!"

那是一个美妙的时刻。我们两个人做出的这个决定有着抹除任何过错的效力。我们是清白且幸福的!我那宽厚的命运为我保留了片刻无与伦比的幸福。

我感到十分幸福,在和她分别时还沉浸在我扮演的角色里。我们再也不会见面了。她拒绝了我一直揣在口袋里的信封,也不想要我的任何东西作为纪念。我们要从各自的生活里抹去一切过错的痕迹。于是我心甘情愿地像父亲一样亲吻了她的额头，这正是她之前所期待的。

然后，我在楼梯上犹豫了一会儿，因为事情变得有些过于严肃了，如果我早知道第二天她仍属于我，我也不会这么早就去思考未来。她在那层楼梯间上看着我下楼，我则带着些笑意对她喊道：

"明天见！"

她惊讶地往后退了一步，几乎是惊慌失措地走开了，同时说道：

"再也别见了！"

然而，我却因为自己胆敢说出这句话而如释重负，只要我想，它也许就能让我再经历一次最后的拥抱。我在无牵无挂的状态下和我的妻子度过了美好的一天，之后在圭多的办公室里也是如此。我得说，这种无牵无挂的状态拉近了我和妻子之间的关系。我对她们的意义比平时更重要了：我不仅很和善，而且成了一个真正的父亲，我可以全身心地投入家庭中，平静地发号施令。我在睡觉的时候，对自己发誓说：

"每一天都应该像今天这样。"

睡觉前，奥古斯塔感觉有必要向我透露一个重大的秘密：这是她当天从母亲那里听来的。几天前，阿达当场捉到圭多在拥抱他们的女仆。阿达本来想摆出一副高高在上的态度，但是后来那个女仆变得让人难以忍受，阿达就把她赶出了家门。她们前一天都很焦虑，想知道圭多会怎么看待这件事情。如果他发牢骚，阿达就会要求分居。但圭多只是笑了笑，坚持说阿达看错了；但他完全不反对把那个女人扫地出门，即使她没犯错误，圭多也声称自己发自内心地讨厌她，看起来现在事态已经平息了。

我关心的是阿达撞见她丈夫摆出那种姿势时是不是看错了。

还有怀疑的余地吗?要记住,两个人在拥抱时,他们的姿势和一个人给另一个人擦鞋时完全不一样。我的心情好极了。我甚至觉得有必要让自己在评判圭多时看上去既公正又平静。阿达的嫉妒心自然很强,两个人之间的距离在她眼中可能会缩短,位置也会移动。

奥古斯塔伤心地告诉我,她很肯定阿达没有看走眼,她只是因为爱得太深,才会做出错误的判断。她补充道:

"她要是嫁给了你,肯定会过得更好!"

我感到自己越来越清白了,我送了一句话给她:

"看着吧,要是我当初娶了她而没娶你,现在的情况是不是更好!"

然后,在入睡前,我低声嘟囔道:

"真是个畜生!这么糟蹋自己的家!"

我非常真诚且精确地指责了他的所作所为中我正好不需要指责自己的地方。

第二天早上我醒来时,满心期待着至少这一天会和之前那一天别无二致。也许前一天我们发下的那些难能可贵的誓言对我和卡拉来说都没有什么约束力,我感到自己是完全自由的。这些誓言太美好了,不应该成为负担。我有些急切地想知道卡拉对此有什么想法,便跑去找她。我希望自己能发现她已经准备好去许下另一个誓言。人生如白驹过隙,虽然有很多乐趣,但更多的是为自我提升而做出的努力,我基本一天到晚都在做好事,留给内疚的时间只有一点点儿。我会感到焦虑,是因为我在过去的一年里发了无数的誓,而卡拉只发过一个:证明她很爱我。她一直遵守着这个誓言,我很难说得准她现在会不会去恪守这个打破了旧日誓言的新誓言。

卡拉不在家，我失望到了极点，郁闷地咬着自己的手指。那位老妇人让我进了厨房。她告诉我卡拉会在傍晚前回来。她说自己会在外面吃饭，所以炉灶上甚至都没有平时燃着的那一小堆火。

"您不知道吗？"老妇人问我，惊讶地瞪大了眼睛。

我脑子里乱极了，心不在焉地嘟囔道：

"昨天我已经知道这件事了，但我不确定卡拉说的竟然就是今天。"

我很有礼貌地和她告别，然后离开了。我暗暗咬牙切齿。我需要一点儿时间鼓起勇气当着别人的面发火。我走进了公共花园，在那里乱逛了半个小时，好给自己一些时间理清思绪。事态已经明显到了令我一头雾水的程度。突然之间，我已经被无情地逼着去遵守同样的誓言了。我很难受，难受得要命。我一瘸一拐地走着，呼吸也变得困难起来。我能正常地呼气吸气，但不得不有意识地进行每一次呼吸。我感到如果我一时疏忽，自己就会窒息而死。

那时我本来应该去自己的办公室，或者说得准确一点儿，去圭多的办公室。但要我就这么走掉根本不可能。以后我要干什么呢？这和前一天完全不一样！要是我能知道那个天杀的声乐老师住在哪里就好了。他每天花我的钱唱歌，还把我的情人拐跑了。

最后我回到了老妇人那里。我得想出一句话留给卡拉，让她同意再见我一次。最难的部分就是尽快把她弄到手。其余的事情应该不会太困难。

我发现那位老妇人坐在厨房里的一扇窗户旁，正在补袜子。她抬起眼睛，用探询的目光看着我，几乎被吓坏了。我犹豫了！然后我问她：

"您知道卡拉决定嫁给拉里了吗？"

我感觉我这是在给自己讲这个新闻。卡拉已经告诉我两次了，但我前一天没太把它当回事。卡拉的话我倒是清清楚楚地听进去了,因为我还记得它们,但这些话只是左耳朵进右耳朵出。现在,它们一触及我的心房,就让我痛苦得肝肠寸断。

老妇人也犹豫地看着我,显然她害怕自己会说出什么不该说的话招来责备。然后,她突然兴高采烈地说道:

"是卡拉告诉您的吗?那应该就是这样了!我认为她做得很好!您认为呢?"

这个该死的老妇人现在笑得多开心啊,我认为她一直都知道我和卡拉之间发生的事。我真想揍她一顿,但我只是对她说如果是我的话,我会先等声乐老师找到稳定的工作。总而言之,我认为事情的进展有些太快了。

老妇人沉浸在快乐的情绪里,第一次在我面前变得健谈起来。她并不同意我的看法。人们都说,如果要趁年轻结婚的话,就应该先结婚再谋职业。为什么要先找工作呢?卡拉需要的东西那么少。现在,既然她的丈夫就是声乐老师,她的声音训练也就花不了多少钱了。

这些可能是在责备我吝啬的话语给了我一个看似绝妙的主意,我顿时感到轻松了不少。那封我一直带在胸前口袋里的信封应该已经装了一大笔钱。我把它拿出来封好,递给老妇人,让她转交给卡拉。我或许也希望最后能体面地给我的情人付一笔钱,但我更希望能重新看到她并且再次占有她。卡拉无论如何是要再见我一面的,她要么把钱还给我,要么把钱留下,然后觉得自己必须和我道谢。我松了一口气:一切还没彻底结束呢!

我对那位老妇人说:"信封里装着的钱是科普勒生前的几位好友为她们筹集起来的,现在还剩下一点儿,由我代为转交。"然后,我非常平静让她告诉卡拉,我这辈子都会是她的好朋友,如果她需要帮助，随时可以来找我。这样我就能留给她我的地址，我留的是圭多办公室的地址。

我离开时的脚步比我来时要轻快得多。

但那天我和奥古斯塔大吵了一架。起因是一件微不足道的小事：我说汤太咸了，她却硬说不是这么回事。我觉得她似乎在嘲笑我，因此勃然大怒，一把扯过桌布，桌上的餐具因此全都掉在了地上。待在保姆怀里的女儿开始尖叫，这让我感到奇耻大辱，因为那张小嘴巴似乎在责备我。奥古斯塔的脸色就像她每次遭遇不快时那样变得惨白，她接过女儿，抱着她出去了。我当时认为她的这个行为也非常过分：她现在要把我一个人留下，让我像狗一样吃饭吗？但她很快就回来了，没有带着孩子，她重新摆好桌子，在自己的盘子前坐下，用勺子在里面划来划去，似乎准备开始吃饭。

我暗暗咒骂着自己，但我知道我已经被大自然那混乱的力量玩弄于股掌之间。大自然没费什么力气就积聚了这些力量，释放它们时更是轻而易举。我的咒骂已经转向了卡拉，她假装是为了我妻子的利益才做出那番举动。看看她把我妻子弄成了什么样子！

奥古斯塔有一套自己的体系，她一直保持到了今天，每当她看到我变成了那副样子，她不会抗议、不会哭泣，也不会争辩。当我的态度缓和下来，请求她原谅我时，她想让我明白一件事：她当时没有嘲笑我，只是在冲我微笑，而我很喜欢她的微笑，也曾多次赞美过它。

我羞愧得无地自容，求她赶紧把孩子带回来，然后把女儿抱在怀里，和她玩了很长时间。我让她骑在我的头上，用她的小衣服盖住我的脸，她的衣服擦干了我那湿润的眼眶，这是奥古斯塔未曾流下的泪水。我知道如果我和女儿玩耍，就可以重新接近奥古斯塔，用不着低声下气地和她道歉。她的脸颊确实恢复了平常的颜色。最终，那一天圆满地结束了，那天下午和前一天的没什么区别，就好像我那天早上在常去的地方找到了卡拉，但最终还是发了脾气。我不停地和奥古斯塔道歉，因为我想让她脸上重新浮现出母亲般的微笑。每当我说了什么奇怪的话，或者做了什么奇怪的事时，她就会露出这种微笑。如果她不得不在我面前强装出某种态度，或者必须压制住她平时那种亲切的微笑，哪怕只有一次，那就太糟糕了。在我看来，她的微笑是我能得到的最完整、最宽容的评价。

晚上我们又谈起了圭多。看来他和阿达彻底相安无事了。奥古斯塔很惊讶她的妹妹竟然那么善良。这次轮到我微笑了，因为她显然不记得她自己就是个大善人。我问她：

"如果我玷污了我们的家庭，你难道不会原谅我吗？"

她犹豫了一下："我们有我们的女儿呢，"她感叹道，"而阿达还没有能把她和那个男人联系在一起的孩子。"

几个月后，阿达为圭多生下了一对双胞胎，圭多从来没搞清楚我为什么会如此热情地祝贺他。根据奥古斯塔的看法，有了孩子后，即使家里的女仆成了他的情人，他也不会有什么危险了。

然而第二天早上，我在自己的办公桌上找到了一封卡拉写来的信，我松了一口气。看来一切都还没有结束，我的生活里还是有我必需的一切。简而言之，卡拉约我早上 11 点在公共花园正对着她家的入口处见面。我们不会去她的房间，而是去一个离那里非常近的地方。

我激动难耐，比约定的时间提早一刻钟到达了那里。如果卡拉没有在约定的地方出现，我就会直接去她家，那样一来，一切就方便多了。

那天也是一个春光明媚的日子。当我离开喧闹的斯坦迪翁大街进入公共花园时,我感到自己仿佛置身于乡野的宁静之中,微风轻拂草木,发出细微的沙沙声,然而这种宁静并没有被打破。

就在我正要快步走出公共花园时,卡拉来赴约了。她手里拿着我的信封,和我打招呼时脸上并没有笑容,相反,她苍白的小脸上带着十分坚决的表情。她穿着一件用粗布做成的带有蓝色条纹的连衣裙,非常适合她。她看起来就像花园的一部分。后来,在我最恨她的时候,我一度认为她是故意穿成这样,以在拒绝我的同时让自己看起来更有魅力。其实那不过是她在开春时会穿的衣服。要记住,我的恋爱关系虽然持续了很久,但一直很单调,我的女人几乎没怎么打扮过自己。我总是直接去她的工作室,而生活简朴的女人待在家里时,样子也十分朴素。

她把手伸给我,我一边和她握手,一边说:

"谢谢你能来!"

我这句话说得很庄重,如果我能在整场对话中一直保持这么和善的态度该有多好啊!

卡拉似乎被打动了,当她说话时,嘴唇因为激动而颤抖。她在唱歌的时候也有几次因为嘴唇发颤而唱不准音。她对我说:

"我想接受这笔钱,让你高兴,但是我做不到,实在做不到。我求求你,把它拿回去。"

她看起来快哭了,我当即做出让步,拿回了信封,在离开那个地方很久之后,我发现自己手里还拿着它。

"你真的已经不在乎我了吗?"

我在提出这个问题时,并没有想到她在前一天就已经回答过我了。但是,她这么一个秀色可餐的人,真的有可能抗拒我吗?

"泽诺！"她柔声说道，"我们不是发过誓再也不见面了吗？既然发了誓，我就已经承担了一些义务，和你认识我之前已经承担的义务差不多。我的义务和你的一样神圣。我希望现在你的妻子能意识到你已经完全属于她了。"

阿达的美丽依然在她的思想中占据着十分重要的位置。如果我早知道她是因为阿达才离开我，我本来还可以采取一些补救措施。我本来会让她知道阿达不是我的妻子，我本来会让她看到奥古斯塔斜视的眼睛，和她保姆一般健壮的身材。但现在要紧的不是她承担的义务吗？我们得谈谈这个。

我试图在说话时保持冷静，我的嘴唇也在发颤，不过是因为欲望。我告诉她，她还不知道我已经把她占有到了什么地步，她是没有权利自己做决定的。我的脑海里存着一些科学方面的证据，即达尔文对一匹阿拉伯母马所做的那场著名实验①。我本来想把这个结论告诉卡拉，但是，谢天谢地，我几乎可以肯定自己当时并没有说出口。不过，我可能在胡言乱语中谈到了动物和它们身体的忠诚。后来我放弃了一些更困难的话题，在那个时候，这种话题既不适合她也不适合我。我说：

"你能承担什么样的义务？和我们一年多的感情相比，它们能有多重要？"

我一时语塞，但需要做出一个强有力的动作，便粗暴地一把

---

① 查理·罗伯特·达尔文（Charles Robert Darwin, 1809—1882），英国生物学家，以进化论为人熟知。文中提到的实验见于其著作《动物和植物在家养下的变异》。实验的主导人并非达尔文，而是摩顿公爵乔治·道格拉斯（George Douglas, Lord of Morton, 1761—1827）。摩顿公爵先是让一匹阿拉伯母马和一匹公斑驴交配，然后再让该母马与一匹纯种阿拉伯公马交配，并发现第二次交配产下的后代身上带有公斑驴的性状。这场实验佐证了19世纪名噪一时的"先父遗传"理论，作者提到这场实验，是想说明既然卡拉已经与主人公发生了关系，随后无论和哪个男人生儿育女，诞下的孩子都会带有泽诺的特征。

抓过她的手。

她拼命挣扎着摆脱了我的控制，就好像这是我第一次对她这么干似的。

"我从来没有，"她用发誓一般的态度说道，"许下过这么神圣的承诺！接受我承诺的那个男人也对我做出了一模一样的承诺。"

事情已经明摆着了！她的血液突然涌上脸颊，把它染得通红，这是因为她在生一个男人的气，而这个男人并没有对她做出过任何承诺。她进一步解释道：

"昨天我们一起挽着手臂走在街上，还有他母亲陪着。"

我的女人显然是溜走了，她会离我越来越远。我疯了一样地追在她后面，像一只狗被抢走了一块美味的肉时那样跳着。我又一次粗暴地抓住她的手：

"好吧，"我提议道，"我们就这样手拉着手在城里走一圈。我们就保持这个不寻常的姿势，让所有人好好看看，我们走过斯坦迪翁大街，然后往齐奥扎那边去，一直往下走，一直走到圣安德烈，从另一个方向回到我们的房间，全城的人都会看到我们。"

这是我第一次放弃奥古斯塔！我感觉这是一种解脱，因为恰恰是她想从我身边夺走卡拉。

她又一次挣脱了我，干巴巴地说：

"这基本就是我们昨天走过的路！"

我又跳了起来："那他知道吗？他什么都知道吗？他知道你昨天也是属于我的吗？"

"是的，"她自豪地说道，"他知道，什么都知道。"

我感到自己一败涂地，而且非常生气，就好像一只狗，如果得不到自己想吃的食物，就会咬住那个把食物夺走的人的衣服。

277

我说：

"你这个未婚夫胃口可真好。他今天能消化我，明天就能消化你想要的一切。"

我没有听到我究竟是用哪一种语气说出了这些话。我只知道自己在痛苦中大喊大叫。她脸上流露出一种愤怒的表情，我从来没有想到她那双小鹿般温顺的棕色眼睛能做到这一点：

"你对我说这种话？你怎么没有勇气对他说呢？"

她转过身去，快步走向出口。我已经在为自己刚才脱口而出的话后悔了，但更多的是震惊于自己已经失去了用不那么温柔的方式对待卡拉的资格。这让我呆立在原地。等我决定去追她的时候，那个蓝白相间的小身影已经飞快地走到了出口。我不知道自己要和她说什么，但我们不能就这样分开。

我在她家的大门口拦住她，真诚地对她说了我此时有多么痛苦：

"我们曾经爱得那么深，现在就要这样分开吗？"

她没有回答我的话，继续往前走，我也跟着她上了楼。然后她用充满敌意的目光看着我：

"如果您想见我的未婚夫，就跟我来吧。您没听见吗？弹钢琴的就是他。"

我那时才听见有人在弹由李斯特改编的舒伯特《告别曲》中的切分音。

虽然自童年起我就再没碰过军刀或者棍棒，但我并不是一个胆小的人。直到那时一直令我激动难安的强烈欲望突然消失得无影无踪，我身上的男性气质只剩下了好斗的一面。我专横地要求一件不属于我的东西，为了减轻我的错误，现在我必须战斗，否则那个威胁着要让她丈夫惩罚我的女人就会给我留下苦涩的回忆。

"好吧!"我对她说,"如果你允许,我就和你一起去。"

我的心脏跳得飞快,但不是因为恐惧,而是担心自己会表现失常。

我继续跟着她上楼。但她突然停了下来,靠在墙上,无声地哭了。楼上依然回荡着在我付钱购买的那架钢琴上弹出的《告别曲》。卡拉的啜泣使那音乐变得异常动人。

"我会做你希望的事情!你想让我走吗?"我问她。

"是的。"她勉强能吐出那个简短的词。

"再见!"我对她说,"既然这是你希望的,那就永别了!"

我慢慢地走下楼,哼起了舒伯特的《告别曲》。我不确定这是不是幻觉,但我似乎听到她叫我:

"泽诺!"

在那一刻,即使她用那个自以为是爱称的奇怪名字"达里奥"叫我,我也不会停下来。我非常想离开,想哪怕只有一次清清白白地回到奥古斯塔身边。就算是狗也会在被从女性身边踢开后非常无辜地跑掉,但只是暂时的。

第二天,我再次陷入了前往公共花园赴约时的那种状态,我觉得自己不过是个懦夫:虽然她没叫我的爱称,但毕竟喊了我的名字,但我竟然没有回应!那是痛苦开始的第一天,随后的很多日子都被苦涩的绝望感所笼罩。我不明白自己当时为什么会那样离开,只能把错误归咎于我对那个男人,或者对丑闻的恐惧。现在我又一次愿意做出任何让步,就像我曾有一次对卡拉提议绕城散步那样。我错过了一个很有利的时机,而且我非常清楚有些女人只会给你一次机会。我觉得那一次我已经把所有的机会都用尽了。

我当即决定给卡拉写信。我不可能让日子这么白白过去,而不去尝试重新接近她，哪怕一天也不行。我把那封信写了一遍又一遍，试着在短短的几句话中尽可能显得机智。我写了那么多遍也是因为那封信能给我带来极大的安慰，这是我需要的发泄方式。我请求她原谅我冲她发火，声称我强烈的爱意需要时间来平息。我补充道："每过去一天，我就感觉更平静一点儿。"我咬着牙反复写着这句话。然后我对她说，我不能原谅我对她说的话，我感到自己有必要向她道歉。遗憾的是，我无法像拉里那样给她提供那些她应得的东西。

我想象着这封信会产生巨大的影响。既然拉里什么都知道，卡拉可能会给他看这封信，而对拉里来说，结交我这么一个朋友可能会给他带来许多好处。我甚至梦想着我们可能会开启一段甜蜜的三人生活，因为我的爱是如此深沉，如果他那时能允许我和卡拉保持关系，哪怕仅仅是追求她，我的命运都会变得更加温柔。

写完这封信后的第三天，我从她那里收到了一张简短的便条。她根本没提到我的名字，不管她现在是叫我"泽诺"还是"达里奥"。她只是对我说："谢谢！希望您和您的伴侣能幸福，她配得上所有美好的事物！"自然，"她"指的是阿达。

我没能抓住有利的时机，因为对女人来说，除非你抓住她们的辫子，否则有利的时机就会溜走。我的欲望凝聚成了苦涩的狂怒。我不是在针对奥古斯塔！我的心灵几乎完全被卡拉占据了，我后悔万分，在奥古斯塔面前只能挤出一个愚蠢的、程式化的微笑，而她却以为那是发自内心的。

我需要做点儿什么。我不能成天这么痛苦地等下去！我不想再给她写信了。信对于女人来说无足轻重。我得找到更好的方式。

我冲向公共花园，心里却没有一个明确的计划。然后，我慢慢地走到卡拉家，来到她所在的那一层，敲响了厨房的门。如果有可能，我会避开拉里，但如果恰好撞见他，我也不会介意。那将是一场我感到有必要发生的危机。

老妇人像往常一样待在炉灶边，那里燃着两团熊熊烈火。她看到我很是惊讶，但随后就以她那种心地单纯且善良的人特有的方式笑了起来。她对我说：

"很高兴见到您！您过去每天都来看我们，我就知道您是不想完全躲着我们的。"

我轻易就和她攀谈了起来，她告诉我，卡拉和维托里奥深深爱着彼此。那天他和他母亲会过来吃饭。她笑着补充道："他很快就会让卡拉陪着他去上那些他每天必须去的声乐课，他们连一小会儿都不愿意分开。"

她以母亲般的微笑谈论着那份幸福感。她告诉我，几个星期以后他们就要结婚了。

我的嘴里泛起一股难闻的味道，几乎要转身走向门口并离开。然后我控制住自己，希望老妇人那些絮絮叨叨的话会给我带来一些好主意或希望。我对卡拉犯的最后一个错误就是在没有研究清楚所有可能性之前就匆忙离开。

有那么一瞬间，我认为自己想到了一个好主意。我问老妇人她是否决定到死都做她女儿的仆人。我对她说我知道卡拉对她并不是很温柔。

她继续在炉子旁边勤恳地做着手上的活计，但仍然在听我说话。她表现出的天真是我不配拥有的。她埋怨卡拉会因为一点小事就失去耐心。她为自己辩解说：

"当然啦，我每天都在变老，什么都记不住。这不是我的错！"

但她希望现在情况会有所改善。卡拉如今很幸福，她应该不会像以前那样自怨自艾了。而且，维多利奥从一开始就对她的女

儿表现出了极大的尊重。最后,她一边试着把点心和水果摆成某种形状,一边补充说:

"留在我女儿身边是我的义务。我做不了别的事情。"

我急切地试图说服她。我说她完全可以摆脱这种奴役。不是还有我吗?我会继续给她我之前给卡拉的那份月供。我现在想资助某个人!我想把老妇人留在我的阵营里,我觉得她是她女儿的一部分。

老妇人向我表达了她的感激。她称赞我是个善良的人,但我让她离开她女儿的这个想法却让她哈哈大笑。这是不可想象的事情。

这句严酷的话如当头棒喝,令我垂下了头!我又回到了那种巨大的孤独中,那里没有卡拉,我也看不到能走向她的道路。我记得在离开之前,我做了最后一次努力,好让自己相信那条路仍在,至少能有个路标。我对老妇人说,过段时间,她的情绪可能会完全不一样。我请求她到时候能想起我。

我带着满腔怒火离开了那所房子,仿佛我是在准备开始做好事时遭到了虐待。老妇人爆发出的那阵大笑真的冒犯到了我。我还能听到它在耳边回响,而它可不仅仅意味着对我最后那个提议的嘲笑。

我不想在那种状态下见到奥古斯塔。我预见了我的命运。如果我去找她,我最终可能会伤害她,而她则会用那种能令我痛苦不堪的惨白面色来报复。我宁愿在街上逛一会儿,让步伐保持某种节奏,这也许会给我的心灵带来某些秩序感。我确实感到了秩序!我不再怨恨我的命运,也看清了自己的内心,就仿佛有一束强光打在了我眼前的路面上。我需要的不是卡拉,而是她的一个拥抱,最好是最后一个拥抱。真是荒唐!我咬住嘴唇，想给自己制造些疼痛，让我那荒唐的幻想显得严肃一点儿。我对自己非常了解，因此无法原谅我竟然会因为得到了一个可以和过去一刀两断的机会而痛苦不堪。卡拉已经不在了，而这正是我多次盼望过的。

不久后，我头脑十分清晰地走到了城郊的一条路上，我完全是无意中来到那里的，一个化着浓妆的女人向我招手，我毫不犹豫地跑向了她。

我回家吃午饭时已经很晚了，但我对奥古斯塔非常温柔，很快就哄得她开心了起来。但我有好几个小时没办法亲吻我的女儿，也吃不进东西。我感觉自己非常肮脏！我没有像之前很多次那样装病，来掩盖和减轻我的罪行以及随之而来的内疚感。我花了很长时间才找回平日的节奏，从黯淡的现在走向光明的未来。

奥古斯塔注意到我身上有些不一样的地方。她笑着说：

"和你在一起永远不会感到无聊。你每天都是一个新的人。"

是的！郊区的那位女人与众不同。她留在了我的心里。

下午和晚上我也是和奥古斯塔一起度过的。她忙得不可开交，而我则待在她身边，什么也不做。我感觉自己就这样一动不动地被一股清澈的水流带走了：那是我家里诚实的生活。我任由那股水流带着我前行，但它并没有把我洗刷干净。恰恰相反！它暴露了我肮脏的一面。

在那个漫长的深夜里，我毫不意外地开始列下种种计划。第一个计划最为稳妥。我会给自己准备一把武器，一旦我发现自己开始往城市的那个地方走，我就会马上结束自己的性命。这个誓言让我感觉好多了，也让我的情绪平复了下来。

我没有在床上呻吟，甚至假装睡着一般发出有规律的呼吸声。就这样，我又一次回到了以前的想法，即向我的妻子坦白一切以净化我的良心。就像我当时准备因为卡拉背叛她一样。但现在这种坦白已经很困难了，这不是因为我犯的错有多严重，而是因为情况十分复杂。在我妻子这样一位法官面前，我不得不列举出种种情况来减轻自己的罪行，而要让这些情况站得住脚，我就得提到那毁掉了我和卡拉关系的意外事件。但这样一来，我就不得不坦白那场已经发生了很久的背叛。它比这一次更纯洁，但是（谁说得准呢？）对我妻子来说则更具有冒犯性。

经过一番深思熟虑，我制订了更合理的计划。为了避免重蹈覆辙，我应该赶紧开始另外一段关系，它应该和我失去的那段关系十分相似，这也明显是我需要的。但是新的女人也让我害怕。成千上万个危险可能会威胁到我和我的家庭。这个世界上并没有另一个卡拉，我流着极其苦涩的泪水怀念她，她那么温柔，那么善良，甚至试着去爱我所爱的女人，她没能做到这一点，仅仅是因为我放在她面前的是另一个女人，而我对那个女人没有一丝一毫的爱意！

# 第七章　商业公司的故事

圭多希望我加入他新成立的商业公司。我非常渴望能加入，但我确信我从未让他猜中这一点。可以想到，在我那种无所事事的状态下，和一位朋友一起做些什么的提议是很有吸引力的。但还有别的原因。我仍然希望自己能成为一名优秀的商人，而且我觉得如果我能指导圭多，而不是让奥利维指导我的话，我能更轻易地取得进步。这个世界上，很多人只有听从自己的心声才能学到东西，或者说，他们在听取别人的意见时什么也学不到。

让我入伙的还有其他理由。我想变成一个对圭多有用的人！首先，我很喜欢他，虽然他希望自己看上去既强大又自信，我却觉得他不堪一击，需要别人来保护，而我非常愿意充当这个角色。其次，不仅奥古斯塔这么想，我的良心也让我认为我和圭多的联系越紧密，就越能表明我对阿达的漠不关心。

总之，我只等圭多一句话，就会任他调遣，而这句话迟迟未来，只是因为他不相信我对商业有多大兴趣，毕竟我完全不在乎家里给我提供的那个机会。

有一天他对我说：

"我虽然上过高等商学院，但还是有点儿担心自己能不能妥善处理好所有那些能保证一个商业公司正常运作的细节。商人可以什么都不懂,因为如果他需要给货物称重,就去找称重员;如果他需要法律帮助,就去找律师;如果是账目方面的问题,就去找会计师。但一开始就把账目交给一个外人,这实在让人很难接受!"

这是他第一次明确暗示希望我和他一起工作。说实话,我除了给奥利维管过几个月的账以外,没有其他的会计经验,但我确信我是唯一一个对圭多来说不算外人的会计师。

当他去给他的公司挑选家具的时候,我们第一次正式讨论了合作的可能性。他一上来就给管理层的办公室订了两张书桌。我红着脸问他:

"为什么是两张?"

他回答说:"另一张是给你的。"

我对他感激涕零,差点儿冲上去抱住他。

在我们离开家具店时,圭多有些尴尬地解释说,他还不能在自己的公司里为我提供一个职位。他把自己办公室的那个位置留给我,只是为了我在愿意的时候过来陪陪他。他不想强迫我做任何事,同时他也是自由的。如果他生意做得好,他会在公司的管理层给我一个位置。

圭多在谈到他的生意时,那张英俊的褐色脸庞变得非常严肃。他似乎已经考虑过自己想从事的所有业务。他的目光越过我的头顶,看向了很远的地方,我对他思考的严肃性深信不疑,所以也转过身去和他看往同一个方向,换句话说,看的是那些应该能让他交上好运的业务。他既不想走我们岳父那条大获成功的道路,也不想走奥利维铺好的那条简单而安全的道路。在他看来,这两位都属于老派的商人。他需要走一条全新的路,并且他愿意与我合作,因为他认为我还没有被那些陈旧的观点毁掉。

我觉得这一切都是真的。我就这样取得了商业上的第一次成功，我非常高兴。脸又一次涨红了。为了感谢他对我表示出的尊重，我就这样开始和他一起工作，而且为他工作，时而紧张时而轻松。我这一干就是整整两年，除了管理层办公室里那个位置给我带来的荣誉之外，我没有其他报酬。那无疑是我在同一个职业里待过最长的一段时间。我没有为此自鸣得意，仅仅是因为我从事的活动既没给我也没给圭多带来任何成果，而众所周知，在生意场中，结果是唯一的评判标准。

我对自己即将在生意场里大展宏图的信心持续了大概三个月，这也是成立那家公司所需的时间。我知道我要做的不仅仅是处理诸如收发信件和管理账目之类的细节工作，还要监督生意的状况。尽管如此，圭多的权限要远高于我，他甚至差点儿把我毁掉，我只是运气够好才阻止了这种情况。只要他一个示意，我就会立刻赶到他身边。我生命中的很多时间都用在了思考这个问题上，但现在写下这些事时，我依然感到很惊讶。我先是黏着他学习怎么处理大宗交易，然后又反过来整天教他怎么处理小宗交易，这有什么道理可言呢？我在那个位置上感觉良好，仅仅是因为在我看来，我与圭多亲密的友谊意味着我对阿达彻底的冷漠，这一切又有什么道理可言呢？有人要求我这么做吗？难道我们不断生下的那些小屁孩还不足以证明我们根本不在乎彼此吗？我不讨厌圭多，但如果我能自由地选择和哪些人交朋友，我肯定不会选他。我一直很清楚他的缺点，因为当他的软弱没有打动我时，我常常会被他的想法激怒。我长时间地为了他牺牲自己的自由，任凭自己被他牵连进最为人不齿的境地，仅仅是为了帮助他！这要么是我实打实地大发善心，要么就是彻底的病态，这两者之间的关系非常密切。

哪怕我们随着时间的推移真的发展出了深厚的感情，就像每天见面的老好人之间会发生的那样，这也是无可辩驳的事实。我对他的感情是真心实意的！当他去世后，我在很长一段时间里都十分想念他，甚至可以说，我感觉自己的生活变得非常空虚，因为他和他的生意曾经占据了其中很大一部分。

我们的第一桩生意——也就是购买家具——从一开始就出了差错，我们不知怎么搞错了期限。一回忆起这件事情我就想笑。我们给家具付了钱，但还没决定要把公司开在哪里。我和圭多在选址上持有不同意见，这导致我们迟迟不能做出决定。我从我的岳父和奥利维那里看到，办公室应该选在仓库边上，以便能监控里面的情况。圭多则反对这么做，他做了个厌恶的鬼脸：

"那些的里雅斯特的公司里都是鳕鱼干和皮革的臭味！"他信誓旦旦地保证能组织好远程监控，但还是犹豫不决。终于有一天，家具商要求他赶紧把家具提走，否则就要把它们扔到街上去，于是他匆忙中选定了最后一间还空着的办公室，附近没有仓库，但位于城市正中心，这就是为什么我们再也没能拥有仓库。

办公室里有两间宽敞且光线充足的房间，还有一间没有窗户的小隔间。这个没法住人的小隔间门上贴着一个标牌，上面用碑文体写着"会计"；至于另外两扇门，一扇的门牌上写着"出纳"，另一扇则用带有很强的英式风格的字体写着"私人"。圭多也在英国学过怎么做生意，他带回了一些有用的理念。

按照惯例，出纳办公室配备了一个气派的铁制保险箱和一扇传统栅栏门。我们的私人办公室则被装修得十分奢华，墙面贴着棕色的丝绒壁纸，里面放了两张书桌、一张沙发和几把非常舒适的扶手椅。

接下来就是购买账本和各种办公用具。在这些事务上，我的管理者身份毋庸置疑。我订什么，什么就会被送来。说实话，我宁愿那些订单不要得到那么快的响应，但理清办公室所需的一切物品是我的责任。那时我自以为发现了我和圭多之间的一大差异。我用自己知道的一切来高谈阔论，而他则用自己知道的一切来行动。当他学到了我所知道的一切时（但学识并不比我更多），他就开始进货了。他确实有好几次在交易时下定决心什么也不做，既不买也不卖，这在我看来是一个自认为无所不知的人会做出的决定。即使在无事可做的时候，我也是个优柔寡断的人。

我采购那些东西时非常谨慎。我跑到奥利维那里问清了信件册和会计账本的尺寸。然后小奥利维帮我建立了账目，有一次甚至向我解释了什么是复式记账，这些东西都不难，但很容易忘记。等到了做财务报告的时候，他还要给我解释那究竟是什么。

那时我们还不知道要在那间办公室里做什么（现在我知道那个时候圭多也完全没有概念），就把整个组织架构讨论了一遍。我记得一连几天，我们都在讨论要把其他员工安置在哪里，还有我们是否需要这些人。圭多建议最后不管有多少人，统统把他们安排到出纳办公室去。但我们那时唯一的员工小卢奇亚诺却说在放钱的地方，除了被委派负责保险箱的人之外，不能有其他人。很难接受一个跑腿的来教我们做事！我灵光一现：

"我记得好像在英国，所有人都是用支票付款的。"

这是我在的里雅斯特听别人说的。

"好极了！"圭多说道，"我现在也想起来了。真奇怪我竟然忘了这件事！"

他开始事无巨细地向卢奇亚诺解释现在已经没有必要去管理大量的现金。支票可以在人与人之间流通，上面可以写任何金额。我们这一仗赢得漂亮，卢奇亚诺终于闭嘴了。

他从圭多那里学到的东西令他受益颇多。这个曾经给我们跑腿的人如今成了的里雅斯特一位非常受尊敬的商人。他现在还会带着些许谦卑的微笑向我致意。圭多每天总会花一部分时间先教卢奇亚诺，再教我，最后教那个女员工。我记得他有很长一段时间都抱着拿佣金做生意的想法，以免用自己的钱冒险。他向我解释了这种商业模式的本质，看到我显然一下就听懂了之后，他就开始向卢奇亚诺解释，后者长时间极其认真地听着，大眼睛在他那张还没长出胡须的脸上闪闪发光。不能说圭多浪费了他的时间，因为卢奇亚诺是我们几个人里唯一用那种商业模式取得了成功的人。人们还说胜利是属于科学的呢！

与此同时，从布宜诺斯艾利斯运来了一批比索[①]。这是一桩正经的生意！一开始我以为这是件很简单的事，然而的里雅斯特的市场并没准备好接受外国货币。我们又一次需要小奥利维来教我们怎么去兑现那些支票。后来，小奥利维认为他已经帮助我们走上正轨，便让我们自己去操作，圭多有好几天满口袋都是克朗，直到我们找到一家银行帮我们处理了这个麻烦，给了我们一本支票簿，我们很快学会了如何使用。

圭多觉得有必要告诉小奥利维这种体系给他提供了不少方便：

"我向您保证，我永远不会与我朋友的公司竞争！"

但这位年轻人却对怎么做生意有着截然不同的看法，他回答说：

"要是有更多的人愿意签约我们的商品就好了。那样会对我们更有利！"

---

① 比索（Peso），阿根廷货币。

圭多听得目瞪口呆,他太理解这样的理论,就像他一贯会做的那样,他为这个理论着了迷,还把它灌输给了任何愿意听的人。

尽管有着高级商学院的背景,圭多对借贷双方的概念却并不清晰。他惊讶地看着我设立资本账户,以及我如何登记开支。后来,他对会计学了如指掌,以至于每当有人向他提出一笔交易,他都会首先从会计学的角度分析一番。他甚至认为和会计学有关的知识赋予了世界一个全新的面貌。他到处都能发现债务人和债权人,哪怕是看到两个人在打架或接吻也是如此。

可以说他以一种再谨慎不过的态度进入了商界。他拒绝了许多交易,甚至有 6 个月的时间,他都带着那种见多识广的人特有的安详态度拒绝了所有交易。

"不!"他说,这个单音节词似乎是在精确计算后得出的结果,哪怕交易的商品他从来没见过。不过,他把这些深思熟虑全部浪费在了构想应该怎么做生意,以及它可能在会计学上产生的收益或者损失上面。这是他刚刚学到的东西,而它凌驾于他所有的学识之上。

我很遗憾自己不得不把我这位可怜的朋友说得这么差劲,但为了更好地了解我自己,我必须说实话。我记得他费了多少脑筋用种种奇思妙想填满我们那间小办公室,让我们无法进行任何正常的业务活动。在某一刻,为了赚一些佣金,我们邮寄了一千多份传单。圭多是这么想的:

"如果在寄出这些传单之前我们就能知道多少人会把它当回事,我们能省下多少邮票啊!"

这句话本身并不会阻止任何事情,但他太喜欢自己的这个主意,开始把所有密封好并准备发送的传单抛到空中,然后只寄出落下时地址朝上的那些。这场实验让我想起我曾尝试干过类似的事情,但我觉得自己从来没做到这个地步。然而,我既没收集也没寄出那些被他淘汰的订单,因为我不确定他是不是真的用十分严肃的灵感淘汰了他们,所以我不应该浪费那些他出钱购买的邮票。

我的好运阻止了我被圭多毁掉,同样的好运也阻止我过于积极地参与他的事务。我大声说出这一点,是因为里雅斯特的其他人并不这么想:在与他共事的那段时间里,我从未提出过任何像购买葡萄干那样的点子。我从未催促他去做某桩生意,也从未阻止他去做任何生意。我是个劝诫者!我促使他保持活跃、保持谨慎,但我不敢把他的钱押在赌桌上。

我在他身边常常无事可做。我试图引导他走上正确的道路,也许我是因为太过懒散才没能成功。再说,当两个人在一起时,谁当堂吉诃德,谁当桑丘·潘萨①不是由他们说了算的。他做生意,而我则是一个称职的桑丘,我先是会审查和评判他的每一桩生意,然后在我的账本里慢慢跟进它的动向。

赚取佣金的想法彻底失败了,但没有给我们带来任何损失。唯一给我们发货的是维也纳的一家文具店,那些文具里的一部分是卢奇亚诺卖掉的,他渐渐知道了我们应得的佣金究竟有多少,并且让圭多把绝大部分转让给他。圭多最终同意了,因为金额很小,而且以这种方式结算第一笔生意应该会带来好运。这第一笔生意给我们用作储藏室的小隔间留下了一大堆需要我们付钱并储

---

① 堂吉诃德(Don Quijote de la Mancha)是西班牙作家米格尔·德·塞万提斯·萨维德拉(Miguel de Cervantes Saavedra,1547—1616)笔下的一个乡绅,因痴迷于骑士小说,他幻想自己也是一个骑士,从而踏上冒险之旅。桑丘·潘沙(Sancho Panza)是他的忠实随从。传统文学评论认为,堂吉诃德代表着理想主义和浪漫主义,而桑丘·潘萨则象征着务实和现实主义。

存的文具。它们足够让一家远比我们活跃的贸易公司使用很多年。

有几个月的时间，市中心那间明亮的小办公室变成了我们愉快的聚会场所。我们在那里几乎不工作（我认为我们总共只达成了两笔生意，交易的物品是空的二手包装材料，我们在同一天买进卖出，赚了一点儿小钱），一直聊天，就像好孩子一般，把年轻的卢奇亚诺也包括了进来，每当我们谈到生意时，他激动得就像其他同龄人听到有关女人的话题那样。

那时，我还没有失去卡拉，与这些天真的人一起天真地消磨时间对我来说很容易。在我的记忆里，那段时间里每一天从早到晚我都很开心。晚上回到家后，我有很多事情可以讲给奥古斯塔听，而且我可以毫无保留地和她分享办公室里发生的种种细节，不用增添任何虚构的成分。

奥古斯塔忧心忡忡地抛出她的疑问："但你们什么时候开始赚钱呢？"我却一点儿也不担心。

钱？这个问题我们甚至还没开始考虑。我们知道首先我们要停下来仔细观察，研究商品、国家，还有我们的后方市场。一家贸易公司可不是打个响指就能开起来的！我的解释让奥古斯塔放心了。

后来，我们的办公室迎来了一位非常吵闹的客人。一只几个月大的猎犬，它成天上蹿下跳，令人生厌。圭多非常喜爱它，给它备足了按时供应的牛奶和肉。当我没什么事可做，也没什么事可想时，我也乐意看着它在办公室里跑来跑去，做出那四五个我们能理解并且非常喜爱的动作。但我觉得它不应该和我们待在一起，它太吵闹，也太脏了！对我来说，出现在办公室里的这只狗是圭多不适合管理商业公司的第一个证据，这个证据还是他本人提供的。它证明了他的态度完全不端正，但我没有勇气坚持己见，他随便回我一句话就能让我闭嘴。

因此，我觉得我应该亲自对这位同事进行一些教育，便趁着圭多不在的时候痛快地踢了它几脚。狗哀号着，一开始还回来找我，以为我是无意中不小心踢了它一下，但第二脚更清楚地解释了第一脚的含义，于是它就躲到了角落里，一直到圭多回到办公室才安静下来。后来我懊悔自己去欺凌一个无辜的生物，但为时已晚。我对那条狗表现出友善的态度，想补偿它，但它再也不信任我了，而且圭多在场的时候，它会对我表现出明显的厌恶。

"奇怪！"圭多说，"幸亏我很了解你，不然的话我会对你起疑的。一般来说，狗讨厌什么人都是事出有因的。"

为了消除圭多的疑虑，我差点儿告诉他我是如何让狗讨厌我的。

不久后，我与圭多之间发生了一场小小的争执，说实话，争执的起因本来不应该那么重要。他被会计学迷得神魂颠倒，坚持把他的家庭支出计入一般性支出里。我在询问过奥利维之后反对他这么做，这是为了老"卡达"的利益着想。确实不可能把圭多、阿达以及后来出生的双胞胎的花销记入那个账目，那些是圭多个人的开支，不应该由公司承担。然后，作为补偿，我建议圭多写信给布宜诺斯艾利斯，看看能不能商量着让他拿一部分薪水。他父亲拒绝了这一提议，指出圭多已经得到了75%的利润，而他只能得到剩余的部分。我觉得这个回答十分合理，而圭多则开始写长信给他的父亲，试图按照他所说的，站在更高的角度讨论这个问题。布宜诺斯艾利斯非常遥远，因此，他们之间的信件往来一直持续到我们公司关门大吉的时候。但我的观点胜利了！"一般性支出"这个账目到最后都是干干净净的，没有被圭多的个人开销污染，另外注册资本虽然在公司倒闭时赔得一分不剩，但它仍然是原封未动的，一文钱都没有少。

第五个被招进我们公司的人（算上那条叫阿尔戈的狗）是卡门。我目睹了她被聘用的全过程。我在去过卡拉家后来到办公室，心情非常平静，就像塔列朗亲王[①]在早上8点那么平静。我在昏暗的走廊里看到了一位小姐，卢奇亚诺告诉我她想亲自和圭多聊聊。我有些事要处理，便请她先在外面稍作等候。不久后圭多走进了我们的房间，显然没有看到那位小姐。卢奇亚诺过来递给他那位小姐提供的介绍信。圭多读了读，然后说：

"不！"他一边因为嫌热而脱掉外套，一边干巴巴地说。但很快就犹豫了起来：

"我还是得和她谈谈，以表示对她推荐人的尊重。"

他让她进来，我看到圭多一跃而起，穿上外套，把他那英俊的棕色面庞和闪闪发光的双眼转向那个女孩子，直到那时我才开始打量她。

现在我确信自己见过的女孩子里也有和卡门一样漂亮的，但谁的美貌都不像她的那样有攻击性，换句话说，你在看到她的第一眼就会意识到她有多么美丽。通常情况下，一个女人首先会依据自己的心愿来塑造自己的形象，而她却不需要进行这个阶段。我看着她，先是脸上浮现出微笑，然后放声大笑了起来。我觉得她很像一个跑遍全世界，到处宣扬自己的产品有多么优秀的工业家。她自我介绍说是来找工作的，但我很想在面试里插一句嘴问她："什么工作？床上的工作吗？"

我发现她没有化妆，但脸上的各种色彩却十分清晰。造物主把她塑造得多么完美啊。她的皮肤白得仿佛要透出蓝光，面颊上

---

[①] 塔列朗亲王（即夏尔·莫里斯·德·塔列朗－佩里戈尔 Charles Maurice de Talleyrand-Périgord，1754—1838），法国资产阶级革命时期的外交官与政治家。

的红润好似成熟的果实,一双大大的棕色眼睛熠熠生辉,一顾一盼都十分惹人注目。

圭多让她坐下,她谦逊地低头看着她的小阳伞的伞尖,或者更有可能是在盯着她的漆皮短靴。当他和她说话时,她迅速抬起头,用炯炯的目光看着他,我可怜的老板顿时方寸大乱。她的衣着十分朴素,但这对她没什么帮助,因为她身上每一丝谦逊的痕迹都会自行消散。她身上唯一看起来略显昂贵的东西只有那双短靴,它们让人想起委拉斯凯兹①放在模特脚下的那些洁白的纸张。委拉斯凯兹也会把卡门画进漆黑的背景之中,把她和周围的环境分开来。

我在平和的心态中好奇地听着他们的对话。圭多问她会不会速记。她承认自己在这方面一窍不通,但她补充说在誊写口述文件方面的经验很丰富。真有意思!那个女人身材高挑、苗条、匀称,声音却十分嘶哑。我按捺不住我的惊讶。

"您感冒了吗?"我问她。

"没有!"她回答道,"您为什么问我这个?"她对这个问题非常吃惊,向我投来的目光也变得更加有神了。她不知道自己的声音如此难听,我不由得怀疑她那双小耳朵可能也并不像看上去的那样完美。

圭多接着问她会不会说英语、法语或者德语。他给她留了选择的余地,因为我们还不知道自己需要哪种语言。卡门回答说她懂一点点德语,但非常有限。

圭多从来不会在没有思考过的前提下做出决定:

"我们不需要德语,因为我本人德语就很好。"

---

① 迭戈·罗德里格斯·德·席尔瓦·委拉斯开兹(Diego Rodríguez de Silva y Velázquez, 1599—1660),西班牙黄金时代著名画家。

这位小姐等待着最后的决定，我认为这个决定已经给出了。为了快点得到答复，她说她也希望有机会在新工作中得到锻炼，因此愿意接受非常低廉的薪水。

女性的美貌对男人产生的第一个效果就是让他们变得慷慨。圭多耸了耸肩，表示用不着操心这些微不足道的事情，他给她开出了一个薪资，她满怀感激地接受了，然后他郑重其事地嘱托她学习速记。他这么嘱咐只是为了对我有个交代，因为他曾经宣布过，他雇佣的第一个员工会是一个完美的速记员。

那天晚上，我向我的妻子谈起了这个新同事。她非常不高兴。我还什么都没说，她就马上认为圭多是出于一己私利才雇了那个女孩，他想让她成为自己的情人。我和她争论了起来，尽管我承认圭多的表现是有点儿像在恋爱，但一口咬定他能从这次晴天霹雳中恢复过来，并且不会引发任何后果。那个女孩，总体来说，似乎是个正经人。

几天后——我不确定是不是巧合——阿达来了我们的办公室。圭多还没到，她和我待了一会儿，问我他大概什么时候能到。然后，她迈着有些犹豫的步伐走向了旁边的房间，当时那里只有卡门和卢奇亚诺。卡门正在练习如何使用打字机，全神贯注地寻找着每一个字母的位置。她抬起那双美丽的眼睛，打量着正在盯着她看的阿达。两个女人之间的差异是多么大啊！她们有一点点儿相似，但是卡门看起来就像夸张版的阿达。说真的，我认为尽管她们中的一个人穿着更华丽的衣服，但生来就要成为妻子或者母亲；而另一个，虽然那时为了不让打字机弄脏衣服而穿着一条朴素的围裙，却注定要承担情人的角色。我不知道这个世界上是否有哪个饱学之士能解释为什么阿达那双极其美丽的眼睛里闪烁的光芒会比卡门眼中的黯淡，不过也许正因如此，她的眼睛可以称得上是真正的器官，它们的作用是观察人和事物，而非令人目眩神迷。卡门就这样坦然承受了阿达那轻蔑但好奇的目光，那里似乎还带着一些嫉妒，不过这也有可能是我想象出来的。

这是我最后一次见到阿达容颜依旧，就像她拒绝我时那样美丽。后来，她的怀孕称得上是一场灾难，经历了一场外科手术才把两个双胞胎生下来。紧接着，她大病一场，这场疾病夺去了她全部的美丽。所以我才对她的那次造访记得那么清楚。但我记得这件事也是因为那时我深深地同情阿达，她的美丽是那样温和而谦逊，但在另一位女人完全不同的美丽面前一败涂地。我当然不爱卡门，我对她的了解仅限于她那双波光流转的眼睛、鲜亮的色彩，还有那嘶哑的声音，以及——在这一点上她是无辜的——她被招进公司的方式。但那一刻，我对阿达真的抱有一种家人般的爱，虽然说爱这么一个我曾经强烈渴望过，却没能据为己有，现在已经根本不在乎的女人，真是怪事一桩。总而言之，即使她当时满足了我们的愿望，如今的处境也不会有什么改变，令人惊讶的是，我能再一次证明，我们赖以为生的许多东西其实并不那么重要。

为了减轻她的痛苦，我把她领到了另外一个房间。圭多紧接着就走了进来，他看到妻子时，脸一下子涨得通红。阿达用一个无可辩驳的理由解释了她为什么会过来，但随后在临走时，她问他：

"你们公司新招了一名女员工吗？"

"是的！"圭多回答道，他没找到更好的办法来掩饰自己的慌乱，只能话锋一转，问有没有人来找过他。在得到了我的否定回答之后，他做了个失望的鬼脸，就好像他本来在等一位重要的访客，但我知道他根本没在等任何人。然后，他终于设法装出了一副漠不关心的样子，对阿达说：

"我们需要一名速记员！"

听到他甚至忘了说我们需要的速记员是个女人，我差点儿笑出声来。

卡门的到来给我们的办公室带来了巨大的生机。我不是在说她的眼睛、优雅的身姿和面部的光彩所带来的活力，我指的是真正的商业活动。圭多因为有佳人相伴，工作起来十分卖命。他首先想向我和其他人证明这个新的女职员不是吃干饭的，所以他每天都会发明一些新的工作，自己也卖力工作。后来很长的一段时间里，他从事的业务都是为了找个借口以更有效的方式向那位女孩子献殷勤，他把效率提高到了闻所未闻的程度。他必须教她怎么以正确的格式写他口述的信件，然后还要纠正她很多很多单词的拼写错误。他的态度一直很温柔。那个女孩子怎么回报他都不显得过分。

他在恋爱中筹划的那些商业活动没有几个结出成果。有一次，他在某宗货物的交易上面花了很长时间，最后发现这个货物是被禁止买卖的。在我们交易的某个阶段，一个气急败坏的男人找上门来，我们无意中戳到了他的痛处。这个男人想知道我们和那些货物有什么关系，怀疑我们受了外国强大对手的指派。第一次见面时，他激动得几乎失控，担心会发生最糟糕的事情。当他猜到我们只是头脑简单的傻瓜后，便当面大肆嘲笑我们，断言我们什么也做不成。到头来，他的判断是正确的，但我们花了很长时间才摆平他的指控，而卡门也写了很多封信。我们发现那个货物被重重战壕围绕着，根本弄不到手。这件事我对奥古斯塔只字未提，但她却向我说了起来，因为圭多告诉了阿达，好向她证明我们的速记员有多少事情要做。这桩没有达成的交易对圭多来说有着十分重要的意义。他每天都要提几句。他确信世界上没有其他任何一个城市里会发生这种事。我们的商业环境真是差得一塌糊涂，每个胆敢在里面闯荡的商人都会被扼杀。现在轮到他了。

那段时间里，我们手头上那些疯狂而混乱的生意里有一桩甚至把我们的手灼伤了。我们并不是咎由自取，而是这桩生意主动找上门来的。我们被一个达尔马提亚人撺进了这个麻烦，他叫塔奇奇，他的父亲曾经和圭多的父亲共事过。他一开始来找我们，只是想打听一些商业信息。我们设法帮他把这些信息弄到了手。

塔奇奇是个非常英俊的年轻人，甚至可以说过于英俊了。他个子高挑，身强力壮，橄榄色脸庞上长着一双深蓝的眼睛，配有修长的眉毛和短小浓密的、镶着金边的胡须。总而言之，我觉得他脸上那些精心设计过的色彩仿佛让他生来就要和卡门结成一对璧人。他也是这么认为的，所以成天往我们这儿跑。我们每天都要在办公室里聊几个小时，但从来不会感到乏味。两个男人为了赢得那个女人的芳心使出了浑身解数，他们就像两头恋爱中的动物，夸耀着自己身上最优秀的品质。圭多有些施展不开拳脚，因为那个达尔马提亚人也会去他里，由此认识了阿达，但他在卡门眼中的地位已经无可撼动了。我很了解她那双眼睛，马上就察觉到了这一点，而塔奇奇过了很久才后知后觉，他为了找借口能更频繁地见到她，从我们手里以更高的价格买了好几车肥皂，而没从制造商处买。后来他也是因为爱情，把我们卷进了那桩灾难性的生意里。

他的父亲观察到硫酸铜的价格会在某些销售季持续上涨，而在另一些销售季则会持续下跌。因此决定在最有利的时刻从英国买进60吨来赚上一笔。这笔交易我们讨论了很久，甚至开始准备和英国的一家公司建立联系。然后塔奇奇的父亲给他的儿子发来了电报，说他认为最好时机已经出现了，并且写明了他愿意用什么价格达成交易。沉浸在爱河中的塔奇奇跑来把这笔交易转手给了我们，他从卡门那双漂亮的大眼睛里得到了一个含情脉脉的眼神作为奖励。可怜的达尔马提亚人对此感激涕零，不知道那个眼神其实是在向圭多传情。

我记得圭多在处理这笔看似非常简单的交易时那种从容和自信的态度，因为向英国那边下订单之后，他们可以把商品运到我们的港口，在那里直接转手给买家，用不着卸货。他精准地算出了自己想赚取的金额，并且在我的帮助下为我们的英国朋友规定了买进货物的限制条款。我们借助词典拼凑出了一封英文电报。这封电报一发出，圭多便兴奋地搓了搓手，开始计算这件轻松而简短的工作能给他的钱柜带来多少克朗的进项。为求老天保佑，他觉得应该向我承诺一小笔佣金，随后他有些心怀不轨地向卡门保证，她也会收到一笔佣金，毕竟她用自己的眼神给这笔交易出了一份力。我们两个都想拒绝这笔钱，但他恳求我们答应下来，至少装装样子。他担心如果不这么做，我们会给他带来厄运，我为了让他安心，一口应承了下来。我清楚地知道自己能得到的不过是一些美好的祝愿，但我也明白他可能不这么想。在这个世界上，我们要么彼此相厌，要么彼此相爱，但只有在一起做生意时，我们才会这样虔诚地许愿。

我们从方方面面仔细推敲了这笔交易，我记得圭多甚至计算了他从中获得的利益能养活他的家庭和他的公司多少个月，他有时候会说两边都是他的家，有时他在家里待烦了，也会说两边都是他的公司。我们把这笔交易推敲得过于仔细了，也许就是因为这样它才没能成功。伦敦很快回复了一封简短的电报：已获悉，并且附上了当日的硫酸铜价格，它比买家给我们的报价要高得多。

这笔交易就此告吹了。塔奇奇获知了这一情况，不久后就离开了的里雅斯特。

那段时间我人约有一个月没去上班，因此，一封看似无害却给圭多带来严重后果的信件没能由我经手处理。英国公司在那封信中确认了他们的电报已经发出，并且在结尾处告知我们，我们的订单在撤回前始终有效。圭多根本没想着撤回订单，而我在回到办公室的时候，已经把这笔交易忘得一干二净了。就这样，几个月后的一天晚上，圭多来家里找我，手里拿着一封他看不懂的电报，他认为这封电报是送错了地方，尽管上面清清楚楚地写着我们的电报地址，那是我在刚搬进办公室的时候就按正规流程发布出去的。电报里只写了3个单词："60 tons settled（60吨已采办）"，我立即明白了这意味着什么，这并不困难，因为硫酸铜是我们唯一处理的一宗大交易。我对他说，这封电报是在说我们为执行订单给出的报价已经生效，因此我们现在是60吨硫酸铜的幸运拥有者。

圭多反驳说：

"这笔订单拖了这么久才生效,他们怎么能认为我会接受呢？"

我马上想到我们的办公室里应该有第一封电报的确认信件，而圭多则不记得他收到过这样的信。他很不安，提议我们赶紧去办公室看看是不是真的有这么一封信，我很高兴他能这么说，因为我不想当着奥古斯塔的面讨论这个问题，她并不知道我有一个月没去上班。

我们跑去了公司。圭多非常不愿意看到自己被迫处理这桩大宗交易，他甚至打算跑到伦敦去取消订单。我们打开了办公室的门，在黑暗中摸进了我们的房间，点燃了煤气灯。那封信很快就被翻了出来，和我预料的一模一样：它通知我们那笔在撤回前始终有效的订单已被执行。

圭多看着那封信，皱紧了眉头，不知道是因为失望还是因为想要用他的目光抹去那短短几句话宣告的事实。

"想想看，"他说，"只需写上两个词就能避免这么大一笔损失！"

他这么说当然不是在责备我，因为我当时根本不在办公室，虽然我知道应该去哪里找那封信，也马上就把它找了出来，但在那之前我从来没有见过它。但为了更彻底地撇清自己的关系，我用不容置疑的口吻对他说：

"我不在的时候，你应该把所有信都仔细读一遍啊！"

圭多的前额舒展开来，他耸了耸肩，嘟囔道：

"这笔交易还是有可能让我们赚到钱的。"

他不久后就告辞了，我也回到了自己家中。

但塔奇奇是对的：在某些销售季硫酸铜的价格会持续下跌，每天的价格都比前一天更低，而我们因为无法在订单执行后马上以那个价格把货物转手，便有了观察这一现象的机会。我们亏损得越来越厉害。圭多在第一天征求我的意见。与后来他不得不承受的损失相比，他本来可以亏一小笔钱把那批货物卖掉。我不想给他什么建议，但我没忘记提醒他塔奇奇的观点，即在未来的五个月内价格还会继续下跌。圭多笑了起来：

"现在我什么都不缺，就差让一个乡下人来指导我怎么做生意了！"

我记得自己还试图纠正他的观点，对他说那个所谓的乡下人多年来一直在达尔马提亚的那座小城里观察硫酸铜的价格变化。我对圭多在那笔交易中蒙受的损失没有任何愧疚感。如果他愿意听我的话，本来可以省下这笔钱的。

后来我们和一个代理商讨论这笔硫酸铜的生意该怎么做，他是一个身材瘦小圆润的男人，精明且机警。他批评我们"购入了"那批货物，但似乎并不支持塔奇奇的观点。根据他的看法，尽管硫酸铜有着自己的市场，但其价格还是会受到金属价格波动的影响。这次会面给了圭多一定的信心。他请求代理商随时向他通报金属价格的变化，他不仅想等到没有亏损的时候再脱手，而且还想从中小赚一笔。代理商含蓄地笑了笑，然后他的一句话引起了我的注意，因为我觉得他说得非常正确：

"有意思的是，这个世界上，很少有人愿意接受小笔损失；真正的大笔损失倒能让人马上坦然接受。"

圭多没有在意这句话。不过我也很佩服他，因为他没向代理商透露我们是怎么买下这批货物的。我把自己的看法告诉了他，他扬扬自得了起来。他对我说，他担心讲出买进的经过会败坏我们的声誉，也会使货物贬值。

后来我们有很长一段时间都没再提起硫酸铜，直到伦敦发来了一封信，催促我们付款并组织发货。我们要接受并且储存60吨货物！圭多感到晕头转向。我们计算了储存这批货物几个月会产生多少开支。那可是一大笔钱！我没有说什么，但代理商却希望看到货物被运到的里雅斯特，因为卖掉它们的任务迟早要由他来包揽，他对圭多指出，虽然那笔金额看起来无比巨大，但如果折合成商品价格的百分比，其实并不多。

圭多笑了起来，因为他觉得这种观点很奇怪：

"我有的可不是100公斤硫酸铜，不幸的是，我有60吨！"

他本来可能会被经纪人的计算说服，计算结果毕竟是正确的，只要价格稍微上涨一点儿，就能绰绰有余地覆盖掉相应的开销，但他那时被一个突如其来的灵感迷住了。当他自己琢磨出一个经商的点子时，甚至会开始想入非非，脑子里再也容不下别的观点。

他的点子是这样的：货物从英国免费寄送，卖家需要承担运费。如果他现在把这批货物转手给原卖家，他们就能省下这笔运费，而他也能享受到远比在的里雅斯特市场上更有利的价格。这个想法虽然不太靠谱，但为了让他高兴，没人对此表示异议。这件事处理完毕后，他的脸上露出了一丝苦涩的微笑，看起来像是一个悲观的思想家，他说：

"我们再也别提这件事了。这一课上得很贵，现在我们要利用从中学到的东西。"

然而这件事还是得讨论。他再也没有了拒绝交易时那种从容自信的态度，当我在年末向他展示我们亏了多少钱时，他低声说道：

"那该死的硫酸铜成了我的祸根！我老是觉得自己需要从那次损失中恢复过来！"

我当时之所以没去办公室，是因为卡拉抛弃了我。我再也受不了每天看着卡门和圭多调情。他们当着我的面向对方微笑，眉来眼去。有一天晚上，在办公室准备关门的时候，我怒气冲冲地决定在不通知任何人的情况下永远离开那里。我本来以为圭多会问我为什么不辞而别，那时我就会和他把话说开。我可能会对他非常严厉，因为他对我在公共花园里的那些经历一无所知。

这种感觉有点儿像嫉妒，因为卡门在我看来就像是圭多的卡拉，一个更温和、更顺从的卡拉。就像他在第一个女人那里一样，他就连在第二个女人那里也比我要幸运。不过有可能——这给了我新的理由去责备他——他的运气也要归功于那些既令我嫉妒，也一直被我评价为弱点的品质：就像他拉小提琴时的那份自信一样，他在生活中也始终秉承着从容不迫的态度。我现在确信自己是为了奥古斯塔而牺牲了卡拉。当我回忆起卡拉那两年带给我的幸福时光时，我很难理解——毕竟我现在知道了她是怎样一个人——她是怎么忍受我那么长时间的。我难道不是每天都在用对奥古斯塔的爱情冒犯她吗？至于圭多，我倒是能肯定他能心安理得地享受卡门的爱情，而不会同时在脑子里想着阿达。以他那种洒脱的心态来讲，两个女人根本不嫌多。和他一比，我觉得自己竟然十分清白。我和奥古斯塔结婚并不是因为爱情，但我还是做不到背叛她而不感到痛苦。也许他娶阿达的时候也不爱她，然而——尽管我现在对阿达毫无兴趣——我还记得她在我心中引发的爱意，我觉得既然我曾经那么疯狂地爱过她，要是我处在圭多的位置上，我会是一个比现在更体贴的丈夫。

圭多并没来找我。我主动回去上班，只是因为想从那种百无聊赖的状态中解脱出来。他的表现与我们签订的合同条款相符，即我没有任何义务定期参与他的商业活动，当他在家里或者在别的地方遇到我时，也始终像往常一样对我表现出那种令我心怀感激的深厚友情，就好像不记得我让那张他为我购买的桌子空了出来。我们两个之间只有一个人感到尴尬：也就是我。当我回去上班时，他欢迎我的样子就仿佛我只缺席了一天，他非常热情地向我表示他有多开心我能重新回来和他做伴。他听到我决定重新开始工作，便感叹道：

"看来我没让任何人动你的账本是正确的！"

确实，我发现账本和报纸都还待在我离开它们时的地方。

卢奇亚诺对我说：

"既然您现在回来了，我们就有了重整旗鼓的希望。圭多先生尝试做过几笔生意，但都失败了，我觉得他有些气馁。请别告诉他我说过这些话，但麻烦您看看能不能让他重新打起精神。"

我确实注意到那间办公室里几乎没什么工作，直到硫酸铜带来的损失让我们重新忙碌起来之前,那里一直过着一种真正可以称得上是田园牧歌一般的生活。我很快就得出了结论,即圭多已经不再觉得有必要时时刻刻让卡门在他的指导下工作,我也在同一时间推测,他们已经不再需要追求对方,卡门现在可能已经成了他的情人。

卡门欢迎我的方式让我感到有些惊讶,因为她马上感到有必要提醒我一件我已经彻底忘记的事。似乎我当时因为失去了自己的女人,便在离开办公室之前的那几天对很多女人大献殷勤,卡门也没能幸免。她带着些许尴尬的神色,一本正经地对我说她很高兴再次见到我,因为她认为我真心喜欢圭多,我的建议也能给他提供很多帮助,她希望能和我——如果我同意的话——保持一种美好的、兄妹般的友情。她对我就是这么说的,同时把右手一挥,向我伸了过来。她那张看起来总是神色温柔的美丽脸庞变得非常严肃,好向我强调她提出的是兄妹一般的纯洁关系。

我那时反应过来她在说什么,脸就涨红了。我要是早一点儿记起来这件事,就再也不会回到那间办公室了。那只是我诸多类似的行为里的一件小事,如果现在没有被提起,甚至没有人会相信它曾发生过。在卡拉抛弃我的几天后,我开始在卡门的帮助下检查账本,为了更好地看清楚她核对的那一页上写着什么,我慢慢地把手臂环在了她的腰上,然后越来越紧地抱着她。卡门突然跳了起来,挣脱了我的控制,然后我就离开了公司。

我本来可以用一个微笑来捍卫自己,让她也对我笑一笑,因为女人很容易就会对这样的越轨行为报以微笑!我本来可以对她说:

"我试着做过一件事,但没有成功,这让我很痛苦,但我并不记恨您,我希望做您的朋友,除非您希望我们之间会有别的关系。"

或者我也可以像个正经人那样向她,也向圭多道歉:

"请你们原谅我,另外,也请你们在了解我当时所处的境遇之前,不要对我作出评判。"

然而我却张口结舌。我感觉自己的嗓子里堵着一团凝聚起来的怨气,让我说不出话来。所有这些一口回绝我的女人都给我的人生蒙上了一层悲剧色彩。我从来没有过那么糟心的时刻。我想不出怎么回答她,只能咬紧牙关,鉴于我还必须小心不要让这种表情流露出来,这实在是很难受。也许我说不出话来,也是因为她彻底抹杀了我仍然抱有的希望,而这给我带来了困扰。我必须承认:我找不到比卡门更好的选项来代替我失去的那个情人——那个几乎不会给我带来什么危害的女孩,直到她命令我再也不要去见她之前,她对我唯一的要求就是能生活在我身边。周旋于两个男人之间的情人是危害性最低的情人。然而,我当时的思路并不是特别清楚,但我萌生了这个想法,现在也把它理顺了。如果我能成为卡门的情人,我就算是为阿达做了件好事,也不会让奥古斯塔受到太多伤害。比起圭多和我各自拥有一个完整情人,我这么做会让两个女人受背叛的程度轻得多。

我在几天后才给了卡门回复,但直到今天,我一想起这件事就会脸红。卡拉在离开时抛给我的激动情绪似乎仍然在作祟,就是因为它,我才会走到那般田地。这是我一生中最后悔的一件事。那些逼得我们落荒而逃的恶言恶语比我们在激情驱使下采取的最可耻的行径更能刺痛我们的良心。当然了,我说的是那些没有被付诸行动的言语,因为,比如说,我非常清楚伊阿古[①]就把他说过的话彻头彻尾地付诸了行动。但是人犯下的恶行,包括伊阿古

---

[①] 伊阿古(Iago)为英国剧作家威廉·莎士比亚(William Shakespeare,1564—1616)笔下悲剧《奥赛罗》(*Othello*)中的人物。伊阿古在奥赛罗面前诬陷他的妻子苔丝狄蒙娜与其副将有染,并诱使奥赛罗杀死了苔丝狄蒙娜。

说出的那些话，都是为了让自己从中得到快感或者好处，这样一来，整个身体都会参与其中，甚至那些随后可能会充当审判者的部分也不例外，因此，人的身体会变成一个非常宽容的审判者。但是愚蠢的舌头总会为了满足一小部分的身体需求自行其是，而这一小部分如果离了舌头就会感到挫败，会继续假装战斗，哪怕这场战斗已经以失败告终。它要么想去伤害别人，要么想给别人带来安慰。它总是在庞大的隐喻中行动。而当脱口而出的话变得炽热时，它总是会灼伤说出它们的人。

我注意到她已经失去了当时那种让她一下子就被接纳进我们公司的光彩。我猜这是因为她在为某件事受苦，造成这种痛苦的应该不是身体上的不适，而是她对圭多的爱。说到底，我们男人很容易去同情那些一门心思扑在别人身上的女人。我们从来看不懂她们究竟在期待着可以从中得到什么好处。我们可能会喜欢这个男人——就像我感受到的一样——但我们也不会忘记这个世界上，情场中的冒险一般都是如何收尾的。我感到自己对卡门抱有一种真挚的同情，这是我在奥古斯塔和卡拉身上都没有体会过的。我对她说："既然您好心请我做您的朋友，您能允许我给您些忠告吗？"

她没有允许我这么做，因为就像所有陷入困境的女人一样，她会把任何忠告看成一种冒犯。她脸红了，结结巴巴地说："我不明白！您为什么要这么说呢？"然后为了让我闭嘴，她马上补充道："如果我需要建议的话，肯定会来找您的，科西尼先生。"

因此我没有得到给她讲道理的机会，这对我来说是一种损失。如果我能给她讲道理的话，我肯定会变得更为真挚，也许还会试着再次将她拥入怀中。我就再也不用绞尽脑汁地去假冒导师的角色了。

圭多迷上了钓鱼和打猎，他每周会有好几天不来上班。而我在回来后，有段时间十分勤奋，每天忙着更新账本。我总是独自和卡门与卢奇亚诺待在一起，他们把我视为办公室的主管。我并不觉得卡门因为见不到圭多而伤心，便想象到她爱他爱得太深，只要知道他玩得开心就会感到快乐。圭多应该也已经提前告诉过她他会在哪几天不来上班，因为她看起来完全没在等他，一点儿也不着急。相反，我从奥古斯塔那里知道，阿达的表现完全不一样，因为她心绪不佳地抱怨丈夫频繁缺席。而且，她抱怨的不止这一件事。就像所有得不到爱情的女人一样，她不管是在大事还是在小事上受到了冒犯，都要抱怨一通。圭多不仅背叛了她，他在家的时候还一直在拉小提琴。那把让我吃了不少苦头的小提琴被用于各种目的，简直可以和阿喀琉斯的长矛①媲美。我听说它还去过我们的办公室，用几首精妙绝伦的《塞维利亚的理发师》变奏曲向卡门求爱。当它在办公室失去用武之地时，它又回到了家，帮助圭多免去了不少和妻子交流的麻烦。

我和卡门之间自此再无任何纠葛。不久之后，我就对她完全漠不关心了，仿佛她变了性别，这和我对阿达的感觉差不多。我对她们俩只抱有深切的同情。就是这样！

圭多对我格外友好。我相信在我把他一个人撇下的那一个月里，他意识到了我的陪伴有多么宝贵。一个卡门这样的小女人或许会时不时让人心情愉悦，但整天和她待在一起就让人难以忍受了。他邀请我去钓鱼和打猎。我非常讨厌打猎，一口回绝了他。不过有天晚上我百无聊赖，最终同意和他一起去钓鱼。鱼类无法和我们沟通，也不会激起我们的同情心。它们安然无恙地待在水

---

① 阿喀琉斯的长矛是西方文学中一个常见的意象。在古希腊神话中，如果阿喀琉斯的长矛第二次刺向同一个地方，就会使第一次攻击造成的伤口痊愈。

里的时候也是一副呼吸困难的样子！甚至连死亡都不会改变它们的外表。如果鱼能感到痛苦的话，它们的痛苦也会完美地隐藏在鳞片之下。

当他邀请我参加夜钓时，我想先看看奥古斯塔那天晚上是否允许我外出，并在很晚的时候才回家。我告诉他，我会记住他的小船将在晚上九点从萨托里奥码头出发，如果可能的话，我会去找他。因此我想他应该一下子就领会到了自己在那天晚上见不到我，就像我之前做过很多次的一样，我不会去赴约。

但那天晚上，我被我的女儿小安东尼娅的尖叫声赶出了家门。她的母亲越是安抚她，她就尖叫得越厉害。于是我尝试按我的方式来，冲着那只叫个不停的小母猴子的小耳朵喊出了一连串骂人的话。我唯一的收获就是让她改变了尖叫的节奏，因为她被吓得哇哇大哭。然后我本来想再试试另外一种更严厉的方法，但奥古斯塔及时提醒了我圭多的邀请，一直把我送到门口，她向我保证，如果我很晚才能回家，她会一个人先去睡觉。甚至为了让我离开，她还说如果我到第二天早上还没回来，她也会一个人喝咖啡。我和奥古斯塔之间有一个小小的分歧——它也是我们之间唯一一个——即如何对待烦人的孩子：我认为和我们的痛苦比起来，小孩子的痛苦无足轻重，就算只是为了给大人免去许多麻烦，也应该好好收拾他们一顿。而她则认为既然我们生了孩子，就应该去忍受他们。

我有充足的时间到达约会地点，便在城中闲庭信步，观察着来来往往的女人。我在脑海里构思着一个特殊的装置，它应该能解决我和奥古斯塔之间的分歧。但这个装置对于现在的人类来说还太超前了！它属于遥远的未来，那时候我已经用不上了，它唯一的作用仅限于向我展示引发我和奥古斯塔争执的理由是什么。

311

我们缺少这个小装置！它的构造十分简单，一把装了轮子的小座椅，铺在一条轨道上，就像家用的有轨电车。我的女儿应该会成天坐在上面，然后按下一个通电的按钮，这把小椅子就会带着我尖叫个不停的女儿跑到房子最远的角落里去，她的声音会因为距离变得温和，甚至变得动听，我和奥古斯塔就可以安静而温馨地待在一起。

那是一个群星闪耀、没有月亮的夜晚，这样的夜晚会让人看到很远的地方，因此它显得温和而宁静。我看着星星，它们可能还保存着我父亲临终前最后的目光。我的孩子们高声尖叫，到处搞破坏的时期终将过去，之后他们会变得和我很像。我会依照我的责任去爱他们，不用付出努力。在美丽、广阔的夜色里，我完全平静了下来，用不着再许下任何誓言。

在萨托里奥码头栈桥上，城市里传来的灯光被一座古老的小屋截断，它铸成了一个短短的基座，栈桥从里面延伸出来。黑暗没有受到一丝侵扰，高涨而黯淡的水面平静无波，我觉得它似乎在懒洋洋地膨胀着。

我不再看天空或大海。离我几步之遥的地方有一个女人引起了我的好奇，她的漆皮短靴在黑暗中一闪而过。在这片狭小而黑暗的空间中，我想象着那个身材高挑，或许也十分优雅的女人和我被关在一个房间里。最愉快的冒险随时可能发生，当我看到那个女人突然向我走来时，我的心情在一瞬间愉悦到了极点，然而这种感觉在听到卡门那嘶哑的声音时一下子烟消云散。她试图假装很高兴能看到我也参加了这次活动。但在黑暗中，她那嘶哑的声音暴露了内心真实的想法。

我生硬地对她说：

"圭多邀请了我。如果你们愿意，我就去找点儿别的事做，让你们单独待着！"

她表示反对，实际上，她很高兴在那天第三次见到我。她告诉我全公司的人都在那只小船上，因为卢奇亚诺也在。如果船翻了，那我们的生意可就有大麻烦了！她对我说卢奇亚诺也在，显然是想向我证明这次聚会的目的十分单纯。然后她继续颠三倒四地说个不停，她先是告诉我这是她第一次和圭多一起钓鱼，然后又坦白说这其实是第二次。她无意间说到自己不介意坐在小船的"船舭"上，我很奇怪她竟然会知道这个术语。这样一来，她就不得不和我坦白是第一次和圭多一起钓鱼的时候学到的。

"那天，"她为了表明那次出游的目的完全单纯，补充道，"我们去钓的是鲭鱼而不是鲷鱼。是在早上去的。"

可惜的是，我没有时间让她多聊一会儿，因为我本来可以了解所有我关心的事情，然而圭多的小船已经在萨凯达湾的黑暗中朝我们迅速开了过来。我一直有一个疑问：既然卡门在这里，我是不是应该走开？或许圭多甚至没想过邀请我们两个人，因为我记得我几乎是拒绝了他。与此同时，小船靠岸了，卡门在黑暗中显得自信而充满活力，她跳到船上时甚至没有扶住卢奇亚诺递来的手。看到我还在犹豫不决，圭多喊道：

"别浪费时间了！"

我也纵身一跃跳上了船。我这一跳几乎是不由自主的，这是圭多喊的那一嗓子造成的结果。我满心渴望地看着陆地，但稍微一犹豫，我就不可能再下船了。我最后在这艘不大的小船船头坐下，当我适应了黑暗以后，我看到圭多坐在船尾，卡门坐在他脚边的船舭上，而卢奇亚诺待在我们中间，正在划船。我在小船上既不觉得安全也不感到舒服，但很快就习惯了，我看着星星，它们再次让我平静了下来。确实，有卢奇亚诺这么一位对我们的家庭和我们的妻子忠心耿耿的仆人在场的情况下,圭多不会冒险背叛阿达,因此我和他们在一起也没什么不妥。我渴望着享受那片天空、那片大海和那广阔无边的寂静。如果我感到后悔,并且为此痛苦的话,那还不如待在家里,让小安东尼娅折磨我。我尽情呼吸着夜晚新鲜的空气,意识到我可以和圭多与卡门玩得很开心,毕竟,我非常喜欢他们。

我们从灯塔前划过,来到了公海。几海里之外,无数帆船的灯光交相辉映。对鱼类来说,那里是另一种全然不同的威胁。我们从军事港口——一座桅杆林立的巨大黑色建筑——出发,沿着圣安德烈海滨来回移动。这是渔民最喜欢的地方。在我们旁边,很多其他的船只也在静静地做着同样的事情。圭多准备了三根鱼线,他把一些小虾的尾部穿在钩子上用作鱼饵。他给我们每个人发了一根鱼线,说我的那根是唯一一根加了铅坠并放在船头的,因此会是鱼儿的首选。在黑暗中,我觉得我鱼线上那只尾巴被刺穿了的小虾似乎在缓慢地移动上半身,那里还没有长出壳来。它移动的样子在我看来像是在沉思,而不是因为痛苦而痉挛。也许能给庞大的机体造成痛苦的东西,对十分渺小的机体来说反而是一种能促使它思考的全新的体验。我按照圭多的指示,把它抛到水下大概 10 英寻①左右的地方。在我之后,卡门和圭多也甩下了他们的鱼线。圭多现在同时在船尾处用一只桨划着船,这需要特别的技巧,因为它不能被鱼线缠上。看起来,卢奇亚诺还没有能力用这种方法驾驭小船。另外,他现在负责操作一张小网,他要用它把咬钩的鱼带出水面。很长一段时间里他都无事可做。圭多不停地说着话。谁知道他整天黏在卡门身边究竟是出于爱,还

---

① 1 英寻约等于 1.83 米。

是出于好为人师的热情。我真希望可以不用听他说话，好把思绪继续集中在那只小小的生物身上，我把它悬吊在水里，暴露在鱼群的贪婪中，而它头部的动作——如果它在水下还在点着头的话——会更好地把鱼吸引过来。但圭多叫了我好几次，我不得不听着他关于钓鱼的长篇大论：我们会感觉到鱼多次碰到鱼饵，但只有看到鱼线绷紧时才能把它拉起来。那时我们要做好准备猛地一拽，这样才能保证鱼钩会牢牢地穿进鱼嘴。圭多就像往常一样，一解释起来就说个没完。他想事无巨细地让我们明白在鱼碰到鱼饵时，我们的双手会有什么样的感觉。而就在他解释个不停时，我和卡门已经凭经验知道了鱼钩受到的每一次碰撞会以怎样的方式传递到手上，那动静大得几乎可以被听到。有好几次我们不得不把鱼线收回来换上新的鱼饵。那只思虑重重的小生物最终在没报仇的情况下就被某条机敏的鱼一口吞下，它知道怎么避开鱼钩。

  船上有啤酒和夹肉面包。圭多无休无止地聊着天，给这一切增添了一番风味。他开始讲述海中蕴藏的巨大财富。和卢奇亚诺以为的不同，这些财富既不是鱼，也不是人类沉入海中的宝藏。海水中实际上有着溶解了的金子。他突然记起我学过化学，便对我说：

  "你肯定也对这些金子略知一二。"

  我能记起的东西不是很多，但我还是冒险点了点头，作出了一个我无法保证其真实性的评论。我说道："要想提取出一枚溶解在海中的拿破仑金币①，就得花上5倍的价钱。"

  卢奇亚诺本来急切地转向了我，想从我这里听到我们所处的这片海洋里确实蕴藏着财富，他听到我这么说，失望地把身子转

---

① 拿破仑金币为拿破仑一世统治时期发行的一种货币，其价值通常等于20法郎，每一枚含有大约5.6克的纯金。

了回去。对他来说，那些金子已经无所谓了。圭多同意了我的看法，他相信自己记得那些金子的价格确实像我说的那样，有五倍那么多。他夸赞了我，甚至肯定了我的言论，尽管我知道那完全是胡说八道。看得出来，他觉得我构不成什么威胁，没有因为那位躺在他脚下的女士而感到嫉妒。我在那一瞬间想让他难堪，打算宣称我现在记得更清楚了一点儿，要从海水中提取一枚拿破仑金币，得花上3枚或者甚至10枚的价钱。

但就在那时，我的钓线突然被猛地一扯，紧绷了起来。我也猛地一拉，惊叫出声。圭多一下子跳了过来，接过了我的钓线。我心甘情愿地让给了他。他开始拉起线来，一开始幅度很小，后来由于抵抗力减小，他的动作也越来越大。在浑浊的水中，可以看到一条大鱼银白色的身体闪闪发光。它现在因为疼痛快速地游动，几乎不再抵抗。由此我也理解了那只无声的动物所经历的痛苦，因为那飞速迫近的死亡把它喊了出来。很快，大鱼就在我的脚下艰难地喘着气。卢奇亚诺之前用网子把它从水里拉了上来，漫不经心地一把将钩子从它嘴里扯下。

他摸了摸这条大鱼：

"这是条3公斤重的鲷鱼！"

他赞叹地说出了这鱼在市场上的价格。然后圭多评论说现在水面已经静止了下来，很难再捕到其他鱼了。他说渔民认为当水面不涨不落时，鱼儿就不会进食，因此也难以捕获。他还发表了一番食欲会给动物造成何种危险的哲学理论。然后他笑了起来，没意识到这是在自降身价。他说：

"你是今天晚上唯一一个知道怎么钓鱼的人。"

然而，就在我的猎物还在船上挣扎时，卡门突然尖叫了一声。圭多没有动弹，强忍着笑意问她：

"又一条鲷鱼吗？"

卡门有些困惑地回答：

"我觉得是！但它已经放开了钩子！"

我敢肯定那是圭多在欲望的驱使下捏了她一把。

此刻我感到浑身不自在。我再也不渴望我的鱼钩能有所作为，反而故意摇晃着钓线，让那些可怜的动物无法上钩。我说自己困了，并请圭多让我在圣安德烈下船。然后，我想尽力避免让他怀疑我是因为卡门的那声尖叫才离开的，就对他讲了我女儿那天晚上的情况，然后说我想尽快确保她没有生病。

圭多一如既往地热心，将船靠在了岸边。他想让我拿上那条我钓到的鲷鱼，但我拒绝了。我提议说把它扔到海里，让它重获自由，卢奇亚诺听到我这么说，大声抗议了起来，而圭多则和颜悦色地说：

"如果我知道能让它再活过来的话，我会这么做的。但现在这可怜的畜生除了被端上餐桌，已经没有别的用处了！"

我望着他们渐行渐远的背影，可以肯定他们并未利用我留下来的空间。他们紧紧地挨在一起，小船因为船尾的重量太大而微微翘了起来。

当得知女儿发烧的时候，我仿佛感觉神明给我降下了惩罚。难道不是我假装在圭多面前担心她的身体状况才让她生病的吗？奥古斯塔还没睡，但保利医生刚刚来过，他安慰了她，信誓旦旦地说这种急性高烧不可能是大病的症状。我们一直守在安东尼娅身边，看着她无力地躺在那张小床上，干燥的小脸在杂乱的棕色鬈发之间烧得通红。她没有尖叫，但时不时会发出一声短促的呻吟，旋即又会坠入昏睡之中。上帝啊！疾病把我们之间的距离拉得多么近啊！我愿意献出一部分生命来让她能顺畅地呼吸。我怎么才能不自责呢？我先前以为自己无法爱她，而且在她受苦的这段时间里，我都在离她很远的地方，和那么一群人做伴！

"她长得好像阿达！"奥古斯塔抽泣着说。这是真的！我们那时才第一次注意到这点，而且随着安东尼娅越长越大，这种相似性也越来越明显，有时我甚至会心里打战，害怕那和她外表相近的可怜人的命运也会降临在她头上。

我们把女儿的床挪到奥古斯塔的床边，然后也上床躺下了。但我无法入睡：我的内心十分沉重，悔恨交织，就像我白天犯下的过错映射在夜间幻象里的那些夜晚一样。女儿的病压在我心头，就好像是我一手造成的。我无法接受！我是无辜的，我可以坦白一切。于是我把一切都说了出来。我告诉奥古斯塔我见到了卡门，她在小船上坐的那个位置，还有我怀疑她那声尖叫是圭多一次粗鲁的爱抚引发的，但我不敢确定。奥古斯塔对此深信不疑。不然的话，圭多的声音为什么马上就带上了笑意呢？我试着劝她别钻牛角尖，但在那之后我还有事情要讲。我也坦白了有关我的一切，我讲到了那种让我匆匆离家的烦躁感，还有我后悔没能好好爱安东尼娅。我马上感到好多了，随后就陷入了深沉的睡眠。

第二天早上，安东尼娅的病情有了明显的好转，她的烧几乎全退了。她安静地躺着，呼吸平稳，但脸色苍白、筋疲力尽，就好像她那小小的身躯刚经历过一场超出其承受力的较量。当然，她已经从这场短暂的战役中胜利归来。我也受到她平静神色的感染，然后我不安地想起自己彻底败坏了圭多的声誉，便请求奥古斯塔向我保证她不会把我的怀疑告诉任何人。她抗议说那不是怀疑，而是确凿的事实，我否认了这种观点，但没能说服她。然后她向我承诺了我希望她承诺的一切，我心安理得地去了办公室。

圭多还没来，卡门告诉我，他们在我离开后非常幸运，又钓到了两条鲷鱼，比我的那条小一点儿，但重量可观。我不愿意相信她的话，我认为她想让我相信，在我离去之后，他们放弃了先前那种等我一走就开干的勾当。水面不是静止的吗？他们到底在海上待到了几点？

卡门为了说服我，还让卢奇亚诺确认他们真的钓上了两条鲷鱼。从那次开始，我就认为卢奇亚诺为了讨圭多欢心，什么事情都会做。

在硫酸铜交易发生前那段田园牧歌般的时光里，办公室里发生了一件十分奇特的事，我一直忘不掉它，这一方面是因为它暴露了圭多过分的傲慢，另一方面是因为它揭示了一些我不愿意面对的问题。

有一天，我们四个人和往常一样都在办公室，唯一在谈论业务的是卢奇亚诺。他的某些话在圭多听来像是对他的严厉斥责，在卡门面前，他很难忍气吞声。但他也很难为自己辩护，因为卢奇亚诺手里拿着证据。几个月以前，圭多拒绝听他接受一笔生意的意见，而这笔生意给最终处理它的人带来了可观的收益。圭多最后声称他鄙视商业，而且宣布如果他在这方面没有得到命运的垂青，他会找到更有智慧的赚钱方式，比如说拉小提琴。所有人都同意了他的看法，包括我，但我补充道：

"前提是必须刻苦学习。"

我这种保留态度惹得他很不开心，马上说如果是为了学习的话，那他本来可以做许多其他事，比如说从事文学创作。这一次他也赢得了所有人的同意，包括我，但我有些迟疑。我不太记得我们国家大文豪的面孔，便在记忆中呼唤他们，试图找到一个和圭多外表相似的人。那时他突然喊道：

"你们想要优秀的寓言故事吗?我可以像伊索[①]那样即兴创作!"

除了他自己,大家都笑了起来。他要来一台打字机,行云流水般用远比操作打字机夸张得多的动作写下了第一则寓言,就好像在誊写某人口述的信件。他已经把那张纸递给了卢奇亚诺,但突然改变了主意,把纸拿了回来,重新放进打字机,开始写第二则寓言。不过这个故事比第一个困难得多,以至于他都忘了摆出灵感迸发的样子,还不得不一遍遍修改他写下的内容。因此我认为这两则寓言中,第一则并不是他原创的,第二则才来自他的脑子,而且和它十分相称。第一则故事讲到一只小鸟发现关它的笼子的门开着。它一开始想利用这个机会逃走,但后来犹豫了起来,担心如果门趁它不在的时候关上了,它就失去了自由。第二则是关于一只非常大的大象,这只身形庞大的动物因苦恼于腿部虚弱无力,便去咨询一个男人的意见,这人是位名医,他看看那壮硕的四肢惊叫了起来:

"我从来没见过这么强健的腿。"

卢奇亚诺对这些故事并不买账,这也是因为他没理解它们在说什么。他哈哈大笑,但能看得出来,他认为把这种东西当商品推销十分滑稽。后来我们向他解释小鸟是在害怕失去返回笼中的自由,而大象的腿无论多么虚弱无力,在男人眼中也相当壮观,于是他的笑声便染上了一丝讨好的意味。但接着他问道:

"这两则故事能创造多少利润?"

圭多摆出一副高高在上的样子:

"完成这些作品的乐趣,然后,如果还想把它做大一点儿的话,

---

[①] 伊索(Aesopo),古希腊时期的作家,所编寓言经后人加工,以诗或散文形式结集,成为后世流传的《伊索寓言》。

也能赚到很多钱。"

卡门则激动到难以自持。她请求圭多允许她把那两则寓言誊抄一遍，圭多把那张写着他亲笔签名的纸送给了她，她感激涕零地道了谢。

这和我有什么关系？我并不需要为赢得卡门的赞美而战斗，就像我说过的，我根本不在乎她，但我想起了我的行事风格，我不得不相信，哪怕一个女人并不是我们欲望的对象，她也能激发我们的战斗精神。说实话，中世纪的骑士不也是为了他们从来没见过的女人战斗吗？那天，折磨我可怜肌体的那针扎般的疼痛感忽然剧烈了起来，我似乎找不到任何方式缓解这种痛苦，除非我去和圭多战斗，马上也写几则寓言故事。

我把打字机要过来，真的开始即兴发挥了。其实，我写的第一个故事已经在我心里酝酿了很多天。我编了一个题目——生命赞歌。然后稍作思考，在下面写上：对话体。我觉得让动物说话比描写他们更简单。我那则非常短小的对话式寓言就这样诞生了：

沉思中的小虾：生命是美好的，但应该小心自己坐的位置。

正在跑去看牙医的鲷鱼：生命是美好的，但真应该除掉那些背信弃义的邪恶动物，他们会在美味的肉里藏上尖锐的金属。

现在需要写第二个故事了，但我不知道该写什么动物。我看向躺在角落里的狗，它也看向我。我从它那胆怯的眼神里发掘出了一段回忆：几天前，圭多打猎回来，浑身都是跳蚤，便去我们的储藏间清理自己。我马上来了灵感，流畅地写下："从前有位饱受跳蚤叮咬之苦的王子，他请求神明只用一只跳蚤惩罚他，这只跳蚤可以身形巨大，饥肠辘辘，但只能有一只，然后让别的跳蚤去烦其他人，但没有一只符合要求的跳蚤愿意留在这个畜生般的人身上，他只好继续忍受所有跳蚤的折磨。"

那一刻我觉得我写的两则寓言出色极了。我们大脑创造的东西总是有一种至高无上的魅力，特别是我们在它刚诞生时审视它的那一刻。说实话，现在我已经积累了不少写作经验，但我还是很喜欢当时写下的那段对话。死到临头的生物写下的生命赞歌会在那些看着它死亡的人身上引发强烈的共鸣，另外一方面，很多垂死的人也会用最后一口气说出他们所认为的死因，这样一来，他们就把那些知道如何避免此等灾祸的人高唱的生命赞歌拔高到了全新的境界。至于第二则寓言，我并不想谈论它，它得到了圭多机智的评论，他笑着大声说：

"这不是寓言，这是在拐着弯骂我是头畜生。"

我和他一起笑了起来，刺激我写下这两则故事的疼痛瞬间减轻了。卢奇亚诺在听我解释完我的用意之后才露出了笑容，他认为没有人真的会为我或者圭多写的寓言故事掏钱。但卡门不喜欢我的故事。她用审查的目光恶狠狠地盯着我，这对她那双眼睛来说还真是新奇，我觉得她仿佛是在说：

"你根本不爱圭多！"

这甚至让我有些心慌意乱，因为她那一刻的判断无疑是正确的。我觉得我本来不应该表现出不爱圭多的样子，毕竟我一直到现在都在无偿地为他工作。我得对我的表现多加小心。

我和颜悦色地对圭多说：

"我愿意承认你的寓言故事写得比我的好。但是要记住，这是我这辈子第一次写寓言。"

他没有让步：

"你以为我以前写过别的寓言吗？"

卡门的目光已经变得柔和了，为了让它更柔和一些，我对圭多说：

"你在寓言创作上肯定天赋异禀。"

然而这句赞美让他们两个人都哈哈大笑起来,我也马上跟着笑了,不过所有人的笑声都是善意的,因为他们能看出来我说这些话时并没有什么坏心眼。

硫酸铜生意让我们的办公室陷入了前所未有的严肃氛围,没有时间再谈什么寓言故事了。我们现在对所有找上门的生意来者不拒。有几笔生意给我们带来了微薄的利润,而另外几笔则给我们造成了巨大的损失。圭多在其他方面都很慷慨,但一到生意场上,他就带上了一种古怪的贪婪,这是他的主要弱点。当一笔生意进行得不错时,他就忙着结算,贪图那到手的一点点儿利润。而当他发现自己在交易中陷入了不利局面时,又迟迟不能下定决心退出,好推迟从自己口袋里掏钱的时间。这就是为什么我认为他的损失总是巨大的,利润却很微薄。一个商人的资质只能体现在其整个肌体所得到的结果上面,从发梢到脚上的指甲。一个希腊人常说的词很适合用来形容圭多:精明的傻瓜。他真的很精明,但也蠢得要命。他身上全是心眼,但它们唯一的作用就是令他的种种计划每况愈下。

在硫酸铜事件发生的同时,那对双胞胎也突然降生了。他的第一个反应是惊讶,而且一点儿也不开心,但告诉我这个消息后,他马上讲了句俏皮话,惹得我哈哈大笑起来,他对这句话的效果非常满意,眉头也舒展了开来。他把两个孩子和60吨硫酸铜联系在了一起,说道:

"我啊,注定是要做批发生意了!"

为了安慰他,我提醒他说奥古斯塔又怀上了孩子,已经7个月了,我马上就能在孩子的数量上追上他。他依然十分机智地回答道:

323

"在我这个优秀的会计看来,这两者并不相同。"

几天之后,他有段时间对这两个小家伙产生了浓厚的爱意。奥古斯塔每天都要去她姐姐家里待上一会儿,她告诉我圭多每天都会抽出几小时照顾孩子。他爱抚他们,哄他们睡觉。阿达对此非常感激,夫妻间似乎重新萌生了感情。那几天他给一家保险公司交了一大笔钱,以便两个孩子在长到 20 岁时能有一小笔财产。我记得这笔钱,因为是我把这笔数额计入了借方账户。

我也被邀请去看那对双胞胎。奥古斯塔甚至说我可以顺便和阿达打个招呼,然而她依然需要卧床,不能接待我,虽然距她分娩已经过去了 10 天。

两个孩子躺在两张摇篮里,他们的房间紧挨着父母的卧室。阿达从她的床上向我喊道:

"他们漂亮吗,泽诺?"

她的声音让我很惊讶。我认为它变得更温柔了:她的确是喊出来的,能听出她使了多大力气,但依然很温柔。她声音中的温柔无疑是因为母性,但我还是很感动,因为我在她和我说话时才意识到这一点。这种温柔让我觉得阿达仿佛不单单是在叫我的名字,还在前面加上了"亲爱的"或者"哥哥"这样的爱称!我感激涕零,人也变得和善且亲切了起来。我热情地回答她:

"他们很漂亮,很可爱,一模一样,他们简直是两个奇迹。"

然而他们在我看来就像两具没有血色的小小尸体。两个婴儿都在啼哭,彼此不和。

圭多很快就回到了之前的生活方式中。在硫酸铜事件发生后,他往办公室里跑得更勤了,但每周六早上他都会外出打猎,一直到周一上午才回来,正好能赶在吃午饭之前来办公室看一眼。他晚上会去钓鱼,常常在海上过夜。奥古斯塔告诉我阿达很不高兴,她不仅要忍受自己狂热的嫉妒，还苦于几乎整天形单影只。奥古斯塔试图安慰她，提醒她说打猎和钓鱼时都没有女人在场。但不知是谁告诉了阿达，卡门有时会陪圭多一起去钓鱼。圭多后来承认了这件事，但补充道他只是在对一个很有用的女员工展现一点儿善意，没什么大不了的。再说，卢奇亚诺不也经常一起去吗？他最后承诺，既然阿达不喜欢他这样，他就再也不邀请卡门了。他声明他既不愿意放弃成本高昂的打猎，也不愿意放弃钓鱼。他说他工作很努力（实际上那段时间我们办公室的确很忙），觉得自己理应去放松一下。阿达不同意，她认为最好的放松应该是和家人待在一起，在这一点上奥古斯塔无条件地支持她，而我则认为那种放松方式太吵闹了。

奥古斯塔于是叫喊道：

"你不是每天都按时回家吗？"

这是真的，我不得不承认我和圭多很不一样，但我并不以此为荣。我一边爱抚着奥古斯塔，一边和她说：

"这都是你的功劳，因为你采用了非常严格的教育方法。"

而在可怜的圭多那边，情况每天都在恶化：起初他们虽然有两个孩子，却只请了一个奶妈，因为他本来希望阿达能喂养其中一个孩子。但她做不到，所以他们不得不又请了一个奶妈。当圭多想逗我笑时，他会踩着拍子在办公室里来回走动，一边说："一个妻子……两个孩子……两个奶妈！"

阿达有一个特别讨厌的东西：圭多的小提琴。她能忍受孩子们的啼哭，却完全听不得小提琴的声音。她对奥古斯塔说：

"我真想像狗一样冲着那声音狂叫！"

真奇怪啊！奥古斯塔每次经过我的书房门前，即使听到里面传出走了样的音乐时，却仍感到很幸福！

"阿达结婚还是因为爱情呢。"我惊讶地说,"小提琴难道不算是圭多最好的部分吗?"

当我重新见到阿达时,这段对话已经被我忘得一干二净了。第一个注意到她生病了的人正是我。在11月初的一天——一个寒冷,潮湿,没有阳光的日子—— 我一反常态,下午3点就离开了办公室,匆忙赶回家里,想在温暖的书房里休息几个小时,再做做白日梦。我去书房要经过一个长长的走廊,我在奥古斯塔的工作室门前停了下来,因为我听到了阿达的声音。她的声音很温柔,或者显得虚弱无力(我相信这两者是一个意思),就像那天她和我说话时一样。一股说不清道不明的好奇心驱使我走进了那个房间,想看看一贯沉着冷静的阿达怎么会发出那种声音。我们国家某些女演员在想让观众落泪,自己却哭不出来时,说话的方式就和阿达现在的有点像。这声音的确是装出来的,或者说它给我留下了这样的印象。这只是因为我还没见到说话人,就在这么多天之后又一次体会到了那种动人心弦的情绪。我以为她们在谈论圭多,因为除此之外还有什么话题能让阿达如此激动呢?

然而,这两个女人却在一边喝着咖啡,一边谈论家务事:衬衣、仆人等。但我一看见阿达,就明白那种声音并不是装出来的,她的神色也很激动,我一下子就发现她的样子完全变了,而她的声音,如果不是在反映她的情绪,就完全暴露了她的身体状况,因此可以说是真情实感的。这一点我马上就感觉到了。我不是医生,所以没有想到她这是生病了,而是想到她面容的变化应该是产后康复的效果。但又要怎么解释圭多根本没注意到他的妻子发生了这么大的变化呢?与此同时,我可以马上确认她的眼睛和以前不一样了。我非常了解那双眼睛,我曾经非常害怕它们,因为我总是能立即察觉到从那里面射出来的冰冷的目光,它会检查一切人和事物，来决定是要接纳还是拒绝。这双眼睛变大了，就好像是阿达为了看清楚东西而把它们使劲撑大了一样，它们在那憔悴、苍白的脸上显得异常突兀。

她非常热情地向我伸出手：

"我就知道，"她对我说，"你一有空就会跑来看你的妻子和女儿。"

她的手掌汗津津的，我知道这是身体虚弱的表现。不过我想象着，一旦她恢复健康，面色就会恢复到以往的样子，脸颊和眼窝的线条也会重新变得清晰。

我把她对我说的话解读为对圭多的谴责。我和蔼地回答说："圭多作为公司的老板，肩负的责任比我的要大，他待在办公室里的时间也要比我更多。"

她用审视的目光看着我，想确保我是认真的。

"但我觉得，"她说，"他应该能抽出一点儿时间陪陪他的妻子和孩子们。"她的声音里充满了泪水。她露出一个抱歉的微笑，平静了下来，接着说：

"除了公司的事务，还有打猎和钓鱼呢！就是这两件事，它们真的占用了他很多时间。"

让我惊讶的是，她话锋一转，讲到圭多从打猎和钓鱼中回到家里时，他们餐桌上出现了许多美味的食物。

"然而，我情愿不要这些东西！"她叹了口气，眼中流出了泪水。她没有说自己不幸福，恰恰相反！她讲到现在自己已经无法想象如果那两个孩子没出生她会怎样。她非常爱她的孩子！她带着一丝调皮微笑着补充说，自从两个孩子有了各自的保姆，她更爱他们了。虽然她有些睡眠不足，但至少当睡意来袭时没有人打扰她。当我问她是不是真的睡不着觉时，她又一次显出了严

肃而感动的神情,告诉我说这是她的主要困扰。然后她高兴地补充道:

"但现在已经好多了!"

她很快就告辞了。原因有两个:一是她需要在天黑前去看望她的母亲;二是我们的房间里点着好几个大炉子,她受不了那里的温度。我觉得那温度刚刚好,但想到体感温度过高可能是她身体强健的一个标志。

"你似乎并没有那么虚弱,"我微笑着对她说,"等着瞧吧,当你到了我这个年龄,你的感觉就会完全不一样了。"

她很高兴听我把她说得那么年轻。

我和奥古斯塔陪着她走到楼梯口。她似乎很需要我们的友情,因为在走那短短几步路时,她夹在我们中间,先是挽住了奥古斯塔的胳膊,然后又挽住了我的,我的身体马上变得僵硬起来,生怕自己会按照以前的习惯,去紧压每一个女人允许我触碰的胳膊。她在楼梯口又说了许多话,提到自己的父亲时,她的眼睛又一次湿润起来,这已经是 15 分钟内的第 3 次了。她离开后,我对奥古斯塔说,她不像一个女人,简直像座喷泉。尽管我看到了阿达的病容,却没有给予任何重视。她的眼睛变大了,她的脸颊变瘦了,她的声音发生了变化,她那种亲切的性格也和往日不同,但我把这一切都归咎于两个孩子在她身上激发的母性和她虚弱的身体状况。总之,我表现出了优秀的观察能力,因为我看到了一切,但我也是一个非常无知的人,因为我没有说出那个正确的词:疾病!

第二天,照顾阿达的产科医生请求保利医生帮忙,后者立刻就说出了我没能说出的词:巴塞杜氏病[①]。圭多告诉了我这件事,

---

[①] 巴塞杜氏病(Basedow's disease),是一种甲状腺激素分泌过剩的疾病,可能会导致心悸、甲状腺肿大或眼球凸出等症状。

他以极其学术的方式描述了这种病症,并同情阿达遭受了那么多痛苦。我毫无恶意地认为,他的同情和学识都算不上深厚。他在谈到妻子时表现出一副忧伤的样子,但在给卡门口授信件时,他又表现得生龙活虎,而且好为人师。他还认为给这个病症命名的巴塞杜是歌德①的朋友,而当我在百科全书中研究这种疾病时,我马上发现他说的是另一个人。

巴塞杜氏病是多么危险和重要啊!对我而言,了解它有着极为重大的意义。我在各种专著中研究它,并相信自己在那时才真正发现了我们身体的基本秘密。我认为,就像我一样,许多人的脑子会在某个时期内被一些想法填满,再也没有空间去想其他的事情。但如果同样的事情在群体之内发生呢?如今人们生活在达尔文的时代,但在这之前是罗伯斯庇尔②和拿破仑③的时代,还要算上李比希④,或许还有莱奥帕尔迪⑤,直到俾斯麦⑥统治整个宇宙!

但生活在巴塞杜统治之下的只有我!我觉得他揭示了生命的本质,它是这样构成的:所有的生物都分布在一条线上,这条线

---

① 约翰·沃尔夫冈·冯·歌德(Johann Wolfgang von Goethe, 1749—1832),德国著名古典主义诗人与剧作家。圭多提到的巴塞杜为约翰·贝尔纳德·巴塞杜(Johann Bernhard Basedow, 1724—1790),是与歌德同时期的教育家、评论家与神学家,也是他的好友。
② 马克西米连·德·罗伯斯比尔(Maximilien de Robespierre, 1758—1794),法国大革命时期关键的政治人物。
③ 拿破仑·波拿巴(Napoléon Bonaparte, 1769—1821),又名拿破仑一世,法国著名军事家、政治家和改革家。
④ 尤斯图斯·冯·李比希(Justus von Liebig, 1803—1873),德国化学家,农业化学的奠基人之一。
⑤ 贾科莫·莱奥帕尔迪(Giacomo Leopardi, 1798—1837),意大利著名诗人与哲学家,意大利浪漫主义文学的重要代表作家,代表作有《无限》《致席尔维亚》等。
⑥ 奥托·冯·俾斯麦(Otto von Bismarck, 1815—1898),德国著名政治家、军事家、外交家,德意志帝国宰相。

的一端是巴塞杜氏病，这种病会让心脏跳得飞快，以疯狂的速度消耗生命力；而另一端则是各种器官功能不全的瘫痪生命体，它们注定要患病身亡。这种疾病看似致命，实则是懒惰的代名词。这两种疾病的平衡点位于这条线的正中心，它被不恰当地称为健康，然而只不过是疾病的间歇。在中心点和巴塞杜的那一端之间，生活着那些因为巨大的欲望、野心、享乐甚至工作去透支和消耗生命的人，而生活在另一端上的人只会在生命的餐盘上撒下零星的碎屑，他们处处节省，为可耻的长寿做着准备，这些人会被看作社会的负担。这些负担似乎也是必不可少的。社会能前进，是因为巴塞杜麾下的人在推动它，而另一些人负责维护，以防止它崩溃。我确信人们本来可以用另一种更简单的方式去构建这个社会，但它已经被塑造成了这个样子，一端是甲状腺肿，另一端是水肿，无药可治。这两端之间的人都有甲状腺肿或水肿的初期症状，在整条线上，在全体人类之间，绝对的健康是不存在的。

从奥古斯塔告诉我的情况来看，阿达没有甲状腺肿，但她有这种疾病的所有其他症状。可怜的阿达！她在我眼里曾经是健康与平衡的化身，以至于在很长一段时间内我都认为她在挑选丈夫时的心境就和她父亲挑选商品时一样冷静，现在疾病把她拖入了另一种境地：心理扭曲！我也和她一起生病了，我的病很轻，但持续了很久。我花了太长时间去思考巴塞杜。我已经确信，无论人在宇宙的哪个角落立足，最终都会被污染，需要常常移动。生命中有一些毒素，然而还有另外一些毒素可以被用作解药。一个人只有不停地奔跑才能避开前者、利用后者。

我的病是一种强烈的思绪，它是一个梦，也是一种恐惧。它肯定是从一种推理中诞生的："扭曲"这个词意味着偏离健康，那种曾经伴随我们生活过一段时间的健康。现在我知道了阿达的健康究竟是什么。她在健康时拒绝了我，难道现在这种心理扭曲的状态不会让她爱上我吗？

我不知道这种恐惧(或者这种希望)是如何在我脑海中产生的！

或许是因为阿达用她温柔而破碎的声音向我说话时，我从中听出了爱意？可怜的阿达变得这般憔悴，我再也无法渴望她了。但回顾我们过去的关系，我觉得如果她突然爱上了我，我会发现自己处于十分糟糕的境地，有点儿像圭多面对那位给他带来了60吨硫酸铜的英国友人时所处的境遇。就是这样！几年前，我向她表白了我的爱意，除了娶到她妹妹之外，我没有做出任何行动否定这种感情。在这样一个契约中，保护她的不是法律，而是骑士精神。我认为自己与她的关系非常紧密，如果她是在很多很多年后才出现在我面前，也许因为患上巴塞杜氏病而更加完美，甚至还长出了一个漂亮的甲状腺肿，我应该会履行我的诺言。

然而，我记得这样的推测让我想起阿达时更加情深意切。直到那时，我得知阿达因圭多而遭受的痛苦，虽然肯定不会感到高兴，但还是会略感欣慰地想到我自己的家，那个阿达曾拒绝进入、没有任何苦难的家。现在情况已经不同了：那个轻蔑地拒绝我的阿达已经不复存在，除非我读的医学书籍全都错了。

阿达的病情很严重。几天后，保利医生建议我们让她远离家庭，把她送到博洛尼亚的一家疗养院去。我是从圭多那里得知这件事的，但后来奥古斯塔告诉我，即使在那一刻阿达也没能从不愉快的事件中幸免。圭多厚颜无耻地提议让卡门在阿达离家期间来管理家务。阿达没有勇气公开表达她对这一提议的看法，但她声明，除非能让她的姨妈玛丽亚来处理家事，否则她不会离开。圭多只好无奈地同意了。然而，他还是热衷于让卡门接替阿达的想法。有一天他对卡门说，如果不是因为她忙于公司的事务脱不开身，他很乐意让她来操持家务。卢奇亚诺和我互相看了看，显然我们都在对方的脸上发现了狡黠的表情。卡门脸红了，低声说她无法接受这个提议。

"是啊，"圭多愤怒地说，"因为世界上那些愚蠢的顾虑，人就不能做十分有益的事！"

但他也很快就闭了嘴，他竟然能在这么短的时间内结束一段如此有趣的演讲，这可真是匪夷所思。

全家人一起送阿达去火车站。奥古斯塔请我为她的姐姐带些花。我稍微迟到了一些，带来了一束漂亮的兰花，把它交给了奥古斯塔。阿达在旁边看着我们，当奥古斯塔把花递给她时，她说：

"衷心感谢你们！"

她这是想表达她收到的花里也有我的一份，但这句感谢在我听来更像是兄妹间一种温柔却有些冷淡的爱意。这肯定和巴赛杜无关。

阿达的眼睛因为幸福睁得更大了，简直大得过分，她看起来像个新娘。她的病能模拟所有情感。

圭多陪她一起出发，几天后回来。我们在站台上等待火车启动。阿达始终靠在她的车厢窗口，向我们挥动着手帕，直到她消失在我们的视野里。

然后我们陪泪流满面的马尔芬蒂夫人回家。在分别时，我的岳母亲吻了奥古斯塔，随后也亲吻了我。

"对不起！"她在眼泪中挤出一个笑容，"我这是无意中做的，但如果你允许，我还会再给你一个吻。"

就连现在已经年满12岁的小安娜也想亲吻我。阿尔贝塔那时正准备离开国家剧院去订婚，平日里对我有些冷淡，那天却也热情地向我伸出了手。所有人都很喜欢我，因为我的妻子很幸福，她们这样做也是在表示对圭多的厌恶，因为他的妻子生病了。

但就在那时，我险些成为一个不那么好的丈夫。我给我的妻子造成了巨大的痛苦。过错不在我，而是我做的一个梦，我非常无辜地把她也牵扯进了这个梦境。

梦境是这样的：我们三个人，奥古斯塔、阿达和我站在一扇窗户前，确切地说那是我们三家人的房子里——我、阿达和我岳母的家——最小的一扇窗户。也就是说，我们站在我岳母家厨房的窗前。这扇窗户其实朝向一个小院子，但在梦中它却正对大街。本来就很小的窗台上几乎没什么地方，阿达站在我们中间，挽着我们的胳膊，紧紧地靠着我。我看着她，注意到她的眼神重新变得冷漠而犀利，脸上的线条也恢复了纯净，我看到她脖子被轻柔的鬈发覆盖，那头鬈发是阿达背对我时我常常见到的。尽管阿达显得很冷漠（我觉得那是她健康的体现），她还是紧靠着我，就像我订婚那晚在降灵桌边我以为的那样。我高兴地对奥古斯塔说（自然我得费一番力气才能让自己也关注她）："你看她恢复得多好！但巴塞杜在哪里呢？""你没看到吗？"奥古斯塔是我们中唯一能朝街上看的人。我们也努力向窗外探去，看到一大群人怒气冲冲地向前走，大声呼喊着。"巴塞杜在哪里？"我又问了一遍。然后我看到了他。是那个被人群追赶的人：一个老乞丐，肩上披着一件破旧但用硬锦缎制成的大斗篷，一头蓬乱的白发在空中飘扬，眼睛从眼眶中凸出，焦虑地左顾右盼，带着那种我曾经在被追赶的动物身上看到的眼神，惊恐而凶狠。人群在喊："杀死涂油者[①]！"

---

[①]1630年，米兰发生瘟疫时期，民众间散布着一种迷信，即有人故意在建筑物的墙上或门上涂抹含有病菌的油膏来传播瘟疫。这类人被称作"涂油者"。相关记述可参见意大利作家亚历山大德罗·曼佐尼（Alessandro Manzoni，1785—1873）的历史小说《约婚夫妇》（*Promessi Sposi*）和历史散文《耻辱柱的历史》（*Storia della colonna infame*）。

然后梦境中断了一会儿。紧接着,阿达和我单独待在一起,站在我们三家的房子中最陡峭的楼梯上,那是通向我别墅阁楼的楼梯。阿达所在的台阶比我高几级,但她却面对着我,我正要上楼,而她却想下来。我抱住了她的腿,而她朝我俯下身,我不知道她这么做是因为身体虚弱还是想和我靠得更近。有那么一瞬间,我感觉她的面容被病痛严重扭曲了,但随后,在我气喘吁吁地看着她的时候,我又能重新看见她在窗边的样子,美丽而健康。她用沉稳的声音对我说:"你先走,我随后就来!"我准备好了,转身要先她一步跑开,但还是不够快,以至于我看到了我阁楼的门被慢慢打开,巴塞杜那白发苍苍的脑袋探了出来,脸上带着惊恐而凶狠的神情。我还看到了他那双摇摇晃晃的腿和斗篷下干瘪的身体。我开始奔跑,但我不确定这是为了先阿达一步离开,还是想要逃离她。

现在看来,我似乎在夜间惊醒,喘着粗气,半梦半醒之间向奥古斯塔讲了全部或部分的梦境,以便随后能进入更平静更深沉的睡眠。我相信,自己在当时神志不清的状态下盲目地追随了从前那种想要坦白过错的渴望。

早上,奥古斯塔的脸色变成了在情况严重时特有的惨白。我清清楚楚地记得梦境的内容,但不太确定我到底和她说了些什么。她用一种痛苦而无奈的态度对我说:

"你感到不幸是因为她生病了,她离开了,所以你梦到了她。"

我大声嘲笑她,同时辩解道我在乎的不是阿达,而是巴塞杜,我对她讲了我的研究,还有我的一些实际应用。但我不知道这是不是成功说服了她。当一个人在做梦时被抓现行,是很难为自己辩护的。这和在完全清醒的状态下终止背叛行为,问心无愧地回到妻子身边完全是两码事。除了这一点,我完全不用担心奥古斯塔的嫉妒心会让我失去什么，因为她非常爱阿达，从这个角度看，她的嫉妒并不会投下任何阴影，至于我，她对我更上心，也更温柔，我表达的每一个小小的爱意都能让她感激不尽。

几天后，圭多从博洛尼亚带回了最好的消息。疗养院的负责人保证只要阿达回家后能充分静养，就会完全康复。圭多直白而漫不经心地转述了医生的诊断，没意识到在马尔芬蒂家，这个结论证实了她们对他的很多怀疑。我对奥古斯塔说：

"看来我又要得到你母亲的吻了。"

圭多似乎在玛丽亚姨妈操持的家中过得并不太舒服。他有时会在办公室里来回走动，嘟嘟囔囔地说：

"两个孩子……三个保姆……没有妻子。"

他在办公室缺席的频率也越来越高，因为他把不悦发泄在打猎和钓鱼时遇到的动物身上。但当年底我们从博洛尼亚收到阿达被确诊痊愈并准备回家的消息时，他似乎并不太高兴。他是习惯了玛丽亚姨妈，还是因为几乎见不到她，所以能既轻松又愉快地忍受她？他自然不会向我表现出不悦，只是怀疑阿达离开疗养院是否有些过于仓促了，她应该先确保疾病不会复发。事实上，她还没过完一个冬天，就要在不久后重新返回博洛尼亚，他那时得意地对我说：

"我就说吧？"

但我相信他摆出这扬扬自得的态度只是在为自己能够预见到某些事情感到高兴。他并不希望阿达发生不幸，但确实希望她能在博洛尼亚待久一点儿。

阿达回来的时候，奥古斯塔因为刚刚生下我的小儿子阿尔菲奥而卧床不起，那时她十分激动，要我带着花去车站，对阿达说她希望当天就能见面。如果阿达不能直接从车站来看她，就请求我马上回家，向她描述阿达的情况，告诉她阿达那一直令她引以为豪的美丽是否恢复如初了。

去车站的人有我、圭多和孤零零的阿尔贝塔，因为马尔芬蒂夫人一天中大部分时间都在照顾奥古斯塔。在站台上，圭多试图让我们相信他非常高兴阿达回来，但阿尔贝塔听他说话时故意表现得心不在焉，她后来告诉我，这样做是为了避免回应他。至于我，现在与圭多保持一种表面的关系已经毫不费力了。我已经习惯了不去注意他对卡门的偏爱，也从没敢暗示他对妻子犯下的错误。因此，要我假装关注他对爱妻归来的喜悦，对我来说并不是什么难事。

火车在中午准时抵达，他走在我们前面，去接正从车上下来的妻子。他将她拥入怀中，深情地吻了她。我看着他因为亲吻比他矮小的妻子而俯下去的背影，心想："真是个好演员！"然后他牵着阿达的手，带着她走到我们面前：

"看，她重新回到我们爱的怀抱啦！"

那一刻，他的真面目暴露无遗——虚情假意，装腔作势。因为如果他能更仔细地看看这位可怜的女人的脸，就会发现她在我们的怀抱中找到的与其说是爱，不如说是冷漠。阿达的脸部构造很不自然，因为她的脸颊重新丰满了起来，但位置不对，好像肉在长回来时忘了自己原来的位置，落在了太低的地方，因此看起来更像是肿块而不是脸颊。她的眼睛虽然回到了眼眶里，但没能修复它凸出来时造成的损害。它们把一些清晰且重要的线条搞得一团糟。当我们在车站外告别时，在冬日耀眼的阳光下，我看到她的脸上已经完全没有了那种曾让我神魂颠倒的光彩。它变得苍白，而长肉的地方出现了一些红斑。看起来那张脸上已经没有了健康的痕迹，只是勉强装出了健康的样子。

我马上告诉奥古斯塔，阿达美极了，就像她还是少女时一样，她对此非常高兴。然而，让我惊讶的是，当她亲自见到阿达后，竟也多次赞同了我那出于同情编造的谎言，就好像那是不容置疑的事实一样。她说道：

"她和年轻时一样美丽，我女儿将来也会是这样！"

显然，一位妹妹的眼睛并不是很敏锐。

我有很长一段时间都没有再见到阿达。她和我们都有太多的孩子。尽管如此，阿达和奥古斯塔还是每周设法见几次面，但她们总约在我出门的时候。

马上就要做财务报告了，我有很多事情要忙。实际上，那是我一生中最忙碌的时期。有几天我甚至在办公桌旁一坐就是10个小时。圭多曾提出找个会计来帮我，但我拒绝了。既然我接受了这项任务，就必须完成它。我想用这种方式来补偿圭多我那长达一个月的贻害无穷的缺席，我也想让卡门看到我的勤奋，我这种态度完全是出于对圭多的喜爱。

然而在整理账目时，我逐渐意识到我们在营业的第一年亏损巨大。我忧心忡忡，私下里向圭多提了一句，但他正准备去打猎，不想听我说话：

"你会发现情况没有你想象的那么糟，再说这一年还没结束呢。"

确实，离新年还有整整8天呢。

于是我向奥古斯塔坦白了一切。起初，她只关心这件事可能给我带来的损失。女人总是这样，但在抱怨自己的损失时，奥古斯塔甚至在女人中也显得格外出众。她问我是不是会被认为要给圭多的损失承担一部分责任？她想马上找个律师问问。与此同时，我需要尽快与圭多切断联系，不要再回那个办公室。

我费了很大劲才说服她相信我只是圭多的员工，不可能对任何事情负责。

她坚持认为每个月不拿固定薪水的人不能被视为员工，而在某种程度上更像是老板。当她最终被说服时，明显还是坚持自己的意见，因为她那时发现，如果我能早点停止出入那间办公室，我就不会遭受任何损失。如果我继续待在那里，早晚有一天我会在生意场上变得声名狼藉。

该死的，我在生意场上的声誉！我也同意保护它是一件很重要的事，无论她在这件事上错得有多么离谱，最终我们还是决定按她的意愿行事。她同意我做完财务报告，因为我已经开始了，但之后我必须设法回到我的书房，那里虽然赚不到钱，但也不会亏损。

然而，那时我自己却有了一次奇妙的体验。不管我的决心有多么坚定，我都没有办法离开我的工作。我震惊了！要真正理解这些事情，就要用上形象思维。我记得当时在英国，执行强制劳动的判决时，要把犯人吊在一个水力驱动的轮子上，犯人不得不以一定节奏移动腿部，否则它们就会被碾碎。工作同样会给人带来身不由己的感觉。其实，不工作的时候情况也一样，我可以断言，我和奥利维同样都被吊了起来，只不过我的情况是不用移动腿部。我们的境遇虽然给了我们不同的结果，但我现在确信它并不足以成为批评或赞扬的理由。总之，这需要取决于人是被挂在了静止的轮子，还是转动的轮子上。从轮子上下来一直都是很难的。

虽然我已决定不再去办公室，但在做完财务报告后，我还是去上了几天班。我犹豫不决地出门，再犹豫不决地选一个方向，我选到的几乎总是通往办公室的方向，我越往前走，这个方向也就越清晰，直到我发现自己坐到了那把熟悉的椅子上，和圭多面对面。幸运的是，圭多在某一刻请求我留在我的位置上，我一口答应了下来，因为在这段时间内，我意识到自己已经被钉在了那里。

到了1月15日，我把财务报告做完了。真是一场灾难！我们损失了一半的资产。圭多不想让小奥利维看到这个结果，担心他会往外传一些流言蜚语，但我却坚持这么做，我希望他能凭借丰富的经验发现某个错误，从而扭转整个局势。也许某笔金额被从债务方计入了债权方，一经调整，产生的结果可能完全不一样。奥利维微笑着向圭多保证他会守口如瓶，然后和我一起工作了整整一天。不幸的是，他没有发现任何错误。我得说，我从这场两人完成的复查中学到了很多，现在我应该知道如何处理并完成比那更重要的财务报告了。

"现在你们要怎么办呢？"这个戴眼镜的年轻人在临走时说道。我已经知道了他的建议。小时候，我的父亲经常会对我谈起怎么做生意，他已经教会我了。按照当前的法律，由于我们损失了一半资本，我们理应清算公司，然后或许应该立刻在新的基础上重整旗鼓。我把这个提出建议的机会留给了他。他补充说："这只是走个流程。"然后，他微笑着说，"不遵守的话可能会付出高昂的代价！"

晚上，圭多也开始重新检查这份他还无法适应的财务报告。他完全没有章法，随机核对这个或那个金额。我想打断他这种无用功，并转告他小奥利维建议公司马上进行破产清算，但只是在形式上。

圭多直到那时都眉头紧皱，拼命地在那些账目中寻找着可能会让他解脱的错误。他皱眉的方式很复杂，就好像嘴里有股恶心的味道。听到我的话后，他抬起头来，努力集中注意力，眉头也舒展开来了。他没有马上听明白，当他理解我在说什么之后，他立刻开怀大笑了起来。我是这么解读他的表情的：当面对那些无法改变的数字时，他的表情是苦涩、尖酸的；而当一项提议能让他找回随心所欲的主宰感，从而把痛苦的问题抛到一边时，他脸上的表情又变得愉快而坚定了。

他无法理解，觉得这是敌人的建议。我解释说，小奥利维的建议特别有价值，尤其是在这种公司已经大难临头的情况下，再亏掉一点儿钱，公司就要破产了。现在财务报告已经计入了账本，如果之后我们没有采取小奥利维建议的措施，那么一旦破产，我们就是有过失的。我接着说：

"根据我国的法律，过失破产会被处以监禁！"我甚至担心他会大脑充血。他喊道：

"在这种情况下，小奥利维不需要给我任何建议！如果真的到了那一步，我知道如何自己解决！"

他的决定有着十足的权威感，我觉得自己面前的是一个对自己的责任有着充分认识的人。我放低了姿态，然后完全站在了他那一边，忘记了我曾经认为小奥利维的建议值得考虑，我对他说：

"我也是这么反驳小奥利维的。这是你的责任，当你决定公司的命运时，我们无权干涉，毕竟这家公司属于你和你的父亲。"

其实，我反对的不是小奥利维的意见，而是我妻子的意见，但总而言之，我是真的反驳过别人的意见。现在，听到圭多那男子汉一般的声明，我甚至也可以去反驳小奥利维了，因为决心和勇气总是能够打动我。圭多那从容不迫的态度可能就是源于这两种品质，但也有可能源于其他更低劣的品质。我过去就很喜欢他这种态度，现在更是如此。

由于我想把他的话原原本本地转述给奥古斯塔，让她放心，便坚持道：

"你知道，人们常说我没有商业天赋，他们很可能是对的。我可以执行你的命令，但我不能对你的行为承担责任。"

他热忱地同意了。我给他赋予的角色让他感觉良好，甚至忘了那本糟糕的财务报告给他造成的痛苦。他宣布道：

"我是唯一的负责人。一切都写着我的名字，即使我身边的人想来分担责任，我也绝不允许。"

这些话太适合讲给奥古斯塔听了，而且比我要求的要多得多。还得看看他在宣布这件事时的样子：他不再是一个失败者，反而像个传教士！他舒舒服服地躺在他结果为负的财务报告上，在那里成了我的主人和统治者。就像我们在一起时曾多次发生的那样，他在说话时暴露的那种高度自负让我无法向他表达我的感情。他跑调了。是的，就要这么说，这位伟大的音乐家跑调了！

我直白地问他：

"你想让我明天复制一份财务报告，寄给你父亲吗？"

那一刻，我差点儿直截了当地告诉他，财务报告一做完，我就再也不会出现在他的办公室了。我之所以没有这么做，是因为我不知道要如何填补那即将空出的大段时间。不过我的问题几乎完美地替代了我原本想宣布的事情。与此同时，我提醒了他，他不是那家公司唯一的老板。

他很惊讶我会说出这些话，因为这似乎与迄今为止我们在我的全面同意下进行的对话内容不在一个频道上，他用之前的语气回答说：

"我会告诉你怎么复制那份报告的。"

我大叫着反驳了他。我这辈子里，只有和圭多争论时，才会用那么大的声音说话，因为有些时候我觉得他聋了。我告诉他，法律上，会计也是有责任的，我可不愿意往精准的复印件里塞一堆异想天开的数字来滥竽充数。

他的脸上失去了血色。他承认我是对的，但补允说，作为老板，他有权命令不从他的账本中摘录任何账目。在这一点上，我愿意承认他说得有道理。然后他恢复了镇定，宣布他会亲自给他父亲写信。他似乎想马上开始写信，但后来又改变了主意，对我提议出门透透气。我想让他高兴起来。我猜他可能还没能完全消化那份财务报告，想走动走动，来促进肠道蠕动。

我想起了我订婚的那个夜晚。那晚我和圭多也是这么散步的。天上飘着浓雾，看不到月亮，但地面并没有受到任何影响，因为人能在清澈的空气中安全地行走。圭多也记起了那难忘的一夜：

"自那之后，这还是我们第一次一起散步。你记得吗？那时你解释说即使在月亮上，人们也像在这里一样接吻。而现在月亮上永恒的吻还在继续，这一点我敢肯定，虽然今晚看不见月亮，而在这地球上呢……"

他又想开始诋毁阿达了吗？诋毁那个可怜的病人？我打断了他，但态度温柔，几乎和他阵营一致（我陪着他，难道不是为了帮助他忘记现状的吗？）。

"是啊！在这里人们不能一直接吻！不过在那里只有一个接吻的图案，而接吻是一种动作。"

我试图让自己远离他的所有问题，也就是财务报告和阿达，所以及时收住了一句本来想说的话——在那里，接吻并不会生出双胞胎来。但他除了抱怨其他的不幸，找不出更好的办法来摆脱财务报告带来的负担。正如我预感的那样，他开始抱怨阿达。他遗憾地说，结婚的第一年在他眼里真是多灾多难。他没有提到那两个既可爱又漂亮的孩子，而是说起了阿达的病情。他认为疾病让她变得易怒、善妒，也不那么温柔了。他说完后绝望地叹息道：

"生活是不公平和残酷的！"

我觉得，我无论如何不能对他和阿达之间的问题发表任何看法。但我觉得我应该说点儿什么。他最后谈到了生活，并且给它贴上了两个并不特别新颖的标签。我发现了一个更好的说法，这恰恰是因为我开始评论他所说的话。很多时候，人们说话时依照的是词语偶然组合在一起的发音方式。话一出口，人们就会稍稍检查一下它是不是值得自己费那口气，有时会发现这种偶然的组合会孕育出一个想法。我说：

"生活既不丑也不美，而是独一无二的！"

回想这句话时，我感觉自己说了一些重要的东西。这么一描述，我感觉生活是如此新奇，我仿佛第一次看到它，看到它的气体、液体和固体形态。如果我把这些告诉一个外星人，他可能会被这没有目标的庞大结构惊得哑口无言。他会问我："你们是怎么忍受下来的？"当他了解了每一个细节，从那些悬挂在高处、只可远观不可亵玩的天体，到死亡身上的谜团，他肯定会感叹："非常独一无二！"

"生活是独一无二的！"圭多笑着说，"你这是从哪儿读到的？"

我懒得向他发誓我没有在任何地方读到过这个观点，因为不然的话，他就不会把这句话当回事了。但是，我越想越觉得生活是独一无二的，甚至不需要跳到外面，就能看出生活组合在一起的方式是多么奇特。只需回想一下人类对生活的所有期望，就会发现它有多奇怪，因此可以得出结论：也许人类是被错误地放到了这个地方，他们并不属于这里。

我们并没有事先约定散步的方向，却像上次一样来到了贝尔韦德莱街的斜坡上。圭多找到了他那晚曾躺过的墙，爬了上去，就像上次一样躺了下来。他哼着歌，或许仍然被自己的思绪困扰，他肯定在想着那些会计学上无情的数字。而我回想起我曾经想在这个地方杀了他,对比我当时和现在的情感,我再次对生活无与伦比的独特性感到赞叹。但我突然想起,我刚刚才因为圭多那种野心家的任性对他大发了一通脾气,这还发生在他生命中最糟糕的日子里。我开始反思:我看到圭多因为我精心制作的财务报告而备受折磨时,我没有感到有多难受,这让我产生了一个奇怪的疑问,马上又想起一件非常奇怪的事情。那个疑问是:我是好人还是坏人?那段回忆则是被这个并不新奇的疑问突然引发的:我看到自己还是个孩子,却穿着短裙(这一点我很肯定),我抬起脸,笑着对我的母亲说:"我是好孩子还是坏孩子?"那时,这个孩子的心里就埋下了这样一个问题,因为很多人说他是好孩子,而其他人则开玩笑说他是坏孩子。他在这种情况下感到左右为难一点儿也不奇怪。哦,生活那无与伦比的独特性啊!奇怪的是这个让小孩子心烦意乱的问题如此幼稚,却没有被成年人解决,即使他已经年逾半百。

在那个漆黑的夜晚,在那个我曾想杀死圭多的地方,这个疑问深深地困扰着我。当然,对一个刚脱下婴儿帽的孩子来说,脑子里的这个疑问并不怎么烦心,因为人们对他说坏习惯是可以改掉的。为了摆脱这种强烈的焦虑感,我想再次相信这个说法,并且成功了。要是我失败了的话,我就会为自己、为圭多以及为我们无比悲惨的生活哭泣。这个决定更新了我的愿望!那个让我和圭多合作,帮助他发展事业的决定对我毫无用处,因为这个事业决定的是他和家人的命运!我开始设想为他奔波、争取机会和学习的可能性,并承认为了帮助他,我可能会变成一个伟大的、有进取心的、天赋卓绝的商人。在那个黑暗的晚上,我正是这样思考着非常独一无二的生活!

圭多此刻不再考虑财务报告了。他离开了自己的位置，看起来心情放松了许多。他仿佛从一番我不知道的推理中得出了结论，他对我说他什么也不会告诉他父亲，否则这位可怜的老人会从他那阳光明媚的夏日出发，踏上漫长的旅程，来到我们这雾蒙蒙的冬天里。他接着说，亏损乍一看似乎很大，但如果他不用独自承担，其实也没那么严重。他打算请求阿达承担一半损失，作为补偿，他会分给她一部分来年的利润，剩下的一半损失则由他自己承担。

我什么也没说。我还想到我似乎被禁止给出建议，否则我就会做出那件我绝对不想做的事——在两位伴侣之间充当裁判。而且在那一刻，我眼前皆是美好的愿景，觉得让阿达加入我们管理的企业似乎是个不错的选择。

我陪着圭多走到他家的门口，久久地握着他的手，默默地重申我要去爱他的誓言。然后我斟酌着要对他说点儿什么友好的话，最后找到了这么一句：

"希望你的双胞胎今晚过得安稳，让你能好好睡一觉，因为你肯定需要休息。"

我离开时咬着嘴唇，遗憾自己没有找到更漂亮的赠言。但我当时不知道，那对双胞胎现在有各自的保姆，睡在离他几百米远的地方，不可能打扰他的睡眠！无论如何，他理解了我想要祝愿他的意图，因为他感激地接受了。

回到家后，我发现奥古斯塔已经带着孩子们回到卧室。阿尔菲奥正依偎在她的怀里，而安东尼娅则在她的小床上睡着了，她翻着身，把她覆盖着鬈发的脖子朝向我们。我不得不解释我晚归的原因，顺便对她说了圭多为了摆脱负债而想出的办法。奥古斯塔觉得圭多的提议很卑鄙：

"如果我是阿达，我会拒绝，"她激动地说道，声音尽量压低，以免吓到小家伙。

我在善意的引导下争论道：

"那么，如果我遇到和圭多同样的困难，难道你不会帮助我吗？"

她笑了：

"这完全是两码事！我们两个会看到哪些事情对他们更有利！"她指了指怀里的孩子和安东尼娅。然后，她沉思了一会儿，继续说："如果我们现在建议阿达用她的钱继续投资那个生意，而你又很快就要退出了，万一她最后亏了钱，我们不是也应该赔偿她吗？"

这是一个无知的人才会提出的想法，但我在崭新的无私精神下感叹道：

"为什么不呢？"

"难道你没看到我们有两个孩子需要照顾吗？"

我当然看到了！这是一个毫无意义的反问句。

"他们不也有两个孩子吗？"我摆出一副趾高气扬的姿态。

她哈哈大笑起来，吓得阿尔菲奥离开了奶嘴，开始哭泣。她一边安抚他，一边还在笑，我接受了她的笑声，就好像这是我凭机智赢取的一样。实际上，当我提出那个问题的时候，我感受到胸中涌动着父母对所有孩子，以及孩子对所有父母的巨大爱意。她这么一笑，那份感情就消失了。

但我也不再像之前那样，苦恼于自己是否本性善良。我觉得自己已经解决了这个困扰着我的问题。就像其他许多事物一样，人既不善良也不邪恶。善良是一束时不时照亮人类灵魂中黑暗的光芒。想得到这种光芒，就需要点燃一支火炬（在我的灵魂中曾有过这束光,它迟早还会回来),有思考能力的人可以借助这束光在黑暗中选择前进的方向。因此,人可以表现得很善良、非常善良、始终如一地善良,这才是重要的。当光明再次回来时,人才不会觉得惊讶或者感到头晕目眩。我会先把这束光吹灭,因为我不需要它,我会坚守那个誓言,而它就是我前进的方向。

我那美好的愿景很平和,而且非常实际,我现在也十分冷静。这可真有意思!过度的善意让我高估了我自己的能力。我能为圭多做些什么呢?我在他的办公室里确实高人一等,就像老奥利维在我的办公室里比我更有权威一样,但这并不能证明什么。如果从实际角度出发的话,我明天能给圭多什么建议呢?也许我能给他我的灵感?但即便在赌桌上,也不可能用其他人的钱为某个灵感下注呀!如果想让一家商业公司生存下去,就需要确保它每天都有明确的工作,而要实现这一点,就要建立起一套组织架构,然后每个小时都围着它忙忙碌碌。能做成这种事的人不是我,我并不觉得因为自己心地善良,就得忍受这种无聊的生活。

然而我还是感到自己突然发作的善心造成了一定影响,就好像我与圭多达成了某种承诺,这令我夜不能寐。我深深地叹了几口气,有一次甚至呻吟了起来。那个时候我肯定是想到,如今我被牢牢地拴在了圭多的办公室,就好像奥利维被牢牢地拴在了我的办公室一样。

奥古斯塔半梦半醒地嘟囔道:

"怎么了?你又和奥利维起争执了吗?"

这正是我苦苦寻觅的点子!我会建议圭多聘请小奥利维担任经理!他是一位非常认真,也非常勤奋的年轻人,但我非常不乐意由他来处理我的业务,因为他似乎准备接替他父亲的管理地位,将我彻底排除在外,他加入圭多的公司显然对大家都有好处。圭多可以在办公室为他留出一席之地,从而让自己得救,而比起待在我的公司,小奥利维也可以在那里大显身手。

这个想法让我激动难耐,甚至叫醒了奥古斯塔告诉她我的主意。她也感到很兴奋,完全清醒了过来。她觉得这样一来,我就可以更轻易地摆脱圭多那些声名狼藉的麻烦事。我问心无愧地睡着了:我找到了一种既能拯救圭多又不牺牲自己的方式,甚至比那还要好得多。

没有什么比看到一个花了大力气诚心研究出来的建议被人拒绝更恶心的事了,何况我为了这个建议,还搭上了睡眠时间。另外一件事也让我花了不少力气:我得舍弃每一丝可以为圭多的事业提供帮助的幻想。这可真是费劲。我先是变得非常善良,然后又变得绝对客观。而他根本没把我当一回事!

圭多拒绝了我的建议,甚至显得很轻蔑。他不认可小奥利维的才干,而且他不喜欢小奥利维那副老气横秋的样子,尤其讨厌他书呆子一样的脸上那副闪闪发光的眼镜。说实话,这些观点让我相信真正的原因只有一个:他想要刁难我。最后他告诉我,如果要在他的办公室任命一个负责人,他会选择老奥利维,而不是他儿子。但我不相信我能说服老奥利维在这些事上跟我们合作,而且我也没准备好随时接管我的业务。我犯了个错误,和他争论了起来,告诉他老奥利维没什么价值。我对他讲了老奥利维因为他那种固执的性格不愿意买进一批干果,让我亏了不少钱。

"那么!"圭多大声说,"如果老头子就这么没用,那个只是他学生的年轻人又能有多大能耐呢?"

他终于提出了一个优秀的观点,这实在令我抓狂,因为我只顾逞口舌之快,没想到给了他灵感。

几天后,奥古斯塔告诉我圭多提议阿达用她的钱承担一半的亏损。她拒绝了，对奥古斯塔说：

"他背叛了我，还想要我的钱！"

奥古斯塔没敢建议她给圭多出资，但她确保自己尽了最大努力说服阿达改变对丈夫忠诚度的看法。从阿达的回答可以看出来，她对这个问题的了解比人们认为的要多。奥古斯塔对我解释了她的想法："为了丈夫，做出任何牺牲都是应该的，但这一原则也适用于圭多吗？"

接下来的几天里，圭多的行为十分反常。他会时不时到办公室来，但每次待不到半个小时就匆匆离开，就好像把手帕忘在了家里。后来我得知，他那是去找阿达，试图用他新想出来的观点说服她满足他的要求。他看起来像是真的大哭过一场，或者高声尖叫过，又或者简直像被人打了，在我们面前他也无法抑制那种使他喉咙发紧、泪水盈眶的情绪。我问他怎么了。他回答我时带着一种悲伤但友好的微笑，让我明白他对我并没有什么意见。然后他镇定下来，以便和我说话时能保持冷静。最后他只说了几个词：阿达的嫉妒心让他很是苦恼。

他因此告诉我他们为了各种私事争吵不休，而我还知道他们之间的很多问题也是用"盈亏表"来计算的。

但他觉得这些事并不重要。他是这么告诉我的，阿达对奥古斯塔大谈她的嫉妒心时也这么说过。另外，他们之间激烈的争吵在圭多脸上留下了深深的痕迹，这让他的话听起来非常可信。

然而，后来我发现这对夫妻不吵别的，只吵和钱有关的问题。无论阿达内心的痛苦有多剧烈，她那高傲的性格都不允许她去谈论这些感情。反观圭多，或许是因为自己的内疚感，无论他察觉到阿达心中的怒气有多么旺盛，都只会谈论生意，仿佛其他的问题都不存在。他越来越疯狂地追逐金钱，而她根本不在乎生意场上的问题,只用一个理由反对圭多的提议:钱应该留给孩子们。他会找些其他的理由,比如他的安宁,比如他的工作将为孩子们带来的好处,或是遵守法律规定带来的安全感,每当这种事情发生,她的回答永远都是一个冷冰冰的"不"。这让圭多勃然大怒——就好像他是个小孩子——也让他的欲望越来越强烈。不过在对外人转述这些争吵时,他们两个人都坚信自己这么痛苦是因为爱和嫉妒。

我因为误解了某件事情,没能及时介入去解决金钱这个烦人的问题。我本可以向圭多证明这个问题实际上并不重要。作为会计,我有点儿迟钝,当我把发生的事情用白纸黑字记在账本里时,我并不能理解它们是什么意思,但我似乎很早就明白了圭多要求阿达转给他的那笔钱并不会让局势发生多大改变。确实,让别人给自己转一笔钱有什么用呢?损失终究是一样巨大,除非阿达愿意给会计的账本里再投进一笔圭多没有要求的钱。法律也不会任人愚弄,去同意某家公司在亏掉一大笔钱之后,能通过吸引新的投资者来冒更大的风险。

一天早上,圭多没在办公室露面,这让我们很惊讶,因为我们知道他前一天晚上并没有去打猎。在吃午饭时,奥古斯塔激动不安地告诉我,圭多前一天晚上试图自杀。现在他已经脱离了危险。我必须承认,这个消息虽然在奥古斯塔看来是悲剧,却让我怒火中烧。

他竟然采取了这种极端的方式来让妻子放弃抵抗!我很快得知,他采取这一行动时非常谨慎,因为在服用吗啡之前,他让别人看到了自己手里拿着那个已经开了盖的瓶子。这样他刚一陷入昏睡,阿达便叫来了医生,而他也很快就脱离了危险。阿达度过了一个非常糟糕的夜晚,因为医生认为中毒的后果还有待观察,然后圭多又加剧了她内心的不安。他醒来后，也许是在神志尚未完全清醒的情况下开始责备她，把她视作他的敌人、他的迫害者，妨碍他开始正常事业的人。

阿达立即同意借给他那笔他所要求的钱，但随后她在试图为自己辩护时，终于把话说开了，她把内心压抑已久的责备一股脑地向他身上倒去。就这样，他们终于理解了对方，因为他成功地——据奥古斯塔所信——化解了阿达对他忠诚感的所有疑虑。他变得斗志昂扬，当阿达和他谈到卡门时，他喊道：

"你嫉妒她吗？好吧，如果你愿意，我今天就让她走人。"

阿达没有回应，她相信这意味着他接受了她的提议，而他也会把这件事放在心上。

我很惊讶圭多能在神志不清的时候表现得这么好，甚至开始相信他连自己声称的那一点点吗啡都没有吞下去。我认为当睡意令大脑思维涣散时，即使最坚不可摧的灵魂也会动摇，它会以最纯粹的方式坦白一切。我最近不是刚经历过这样的冒险吗？我对圭多的鄙视和愤怒就这样又加深了一层。

奥古斯塔哭着告诉我当她见到阿达时她的状态。不！阿达的眼睛似乎被恐惧撑大了。她已经不再美丽。

我和妻子争执了很长时间，我是应该马上去看望阿达和圭多，还是应该假装对发生的事一无所知，等着去办公室的时候再见他？对我来说，去看望他们简直是一种难以忍受的折磨。我见到圭多，怎么可能不把心里话都说出来？我说道：

"这种行为对一个男人来说真是卑鄙！我没有任何自杀的想法，但是如果我要这么做的话，肯定一下子就能成功！"

我的感觉确实是这样，并且想这么告诉奥古斯塔。但我觉得把圭多与我相提并论，实在是过于抬举他了。

"一个人甚至不需要成为化学家就能知道怎么毁掉我们这具过于敏感的身体。在我们这座城市里,难道不是几乎每星期都有一名女裁缝在她寒酸的小房间里吞下她偷偷用磷配成的溶液吗?就算有人出手相救,她不还是会被那种简单的毒药杀死,五官也会因为身体上的痛苦和纯洁的灵魂所承受的道德谴责扭曲成一团吗?"

奥古斯塔不认为自杀而死的女裁缝会有那么纯洁的灵魂,但她稍微反驳了几句后,又重新劝我去看望他们。她说我不必担心会遇到什么困难。她也和圭多谈过,他在她面前非常平静,就好像他做了一件再平常不过的事情。

我没让奥古斯塔心满意足地看到我被她的观点说服便离开了家,但稍稍犹豫了一番后,我决定满足我妻子的愿望。尽管只有短短一段路,我走路的节奏还是让我对圭多的看法有所缓和。我想起几天前那束照亮我灵魂的光为我指引的方向。圭多还是个孩子,一个我曾承诺过要用宽容的态度去对待的孩子。如果他之前没能自杀成功,他早晚有一天会长大。

女仆把我领进了一个小房间,应该是阿达书房。天气阴沉,小房间内十分昏暗,唯一的窗户也被厚厚的窗帘遮住了。墙上挂着阿达和圭多父母的照片。我没有在那里逗留很长时间,因为女仆回来叫我,带我去了圭多和阿达的卧室。即使在那天,卧室也宽敞明亮,这得益于那里的两扇大窗户,还有浅色的壁纸与家具。圭多躺在床上,头上缠着绷带,阿达坐在他身边。

圭多和我打了个招呼,他不仅一点儿也不尴尬,而且非常感激。他似乎很困,但强打起精神接待我,给我下达指令,所以看上去非常清醒。随后,他往枕头上一靠,闭上了眼睛。他是想起来要装出一副还在受吗啡强烈效果影响的样子吗?无论如何,他让人感到同情,而不是愤怒,我觉得自己非常善良。

我没有立即看向阿达:我害怕那巴塞杜氏病的面容。然而当我看向她时,我又惊又喜,因为她比我想得要好多了。她的眼睛确实大得吓人,但她脸颊上的浮肿已经褪去,我觉得她变漂亮了。她穿着一件宽大的红色长裙,扣子一直扣到下巴上,完全遮住了她瘦弱的身躯。她身上有一种极为贞洁的气质,而那双眼睛也让她显得十分严肃。我说不清自己当时全部的感情,但说真的,我觉得自己是在和一个与我曾深爱过的阿达外表相似的女人待在一起。

圭多在某个时刻猛地睁开眼睛,从枕头下面拿出一张支票,我一眼就看到上面有阿达的签名。他把那张支票递给我,请求我将其兑现,然后把这笔钱存入一个以阿达的名义开设的账户。

"开户的名字是要用阿达·马尔芬蒂还是用阿达·斯佩尔?"他开玩笑地问阿达。

她耸了耸肩,说道:

"你们两个看着办吧,怎么好就怎么来。"

"我稍后会告诉你其他的账该怎么记。"圭多这句简短的话让我感到被冒犯。

我差点儿想把他从那种昏昏欲睡的状态中揪出来,告诉他如果想要记账的话,就自己来吧。

这时,一大杯黑咖啡被端进了房间,阿达把它递给了他。他从被子下面伸出胳膊,双手捧着杯子送到嘴边,把鼻子埋进了咖啡杯里。他现在看起来真的像个孩子。

当我准备离开时,他向我保证第二天会去办公室。

我已经向阿达道了别,所以当她在大门口追上我时,我感到非常惊讶。她气喘吁吁地说:

"拜托了，泽诺！过来一下。我有件事要告诉你。"

我跟着她回到了我之前待过的小房间，现在可以从这里听到双胞胎中的一个在哭。

我们面对面站着。她仍然喘着粗气，因为如此，仅仅因为如此，有那么一刻我以为她把我带到这个黑暗的小房间，可能是想索要我曾经向她表白过的爱情。

在黑暗中，她那双巨大的眼睛显得很可怕。我焦虑不安地问自己接下来该怎么做。难道我的责任不应该是把她搂在怀里，免去她和我开口索要什么东西的尴尬吗？我一时间在各种发过的誓言中摇摆不定！生活中的一大难题就是猜测一个女人到底想要什么。仅仅听她说话是不够的，因为她一个眼神就能否定掉整段对话，而当我们应她的邀请，和她待在一间舒适而黑暗的小房间里时，这种眼神也不能让我们明白下一步应该如何行动。

既然猜不出她的意图，我便尝试理解我自己。我渴望的是什么？我想亲吻那双眼睛和那副形销骨立的身体吗？我无法给出一个明确的答案，因为就在刚才我还看到她穿着那件柔软的长袍，贞洁而严肃，如同我曾经深爱的那个少女一样令人神往。

她本来就十分焦虑，现在又哭了起来，这让我更加不知道她想要什么，我渴望的又是什么。最终，她用断断续续的声音再次告诉我她对圭多的爱，于是我对她再没有任何义务，也没有任何权利。她泣不成声地说：

"奥古斯塔告诉我你想要离开圭多，不再操心他的事务。我得请求你继续帮助他。我不认为他一个人能应付得过来。"

她请求我继续做我已经在做的事。这很简单，几乎不算什么，我试图给她提供更多的东西：

"既然你这么说，我会继续帮助圭多，我甚至会尽我所能，用迄今为止最有效率的方式帮助他。"

我又在夸夸其谈了！我在说出这番话的时候就意识到了这一点，但我不知道怎么把这话收回来。我想对阿达说（或者是对她撒谎）我很在乎她。她不想要我的爱情，但想要我的支持，而我说话的方式会让她相信这两者我可以随时提供。

阿达一把抓过了我的手。我打了个激灵。一个女人伸过来的手可以代表很多东西！我一直有这种感觉。当我握住一只向我伸来的手时，我就好像把整个女人抓在了掌心里。我能感觉到她的身材，而在对比我们两个人明显不同的身材时，我感觉自己仿佛是在拥抱她。这毫无疑问是一种亲密接触。

她接着说：

"我马上就得回到博洛尼亚的疗养院，如果知道他有你陪着，我会很放心。"

"我会陪着他的！"我带着一种无可奈何的表情回答。阿达肯定认为我那副表情是在说我同意为她做出牺牲。但实际上让我无奈的是，因为她没有考虑和我去过那种我梦寐以求的非凡人生，我只好回去过十分普通的日子。

我努力让自己回到现实中来，很快发现我的脑子中转着一个并不简单的会计问题。我需要将我口袋里的那张支票上的钱汇入阿达的账户。这一点很清楚，但我完全不清楚记下来的这笔账要怎么影响到盈亏表。我什么也没对阿达说，因为我觉得她可能不知道这个世界上有一本包含着如此名目繁多的总账簿。

但我不想就这么一言不发地离开房间。为了说点儿什么和会计无关的话题，我心不在焉地说了一个句子，但随后又感觉这句话对我、对阿达以及对圭多都非常重要，但主要是对我，因为我又一次让自己陷入了困境。那句话重要到让我记了许多年，就好

像我在那黑暗的小房间里翕动嘴唇时,阿达和圭多正和他们父母的四幅肖像一样在墙上注视着我。我说:

"阿达,你最终嫁给了一个比我更古怪的男人!"

言语会跨越多长时间啊!它本身就可以算作一个与其他事件相连的事件!此时它染上了悲剧的色彩,因为它是朝着阿达去的。我再也没办法在我的思绪中如此鲜明地唤起阿达在我和圭多之间做出选择的时刻。在那条洒满阳光的大路上,我终于在日复一日的等待中见到了她,我走在她身边,努力想博她一笑,还愚蠢地把她的笑容当作了某种承诺!我还记得那时我本来就因为双腿运转不畅的肌肉处于劣势,而圭多走起路来比阿达还要轻盈。他没有任何缺点,除非把他当时习惯带在身边的手杖也算进去。

她低声说:

"没错!"

然后她露出了一个亲切的微笑。

"但我为奥古斯塔感到高兴,因为你比我想象的要好得多。"接着她叹了口气,"这多少减轻了我的痛苦,因为圭多并不是我期待的样子。"

我保持着沉默,依然犹豫不决。我感觉她是在说,我变成了她希望圭多成为的那种人。那么,这算是爱情吗?她又说道:

"你是我们家最好的男人,我们的信心,我们的希望。"她再次抓住我的手,而我回握的方式似乎有些太紧了。不过她很快就把手抽回去了,这个行为消除了我所有的疑惑。在那黑暗的小房间里,我再次知道了应该怎么表现自己。也许是为了给自己的行为找补,她又给了我另外一种安慰:"因为我知道你是这样的人,我才会如此难过,因为我让你受苦了。你真的受了很多苦吗?"

我立刻将目光投向自己过去的黑暗,去寻找那种痛苦,我低声说：

"是的！"

渐渐地，我想起了圭多的小提琴，还有如果我没能抓住奥古斯塔这根救命稻草，就会被赶出那间客厅的境遇；然后我又回忆起了马尔芬蒂家的客厅，在那里，路易十四风格的小桌旁边有人在谈情说爱，而另外一张桌子旁的人在看着他们。我突然想起了卡拉，因为阿达也与她有些关系。那时卡拉的声音似乎在我耳边响起，她说我属于我的妻子，也就是说阿达。我反复说着同一句话，眼泪不由自主地涌上眼眶：

"很多！是的！很多！"

阿达甚至抽泣了起来：

"我真的很抱歉，非常抱歉！"

她鼓起勇气说：

"但现在你爱奥古斯塔！"

抽泣让她停顿了一下，我心惊胆战，不知道她停下来是不是在等待我确认或者否定那种爱情。幸运的是，她没给我机会开口，因为她继续往下说：

"现在我们之间的感情应该真的像兄妹一样。我需要你。那间卧室里的小男孩在等着我承担起母亲的角色，我得保护他，你愿意在这个艰巨的任务里帮我一把吗？"

她的情绪过于激动，几乎靠在了我身上，就像我梦境中那样。但我很在乎她的话，她要求我像兄长一般去爱她，这样，那种在我看来把我们联系起来的爱就变成了她的另一种权利。因此我马上答应会帮助圭多，帮助她，做她希望的事情。如果我当时更平静一些，我本来应该告诉她我没有能力完成她交给我的任务，但是这么做的话，那一刻难忘的情绪就会毁于一旦。而且，我当时太感动了，根本没察觉到自身能力不足。那一刻，我感到世界上的每个人都无所不能，即使圭多也能在几句鼓励下做成任何事。

阿达把我送到楼梯口，她留在那里，靠在栏杆上看着我下楼。卡拉经常这么做，但这种行为放在爱着圭多的阿达身上就很奇怪了，我很感激她能这么做，在经过第二个楼梯转角前，我还抬起头看了看她，和她告别。这是恋人之间的常态，但显然，兄妹间的爱也同样适用。

就这样，我心情愉快地离开了。她只是送我到楼梯口，没有更远。一切都清楚了。我们之间的关系会以这个方式进行下去：我曾经爱过她，而现在我爱着奥古斯塔，但我对她往日的爱给了她要求我做出牺牲的权利。她会继续爱那个小男孩，但对我则有着家人般的深厚感情，这不仅仅是因为我娶了她妹妹，也是为了补偿她之前给我造成的痛苦，然而这种痛苦却在我们之间缔结了一种秘密的联系。这一切如此甜美，带着一生中难得尝到的滋味。这样浓烈的甜美难道不能给我带来真正的健康吗？确实，那天我走在路上，既没有感到尴尬也没有感到疼痛，我感觉自己宽宏大量，而且坚不可摧，内心涌动着一种崭新的安全感。我甚至彻底忘记了自己对妻子的背叛，或者说，我决定再也不要做出这样的事情。这两者其实是一样的，我感觉到自己真的像阿达所看到的那样，是家中最好的男人。

当这种强烈的英雄主义感消退时，我希望能重新点燃它，但那时阿达已经去博洛尼亚了，我使尽浑身解数从她对我说过的话中找到新的激励，但都是无用功。是啊！我本来会尽我那份微薄的力量帮助圭多，但这样的决心既没有增加我胸中的气蕴，也没有令我热血沸腾。阿达在我心中留下了一种崭新的、强烈的甜蜜感，每当她在写给奥古斯塔的信中用温柔的三言两语提到我，这种感觉都会发生新的变化。我衷心地回报她的感情，并用最好的祝愿陪伴着她的治疗。真希望她能重获健康和美丽！

第二天，圭多来到办公室，立刻开始研究他想要记的账。他提议道：

"我们现在用阿达的钱来抵消掉账目上一半的亏损。"

他想做的正是这件完全没有用处的事。要是我还像前几天那样，只管冷漠地执行他的意愿，我会非常简单地把账目记好，然后再也不去想它。但现在，我感觉有必要告诉他全部情况：我觉得如果让他知道消除蒙受的损失没那么容易，他会受到刺激，更加卖力地工作。

我向他解释道，据我所知，阿达给的那笔钱是要以她的名义记入她的账户，如果我们用它来清偿财务报告上的一半损失，那么这笔钱就不再属于她了。而他想要转移到自己账户下的那部分亏损，原本就属于他，实际上应该全部归他所有，把阿达的钱加进来并不能抵消亏损，反而会坐实它。这件事我已经思考了很久，所以很容易就能向他解释一切，最后我总结道：

"如果我们陷入奥利维预见的情况——但愿不要——一旦有个经验丰富的审计来查账，亏损仍然会被看出来。"

他目瞪口呆地看着我。他在会计学上的造诣足以让他听懂我的话，但他的愿望让他无法接受这一明显的事实。然后，为了向他彻底解释清楚，我又补充道：

"你有没有发现，阿达转的那笔钱实际上毫无意义？"

当他最终听明白之后，他的脸色变得煞白，紧张得啃起了指甲。他六神无主，但还是想要控制自己，他以一副滑稽的指挥官姿态，命令那些账目必须被记下，并且补充道：

"为了免除你的全部责任，我随时可以在账本上签名！"

359

我明白了！他想继续在容不下梦想的地方做梦——在复式记账中！

我回想起我在贝尔韦德莱街的斜坡上对自己做出的承诺，以及在阿达家那个昏暗的小房间里对她做出的承诺，我摆出一副宽宏大量的态度说：

"我会立即按你的想法记账，我不需要你的签名来保护我。我在这里是为了帮助你，不是为了给你制造障碍！"

圭多热情地握住了我的手：

"人生艰难啊，"他说道，"有你这样的朋友陪在身边，对我而言是一种莫大的安慰。"

我们感动地看着对方。他的眼睛里闪着泪光。为了不让自己感动得和他一块儿哭出来，我笑着说：

"人生并不艰难，而是独一无二。"

他也由衷地笑了起来。

然后他留在我身边，看我如何结清那个盈亏表。只用几分钟就完成了。旧账消失了，但也将阿达的账户一并带入了虚无。不过为了以防万一，我们在一本小账簿上记录了她的信用，如果所有其他证据在某些灾难中消失，还有记录能证明我们欠她利息。盈亏表的另一部分则提高了圭多账户中已经十分严重的亏损。

会计师生性喜欢讽刺。记录这些账户时，我想道："一个账户——它名为盈亏表——因为遭到谋杀而死亡了，另一个账户——阿达的那个——则会因我们无力养活它而自然死亡。然而，我们却不知道要怎么杀掉圭多的账户，而他是一个疑点重重的债务人，如果他的账户一直是这个样子，对我们公司来说就是一座敞开的坟墓。"

办公室里又就会计的问题讨论了很长时间。圭多忙着找到另一种方式来更好地保护他免受法律的构陷（他就是这么说的）。我相信他还咨询了一些会计，因为有一天他来到办公室，向我提议在一个新账本上随便起个名字伪造一笔买卖，用阿达的那笔钱假充付款金额。让他看清现实是一件很让人难过的事情，因为他冲进办公室的时候怀抱着那么强烈的希望！我非常反感他提出的这种弄虚作假的行为。到目前为止，我们只不过是挪动了一些真实的数字，威胁到的仅仅是默许我们做出这种事情的人。现在呢，他却想伪造商品交易。我也看出来如果这么做，而且只有这么做，我们才能彻底抹去亏损的痕迹，但是代价是什么呢！我们还得编造买家的名字，或者让某人同意假冒买家。我并不反对销毁我精心制作的账本，但写一本新的账本着实令人烦恼。我提出了一些反对意见，最终说服了圭多。发票不是那么容易伪造的，还得知道怎么伪造证明商品存在和所有权的文件。

圭多放弃了他的计划，但第二天他又带着一个新的计划来到办公室，这个计划也同样涉及销毁旧账本。我已经厌倦了让这类讨论妨碍其他工作，于是抗议道：

"人们看到你一门心思扑在这件事上，会认为你是真的想为破产做准备！不然的话，你的资本减少了一点儿又有什么大不了的呢？到目前为止，没人有权利查看你的账本。我们现在需要做的是工作，工作！而不是处理这些无聊的事情。"

他承认这个想法已成为他的执念。怎么不是呢？稍有闪失，他就可能直接面临刑事处罚，甚至锒铛入狱！

我在法律方面的造诣让我知道小奥利维已经非常准确地解释了一位拥有这种财务报告的商人应该承担哪些责任，但为了让圭多，也让我从这种执念中解脱出来，我建议他咨询一些律师朋友。

他回答说他已经这么做了，虽然他并没有特意去找律师，因为他也不想对律师透露自己的秘密。但在某次打猎时,他和同行的一位律师朋友聊起了这个话题,因此他知道小奥利维既没说错,也没有夸大其词……真是不幸啊!

圭多看出伪造账本是无用功之后,便不再去寻找新的方法了,但他并没有因此平静下来。他每次来公司,看到那些厚厚的账本就会变得阴沉。有一天他向我坦白,一走进我们的办公室,他就感觉像是来到了监狱的前厅,他真想逃跑。

有一天他问我:

"奥古斯塔知道我们的账目情况吗?"

我脸红了起来,因为我从这个问题里听出了谴责的意思。但如果阿达知道账目情况的话,奥古斯塔显然也有可能知道。我没有马上想到这一点,反而觉得他试图向我抛出的谴责不无道理。我嘟囔着说:

"她可能从阿达或从阿尔贝塔那里听说了,阿达可能告诉了她!"

我回想了一遍奥古斯塔所有的消息渠道,但这似乎并不能排除她是从消息的源头——也就是从我这里——得知全部情况的。相反,我对此十分肯定,因为保持沉默对我来说没有任何好处。可惜啊!如果我当时能马上坦白说我和奥古斯塔之间没有秘密,我就会感觉自己是一个更忠心、更诚实的人!一件像这样的小事——即隐瞒一个最好能坦白的行为,并且把自己撇得干干净净——足以让最真诚的友谊陷入尴尬境地。

在这里我要记下一件对我和圭多来说都无足轻重的小事。几天后,本来要和我们交易硫酸铜的那位多嘴多舌的代理商在街上拦住了我。他似乎弯着腿,本来就不高的个头因此显得更加矮小了,他仰视着我,带着讽刺的意味说道:

"听说你们又达成了几笔像硫酸铜那样的好生意!"

然后，看到我煞白的脸色，他握了握我的手，接着说：

"我祝你们生意兴隆。希望你们不要怀疑这一点！"

他说完就离开了。我猜我们的事情可能是从他女儿那里传出去的，因为他女儿和小安娜是同班同学。我没有向圭多提起这些风言风语，我的主要任务是保护他免受不必要的烦恼。

我很惊讶圭多没有对卡门采取任何行动，因为我知道他已经正式向妻子承诺过要解雇她。我原以为阿达会像上次那样过几个月回家。但她没有经过的里雅斯特，而是直接住进了马焦雷湖边的一座别墅，不久后圭多带着孩子们去看她。

我不知道圭多是想起了自己的承诺，还是阿达提醒了他，从别墅回来后，他问我有没有可能在我的公司——也就是奥利维的公司——给卡门找个职位。我已经知道那里所有的职位都有人了，但因为圭多一直缠着我，我同意去和我的管家聊聊。幸运的是，奥利维的一个员工正好要在那几天离职，但他的薪水比圭多最近几个月信手开给卡门的要低，我认为圭多是在花公司的钱养活他的女人。老奥利维从我这里了解了卡门的工作能力，尽管我给出了最好的评价，他还是提出要以那名离职员工的条件雇用她。我向圭多转述了他的话，他听完后挠了挠头，显得十分苦恼和尴尬。

"怎么可能给她开比现在还要低的薪水呢？我们难道不能说服奥利维至少给她目前的薪资吗？"

我知道这是不可能的，而且奥利维并不像我们一样把员工视作家人。如果他发现卡门的价值比他支付的薪水哪怕少一个克朗，他会毫不留情地把这部分她配不上的钱扣掉。这件事最后也没带来太大的变化。奥利维从来没有得到一个明确的答复，他也没有再过问，而卡门依然在我们办公室里不断转动着她那双迷人的眼睛。

我和阿达之间有一个秘密，它从来没有被透露给他人过，因此始终很重要。她一直在给奥古斯塔写信，但她从未告诉她自己曾经和我解释过一些事情，也没说她曾拜托过我照顾圭多。我也从来没提过这件事。有一天，奥古斯塔让我看阿达写来的一封关于我的信。她先是询问我的近况，然后请我行个方便，告诉她圭多的业务进展得怎么样。听到她在信中直接对我说话时，我一时间乱了方寸，但随后我了解到她只是想知道有关圭多的事情，我的心放了下来。像前几次一样，我没有任何危险。

　　在征得奥古斯塔同意的情况下，我没再和圭多交谈就回复了阿达。我在办公桌前坐下，打算给她写一封真正的商业信函。我在信中告诉她，我很满意圭多现在做生意的方式，他非常谨慎，而且非常勤奋。

　　这是事实，至少在那天我确实很满意他的表现，因为他成功卖出了一批存在城里几个月的货物，赚了一笔钱。他似乎也真的更加勤奋了，尽管他每周仍然去打猎和钓鱼。我故意夸大了我的赞美，因为我觉得这可能有助于阿达的康复。

　　我重新读了一遍那封信，感觉它似乎缺少了些什么。阿达的那些话是对我说的，她肯定也希望了解我的近况。因此，不向她提供我的消息显得有些不礼貌。渐渐地——我记得很清楚，就好像此刻身临其境一般——我在那张桌子前感到越来越尴尬，仿佛我又一次回到了那黑暗的小房间里，和阿达面对面。我应该紧紧握住她向我伸来的小手吗？

　　我开始写信，但最后不得不重新来过，因为我不小心写了一些甚至可以说是伤风败俗的话：我渴望再次见到她，并且希望她已经完全恢复了健康和美貌。这就好比是一位女士仅仅想和我握手，而我却搂住了她的腰。我的责任仅仅是握住那只小手，我只能轻柔地、久久地握着它，以表示我理解的所有那些永远不应该被说出口的事情。

  我不会一一复述我审视过哪些句子来代替那温柔且情深义重的握手，只会写下我最终落笔的话。我用很长的篇幅讲述了自己步入老年的感受。我每一秒都在变老，无法找到片刻的安宁。我的血液每循环一次，我的骨头和血管便会衰老一轮。每天早晨醒来时，世界似乎变得更加灰暗，而我却什么也没有注意到，因为一切仍然处于同一色调中；前一天那蘸着颜色的画笔甚至没有留下任何一道痕迹，否则我肯定会有所察觉，然后在悔恨中陷入绝望。

  我清楚地记得自己带着巨大的满足感寄出了那封信。那些话并不会给我带来什么害处，但我认为，甚至可以肯定如果阿达的所思所想和我相同，她会理解那深情款款的握手。只需一点点洞察力就能明白，我那关于老年的长篇大论只意味着我害怕在时间的流逝中渐渐与爱绝缘，我仿佛在对着爱呼喊："来吧，来吧！"然而，我不确定自己是否真的需要这份爱，如果有任何疑问，那仅仅是因为我知道自己写的话大体是这个意思。

  我为奥古斯塔眷抄了一遍那封信，删掉了关于老年的论述。她可能不会理解这部分，但谨慎些总没坏处。如果我和她姐姐握手时被她看到，我可能会因为她的目光脸红！是的！我还能脸红。当我收到阿达的感谢便条时，我的脸又红了起来，她在里面完全没有提到我那些对于老年的论述。我觉得她对我做出的让步远远超过我对她做出的让步。她没有从我紧握着的手中抽回自己的小手，而是任其静静地躺在我的手中，对女人来说，什么都不做是表达同意的一种方式。

  写完那封信之后的几天，我发现圭多开始炒股了。这是我从经纪人尼利尼无意间泄露的信息中得知的。我已经认识他很多年了，因为我和他是高中同学，他没念完书就终止了学业，去了他叔叔的公司上班。之后我们又见过几次面，我记得我们命运的不同让我始终在这段关系里保持着优越性。他总是先向我打招呼，有几次还试图与我拉近距离。对我来说这似乎很自然，但令我无法理解的是，在某段我记不清日子的时间里，他在我面前变得很傲慢，不再和我打招呼，对我的问候也爱搭不理。这让我有些担心，因为我的心灵十分敏感，很容易受伤。但又能怎么办呢？可能他发现我在圭多的办公室里似乎处于一个次要位置，因此鄙视我。或者，他可能在他叔叔去世后成了一名独立的股票经纪人，因此自尊心增强了。在狭小的环境中，这种态度随处可见。我们之间没有任何敌对行为，然而就在某一天，两个人望向彼此的目光带上了厌恶和轻蔑。

因此，当他走进办公室，向独自一人的我询问圭多在哪里时，我感到十分惊讶。他摘下帽子，握了握我伸来的手，然后就非常随便地一屁股坐进了我们房间里宽敞的扶手椅中。我好奇地看着他。这么多年来，我还没有在距离这么近的地方打量过他，而现在，他对我展现出的敌意让我对他产生了更多关注。

他当时大约40岁，几乎秃顶了，只有后脑勺和太阳穴上长着几小撮浓密的黑发，这让他看上去相当丑陋，他脸色蜡黄，皮肤松弛，上面有一个大鼻子。他又瘦又矮，还总是拼命挺直身体，以至于在和他说话时，我的脖子也会跟着微微疼起来，这是我对他唯一的同情。那天他似乎强忍笑意，脸也因为嘲讽和蔑视变得扭曲，但他之前已经十分友好地向我打了招呼，所以这种表情并没有伤害到我。相反，我后来才发现这种嘲讽的表情其实是被那古怪的大自然焊在了他脸上。他上下两片颌骨太短，不能完全闭合，所以他的嘴上一直有一个缝隙，这造就了他那一成不变的嘲讽表情。可能是为了配合这只有在打哈欠时才会摆脱的面具,他喜欢嘲笑身边的人。他绝对不是傻瓜,而且常常会射出一些淬了毒的箭,但一般只针对不在场的人。

他话很多,想象力丰富,在涉及股票交易时更是如此。他把股票比作一个女人,在他的描述里,这个女人要么因为风险而焦虑不安,要么无所事事地安睡,她的脸既能展露笑容,又能流下泪水。他看着她跳着舞攀上股价的台阶,在下跌时则有摔倒的风险。他钦佩她知道如何轻抚某个股票行情,又如何扼杀另一个;或者他也钦佩如何教授别人是应该保持克制,还是应该积极行动。只有见多识广的人才知道怎么和她谈判。证券交易所地面上散落着大量的金钱,但弯腰去捡并非易事。

我递给他一支烟,让他稍微等一会儿,然后开始处理一些信件。不久后,他觉得无聊,说自己不能再等下去了。他前一天——确切地说,正好在 24 个小时之前——向圭多推荐了一只股票,这只股票的名字很奇怪,叫力拓①。他来这里就是为了告诉他,这只股票当天上涨了大约 10 个百分点。他说完后放声大笑起来。

"就在我们说话这会儿,或我在等他的时候,证券交易所的谣言已经起了作用。如果斯佩尔先生现在想买那些股票,天知道他得付出多少代价。我预测到了股票的动向。"

他夸耀着自己因长期密切关注股票而锻炼出的敏锐洞察力。然后突然话锋一转,问了一个问题:

"你认为谁是更好的老师,大学还是证券交易所?"

他的下颌骨又往下坠了一点,那道讽刺的裂缝变得更大了。

"当然是证券交易所!"我坚定地回答。这让他在离开时友

---

① 力拓(Rio Tinto)为一家跨国矿业与能源集团,成立于 1873 年。

好地握了握我的手。

所以圭多在炒股！如果我更警觉一点儿，或许可以更早地猜出来，因为当我用详细的账目给他展示我们最近几笔交易赚得的可观金额时，他虽然面带微笑，但也露出了几分轻蔑的神情。他觉得我们赚这些钱太辛苦了。而且要知道，我们得达成几十笔这样的交易，才能覆盖去年的亏损！我前几天还在信里极力夸赞了他一番，可现在我该怎么办呢？

不久后圭多来到了公司，我如实向他转述了尼利尼的话。他焦虑不安地听着，以至于没意识到我已经知道他在玩什么猫儿腻；然后他匆忙离开了。

晚上我和奥古斯塔提起了这件事，她认为我们不应该打扰阿达，但应该提醒马尔芬蒂夫人圭多承担的风险。她还要求我尽力阻止他继续犯这些愚蠢的错误。

我花了很长时间准备要对他说的话。最终，我实行了我那些积极的善意，并履行了我对阿达的承诺。我知道应该怎么把圭多抓在手心，让他服从我的命令。我会向他解释，在证券交易所里，每个人都会犯下愚蠢的错误，尤其是有着他这种财务报告的商人。

第二天我开口时很顺利：

"所以说，你现在炒起股来了？你想进监狱吗？"我一本正经地问他。我准备好了和他大吵一架，并随时声明既然他的行为可能危及公司，我将立即辞职。

圭多很快就解除了我的顾虑。他一直保守着这个秘密，但现在，他像个好孩子一样，向我透露了他交易中的每一个细节。他买了一些某个国家的矿业股票，从中赚得的利润基本上已经足够抵消我们财务报告上的亏损。现在所有的风险都已过去，他可以把一切都告诉我。如果他运气不佳，亏掉了赚来的钱，他会简单地停止交易。如果运气依然站在他这一边，他会马上修正我那些一直让他倍感压力的账目。

我明白了现在不是发作的场合，反而应该对他表示祝贺。至于账目问题，我告诉他现在可以放心了，因为只要有现金，就连最麻烦的会计问题都能轻易修正。只要我们当时把阿达的账目记作公司的注资，缩减被我称之为公司"深渊"的圭多的账目，我们的账本将变得无懈可击。

接着我建议他立即整顿账目，并在公司的账本里记下证券交易所的操作记录。幸亏他没有同意，否则我就成了赌徒的会计，承担的责任也会更大。反之，这样一来事情会按照我仿佛不存在的方式继续发展下去。我感觉他拒绝我时给出的理由很正确，他认为这么快就偿还债务会招致厄运，这是赌徒中普遍存在的迷信，即认为使用别人的钱能带来好运。我不相信这一点，但我在赌博时，也从不忽视任何预防措施。

我在很长一段时间里一直自责没有在接到圭多的通知时提出任何反对意见。但后来，我发现马尔芬蒂夫人的反应也和我当时一模一样，她告诉我她丈夫用股票赚了很多钱，我甚至还从阿达那里听到，她认为炒股只是另一种商业形式，就这样，我明白了没人能就这个问题对我有所指责。要在那条不归路上拦住圭多，我的反对意见没有丝毫用处，除非它得到全体家庭成员的支持。

因此，圭多继续赌博，整个家族也跟着他赌。我加入了他们，到头来与尼利尼建立了一种奇怪的友情。我自然无法忍受他，因为我觉得他既无知又自负，但因为圭多期待从尼利尼那里获得有用的建议，出于对他的尊重，我完美地隐藏了我的真实感受，以至于尼利尼最终相信我是他忠实的朋友。我不否认自己那样友善地对待他，也可能是因为想避免他的敌意可能招致的不快，这和他那张丑脸上讽刺的笑容有很大关系。但除了在他来访和离开时与他握手及打招呼外,我没有对他展现过其他友善的行为。不过他却始终表现得非常热情,我不得不带着感激接受他的殷勤,这确实是人在世界上可以表现出的最大善意。他给我弄来了一些只收取成本价的走私香烟,几乎没有什么费用。如果我心肠更软一点儿,他可能已经说服我按他的路子去炒股了。我从来没有这么做过,仅仅是为了不想更频繁地见到他。

我见他的次数已经太多了!他常常在我们的办公室一待就是几个小时,虽然——明眼人很容易就能看出来——他并没有爱上卡门。他来主要是陪我。他似乎想在政治领域对我进行教育,由于股票的原因,他对此领域了解颇深。他向我解释强国之间是怎样前一天还在握手,后一天就开始互殴的。我不知道他是否预见了未来,出于对他的厌恶,听他说话时我一直心不在焉。我总是带着一种愚蠢的、刻板的微笑。我们之间的误解无疑源于他错误地把我的微笑解读成了钦佩。这不是我的错。

我只知道他每天重复的那些事。我能感觉到他是一个立场可疑的意大利人,因为他似乎认为的里雅斯特留在奥地利的统治下会更好。他崇拜德国,特别是德国的火车,因为它们的到达时间非常准确。他是个自封的经济平均倡导者,希望禁止个人拥有超过十万克朗的财产。有一天,当他在与圭多交谈时承认自己恰好拥有十万克朗,一分也不多时,我没有笑出来。我既没有笑,也没有问如果他多赚一块钱,是否会修改自己的理论。我们的关系真的很奇怪。我无法和他一起笑,也无法嘲笑他。

当他把自己的判断一股脑说完时,会在扶手椅上坐得笔直,甚至眼睛也会向天花板看去,把他下巴上的那个裂缝直冲向我。他能用那个裂隙看到东西!有时我希望趁他摆出这个姿势时去想

些其他事情,但他马上就会唤起我的注意力,他会问我:
"你在听我说话吗?"

圭多在相当友好地向我吐露了全部细节之后,很长一段时间都没有再对我谈起他的事务。最初尼利尼还会和我提一嘴,但后来他也变得越来越有所保留了。从阿达本人那里,我了解到圭多仍在赚钱。

她回来时,我发现她又一次变得更加丑陋了。与其说她是变胖了,不如说是肿了起来。她的脸颊长了回来,但位置错乱,把她的脸几乎撑成了方形。她的眼睛还是凸在眼眶外面。我非常惊讶,因为我从圭多和其他去看望她的人那里听说她每天都在获得新的力量和健康。但女人的健康首先得体现在她的美丽上。

阿达在其他事情上也让我十分惊讶。她亲切地和我打招呼,但和她问候奥古斯塔的方式没有区别。我们之间已经不再有秘密了,显然她也不再记得自己曾经在回忆起让我受苦时流下过眼泪。这好多了!她甚至忘了她在我这里拥有的权利!我是她善良的妹夫,她爱我仅仅是因为她发现我和我妻子的关系依旧亲密,这一直是马尔芬蒂家族所赞赏的。

有一天,我发现了一件令我非常震惊的事情。阿达认为自己仍然很美!她在那远方的湖边有了几个追求者,情场上的成功显然令她十分受用。不过也有可能她在夸大其词,因为她声称自己离开那个度假地是被逼无奈,只为逃避一个追求者的纠缠,在我看来这实在很夸张。我承认她的话里有些东西是真的,因为在那些之前不认识她的人眼里,她可能没那么丑。但即便如此,她也不会好看到哪里去,毕竟她长着那样的眼睛、有着那样的肤色,脸还是那个形状!在我们眼里她就更丑了,因为我们记得她曾经的样子,可以更清楚地看到疾病对她的摧残。

一天晚上，我们邀请阿达和圭多来我们家做客。这次聚会十分愉快，真的配得上"家庭"这个称呼，它似乎是我们四人订婚时的延续。但阿达的头发没有被任何光芒照亮。

当我们告别时，我为了帮她穿上斗篷，和她独处了片刻。我马上感到我们的关系似乎发生了一些变化。现在没有旁人，我们或许可以说一些在其他人面前不方便说的话。我一边给她帮忙一边思考，最后找到了要对她说的话。

"你知道他这段时间在炒股！"我严肃地对她说。有时候我会怀疑，我说这些话是想重现我们上一次见面的场景，我不相信它就这么被忘得一干二净。

"是的，"她微笑着说，"而且非常成功。别人告诉我，他现在可厉害啦。"

我和她一起大笑了起来，感到自己卸掉了所有责任。她在离开时低声说：

"那个叫卡门的还在你们的办公室吗？"

我没来得及回答，因为她已经走了。我们之间已不再有过去的影子。然而，她的嫉妒依旧存在，和我们上一次见面时一样强烈。

现在回想起来，我发现自己早该在得到警告之前就意识到圭多已经开始在股票上亏钱了。他的脸庞不再因为胜利而熠熠生辉，而是再次露出了在面对那张财务报告时焦虑不安的表情。

"你有什么好担心的呢？"我天真地问他，"你口袋里已经有足够的钱可以把那些账目变成现实了。有了那些钱，你就不会去坐牢了。"后来我得知，那时他口袋里一分钱也没有了。

我坚信好运会一直站在他那一边，所以没有注意到那些本可以说服我事实并非如此的迹象。

八月的一个晚上，他再次拉我去钓鱼。月亮已经快要变圆了，在耀眼的月光下，我们的钩子上几乎钓不到任何东西。但他坚持留在那里，说我们可以在水面上找到一些清凉。事实上，那正是我们唯一找到的东西。我们在进行了一次尝试后，甚至没再给鱼钩装饵，任凭它从小船上垂下，随着卢奇亚诺划船的节奏驶向海的深处。月光肯定已经照到了海底，增强了大型动物的视觉，让它们能辨认出陷阱，即使那些能啃食饵料却无法将钩子含在小嘴里的小型动物也是如此。我们的鱼饵简直就是赠给小鱼的礼物。

圭多躺在船尾，我躺在船头。不久后，他低声说道：

"这么多光，真是悲哀啊！"

他这么说可能是因为月光让他难以入睡，我同意了他的话，既是为了让他满意，也是为了不用无谓的争论破坏我们在缓缓移动时感受到的宁静。然而，卢奇亚诺却提出了异议，说他非常喜欢这月光。因为圭多没有回答，我想让他闭嘴，便说这光确实令人伤感，因为它让世上的一切都暴露了出来。此外，它让我们钓不上鱼。卢奇亚诺笑了笑，不再说话了。

我们沉默了很久。我冲着月亮打了好几次哈欠。我后悔让自己被说服登上了这条船。

圭多突然问我：

"你是个化学家，你能回答我一个问题吗：是纯佛罗拿[1]更有效，还是含钠的佛罗拿更有效？"

说实话，我甚至不知道还有含钠的佛罗拿这种东西。你不能指望一个化学家对整个世界都了如指掌。我掌握的化学知识足以让我能迅速在书中找到任何信息，还能讨论——就像在这种情况下——我不知道的事情。

---

[1] 佛罗拿（Veronal）为一种安眠类药物。

钠？众所周知，钠化合物是最容易被吸收的。甚至就钠本身来说，我记得—— 而日几乎精确地复述了出来——我上学时一位教授对这种元素的赞美，那是我上过的唯一一堂他的课。钠是其他元素为了移动得更快而登上的载体。那位教授还提到了氯化钠如何从一个生物体转移到另一个生物体，以及它是怎样仅凭重力就在地球上最深的坑洞——海洋中积聚起来的。我不确定我是否完全准确地复述了教授的想法，但在那一刻，面对着那片广阔的氯化钠海洋，我谈起钠时带着无限的敬意

圭多犹豫了一会儿后再次问道："那么，一个想要死的人应该服用含钠的佛罗拿吗？"

"是的。"我回答道。

然后，我想起有些人可能想伪装自杀，在那一刻，我没有意识到自己的话会提醒圭多他生命中一段痛苦的经历，我补充说："如果那个人不想死，他应该服用纯佛罗拿。"

圭多在研究佛罗拿这件事本可以让我停下来思考。然而，我当时一门心思想着钠，什么也没明白。在接下来的几天里，我给圭多找出了新的证据来证实我认为钠具有的种种特性：为了加速汞齐反应——这本质上是两种物质之间的紧密结合，这种结合代替了化合或同化反应——人们也会在汞中添加一些钠。钠成了金和汞的媒介。但圭多对佛罗拿已不再感兴趣，如今我认为他那时已经在证券交易所得到了一些好消息。

阿达一周内来了办公室整整3次。直到她第二次造访过后，我才意识到她想要和我说话。

第一次，她遇到了重新对我展开说教的尼利尼。她等着他离开，一等就是整整1个小时，但她犯了一个错误，和他聊了会儿天，因此他认为自己应该留下来。我在介绍他们认识之后松了一口气，

因为尼利尼下巴上的裂缝不再对着我。我没有参与他们的对话。

尼利尼实际上很机智，他的话给了阿达不小的震撼。他告诉她，泰尔捷斯泰奥交易所里的闲言碎语和一位贵妇人客厅中的一样多。只不过据他所说，人们在证券交易所得到的消息通常比其他地方更为准确。在阿达看来，他似乎在诽谤女性。她说她甚至不知道"闲言碎语"是什么意思。我在这时插了一句嘴，保证在我认识她的这么多年里，我从未听到她说过任何一句甚至会让人联想到闲言碎语的话。我在说这话时脸上带着微笑，因为我觉得自己似乎在责备她。她不是一个爱说闲话的人，因为她对别人的事情根本不感兴趣。她以前身体健康的时候只关心自己，当她生病后，她心里只有一小片自由的空间，而那里也已经被嫉妒填满了。她是一个真正的利己主义者，但她感激地接受了我的证词。

尼利尼假装不相信我们。他说他已经和我认识了很多年，相信我非常单纯，这让我和阿达感到好笑。然而，当他首次在第三个人的面前宣布我是他最好的朋友之一，所以他对我知根知底时，我生了很大的气。我不敢反驳，但这种无耻的声明伤害了我的自尊，我感觉自己就像是一个被公开指控通奸的年轻女子。

尼利尼说我太单纯，所以阿达可以用她那种女性身上常见的狡猾当着我的面传闲话，而我对此根本不会有所察觉。我感觉阿达依然认为那些可疑的恭维话很有趣，但后来我得知她当时只是让他随便说话，盼望着他会感到无趣然后自行离开。但她等了很久。

当阿达第二次来时，她发现我和圭多在一起。那时我从她的脸上看出了不耐烦的表情，便猜到她实际上是想要找我。在她回来之前，我一直沉浸在自己平日的梦想中。说到底，她并没有向我索求爱情，但她太过频繁地想要单独和我待在一起。对男人来说，理解女人想要什么是困难的，这也是因为有时女人自己也搞不明白。

不过她的话并没有给我带来任何新的感觉。当她有机会和我说话时，一开口便因激动而哽咽了起来，但这并不是因为她终于和我说上了话，而是因为她想知道为什么卡门还没有被解雇。我告诉了她我所知道的一切，包括我们尝试过在奥利维那里为她找到一个职位。

她立刻平静了下来，因为我告诉她的信息和圭多对她说过的完全一致。然后我了解到，她的嫉妒是间歇性的。这种情绪会在没有任何明显原因的情况下突然发作，而任何一句令人信服的话语都能让它烟消云散。

她又问了我两个问题：给一个女性职员找到工作真的那么难吗？还有卡门的家庭状况是否真的那么拮据，以至于要仰赖一个女孩子的收入。

我解释说，在的里雅斯特找到适合女性的工作确实很困难。至于第二个问题，我无法回答，因为我不认识卡门家里的任何人。

"但圭多认识那个家中的每一个人。"阿达愤怒地低声说道，她的眼泪再次从脸颊上滚落了下来。

然后她和我握手告别，并向我表示了感谢。她双眼含泪，微笑着对我说她知道自己可以指望我。我喜欢她的笑容，因为她微笑的对象显然不是一个妹夫，而是一个与她达成了秘密协议的人。我试图向她证明我配得上这个笑容，便低声说：

"让我担心圭多的不是卡门，而是他在股市里的赌博！"

她耸了耸肩。"那不重要。我也和妈妈谈过这个问题。爸爸也炒过股，他赚了很多钱！"

这个回答让我感到困惑，我坚持说：

"我不喜欢尼利尼。我甚至算不上他的朋友！"

她惊讶地看着我。

"我觉得他是个绅士。圭多也很喜欢他。我还相信，圭多现在对他的生意非常上心。"

我已经发过誓不说圭多的坏话，因此没有开口。当我独自一人时，我并没有去想圭多的事情，而是想到了自己。也许阿达最终仅以妹妹的身份出现在我面前是件好事。她没有允诺我爱情，也没有威胁到它。有好几天，我焦虑不安且漫无目的地在城里乱转。我无法理解自己。为什么我的感觉就好像卡拉刚离开我一样？我身上并没有发生什么新鲜事。说实话，我相信我一直需要冒险，或者需要处理和冒险类似的复杂情况。现在我与阿达的关系已经不再有任何复杂性了。

一天，尼利尼在他那把大椅子上比平时还要话多：一场暴风雨正沿着地平线推进，这预示着货币价值的上涨。股票市场突然变得饱和，再也吸纳不进更多的东西了！

"我们往里面扔点儿钠吧！"我建议道。

他一点儿也不喜欢我插的这句嘴，为了不让自己发火，他没有理会我。突然间，这个世界上的货币紧缺了起来，因此变得昂贵。他对这种情况现在才发生感到惊讶，因为他早在一个月前就预见到了。

"可能他们把所有的钱都送到月亮上去了！"我说道。

"这是严肃的事情，不能拿来开玩笑，"尼利尼肯定道，他依然看着天花板，"现在我们将看到谁是真正的战士，谁会在第一波打击中就倒下。"

我无法理解这个世界上的钱怎么可能变得更稀缺，因此也没有意识到尼利尼把圭多当成了那些必须证明自身价值的战士之

377

一。我已经习惯了用心不在焉的态度去抵御他的说教,所以尽管我听到了他的话,却根本没把它放在心上。

但几天后,尼利尼突然改变了他的论调。发生了一件新的事情。他发现圭多通过另外一位经纪人进行了几笔交易。尼利尼语气激动地抗议道,他没有做过任何对不起圭多的事情,也始终保持了应有的谨慎,他要求我在这个问题上为他作证。他是否一直对圭多的生意三缄其口,即使对我也没有透露过只言片语,哪怕他一直认为我是他最好的朋友?但现在,他已经不用再有任何保留,可以冲着我的耳朵大喊,圭多已经赔得血本无归。对于那些通过他进行的交易,尼利尼可以保证,只要情况稍有改善,圭多就能维持下去,等待更好的时机。然而,圭多刚一遇到困难就误会了他,这让他感到非常气愤。

这比阿达还要夸张!尼利尼的嫉妒是无法掌控的。我想从他那里听到更多信息,但他反而变得越来越愤怒,继续谈论圭多让自己受到的冤屈。因此,虽然他嘴上说着狠话,却仍然保持了谨慎的态度。

那天下午,我在办公室遇到了圭多。他躺在我们的沙发上,处于一种心灰意冷和昏昏欲睡之间的奇异状态。我问他:

"你现在是赔得倾家荡产了吗?"

他没有马上回答我。他抬起一只胳膊,遮住了憔悴的脸庞。然后说:

"你有见过比我更倒霉的人吗?"

他放下手臂,调整了一下姿势,仰面躺下,然后再次闭上眼睛,似乎已经忘记了我的存在。

我无法给他任何安慰。他认为自己是世界上最不幸的人,这着实冒犯了我。他这不是夸大其词,简直是彻头彻尾的谎言。如果可能的话，我会帮他一把，但安慰他是不可能的。在我看来，即使比圭多更无辜、更不幸的人也不值得同情，否则我们的生活中就只会剩下这一种情绪了，那会非常烦人。自然法则没有赋予我们追求幸福的权利，相反，它的规则里只有痛苦和悲伤。食物一旦暴露在外面，各种寄生虫就会从四面八方蜂拥而至，就算寄生虫还未出现，它们也会很快地滋生出来。不久后，猎物就只能勉强满足需求，紧接着就完全不够了，因为大自然不进行计算，它只会做试验。当物资不够时，消耗者的数量必须通过死亡来减少，而痛苦会先死亡一步到来，这样，平衡才会暂时得以恢复。有什么可抱怨的呢？然而，每个人都在抱怨。那些没有猎物的人会在死亡时哭喊不公；而那些得到一部分的人则会觉得他们应该得到更多。人们为什么不能安安静静地死去，安安静静地生活？另一方面，谁能抢到很多食物，谁的快乐就会被众人喜爱，他甚至会站在阳光下，让自己被掌声包围。唯一可以被接受的呐喊就是胜利者的欢呼声。

　　现在来说说圭多！他缺乏一切赚钱甚至仅仅留住财富的能力。他从赌桌上下来，大哭着说自己亏了钱。因此，他的行为简直不像一位绅士，这让我感到恶心。仅仅因为这个，在圭多急需我关爱的时刻，他什么也没有得到。即使我再三发誓，也做不到这一点。

　　与此同时，圭多的呼吸逐渐变得更加规律和响亮。他睡着了！他在面对不幸时竟然如此缺乏男子气概！他们夺走了他的食物，而他闭上了眼睛，也许是为了梦想自己仍然拥有一切，而不是睁大眼睛去看看自己是否还能抢回一点儿。

　　我很好奇阿达是否知道他遭遇的不幸。我大声问他。他吓得跳了起来，缓了缓才能适应突然再次来到他眼前的灾难。

"不!"他低声说道。然后又闭上了眼睛。

确实,所有遭受重创的人都想要睡觉。睡眠可以恢复力量。我继续看着他,下定不了决心。但如果他睡着了,怎么帮得了他呢?现在不是打瞌睡的时候。我粗鲁地抓住他的肩膀,用力摇晃着他:

"圭多!"

他真的睡着了。他看着我,眼神迷茫,睡意蒙眬,然后他问我:

"你想干吗?"紧接着他生气了,又问了一遍,"你到底想干吗?"

我想帮他,不然的话我也没有权利把他叫醒。我也生气了,大声说现在不是睡觉的时候,因为他得赶紧行动起来,看看是否能找到解决办法。他有很多东西要计算,还有很多东西要和我们家的所有成员以及他在布宜诺斯艾利斯的家人讨论。

圭多坐了起来。他还在因为被以这种方式叫醒而心烦意乱。他苦涩地对我说:

"你最好是让我继续睡觉。你现在想让谁来帮我?你不记得上次我为了得到一点点救助做到了什么地步吗?现在涉及的金额很大!你想让我找谁帮忙?"

我对他没有任何好感,我甚至很气愤不得不为他牺牲我和我家人的利益,我大喊道:

"这不是还有我吗?"然后吝啬促使我从一开始就减轻我要做出的牺牲:

"不是还有阿达吗?不是还有我们的岳母吗?我们不能一起来救你吗?"

他站起身,向我走来,显然是想拥抱我。但我不想做的恰恰是这件事。既然我已经提供了帮助,现在就有权利责备他,我也把这一权利用到了极致。我指责他此刻的软弱，还有他直到现在还是这么狂妄自大，正是这种心态把他引向了灭亡。他一直独断专行，不去询问任何人的意见。我曾多次尝试与他沟通，想要约束他、拯救他，但他拒绝了我，只信任尼利尼。

这时圭多微笑了，真的微笑了，这个该死的家伙！他告诉我，他已经有十五天没有和尼利尼合作了，他坚持认为那个人的团队给他带来了坏运气。

他睡的那场觉和他的微笑暴露了他的性格：他正在毁掉他周围的每一个人，而且还能笑得出来。我扮演了严厉法官的角色，因为要想拯救圭多，首先得教育他。我坚持要他告诉我他损失了多少钱，当他说他不知道具体数字时，我勃然大怒。当他告诉我一个相对较小的数额，后来又说这是他本月十五号结算时必须支付的金额时，我的怒火烧得更旺了。我们离十五号只有两天，但圭多坚持认为到月底前还有时间，情况可能会有所改变。市场上的资金短缺不会永远持续下去。

我大喊道：

"如果这个世界上的钱不够了，你是想从月亮上挖出钱来吗？"我补充说他不应该再碰股票，哪怕一天也不行。他不应该冒险增加已经非常大的亏损。我还说亏损将被分成四部分，由我、他（或者说他的父亲）、马尔芬蒂夫人和阿达来承担，我们必须回到没有风险的商业活动中，我再也不想在我们的办公室里看到尼利尼或其他任何经纪人。

他非常温和地恳求我不要大喊大叫，因为邻居们可能会听到我们的声音。

我使尽浑身解数才让自己冷静下来，这也是为了让我继续低声责备他。他的亏损甚至算得上犯罪，只有傻瓜才会让自己陷入这种境地。我真的认为有必要给他上一课。

这时,圭多温和地提出了抗议。谁没炒过股呢?我们的岳父,那位一直很可靠的商人,生前没有一天不在进行某种交易。而且,据圭多所知,我自己也炒过股。

我反驳说,炒股有不同的种类。他把自己的所有财产都冒险投入了股市,而我只动用了一个月的收入。

我很悲哀地看到圭多试图孩子气地推脱责任。他坚持说是尼利尼诱使他去冒更大的风险,让他相信自己正走向巨大的财富。

我笑了起来,并嘲笑了他。尼利尼不应该受到谴责,他只是在处理自己的生意。再说,离开尼利尼之后,圭多不是又忙不迭地找了另一个经纪人,并且提高了赌注吗?如果他在不让尼利尼知道的情况下开始做空,那他还可以去吹嘘这种新的关系。为了让事情回到正轨,仅仅换一个经纪人,然后继续沿用同样失败的策略显然不够。圭多哽咽着承认了自己的错误,他只是想说服我别来烦他。

我停止了责备。现在他真的激起了我的同情心,如果他愿意,我甚至会拥抱他。我告诉他,我会立刻着手筹集我应该提供的资金,并且我也会负责与我们的岳母交谈,而他则需要负责说服阿达。

当他坦白说他宁愿代替我去和我们的岳母谈话,但一想到要和阿达交流就觉得痛苦时,我的同情心进一步增加了。

"你知道女人是怎样的!除非结果是好的,否则她们根本不懂生意!"他完全不打算和她谈话,而会让马尔芬蒂夫人告诉她全部情况。

这个决定让他轻松了不少,我们一起离开了。我看着他低着头走在我身边,后悔自己那么粗鲁地对待他。

我为自己的粗鲁感到内疚。但如果我爱他,我又能怎么做呢?

如果他不想走向毁灭，就必须悔过！如果他这么害怕和他的妻子谈话，他们之间究竟是怎样一种关系？

然而与此同时，他找到了一个新的方法来惹恼我。一路走来，他在脑海中构思了一个非常有吸引力的计划。他不仅不必和妻子交谈，而且还找到了办法在那天晚上不看见她，因为他打算马上出发去打猎。做出这个决定之后，他摆脱了所有的忧虑。显然，走到户外、远离一切烦恼的愿景足以让他看起来仿佛已经身临其境，还在尽情享受它带来的乐趣。我愤怒到了极点！他无疑可以带着同一副样子回到证券交易所，继续用他家里的财产和我的财产冒险赌博。

他对我说：

"我想允许自己最后找一次乐子，并且我邀请你和我一起去，条件是你发誓不要提醒我今天发生的事情，连一个字也别说。"

到现在，他说话时还是面带笑容。在我的严肃表情面前，他也变得严肃了起来，补充道：

"你也看到了，在经历这样的打击后，我需要休息休息，然后我就可以更容易地回到我的战斗岗位上。"

他的声音里包含着一种我无可置疑的真挚感情。我得以控制住了自己的愤怒，或者仅仅在拒绝他的邀请时才表现出怒火。我告诉他我需要留在城里来筹集必要的资金。我的回答本身就是一种责备！我，这个无辜的人，会留在我的岗位上，而他，这个犯了错的人，却可以去享受乐趣。

我们抵达了马尔芬蒂家的大门。当我还在他身边时，他那种因为几个小时后就可以去享乐的喜滋滋的样子再没出现过，相反，他的脸上一直挂着我造成的痛苦表情。但在离开我之前，他通过声明自己的独立性以及（在我看来）自己的愤怒，给情绪找到了一个宣泄口。他告诉我,他很惊讶地发现我是一个这样的朋友。他不确定要不要接受我为他做的牺牲,并且他想(真的想)让我知道,他不认为我有任何义务,因此我可以自由地选择要不要给他这笔钱。

当时我肯定脸红了。为了摆脱尴尬,我对他说:

"为什么你认为我会退缩呢?短短几分钟前,你还没有要求我做任何事时,我就已经主动提出帮助你了!"

他有些犹疑地看着我,然后说:

"既然你想这么做,我当然会接受,而且我很感谢你。但我们将为一个全新的公司签订合同,以便每个人都能得到他应得的部分。实际上,如果我们有事可做,并且你想继续留下,你必须有一份薪水。我们将在完全不同的基础上建立新公司。这样,我们就不再用担心为了隐瞒我们在营业第一年遭受的损失而造成进一步的伤害了。"

我回答道:

"那笔损失已经不重要了,你不应该再去想它。现在,你要试着把我们的岳母拉拢到你这边。眼下只有这件事才是重要的。"

我们就这样分别了。我相信自己因为圭多的天真而露出了微笑。他长篇大论了那么久,展示了他最私人的感受,只是为了能在接受我馈赠时不流露任何感激之情。但我别无所求,我只要知道他欠我一个人情就够了。

再说,一离开他身边,我也感到解脱了,仿佛那时我才真正走出了封闭的空间。我真切地感受到了因决心教育他并帮助他重回正轨而失去的自由。说到底,教育家受到的束缚比学生更多。我已经决定为他筹集那笔资金。当然,我无法确定我这样做是出于对他的爱,或者说对阿达的爱,还是为了摆脱我可能因为在他的公司里工作过而要承担的那一小部分责任。总之,我决定牺牲一部分我的财产,即使到了今天,回想起那一天时,我依然能感到巨大的满足。那笔钱救了圭多,也给我的心灵带来了极大的平静。

我在最大的平静中散步到了傍晚,因此没来得及去交易所找奥利维,让他帮我筹集那么一大笔钱。后来我觉得这事并没有那么急,我手头有相当数量的钱,足以在这个月15号支付我们应缴的款项。至于月底的款项,我可以稍后再解决。

那天晚上我不再考虑圭多的事情了。晚些时候,孩子们都已上床睡觉后,我有好几次想开口告诉奥古斯塔圭多的财务灾难,还有它对我造成的伤害,但我不想陷入麻烦的争执,我认为最好等到全家人一起决定如何处理这些事务时再说服奥古斯塔。此外,当圭多在找乐子时,我却感到心烦意乱,这似乎也不太合适。

我睡得很安稳,第二天早上,我口袋里揣着一点儿钱去了办公室(口袋里有卡拉之前拒绝的那个信封,出于某种宗教情感,我一直把它留到了现在,另外还有一些我从银行取出的钱)。整个上午我都在读报纸,卡门在旁边缝纫,卢奇亚诺在练习加减法。

当我在午饭时间回家时,我发现奥古斯塔情绪低落且相当困惑。她的脸上带着那种只有在我伤害她时才会出现的惨白。她温和地对我说:

"我知道了你打算牺牲你的一部分遗产来救助圭多!我知道我没有被告知的权利……"

她非常不确定自己有哪些权利,因此犹豫了一下,然后再次开口,责备我的沉默:

"说我不像阿达也是真的,因为我从来没有反对过你的愿望。"

我花了些时间才弄清楚发生了什么。奥古斯塔去看望阿达时,碰巧她正在与母亲讨论圭多的问题。阿达在看到她妹妹时突然痛哭流涕,和奥古斯塔说了我那个她无论如何不愿接受的慷慨提议。她甚至请求奥古斯塔说服我把它撤回去。

我立刻意识到奥古斯塔正在受她的老毛病的困扰,即她对姐姐的嫉妒心,但我没有在意。我对阿达表现出的态度感到惊讶:

"她看起来很生气吗?"我瞪大了眼睛问道。

"不!她没生气!"诚实的奥古斯塔大声说,"她亲吻了我,拥抱了我……可能是为了让我拥抱你。"

这种表达方式在我看来颇为滑稽。她看着我,审视着我,显得不太信任。

我反驳道:

"你认为阿达爱上我了吗?你脑子里在想什么?"

但我没能让奥古斯塔冷静下来,她的嫉妒让我非常苦恼。圭多这个点肯定已经不再找乐子了,而且无疑正在经历他妻子和岳母间的艰难时刻,但我也非常恼火,我觉得我这个无辜的人受到了过多的折磨。

我抚摸着奥古斯塔,试图平复她的情绪。她把脸从我面前移开,为了更好地看着我,然后温和地对我说了一句轻柔的责备,这让我深受感动。

"我知道你也爱我。"她说。

显然,对她来说,阿达的心态并不重要,但我的很重要。我灵机一动,想要证明我的清白。

"所以说,阿达爱上我了吗?"我说着笑了起来。然后我为了让奥古斯塔看得更清楚,从她身边后退了一步。我微微鼓起脸颊,把眼睛睁大到不自然的程度,让自己看起来像生病的阿达。奥古斯塔目瞪口呆地看着我,但马上就猜出了我的意图。她爆发出一阵大笑，然后很快为此感到羞愧。

"别！"她对我说，"请不要取笑她。"然后她继续笑着，承认我成功地模仿了那些让阿达的脸部显得如此惊人的特征。我知道这一点，因为在模仿阿达时，我感觉自己仿佛在拥抱她。我独处的时候又重复了好几遍这个动作，既感到欲火中烧，又感到恶心。

那天下午我去了办公室，希望能见到圭多。我在那里等了一会儿，然后决定去他家。我也得知道是否有必要向奥利维要钱。无论我有多不想再看到阿达那张因感激而扭曲的面庞，我还是必须尽到我的责任。谁知道那个女人还会给我带来什么惊喜呢！

我在圭多家门前的台阶上遇到了正在费力上楼的马尔芬蒂夫人。她一五一十地向我讲述了到目前为止她们对圭多的事务所做出的决定，只是当天早上阿达才得知我将出钱弥补圭多的损失，然后她坚定地拒绝了这个提议。马尔芬蒂夫人为她辩解说：

"我们能怎么办呢？她不想因为让她最喜爱的妹妹变得贫穷而感到内疚。"

马尔芬蒂夫人在楼梯口停下来喘气，她笑着对我说这件事将在不伤害任何人的情况下得到解决。午餐前，她、阿达和圭多去咨询了一位律师的意见，他是家里的老朋友，也是小安娜的监护人。律师说没必要付这笔钱，因为在法律上他们没有这个义务。圭多强烈反对，谈到了荣誉和责任，但毫无疑问，一旦包括阿达在内的所有人都决定不付钱，他也不得不做出让步。

"那他的公司会在交易所宣告破产吗？"我困惑地问。

"可能吧！"马尔芬蒂夫人叹息一声，然后继续攀登最后一段楼梯。

圭多有在午饭后休息的习惯，所以阿达独自在那个我非常熟悉的小房间里接待了我们。看到我，她恍惚了一瞬间，但也

387

仅有一瞬间而已，不过，我却清晰无误地捕捉到了那一刻，就好像她的困惑被表达出来了一般。然后她恢复了镇静，坚定地向我伸出手，她的动作很富有男子气概，抵消了她之前那种女性特有的犹豫。

她对我说：

"奥古斯塔应该已经说过我有多感激你。我现在无法表达我的感受，因为我心里很乱。我还生着病，我病得很重！我应该回到博洛尼亚的疗养院去！"

她的话被一阵抽泣声打断了：

"现在我必须求你帮个忙。我求你告诉圭多，你没有办法给他那笔钱。这样就更容易说服他去做他必须做的事。"

她刚才抽泣是因为想起了自己的病情，随后谈到自己的丈夫时，她再度哽咽了起来："他还是个孩子，必须像对待孩子一样对待他。如果他知道你会给他那笔钱，他就会更加固执地坚持把自己剩下的东西也毫无意义地牺牲掉，这毫无意义，是因为现在我们能完全确定在交易所破产并不违法。这是律师告诉我们的。"

她向我传达了一个具有高度权威性的观点，却没有征求我的意见。作为交易所的常客，我的观点即使和律师的相提并论，可能也具有一定的分量，但我却想不起来自己的意见是什么了，我反倒记得我落入了一个进退两难的境地。我不能收回自己对圭多承诺的责任：我相信正是这个责任给了我把他骂得狗血喷头的权利，这样，我也算是从那笔我无法再拒绝的投资里收了些利息。

"阿达！"我犹豫地说，"我不认为我可以这样随便地解约。难道你说服圭多按你的意愿行事不是更好吗？"

马尔芬蒂夫人一如既往地表现出对我极大的喜爱，她说她完全理解我的特殊立场，再说，当圭多发现自己只能支配他所需资金的四分之一时,他无论如何也得屈服于她们的意愿。

但阿达的眼泪还是没有止住。她用手帕遮住脸,哭着说:

"你做错了,你捐这么大一笔钱真是大错特错!你看看自己都干了什么!"

她似乎在感激涕零和勃然大怒之间摇摆不定。然后她补充说,她不希望再就这个话题进行更多的讨论,并恳求我不要给圭多那笔钱,因为她会阻止我,或阻止圭多接受。

我非常尴尬,最终选择了撒谎。我告诉她我已经筹集到了那笔钱,并说着指了指向自己胸前的口袋,那里正放着那个非常薄的信封。这次阿达看向我时,脸上露出了真正的钦佩,要不是我知道自己配不上这种钦佩,我本来会感到高兴。我不知道还能怎么解释自己当时为什么要撒谎,只能把它归咎于我想在阿达面前表现得比实际上更伟大的奇怪倾向。而正是这个谎言让我没办法继续等待圭多,它把我赶出了那个家。因为她们可能会在某一刻表现出与外表相反的样子,要求我交出自己声称带在身上的那么大一笔钱,那我的面子要往哪儿搁?我说办公室有急事,然后就匆忙离开了。

阿达把我送到门口,保证她会说服圭多亲自来找我,感谢我的善意,并把它拒绝掉。她在宣布这一决定时斩钉截铁的态度让我感到惊讶,她的决心似乎在某种程度上触动了我。不!在那一刻她并不爱我。我的善举过于巨大,它压垮了那些要承受它的人,难怪受益者会提出抗议。在去办公室的路上,我试图摆脱阿达的态度给我带来的不安,我记起我做出这个牺牲是为了圭多,而不是别人。这和阿达有什么关系呢?我向自己承诺,一有机会就马上和阿达讲清楚。

我去办公室的唯一目的就是不用因为再次撒谎而感到内疚。

我在那里没什么好做的。从早上开始，细雨一直纷纷落下，为这个迟来的春天带来了许多清凉的空气。我只要走两步就能回家，而去办公室的路还很长，这相当麻烦。但我觉得我有责任信守我的诺言。

不久后圭多也来到了办公室。他让卢奇亚诺离开，以便和我单独相处。他带着那种在与妻子斗争中帮助过他的失魂落魄的表情，我很熟悉他这副样子。他肯定大哭大叫过。

他已经知道他的妻子和我们的岳母把她们的计划告诉了我，他问我对此有什么看法。我表现得有些犹豫。我不想告诉他我的看法，因为它与这两位女士的看法并不一致，但我知道如果我采纳她们的建议，圭多又会大吵大闹起来。而且，我非常不想让自己提供的帮助显得摇摆不定，说到底，我已经和阿达讲好了，最后要做决定的是圭多而不是我。我对他说还需要进行计算、观察，同时听听其他人的意见。我不是那种能在如此重要的问题上提供建议的商人。为了争取时间，我问他是否希望我去咨询奥利维。

这句话足以让他大喊起来：

"那个白痴！"他叫道，"我求你别把他扯进来！"

我当然不会因捍卫奥利维而激动，但我的冷静并不足以安抚圭多。我们所处的情形与前一天一模一样，但现在是他在喊叫，而我则保持着沉默。这是谁掌握主动权的问题。我尴尬到了极点，甚至到了动弹不得的程度。

但他坚持要听我的意见。我突然感到老天给我降下了一个灵感，因此发表了一番精彩的讲话，精彩到如果这些话能产生一丁点儿效果，那件随之而来的灭顶之灾就不会发生。我对他说眼下我会把两个问题分开，即需要在15号和在月底付的钱。总而言之，

15号的付款金额并不那么大，因此应该说服这两位女士接受这相对较为轻微的损失。这样我们就可以赢得必要的时间，来明智地结清另一笔款项。

圭多打断了我，问道：

"阿达告诉我你已经把钱准备好放在口袋里了。你现在把它带来了吗？"

我脸红了。但我很快找到了一个现成的谎言，这救了我一命：

"因为在你家的时候她们不想接受这笔钱，我刚才已经把它存到银行去了。但我们可以随时把这笔钱取出来，甚至明天一早都行。"

他责备我改变了主意。就在前一天，我还宣称想在第二次清算前就解决所有问题呢！他大发雷霆，最后无力地倒在了沙发上！他想把尼利尼和所有那些诱使他炒股的经纪人都扔出窗外。哦！他在炒股时虽然看到了破产的可能性，但从来没想过自己会被那些一无所知的女人支配。

我走过去握了握他的手，如果他允许的话，我甚至会拥抱他。我唯一希望的就是看到他能做出那个决定。不再去炒股，而是每天好好工作！

这本来保障了我们的未来和他的独立性。现在要紧的是撑过这一段短暂而艰难的时期，之后一切都会变得简单起来。

他不久后就离开了我，仍然是一副垂头丧气的样子，但是冷静了不少。连他那种软弱的性格也能迸发出坚定的决心。

"我要回去找阿达！"他带着苦涩但自信的微笑喃喃道。

我送他到门口，如果不是那里有一辆正等着他的车，我本来会一直把他送到家。

复仇女神正在追逐着圭多。在他离开我半小时后，我觉得为了保证万无一失，最好是去他家帮他一把。这并不是说我怀疑他可能会遇到什么危险，但既然我完全站在他那一边，我可以帮着他说服阿达和马尔芬蒂夫人伸出援手。我不想看到他的公司在交易所宣布破产，再说，我们4个人分摊到的损失虽然不算一笔小数目，但也并不会让我们中的某个人陷入赤贫状态。

然后我想到，我现在最大的责任不是帮助圭多，而是确保能在第二天为他筹来那笔我保证过的钱。我立刻去找奥利维，并准备好面对一场新的斗争。我想出了一个方案，分几年还清这笔巨款，但我需要在之后的几个月之内投入我母亲留下的遗产。我希望奥利维不会给我制造麻烦，因为直到现在，我从他手里拿的钱还从来没有超出过我应得的收益和利息，我也可以保证再也不用类似的要求麻烦他。显然，我也希望能从圭多那里至少收回一部分款项。

那天晚上我没能找到奥利维。当我到达他的办公室时他刚刚离开，他们认为他去了交易所，但我也没能在那里找到他。于是我去了他家，打听到他正在参加一个经济协会的定期会议，他在那里担任一个荣誉职位。我本来可以去那里找他，但现在夜色已深，倾盆的大雨已经把街道变成了小河。

那场暴雨持续了一整个晚上，很多年后，我还能清晰地回忆起当时的一切。雨水平静地、近乎垂直地落下，没有停歇的意思。泥浆从城市周围的高地上滑落，和城中的生活垃圾混合到了一起，最终堵塞了我们的那几条运河。我找了个地方避雨，在意识到雨不会停后，我决定回家，我已经很清楚地意识到瓢泼大雨会一直落下，期待它会发生什么变化是徒劳无功的。此刻，哪怕我选择了鹅卵石路面最高的部分，也不得不踩着水前行。我急匆匆地回家，一边咒骂，一边被淋成了落汤鸡。我咒骂的除了天气，还有自己浪费了那么多宝贵的时间去找奥利维。我的时间也许并不那么宝贵，但看到自己的工作完全没有用处还是让我非常痛苦。我边跑边想："我们把一切都留到明天吧，那时天气会变得既晴朗又美丽，还会十分干燥。明天我会去找奥利维，也会去见圭多。也许明天我会起个大早，但天气会是晴朗而干燥的。"我坚信自己做出了正确的决定，以至于告诉奥古斯塔所有人都同意将做决定的时间推迟到明天。我换了衣服，擦干了身体，让备受折磨的双脚穿上温暖而舒适的拖鞋，然后吃了晚餐，爬上床一觉睡到了第二天天亮，与此同时，雨水正像粗大的缆绳一样拍打着我的窗户。

因此，我很迟才得知当晚发生了什么。首先我们发现那场暴雨在城市的各个地方引发了洪水，然后我们得知圭多死了。

更晚的时候我才知道这件事是如何发生的。晚上11点左右，在马尔芬蒂夫人离开之后，圭多告诉他的妻子他吞下了大量的佛罗拿。他试图让她相信他已经没救了。他拥抱她、亲吻她，请求她原谅自己给她造成的痛苦。然后，在他还能正常说话的时候，他向她保证她是他一生中唯一的爱人。那时，她既不相信他的承诺，也不相信他吞下了那些足以致死的毒药，她甚至不相信他已经失去了意识，反而认为他是装出来的，以便从她那里榨出更多的钱。

然后过了差不多一个小时，她看到他的睡眠越来越沉，这才感到害怕，她给一位住在不远处的医生写了一张便条。上面写道她的丈夫吞下了剂量很大的佛罗拿，需要立即得到救治。

直到那时，家里还没有任何紧张的气氛能让女仆意识到她任务的重要性。她是一位年纪很大的女士，不久前开始为他们工作。

暴雨完成了剩下的工作。女仆发现水面已经涨到了小腿处，还把那张便条弄丢了。她来到医生面前时才意识到这一点。然而她还是设法说服医生事出紧急,让他跟着她一起回家。

马利医生是一位大约50岁的男人。他的医术完全算不上高明,但经验丰富,而且一直尽力地履行他的职责。他没什么固定客户,但同时在为一个成员众多的医生协会工作,常常忙得不可开交,尽管报酬并不丰厚。他刚刚回到家,终于能在壁炉前取暖并擦干身体。可以想象,要他离开那个温暖的小角落,他是什么心情。当我开始更仔细地调查我那位过世朋友的死因时,我也费心与马利医生建立了联系。从他那里,我只了解到这些:当他走到室外后,尽管打着伞,仍然感觉自己被雨水淋湿了,他后悔当初选择了医学而不是农业,因为农民在下雨时可以待在家里。

当他到达圭多床边时,发现阿达已经完全平静了下来。现在有医生陪在身边,她更清楚地回忆起了几个月前圭多是如何愚弄她,假装自杀的。此刻需要承担责任的不再是她,而是医生,因为医生应该已经得到了一切信息,包括别人是出于什么原因才认为圭多不是真的想死。医生听着这些原因的同时,暴雨的冲刷声也在他耳边响起。由于没有人告诉他叫他过来是处理一桩中毒事件,他根本没带必要的治疗工具。他痛心疾首,嘟囔了几句阿达没听懂的话。最糟糕的是,他没办法派人去取洗胃用的东西,只能再跋涉两次同样的路径亲自取来。他检查了圭多的脉搏,发现他状态很好。他问阿达圭多是不是一直都睡得很沉。阿达回答说是的,但从来没有睡得这么沉过。医生又检查了圭多的眼睛:它们对光的反应很快!他离开时建议她不时给他喝几勺浓黑咖啡。

我还了解到,他在走到街上时愤怒地咕哝道:

"就不应该允许人在这种天气里假装自杀!"

我在认识他时没敢责备他粗心大意,但他却猜出了我的不满,并为自己辩护：他告诉我，第二天早上得知圭多去世时，他感到非常惊讶，甚至怀疑病人是不是再次服用了佛罗拿。然后他补充说，那些不了解医学的人无法想象，一个医生执业的过程中有多么习惯从病人手里保护自己的生命，那些病人只考虑自己的生命，常常会对医生造成威胁。

一个多小时后，阿达厌倦了一次次把茶匙塞进圭多的牙齿间，看着他没喝下去的咖啡越来越多，甚至打湿了枕头，她再次害怕起来，让女佣去请保利医生。这次女佣小心翼翼地保管好了便条。但她花了一个多小时才到医生家。当雨下得这么大时，人会很自然地时不时停在门廊下躲雨。那场雨不仅会让人浑身湿透，它还像鞭子一样抽在人身上。

保利医生不在家。他刚刚被一位病人叫走，出门时说希望自己一会儿就能回来。但后来他似乎选择待在病人家等待雨停。他的管家——一位上了年纪的热心肠女人——邀请阿达的女仆坐在火炉旁，并给了她一些提神的饮料。医生没有留下病人的地址，因此这两位女士在火炉旁等了他几个小时。医生直到雨停后才回来。随后，当他带着已经在圭多身上用过一遍的所有器械来到阿达家时，天色已破晓。在那个床边，他只有一个任务：向阿达隐瞒圭多已经去世的事实，并在阿达察觉之前让马尔芬蒂夫人过来，帮助她应对最初的悲痛。

这就是为什么我们很晚才收到消息，还有为什么它如此含混不清。

我起床的时候，最后一次对可怜的圭多感到愤怒：他演的这出好戏让每一个不幸都更加复杂了！我只身离开了家，奥古斯塔没办法在这么仓促的情况下抛下我们的小儿子。走到门外时，一个疑问让我停住了脚步！我难道不能等到银行开门，奥利维去了办公室,然后再带着我许诺过的钱去见圭多吗?哪怕已经收到了圭多去世的消息,我还是几乎没办法相信他的情况已经严重到了这种地步!

我在楼梯上碰到保利医生时,才从他那里得知了真相。我震惊得几乎跌倒在地。自从我和圭多相识以来,他已经成了我生命里一个十分重要的人。在他活着的时候,我一直看到他沐浴在某种光里,而那光是我日子的一部分。他一死,那束光也扭曲了,就仿佛它突然穿过了一个棱镜。正是这种变化让我心灰意冷。他犯了错误,但我立刻意识到,既然他已经去世,他的错误也就不存在了。在我看来,他就是一个可笑的白痴,在墓地里层层叠叠赞美死者的墓志铭中乱转,询问罪人会被埋在哪里。圭多现在是纯洁无瑕的!死亡已经净化了他。

医生因见证了阿达的悲痛而深受触动。从他的只言片语中,我大致了解到了阿达经历了怎样一个可怖的夜晚。现在他们已经让她相信,圭多吞下的毒药剂量太大,任何抢救措施都已经于事无补了。如果她得知事实并非如此,那就太糟糕了!

"然而,"医生沮丧地说,"如果我能早到几个小时,我本来可以救下他。我找到了空的毒药瓶。"

我检查了那些瓶子。剂量很大,但只比上次大一点儿。我在他拿给我看的瓶子上读到了印有"佛罗拿"的标签。所以说,并不是含钠的佛罗拿啊!现在只有我肯定圭多不是真的想死,但我从来没把这一点告诉过任何人。

保利医生离开前告诉我,现在不要试图见阿达。他给了她一种强效的镇静剂,确信不久后它就会发挥作用。

在走廊里,我听到从阿达接待过我两次的小房间里传来了她低低的哭声。我听不懂那些支离破碎的词语,但它们令人心碎。

"他"这个词反复出现了几次,可以想象她在说什么。她在重建与这位可怜死者的关系。这肯定和她与那个人生前的关系大不相同。在我看来,她在丈夫生前对他犯下了一些错误。他是被一桩所有人共同犯下的罪行杀死的,因为所有人都对他炒股的行为表示了赞同。等到了付钱的时候,他们却抛弃了他。而他在付钱这个问题上又操之过急了。在他的所有亲人中,只有我——一个与此毫无关系的人——觉得应该帮助他。

在卧室的双人床上,可怜的圭多孤零零地躺着,一条床单盖在他身上。他的身体已经开始僵硬,他表现出的不是力量,而是对死亡从天而降的惊愕。他那张英俊的深色面庞上刻着一副责备的表情。显然,他责备的对象并不是我。

我回家找奥古斯塔,敦促她赶紧去帮她的姐姐。我深受震撼,奥古斯塔哭着拥抱了我。

"他对你来说就像一个兄弟,"她低声说,"现在我终于同意你的看法了:我们必须牺牲一部分财产来挽救他的名誉。"

我承担起了挽救我这位可怜朋友名誉的责任。首先,我在办公室门上贴了一份公告,宣布因为物主去世而歇业。我亲自撰写了讣告,但直到第二天我才在阿达的同意下开始安排葬礼。随后我得知阿达决定跟随灵柩前往墓地。她想尽力证明自己爱他。可怜的人!我知道在坟墓前的悔恨有多痛苦。我在我父亲去世后也曾经历过。

那天下午,我把自己和尼利尼一起关在办公室里,就圭多的情况整理出了一份简短的财务报告。太可怕了!不仅是公司的资本赔得一分不剩,而且如果要偿还所有金额的话,圭多还负有和注册资本相同的债务。

我本来应该为了我已故的可怜朋友开始认真工作,但我除了做白日梦外，什么也干不了。我的第一个想法是在那个办公室里奉献自己的余生，为阿达和她的孩子们工作。但我确定自己有能力做好吗？

尼利尼像往常一样喋喋不休，而我则凝视着非常遥远的地方。他也觉得有必要彻底改变与圭多的关系。现在他明白了一切！可怜的圭多，他在错怪尼利尼时，已经患上了那种最终导致他自杀的疾病。现在一切都翻篇了。他继续高谈阔论，声称这是他的本性。他无法对任何人怀恨在心。他一直很喜欢圭多，现在仍然喜欢他。

最终，尼利尼的梦想和我的梦想连在了一起，并最终盖过了它。我们在慢吞吞的生意里找不到什么办法来修复这场灾难，在股市里却可以。尼利尼告诉我，他的一个朋友在最后关头把赌注翻了一番，并因此幸免于难。

我们聊了许多个小时，但尼利尼最后才提议继续这场由圭多发起的赌博。那时已经接近中午，我马上就接受了。我在接受这个提议时非常开心，就好像我成功地让我的朋友起死回生了。最后，我以可怜的圭多的名义买进了另一些名字很奇怪的股票：力拓、南法等。

就这样，我开始了我生命中最忙碌的 50 个小时。起初，我在办公室里迈着大步子来回踱步到傍晚时分，等着传来我的命令已经被执行的消息。我担心交易所那边可能已经听说了圭多自杀，他的名字可能不会再被视为有效承诺。然而在几天之内，圭多的死并未被归因于自杀。

后来，当尼利尼终于告诉我所有命令都已经被执行时，我彻底焦虑了起来，在收到公证书的那一刻，我得知自己已经遭受了相当大的损失，于是焦虑程度又更深了一层。那种焦虑感在我的记忆中就仿佛是紧张而忙碌的工作。我记得自己当时有一种奇怪的感觉,就好像我连续50个小时都坐在赌桌旁,看着牌面一张张被慢慢地翻过来。我不知道还有谁能忍受这样长时间的疲惫。我密切关注着股票价格的每一次变动,把它们记录下来,然后(为什么不说呢?)按照我——或者说我那可怜的朋友——的需要,时而看涨,时而看跌。我甚至在晚上也无法安睡。

我担心家里人可能会干涉我所实施的挽救行动,甚至会要求我停手,所以到了15号该清算的时候,我没和任何人说,独自支付了所有费用,没有人记得自己的承诺,因为她们都围在那具等待下葬的尸体旁边。另外,那笔费用比原先定下来的要低,因为运气很快站到了我这一边。圭多的死令我悲痛欲绝,为了减轻它,我又是签字又是投钱,用种种可能的方式令自己陷入困境。直到那时,我心里依旧怀揣着很久之前我在他身边萌生的那个变成好人的梦想。这种焦虑感把我折磨得够呛,以至于后来我再也没有为自己炒过股。

但由于这种"翻牌"行为(这是我的主要事务),我最终错过了圭多的葬礼。事情是这样发生的。那天,我们购买的股票突然大涨。我和尼利尼花了大量的时间计算我们挽回了多少损失。老斯佩尔的财产现在只亏损一半了!这是一个辉煌的成就,我无比自豪。事情和尼利尼当初非常谨慎地预测过的完全一样,但现在,尼利尼在重复他之前的话时,那种谨慎的语气已经消失了,他把自己描绘成一个百发百中的预言家。在我看来,他预测了这个结果,但也预测了与之相反的情况。他不可能出错,但我没有说这些,因为我希望他继续保持这种野心。他的愿望可能也会影响股价。

我们下午3点离开办公室,开始狂奔,因为我们记得葬礼会在2点45分举行。

到达齐奥扎拱廊时，我远远地看到了送葬队伍，甚至似乎看到了一个朋友为阿达派去参加葬礼的马车。我和尼利尼跳进广场上的一辆出租马车，命令车夫跟上葬礼。在那辆车里，我和尼利尼继续"翻牌"。我们的思绪远远地飘离了那可怜的死者，甚至抱怨马车行驶得太慢。谁能知道在我们没法儿关注股市的时候，交易所里会发生什么？在某一刻，尼利尼用他的眼睛直直地盯着我，问我为什么不用自己的账户去炒股。

"目前，"我说，脸不知道为什么红了起来，"我只为我那可怜的朋友工作。"

然后我犹豫了一下，补充道：

"之后我会为自己考虑。"我想给他留下希望，让他认为他依然可以凭借着把我强说成知心好友的劲头唆使我去炒股。但我在心中默念着我不敢对他说出口的话："我永远不会把自己交到你的手中！"

他开始说教了：

"谁知道以后还有没有这样的机会！"他忘记了自己曾经教过我的，股市中每小时都有机会。

当马车行驶到通常的停放地点时，尼利尼探出车窗，惊叫了一声。马车继续前行，跟在送葬队伍后面，驶向一座希腊东正教墓园。

"圭多先生是希腊人吗？"他惊讶地问道。

送葬队伍确实已经走过了天主教墓园，正朝着其他墓园前进，犹太教的、希腊东正教的、新教的或许也可能是塞尔维亚正教的。

"他可能是新教徒！"我脱口而出，但我马上回想起自己参加过他在天主教堂的婚礼。

"一定是搞错了！"我惊叫道，一时间认为他们打算把他埋在某个偏远地方。

尼利尼突然爆发出一阵无法抑制的狂笑,他笑得浑身无力,瘫倒在马车的靠背上,那张丑陋的嘴巴在他的小脸上大张着。

"搞错的是我们!"他大叫道。当他设法控制住自己的笑声时,他把我大骂了一通。我本来应该对马车前进的方向留神,因为我应该知道时间和相关人员等。这是别人的葬礼!

我感到恼火,没有和他一起笑,现在我很难忍受他的指责。为什么他自己不多留点儿心呢?我之所以能控制住自己的怒意,只是因为我当时更在乎的是股市,而不是葬礼。我们下了车,辨认了一番方向,然后朝着天主教墓园的入口走去。马车在后面跟着。我意识到另一个死者的亲友正用惊讶的眼神看着我们,不明白为什么我们在向死者致以了如此高的敬意之后,却在最关键的时刻离开了他。

尼利尼不耐烦地走在我前面。他稍微犹豫了一下,然后问守门人:"圭多·斯佩尔先生的送葬队伍已经到了吗?"

守门人对这个问题似乎并不感到惊讶,这在我看来很滑稽。他回答说他不知道,他只知道过去半小时里有两场葬礼进入了大门。

我们困惑地讨论了一会儿。显然我们无法确定送葬队伍是否已经进入了墓园。于是我擅自做出了决定。我不能允许自己参加可能已经开始的葬礼,然后扰乱仪式。因此,我不会进入墓园。但另一方面,我也不能冒险在送葬队伍回来的时候遇到它。因此,我放弃了见证圭多下葬的打算,决定绕一大段路,从塞尔沃拉区[①]回城。我把马车留给了尼利尼,他因为已经认识了阿达,想露个面表示对她的尊重。

---

① 塞尔沃拉区(Servola)为的里雅斯特西南部的一片城区。

我快步走上通往村庄的乡间小路，以避免遇到任何熟人。我搞错了葬礼，从而没有向可怜的圭多致以最后的敬意。但此刻，我完全没有感到歉意。我不能在那些宗教仪式上浪费时间。另一个责任压在我身上：我必须拯救我朋友的名誉，并捍卫他的遗孀和孩子们的遗产。当我告诉阿达我已经成功挽回了四分之三的损失时（我在脑海中重新计算了很多次：圭多亏损的钱是他父亲财产的两倍，而在我进行干预后，损失减少到了一半。所以这是准确的。我实际上已经挽回了四分之三的损失），她肯定会原谅我没能前来参加他的葬礼。

那一天，天气重新变好了。春日灿烂，阳光照耀在乡野依然湿润的土地上，空气清新而有益于健康。我的肺部在这几天第一次进行的锻炼中膨胀了起来。我感到身心舒畅，充满活力，健康只有在对比中才能显现出来。我将自己与可怜的圭多相比较，我在他落败的那场战斗中以胜利者的姿态拾级而上。我的周围充满了健康和力量，绿草如茵的乡村也是如此。几天前那场灾难性的暴雨现在只产生了有益的影响，明媚的阳光为仍然结着冰的土地带来了它渴望已久的温暖。当然，我们离那场灾难越远，湛蓝的天空也就越平平无奇，除非它能及时变得晦暗。但这只是经验之谈，只有在我写下这一点时，它才在我的回忆里浮现。那一刻，我的心中只有对我的健康的赞美：那健康长盛不衰。

我的步伐加快了，我高兴地感到它们十分轻盈。当我走下塞尔沃拉山时，我的速度越来越快，几乎跑了起来。到达平坦的圣安德烈小径时，我的步伐再次变慢了，但我仍然感到无牵无挂。空气在带着我前行。

我完全忘记了自己刚从最亲密的朋友的葬礼上回来。我的步伐和呼吸都充满了胜利的气息，但我这胜利的喜悦是对我那位不幸朋友的一种敬意，我参加这场角斗正是为了他的利益。

我来到了办公室，查看股票的收盘价格。它们有些低迷，但不足以动摇我的信心。我将重新回去"翻牌"，我毫不怀疑自己会达到目标。

最后我不得不到阿达家去。奥古斯塔给我开了门，她一上来就问我：

"你怎么能缺席葬礼呢？你是我们家里唯一的男人。"

我放下雨伞和帽子，有些慌乱地告诉她我想马上和阿达说话，这样我就不用重复同样的内容了。同时，我向她保证，我有充分的理由来解释自己为什么会缺席葬礼。我对这些理由已经不那么有信心了，而且突然间，可能由于疲劳，我感到身体一侧疼了起来。应该是奥古斯塔的那句话让我怀疑自己是否有可能为我那足以引发丑闻的缺席辩解；我的眼前浮现了所有参加葬礼的人，在那悲伤的场合里，他们在痛苦之余还在询问我究竟在哪里。

阿达没有来。我后来得知，甚至没有人告诉她我在等她。马尔芬蒂夫人接待了我，她和我说话时，眉头皱得比我以往任何时候见过的都要严厉。我开始道歉，但远没有我从墓地飞奔回城时那样自信。我支支吾吾地说了一些真假参半的话，来佐证一个事实，即我在股市上为圭多采取的勇敢行动。我说在葬礼前不久，我不得不用电报给巴黎发送了一份订单，我不想在收到回复前离开办公室。尼利尼和我确实给巴黎发过电报，但那是两天前的事了，我们也在两天前收到了回复。总而言之，我意识到真相不足以为我辩护，这也可能是因为我没有办法把全部的真相告诉她，包括我连日来一直在进行的重要操作，即用我的心愿调控国际股市。但当马尔芬蒂夫人听到圭多现在的亏损总额时，她原谅了我，热泪盈眶地和我道谢。我又重新变回了家里唯一的男人，不仅如此，我还是最好的男人。

她要求我当天晚上和奥古斯塔一起来给阿达打个招呼，与此同时，她会向阿达说明一切。目前，阿达的情况不适宜见任何人。我就这样顺坡下驴，和我的妻子一起离开了。在离开那所房子之前，连她也觉得没有必要向阿达道别，因为阿达时而绝望地哭泣，时而陷入彻底的抑郁，她甚至无法意识到面前和她说话的人究竟是谁。

我心头闪过一丝希望：

"所以阿达根本没注意到我没来吗？"

奥古斯塔和我坦白她本来不想提这件事。阿达因为我没来大发脾气，她觉得这种反应过于夸张。阿达要求她给出解释，奥古斯塔只能说她还没见到我，什么也不知道。听完她的回答，阿达再次陷入了绝望，大喊着说圭多之所以走到那一步，是因为全家都憎恨他。

我认为奥古斯塔本来应该替我说话，提醒阿达我是唯一真正准备帮助圭多的人。如果我的建议被采纳，圭多就不会有动机去自杀或假装自杀。

然而奥古斯塔保持了沉默。阿达的绝望令她深受触动，她害怕如果和她争论，会彻底激怒她。不过，她相信阿达在听完马尔芬蒂夫人的解释后，会意识到她错怪了我。我得说，我也相信事情会朝着这个方向发展，实际上我必须承认，从那一刻起，我就期待着见到阿达惊讶的反应和她对我表示的感激。由于巴塞杜，她身上的一切都是那么夸张。

我回到了办公室，在那里了解到股价有轻微上升的迹象，虽然这个迹象几乎可以忽略不计，但足以让人希望能在明天开盘时看到今天早晨的走势。

晚饭后我不得不自己去见阿达，因为我们的女儿身体不舒服，奥古斯塔无法陪我一起去。马尔芬蒂夫人接待了我，她说自己在厨房里还有些事要忙，因此只能让我单独和阿达待在一起。之后她向我坦白说，是阿达要求与我单独谈谈，因为她想对我说一些事情，这些话不能被旁人听到。在离开那个我已经见过阿达两次的小房间之前，马尔芬蒂夫人微笑着对我说：

"你知道，她还没有准备好原谅你缺席圭多葬礼的事，但是……就差一点儿了！"

我每次一进到那个小房间里，心脏就会剧烈地跳动起来。这次，我心跳加速并不是因为害怕发现自己被一个不为我所爱的人爱着。直到刚才马尔芬蒂夫人和我说话时，我才意识到自己严重败坏了可怜的圭多留给众人的回忆。现在，阿达已经知道我会给她提供一笔财富来弥补自己的错误，但她还是无法立刻原谅我。我坐了下来，看着圭多父母的肖像。老"卡达"似乎因为我的努力而露出了满意的表情，而圭多的母亲，一个穿着长袖连衣裙、层层叠叠的头发上戴着一顶小帽子的瘦弱女人则神情严肃。当然了！每个人在相机前都会摆出另一副样子。我移开了视线，恼火地想自己为什么要去研究那些面孔。圭多母亲当然不会预见到我没去参加她儿子的葬礼！

但阿达对我说话的方式让我既痛苦又惊讶。她一定揣摩了很久想对我说的话，甚至没有注意到我的解释、我的抗议和我对她说辞的纠正，这些是她无法预见的，因此她没有准备。她就像一匹受惊的马，沿着她的道路狂奔到底。

她进来时身穿一件简单的黑色便服，头发凌乱不堪，看起来像是被一只手撕扯过，那只手因为无法平静下来，所以要在狂怒中找些事情来做。她走到了我落座的小桌子前，双手撑在桌面上以便更清楚地打量我。她的小脸又瘦了，摆脱了那种不协调的古怪健康感。她不再像圭多把她追到手时那样美丽，但任何人看到她，都不会想起她生过病。疾病消失了！取而代之的是巨大的悲痛，这成了她的全部特征。我对那种巨大的悲痛深有体会，以至于说不出话来。当我看着她时，我想道："我该对她说什么呢？什么话才能像兄弟那样拥抱她、安慰她，让她把心里的感情都哭出来？"然后，当我听到她责骂我时，我试图给出回应，但太微弱了，她没有听见。

她不停地说着，我无法复述她的每一句话。如果我没记错的话，她先是严肃地感谢我为她和她孩子们所做的一切，但她的声音中没有丝毫温度。然后她话锋一转，开始指责我：

"正是因为你的所作所为，他才会死得毫无价值！"

然后她压低了声音，好像她想要把对我说的话当成秘密，她的声音中此时带上了一些温度，这温度来自她对圭多的感情，以及对我的感情（这可能是我想象出来的）：

"我原谅你没有出席葬礼。你不能这么做，但我原谅你。如果他还活着，他也会原谅你的。你在他的葬礼上能做什么呢？你根本不爱他！你这么好的一个人，你可能会为我哭泣，会为我的眼泪哭泣，但不会为他这个你……讨厌的人哭泣！可怜的泽诺！我的兄弟！"

她对我说的这番话太离谱了，完全扭曲了事实。我提出了抗议，但她没有听见。我相信我当时大喊大叫过，或者至少我感到喉咙里涌起了这股冲动：

"你说这话是不对的，这是谎言，是诽谤。你怎么能相信这种事情呢？"

她继续低声说：

"但我也无法爱他。我从未背叛过他,甚至在精神上也没有,但我感觉自己并没有力量去保护他。我看到了你和你妻子的关系,我十分嫉妒。你们的关系看起来比他给我的要好。我感激你没有来参加葬礼,因为如果你来了,哪怕到今天,我也什么都不会明白。相反,这么一来,我现在看明白了一切,也明白了我并不爱他,否则怎么会连他的小提琴也让我讨厌呢?那是他伟大的灵魂最完美的表达啊!"

那时我双手抱头,把脸藏了起来。她对我作出的指控如此不公正,以至于我根本不可能和她争辩,而且这些指控的不合理性也被她语气中丰富的感情削弱了,因此我无法给出能在这场争论中胜出的回应。另一方面,奥古斯塔已经以身作则地给我示范过,要出于尊重而保持沉默,不要进一步激化这种痛苦。然而当我闭上眼睛时,我看到她的话在黑暗中创造了一个新世界,就像所有那些不真实的话会做出的一样。我似乎意识到自己一直讨厌圭多,并且始终在他身边等待着伤害他的机会。然后,她也将圭多与他的小提琴联系在了一起。如果我不是已经知道她是因为痛苦和悔恨无所适从,我可能会相信那把小提琴是圭多的一部分,以说服我的灵魂接受这种我讨厌他的指控。

然后,在黑暗中,我再次看到了圭多的尸体,他的脸上仍然印着因为发现自己了无生气地躺在那里而震惊的表情,我害怕地抬起头。比起凝视黑暗,我情愿面对阿达那我已经知道谈不上公正的指控。

但她还在谈论我和圭多:

"而你呢,可怜的泽诺,你一直与他生活在一起,你讨厌他,但对此毫无察觉。你是因为爱我才对他那么好。不能这么做!这件事必须就此打住!我知道你仍然爱我,也曾经相信自己可以利用你这份爱来加强对他的保护,这对他来说可能是有用的。只有爱他的人才能保护他,而我们当中,没有人爱他。"

"当时我还能为他做什么?"我问道,我流下了两行热泪,为了让她和我自己感受到我的清白。眼泪有时可以代替喊叫。我不想喊叫,甚至还怀疑自己是否应该说话。但我必须驳倒她的说辞,于是我哭了。

"你本来可以救他,亲爱的兄弟!我或者你,我们本来应该救他。我每天陪在他身边,却做不到这一点,因为我感受不到真正的爱意,而你又一直疏远他,你始终不在场,哪怕是在他下葬的时候。然后你才跳出来,自信满满,用你全部的深情武装自己。但在此之前,你并不关心他。尽管他一直到晚上都与你待在一起。如果你真的在乎他,你应该能想象到有些严重的事情即将发生。"

眼泪让我说不出话来,但我还是含糊其词地说了点儿什么,我当时应该指出,他自杀的前一晚去了沼泽里打猎,玩得很开心,所以这个世界上没人能预见第二天晚上他会做出什么。

"他需要打猎!他需要它!"她的声音拔高了一度,尖刻地责备我。然后,就好像在喊出那句话时用尽了力气,她突然失去了知觉,昏倒在地。

我记得自己犹豫了一会儿才去叫马尔芬蒂夫人。我觉得她这么一昏,就暴露了某些她之前没说出来的东西。

马尔芬蒂夫人和阿尔贝塔冲了进来,马尔芬蒂夫人一边扶着阿达一边问我:

"她和你谈到了那些该死的股票吗?"然后她接着说,"这已经是她今天第二次晕倒了!"

她请求我暂时出去,我走到过道上,等着有人告诉我,我是应该回到那个房间,还是应该就此离开。我准备和阿达解释得更清楚一点儿。她忘了如果当时采纳我的建议,这场悲剧本来是可以避免的。只要告诉她这一点,她就会明白她错怪了我。

不久后,马尔芬蒂夫人走到我身边,说阿达已经醒了,并且希望和我道别。她正躺在我不久前刚坐过的那张沙发上休息。看到我,她哭了起来,这是我第一次看见她流泪。她向我伸出汗津津的小手:

"再见,亲爱的泽诺!我求你:记住!永远记住!不要忘记他!"

马尔芬蒂夫人插嘴问我应该记住什么,我告诉她阿达希望立即结清圭多在证券交易所的款项。我因为撒谎脸红了起来,也担心阿达会揭穿我。可是她没有反驳,反而高喊道:

"是的,是的!一切都必须结算干净!我再也不想听人提起那个可怕的证券交易所了!"

她的脸色比之前还要苍白,马尔芬蒂夫人为了安抚她,向她保证马上就按她说的去办。

然后马尔芬蒂夫人把我送到门口,并请求我不要着急,我应该做我认为最符合圭多利益的事,但我回答说我已经对自己失去了信心。风险太大,我不再敢以这种方式处理别人的利益。我不再相信炒股,或者说我至少不再相信我的手气可以调整股价的波动。因此,我必须立刻开始清算,我很高兴事情发展到了这一步。

我没有向奥古斯塔重复阿达所说的话。为什么要让她烦恼呢?但也因为我没有对任何人说起过这些话,它们一直在我耳边回响,陪我度过了许多年。它们仍然回荡在我的灵魂里。即使到了今天,我也在一遍又一遍地揣摩它们的含义。我不能说我爱过圭多,因为他是一个古怪的人。不过,我像兄弟一样支持他,尽我所能地给他提供帮助。我不应受到阿达的指责。

我再也没有和她单独相处过。她觉得没必要再对我说些别的，我也不敢要求解释，可能是为了避免重新激起她的悲痛。

在证券交易所，事情按照预期的那样结束了，圭多的父亲在收到第一封通知他已损失全部财产的电报后，肯定会很高兴地发现其中一半已经被原封不动地找了回来。这都是我的功劳，但我并没有像期待中的那样享受这一成就。

阿达对我一直很亲切，直到她和孩子们出发去布宜诺斯艾利斯，和她丈夫的家人生活在一起。她非常喜欢和我还有奥古斯塔见面。有时，我会想象她在说那番话时是在宣泄堪称疯狂的痛苦，甚至她自己都不记得究竟说过什么。但后来有一次我们又谈起圭多时，她用三言两语重复了那天对我说的一切，语气十分肯定：

"没人爱过他，可怜的家伙！"

在登船的那一刻，阿达抱着双胞胎中身体有些不舒服的那个，亲吻了我。然后，当没有旁人在场时，她对我说：

"再见了，泽诺，亲爱的兄弟。我会永远记得自己没能好好爱他。你要知道这一点！我很高兴能离开我的祖国。就好像我把悔恨留在了自己身后！"

我责备她这样折磨自己。我坚称她是一位好妻子，我知道这一点，也可以作证。我不确定我是否真的说服了她。她泣不成声，不再开口。很久之后，我感到阿达在向我告别时，她说的那些话也是再次指责我。但我知道她错怪了我，我当然无须自责没有爱过圭多。

那是一个阴郁、沉闷的日子。就好像有一大片没什么压迫感的云遮蔽了天空。一艘大渔船正划桨驶离港口，船帆一动不动地垂在桅杆上。划桨的只有两个人，他们拼尽力气才勉强使这艘重船移动。他们会在海上遇到顺风，可能吧。

阿达在邮轮的甲板上挥舞手帕和我们告别。然后她转过身去。显然，她在望着圣安娜墓园，那里是圭多安息之处。她那优雅、娇小的身影渐行渐远，变得越来越完美无缺。泪水模糊了我的眼睛。她就这样离我们而去，我将再也无法向她证明我的清白。

# 第八章 精神分析

## 1915年5月3日

我和精神分析之间已经一刀两断了。在老老实实地进行了整整6个月精神分析之后，我感觉比之前还要糟糕。我还没有解雇那位医生，但我的决定是不可改变的。昨天，我已经借口自己不方便出门而放了他鸽子，接下来的几天我会让他等着我。如果我能完全确定在不发脾气的情况下嘲笑他，我可能还会再见他一次。但我担心最终我们会打起来。

战争爆发后，在这座城市中的生活比以往任何时候都更加无聊，为了替代心理分析，我重新开始了钟爱的写作。一年来我只字未写，在这方面，如同其他所有事情一样，我都遵从了医生的命令，他要求在治疗期间，我只有同他在一起时才能集中精神反思自己，因为不在他的监督下反思会加强我的防御机制，让我无法诚实地表达自己，也让我无法放松。但现在我发现自己比之前病得还要重，我的精神也更加错乱了。我相信通过写作，我可以更容易地从治疗给我造成的伤害中恢复过来。至少我可以肯定这才是真正的方法，让已经不再隐隐作痛的过去重新变得重要，并且更快地驱散沉闷的现实。

我曾经如此满怀信心地把自己交给医生，以至于当他宣布我已经痊愈时，我完全相信了他，却没有相信那些仍然困扰着我的痛苦。我对它们说："你们根本就不存在！"但现在一切都清楚了！它们确实存在！我的腿骨变成了颤抖的鱼刺，伤害着我的身体和肌肉。

但我对此并不是很在乎，它不是我放弃治疗的原因。如果在医生那里自我反思的时间仍能带来惊喜和激动，我是不会放弃它的，或者说就算要放弃它，我也会等到战争结束，因为战争让我无法做其他的事情。但现在我知道了一切，也就是说，整个疗程是一种愚蠢的幻觉，一个能让歇斯底里的老女人感动的精妙把戏，我怎么能忍受那个荒唐男人的陪伴呢？他用那样一双眼睛到处探查，自负地以为可以将这个世界上的所有现象都纳入他所谓伟大而全新的理论之中？我要把这辈子剩下的时间都用在写作上。首先，我会诚实地写下我的治疗经过。我和医生之间的所有信任都已经消失殆尽，现在我终于能喘口气了。没有人再给我施加任何压力。我不必强迫自己去相信什么，或装出信任的样子。为了更好地隐藏我的真实想法，我曾经认为自己必须表现得完全顺从，而他就利用这一点，每天创造一些新东西让我相信。我的治疗已经结束，因为我的病症已经被发现了。那不过是已故的索福克勒斯[①]在他的时代开给可怜的俄狄浦斯的诊断：我爱上了我的母亲，想杀死我的父亲。我并没有生气！我被迷住了，便在那里听他讲话。这是一种能让我跻身最高贵阶层的病症，这种惹人注目的病

---

[①] 索福克勒斯（Sophocles，约前 496—前 406），古希腊三大悲剧作家之一，著名作品有《俄狄浦斯王》《安提戈涅》等。在《俄狄浦斯王》中，主角俄狄浦斯因受命运捉弄，杀死了自己的父亲，娶了自己的母亲。奥地利精神分析学家弗洛伊德受此启发提出了"俄狄浦斯情结"，即儿童（尤其是男孩）在某个成长阶段会无意识地对母亲产生性欲，同时将父亲认作竞争者，并对其产生厌恶情绪。

症可追溯至我们神话时期的祖先身上！现在我写下这些文字时，依然没觉得生气。我打心底里嘲笑他。我获得那种病的最佳证据就是我并未从中痊愈，这个证明甚至可以说服那位医生。他应该放心：他的话无法破坏我对青年时代的美好记忆。我闭上眼睛，立刻能看到我对母亲纯洁、天真、无邪的爱，以及对父亲的尊重和深情。

医生也过分信任我那些该死的自白，他不愿意把它们还给我，因为他还要再检查一遍。天哪！他只学过医学，因此不知道对于我们这些只能讲方言而不能写方言的人来说，用意大利语写作意味着什么。写下来的自白通常都是谎言。我们用托斯卡纳语写下的每一句话都在撒谎！真希望他能知道，我们在叙述时会偏向那些能用手边的词汇写下来的事情，同时避开那些需要我们去查字典的事情！我们正是这样选择我们生活中那些需要被记录在案的片段。显然，如果用我们的方言来叙述，我们的生活将呈现出完全不同的面貌。

医生向我承认，在他漫长的职业生涯中，他从来没见过像我的人，他以为自己唤起了我的种种幻象，而我在见到这些幻象时表现出的强烈情绪是他闻所未闻的。因此他才早早宣布我已经痊愈了。

那种情绪并不是我装出来的。事实上，那是我一生中感受到的最深刻的情绪之一。我捏造那个幻象时浑身冒汗，当我把握住它时我泪流满面。我怀抱着有朝一日能重新体验无邪和纯真的希望。几个月来，这种希望一直支持、激励着我。难道这不意味着通过鲜活的记忆，在严冬中创造出5月的玫瑰吗？医生本人保证了这种记忆将会是生动而完整的，它会真实得像我生命中额外的一天。那些玫瑰将拥有它们所有的香气，或许还会有它们的刺。

就这样，我追逐着那些幻象，最终得到了它。但现在我知道它是被编造出来的。然而编造是一种创意性行为，不是谎言。我编造的幻象和人在高烧时看到的大同小异，它们在房间中走动，好让你看到它的方方面面，它们还会触碰到你。它们有着实体、颜色和生物的蛮横。我凭借着自己的愿望，将只存在于大脑中的形象投射到我所注视的空间中，那里我能感觉到空气、光线，还有无处不在的角。它们看似不锋利，却能把人磕伤。

当我陷入了有助于激发幻觉的那种昏昏欲睡的状态时，我相信那些幻象真的是遥远日子的重现，然而我的状态不过是一种巨大的努力和巨大的倦怠的结合体。我本可以当即怀疑它们不是这样，因为在它们消失的那一刻，我会把它们记起来，但没有任何激情或感动。我记起它们就好像记起一个不在场的人讲的故事。如果它们真的是旧日重现，我应该仍然能像那时一样，因为它们开怀大笑，或者痛哭流涕。医生在一旁记录。他说："我们经历了这个，我们经历了那个。"说实话，我们所经历的不过是符号性的图像，是幻象的骨架。

在医生的引导之下，我相信这次唤起的是一段童年的经历。因为那些幻象中的第一个场景让我置身于一个相对较近的时期，我之前就对这个时期有一些模糊的记忆，它似乎佐证了我的猜想。

在我的人生里，有一年，我已经开始上学了，但我弟弟还没有。现在我唤起的这段幻象似乎就是这一年的事情。我看到自己在春天的一个阳光明媚的早晨离开家，穿过我们的花园，走下城区，我们的老女仆卡蒂娜牵着我的手。我的弟弟没有出现，但他是这个场景的主角。我感觉到他还在家里，自由且快乐，而我则在去学校的路上。我抽抽搭搭地拖着沉重的脚步出门，心里怨不可遏。我只回想起了一次去上学的经历，但我现在感受到的怨气告诉我，我每天都去学校，而我的弟弟每天都留在家里。这段时间看上去无穷无尽，但实际上，我相信不久之后，比我小一岁的弟弟也开始上学了。但在那时，梦境的真实性对我来说是不容置疑的。我注定要一直去上学，而我的弟弟则可以一直留在家里。我走在卡蒂娜身边，默默计算着这场折磨会持续多久——一直到中午！而他能待在家里！我也记得自己前几天在学校里遭到了威胁和辱骂，我那时想：他们的手伸不到我弟弟那里。这是一个十分逼真的幻象。我知道卡蒂娜是一个身材矮小的女人，但她在幻象中显得很高大，这无疑是因为我当时还很小。她看上去非常老，但众所周知，小孩子总会觉得上了年纪的人十分衰老。在我上学的必经之路上，我还瞥见了那些矗立在城市人行道边缘的奇怪小柱子。我出生得确实很早，所以成年后我还能在市中心的街道上看到那些小柱子。但等到我童年结束，在我与卡蒂娜那天一起走过的街道上，那些小柱子已经不见了。

我之所以相信这些幻象是真实发生过的，也是因为不久后，在上文那场梦境的刺激下，我冰冷的记忆里浮现了有关那个时期的另一些细节。最主要的细节是：我的弟弟也在嫉妒我，因为我能去上学。我确信自己注意到了这一点，但它还不足以立刻使梦境失去真实性。不久后，这些真实性被尽数剥夺了：嫉妒心确实存在，不过在梦中被转移了地方。

第二个幻象也把我带回到了更早的时候，不过它比第一个幻象的时间要早很多：它发生在我家别墅的一个房间里，但我不确定是哪一个，因为它比实际存在的任何一个房间都要大。我很诧异地看到自己被关在那个房间里，然后马上意识到仅凭观察幻象无法得知的细节是那个房间离我母亲和卡蒂娜住的地方很远；然后第二个细节是我还没开始上学。

房间是纯白色的,甚至可以说,我从来没见过如此洁白,或者说在阳光的照射下如此明亮的房间。难道那时阳光是透过墙壁照进来的吗?太阳肯定已经升得很高了,但我仍然待在床上,手里拿着一个杯子,我已经把杯子里加了牛奶的咖啡喝完了,继续孜孜不倦地用勺子刮着杯底的糖。在某一刻,勺子再也够不到剩下的糖了,于是我便试着用舌头直接去舔。但我没做到。所以我一手拿着杯子,一手拿着勺子,看向我的弟弟,他半躺在我旁边的床上,还在磨磨蹭蹭地喝他的咖啡,他的鼻子伸到了杯子里。当他终于把脸抬起来时,我看到他迎着阳光皱起了眉头,他的整张脸都沐浴在阳光里,而我的脸(天知道为什么)却在阴影中。他的脸很白,但因为稍稍突出的下颚显得有些丑陋。他对我说:

"能借我你的勺子吗?"

那时我才意识到卡蒂娜忘了给他拿勺子。我毫不犹豫地回答道:"可以!不过你要给我一些你的糖作为交换。"

我举起勺子强调它的价值。但卡蒂娜的声音立刻在房间里响起:

"真不要脸!敲竹杠的小家伙!"

惊慌和羞愧的感觉把我拉回了现实。我本想与卡蒂娜争辩,但她和我的弟弟,还有当时的我——那个小小的、天真的、敲竹杠的我——都消失了,沉入了深渊之中。

我后悔自己感受到了如此强烈的羞愧,以至于它摧毁了我费了半天劲才创造出来的幻象。如果我当时能顺从地把勺子递过去,不去用那个糟糕的行为引发争论,事情会好很多,那可能是我犯下的第一个错误。也许卡蒂娜会请求我母亲的帮助,让她来惩罚我,这样我就终于可以再见到她了。

然而我在几天后才见到她,或者说我自以为见到了她。我本来应该马上意识到那是幻觉,因为我母亲的形象与她那张挂在我床头的肖像太相似了。不过我必须承认,在这幻象中,我的母亲像活生生的人一样行动。

太阳很大,非常大,大到令人头晕目眩!这也是我为什么相信这是我童年的记忆,这么大的太阳很难在别的时期见到。这一次我在幻象中来到供佣人们吃饭的房间。当时是下午,我的父亲已经回家,正坐在沙发上,妈妈在旁边用一种不会褪色的墨水往几块亚麻布上写首字母,这些亚麻布铺在她身边的桌子上。我在桌子下面玩着弹珠,离妈妈越来越近。也许我是希望她能和我一起玩。在某个时刻,我想在他们中间站起来,便抓住了从桌子上垂下来的亚麻布,并且引发了一场灾难:墨水瓶掉在了我的头上,弄脏了我的脸、我的衣服、妈妈的裙子,甚至在爸爸的袜子上也留下了一个小点儿。我的父亲抬起腿来踢我……

但我及时从这场漫长的旅途中回到了现实,这里很安全,我是一个成年人,一个老人。我得把这些事告诉医生!我有一瞬间为即将到来的惩罚感到痛苦,紧接着又痛惜无法见证有人过来保护我,这个人无疑是妈妈。但当幻象从那几乎已经和空间等同的时间中逃逸时,又有谁能抓得住它呢?只要我还相信那些幻象的真实性,我就会有这样的想法!现在,不幸的是(哦!这让我多痛苦啊!),我已经不再相信这些幻象,我知道它们并不是逃走了,而是我眼前的迷雾已经散去,当我再次看向真实的空间时,那里已经没有了幽灵的容身之地。

我还要讲述自己在另一天见到的幻象。医生认为它们的意义非常重要,以至于宣布我已痊愈。

当我任凭自己进入那种半梦半醒的状态时,我做了一个梦,那个梦境是静止的,宛如噩梦一般。我梦见自己又回到了婴儿时期，但只是为了看看那个婴儿，还有他是如何做梦的。他静静地躺在那里，沉浸在小小的身体给他带来的喜悦之中。他似乎终于实现了长久以来的愿望。虽然他只是孤零零地躺在那里，无人照料！但是就像梦境中经常发生的一样，他能清晰地听到和看到远处发生的事情。那个躺在我房间里的婴儿看到了（天知道他是怎么做到的）我家的屋顶上有一个笼子，它被固定在非常坚固的基座上，没有门窗，但被一束恰到好处的光线照亮，里面的空气纯净而芬芳。那个婴儿知道，只有他能到达那个笼子，而且甚至不需要亲自前往，因为笼子会自己来到他面前。笼子里只有一件家具——一把扶手椅，坐在上面的是一个体态优美、金发碧眼的女人。她穿着黑色的衣服，双手白皙，小脚踏着一对漆皮短靴，在她的裙摆下方闪烁着微弱的光芒。我得说，在我眼里，那个女人与她的黑色长裙和漆皮短靴融为一体。她是一个完整的存在！那个婴儿梦想着能占有那个女人，但方式十分奇怪：他确信自己可以吃掉那个女人头部和脚部的一小部分。

现在回想起来，我很惊讶医生虽然声称他已经非常仔细地阅读了我的手稿，却不记得我在去见卡拉之前做的梦。后来我把这两个梦又在脑子里过了一遍，感觉自己刚做过的这个梦只不过是把年轻时的那个梦稍稍变了样子，变得更幼稚了一些。但医生仔细地记录了一切，然后带着有些迟钝的态度问我：

"您的母亲长着金发，而且体态优美吗？"

我对这个问题很惊讶，回答说我的外婆也是这样。但对他来说，我已经痊愈了，彻底痊愈了。我咧开嘴巴和他一起庆祝，然后开始安排自己接下来要做的事情：即不再去调查、研究或沉思，而是进行真正的、不间断的康复疗法。

从那时起，每一次治疗都变成了真正的折磨。让我继续疗程的原因只有一个，那就是我很难让运动中的自己停下来，反之亦然。有时，当医生的话过于离谱时，我会鼓起勇气提出一些反对意见。根本不是他相信的那样，我的每一句话、每一个想法都是在犯罪。他听到我这么说时眼睛会瞪得很大。我已经痊愈了，但拒绝意识到这一点！这是一种真正意义上的盲目：我已经了解到自己曾经希望从我父亲身边把他的妻子——也就是我的母亲——带走，难道这还算不上痊愈吗？我的固执真是闻所未闻，不过医生承认，在我结束康复治疗后，我会痊愈得更加彻底，届时我会习惯于认为那些事情（杀死父亲和亲吻母亲的欲望）是完全无害的，没有必要对此感到痛苦和内疚，因为它们在最好的家庭中也经常发生。说到底，我有什么可失去的呢？有一天，他告诉我，我现在就像一个久病初愈的人，还没有习惯不发烧的生活。好吧，我会等到我习惯为止。

他觉得自己还没有完全掌控我，除了康复治疗，他还会不时对我进行一次心理治疗。他又尝试过唤起我的梦境，但得到的结果没有一个是真实的。长时间的等待让我十分厌烦，最后我编造了一个梦境。如果我事先知道假装做梦这么困难，我是不会出此下策的。这一点也不简单，我得装出那种半梦半醒之间口齿不清的样子，让自己大汗淋漓或者面色苍白，还不能说漏嘴。我的脸或许会因为种种努力涨得通红，但这和自发的脸红又是两回事。我假装自己回到了笼中女人那里，说服她从小房间墙壁上突然出现的一个洞里伸出她的一只脚，让我吮吸然后吃掉。"左脚！左脚！"我喃喃自语，在幻象中加入了一个奇怪的细节，使它看起来和之前的梦更相似，我就这样证明了自己已经完全理解医生要求我患上的那种病。婴儿时期的俄狄浦斯就是这个样子：他吮吸了他母亲的左脚，把右脚留给了他父亲。在我努力营造出一个逼真的幻境时（这么说并不矛盾），我也欺骗了自己，尝到了那只脚的味道。我差点儿吐出来。

不仅仅是医生，连我也希望自己能见到那些年轻时期的幻象。它们是真也好，是假也罢，总之不需要我去编造。既然它们不会再出现在医生面前，我便尝试当他不在时召唤它们。虽说我独自一人时会有遗忘它们的风险，但反正我的目的也不是治疗！我想在严冬腊月再次拥有5月的玫瑰。我曾经拥有过它们，为什么不能再次拥有呢？

即便没有旁人打扰，我也感到相当无聊，但后来我唤起了别的东西，不久后它们就代替了那些幻象。简单来说，我相信自己有了一个重要的科学发现。我认为自己是应召前来完善生理颜色理论体系的。我的前人，歌德和叔本华[①]，从未想象过通过巧妙处理互补色能达到什么成就。

要知道，我躺在我书房窗户对面的沙发上消磨时间时，从那里可以看到一片海洋和一条地平线。一天傍晚，当日落给云朵嶙峋的天空染上颜色时，我留在书房里，久久地欣赏着清澈的边缘上那种壮丽的颜色，它是纯净、柔和的绿色。天空中也有很多红色镶嵌在西边云朵的轮廓上，但那种红色很淡，白色的阳光直射在上面，稀释了它的浓度。看了一会儿之后，我感到眼花缭乱，便闭上了眼睛。很明显，我的注意力和我的情感已经被绿色吸引过去，因为我的视网膜上产生了它的互补色，那是一种鲜艳的红色，和那在天边闪耀的淡红色毫无关系。我注视着那片我创造

---

[①] 歌德在其著作《色彩理论》中将颜色分为三类：生理颜色、物理颜色和化学颜色。歌德认为，生理颜色是由眼睛的自然活动产生的颜色，存在于观察者的主观感知中。这些颜色不是简单的视觉产物，而是在很大程度上受到眼睛在接收和形成颜色中的主观表现。阿图尔·叔本华（Arthur Schopenhauer, 1788—1860），德国哲学家，唯意志论的开创者。叔本华十分支持歌德的色彩理论，并著有作品《论色彩理论》。

出的颜色，抚摸着它。我一睁开眼睛，便震惊地发现那火一般的红色点燃了整片天空，盖住了翡翠一样的绿色，以至于在很长一段时间里我再也找不到它了。但我因此发现了给大自然上色的方法！我重复了这个实验好几遍。美妙的是，我染上的颜色还在移动。当我重新睁开眼睛时，天空并不会立刻接受我视网膜上的色彩。我甚至还能在一瞬间的延迟中看到那翡翠般的绿色，红色从中浮现，又把它吞噬殆尽。后一种颜色从天空深处以出人意料的方式升起，如同一场可怕的火灾蔓延开来。

在确信自己的观察准确无误后，我便带着这个发现去找医生，希望它能给我们枯燥的诊疗注入些许活力。医生给我解答了这个问题，他说由于尼古丁的效用，我的视网膜比常人要敏感。我差点儿说，如果按这个逻辑，那些我们曾认为是重现了童年经历的幻象也可能是同一种毒素造成的，但这样我就会暴露我还没有痊愈这件事，而他会试图说服我从头开始治疗。

可是这个蠢货并不总是相信我体内有那么多毒素，这也体现在他对我的烟瘾进行的康复治疗上。他是这么说的：吸烟并不会给我带来坏处，只要我相信它是无害的，它就是无害的。然后他继续道：现在我与父亲间的关系已经重见天日，我也从成年人的角度对它做出了评价，我可以明白自己养成这个恶习是为了与父亲竞争；另外一方面，我潜意识中的道德感想惩罚我与他的竞争，所以我才会认为烟草是在毒害我。

那天从医生家里出来后，我抽烟抽得像土耳其人一样猛。我得证实一下医生的意见是不是有道理，这正是我求之不得的事。我一支接一支地抽了一整天，到了晚上也没睡觉，而是依然抽个不停。我的慢性支气管炎复发了，这一点毫无疑问，因为往痰盂里看一眼就能明白这种疾病带来的后果。

第二天我告诉医生我抽了很多烟,现在我已经不再纠结这个问题了。医生面带微笑地看着我,我能感觉到他的胸腔因骄傲而挺了起来。他不慌不忙地继续我的康复治疗!他带着十足的自信前进,认为自己走过的每一寸土地上都会开出鲜花。

那次康复治疗没有给我留下什么印象。我熬过了它。当我从那个房间出来时,我像一只刚从水中出来的狗一样抖动身体,我也像那只狗一样湿漉漉的,但还没到大汗淋漓的程度。

不过,我气愤地回忆起,那个对我说教的家伙声称柯普罗西奇医生那一番说得我悔恨交加的话并没有错。那这么说,父亲临终之际扇我的那一巴掌也是我应得的吗?我不知道他是否这么说过,但我很清楚地知道他断言我憎恨过老马尔芬蒂,因为我把他放在了我父亲的位置上。世界上许多人认为,离了某种爱,他们就活不下去,据他所说,我则恰恰相反:如果离了某种恨就会失去平衡。无所谓我娶了老马尔芬蒂的哪个女儿,因为事情的关键在于我这么做之后,就能把她们的父亲放在一个我的憎恶感触手可及的位置。然后我尽我所能地糟蹋我得来的家庭。我背叛了我的妻子,显然,如果我能成功的话,我也会去勾引阿达和阿尔贝塔。

我自然不打算否认这一点,事实上,当医生带着克里斯托弗·哥伦布发现美洲新大陆的神情和我说这些话时,我被他逗笑了。我相信世界上像他这样的人仅此一位,当他听到我想和两个非常漂亮的女人上床时,会对自己说:现在让我们来看看这个人为什么想和她们上床。

让我更难忍受的是他对我和圭多的关系发表的意见。从我的叙述中,他了解到我在刚认识圭多时对他怀有很强的敌意。这种敌意从来没有消失过,而阿达认为我缺席葬礼是它的最终表现,她是正确的。他忘记了那时我正出于对圭多的爱,一门心思地拯

423

救阿达的财产,而我也不屑于提醒他。

医生似乎就王多的问题做了些调查。他声称既然阿达选择了圭多,他就不可能是我描述的那样,他发现我们做精神分析的这个房子旁边就有一所很大的木材厂,属于圭多·斯佩尔有限合作公司。为什么我没有提到它呢?

如果我提及此事,那将会给我已经颇具挑战性的叙述添上新的难度。这个被我删掉的细节恰恰证明了我用意大利语所作的自白既不完整,也缺乏诚意。木材厂里有着种类繁多的木头,我们在的里雅斯特用一些野蛮的词汇称呼它们。这些词汇来自方言、克罗地亚语、德语,有时甚至是法语(比如说"zapin",这与"sapin"①并不等同)。谁能为我提供恰当的词汇?我到了这把年纪,难道还要找个用托斯卡纳语卖木材的工作吗?再说,圭多·斯佩尔有限合作公司的木材厂一直在亏损。而且我对那个地方也没什么好说的,因为它根本没在运作,除非有小偷闯进去,用那些野蛮的名字给木材估价,仿佛它们的命运就是被用来制作降神会需要的小桌子。

我建议医生向我的妻子、卡门,或者现在已经赫赫有名的商人卢奇亚诺询问有关圭多的情况。据我所知,医生并未咨询他们中的任何一位,我认为他之所以这样做,是因为害怕他们提供的信息会摧毁他所有的指控和怀疑。谁知道他为什么这样讨厌我?他肯定也是一个患有癔症的人,因为徒劳地渴望他的母亲,便将怒气发泄在一个完全无辜的人身上。

最终,我厌倦了与医生无休止的缠斗,更别说还要给他支付酬劳。我相信那些梦境并没有给我带来任何好处,另外,随便抽

---

① "Sapin"为法语,意思为橡木。

424

烟的自由反而让我更加萎靡不振。我想到了一个好主意：去找保利医生。

多年未见，他的头发已经有些苍白，但健壮的身材还没有因为上了年纪而发福，背也没有驼。他看东西时的眼神仍然像是一种爱抚。这一次，我终于明白他为什么会给我留下那样的印象。他显然喜欢观察，而他观察那些或丑或美的东西时，得到的满足感和其他人抚摸这些东西时的感受没什么两样。

我去找他，是想问问他是否认为我应该继续进行精神分析。但在那双审视者一般冷静的目光下，我丧失了开口的勇气。或许告诉他我在这把年纪被这种骗术耍得团团转会让我显得很可笑。我很遗憾自己必须保持沉默，因为如果保利医生禁止我继续进行精神分析，我的情况将大为简化，但我绝不想让自己被那双深邃的目光长时间地抚摸。

我对他描述了我的失眠、我的慢性支气管炎、脸颊上困扰我的疹子、腿部针扎般的疼痛，还有我那奇怪的心不在焉的症状。

保利当场对我的尿液进行了分析。混合物变黑了，他沉思了起来。我终于等来了一场真正的分析，而不是什么精神分析。我心潮澎湃地想起了自己作为化学家的遥远过去，和我作过的那些真正意义上的分析：我、一个试管和一个化学试剂！而精神分析呢，一直到被试剂强制唤醒之前，样本都一直沉睡着。试管中不存在抵抗，就算有，温度稍一上升就会屈服，那里也完全没有伪装。在试管中，没有任何东西可以让我回忆起自己那些讨好 S 医生的行为。我当时捏造了自己童年的种种细节，用它们证实了索福克勒斯的诊断。而在这里，一切都是真实的。待分析的样本被封闭在试管中，一成不变，等待着试剂的到来。试剂一旦加入，样本总会给出相同的反应。在精神分析中，重复的图像或话语从来不会出现。需要给这种疗法换一个名字,应该把它称作"精神冒险"。这很贴切:当人开始做这样的分析时,就好像走进了一片森林,不知道自己遇到的会是强盗还是朋友。就算冒险结束,这一点也依然无法确定。从这个角度来看,精神分析与通灵术有些相似。

但保利并不认为问题在于糖。他希望我第二天再来找他,在此之前,他会对液体进行偏振分析。

于是我带着身体里的糖尿病,自豪地离开了。我本来打算去找S医生,询问他现在要如何分析我体内这种疾病的成因,然后把这些成因消除掉。但我已经受够了那个人,我不想再见他,甚至连嘲笑他的念头都没有了。

我不得不承认,糖尿病对我而言是一场甜蜜的体验。我和奥古斯塔讨论了这个问题,她的眼眶立刻湿润了起来。

"你这辈子一直在谈论疾病,到头来你自己也得病了!"她这样说,然后试图安慰我。

我喜爱我的病。我想起了可怜的科普勒,他宁愿选择真正的疾病,而不是想象中的疾病。现在我同意他的看法了。真正的疾病很简单:你放着别管就行了。实际上,当我在一本医学书籍上读到对我这种甜蜜疾病的描述时,我发现了一套有关生命(而非死亡!)的程序,它有许多个发展阶段。再见了,决心——我终于摆脱了它们。一切都将在无须我干预的情况下自然发展。

我还发现,我的病在各个阶段里总是(或几乎总是)非常甜蜜。病人吃得多喝得也多,如果能谨慎些避免得溃疡,就几乎没有什么大的痛苦,然后人会在非常甜蜜的昏迷中死去。

不久后,保利给我打电话,告诉我他在试剂中没有发现糖的痕迹。第二天我去见他,他先是为我制定了一套饮食方案,我只坚持了几天就放弃了。他还写了张处方,开了一服药,处方上的字迹难以辨认，但它会给我整整 1 个月的好处。

"糖尿病吓坏您了吗？"他微笑着问我。

我反驳了他的这种说法，但没有告诉他现在得知糖尿病离我而去，我感到非常孤单。他是不会相信我的。

在那段时间，我偶然得到了比尔德医生[①]关于神经衰弱的巨著。我按照他的建议，把他的处方清清楚楚地抄写下来，每八天更换一次药物。几个月以来，我觉得治疗似乎有效果。即使是科普勒，他生前也没有像我当时那般从药物中获得莫大的慰藉。后来，我对这种疗法的信任也消失了。与此同时，我把回去做精神分析的计划一拖再拖。

后来我偶然遇到了 S 医生，他问我是否决定放弃治疗，不过态度非常有礼貌，远比他操纵我时要礼貌得多。他显然是要把我再次握在掌心里。我告诉他我有一些紧急的家庭事务需要处理，这些事务让我忙得不可开交，而且占据了我的全部思绪，一旦我的情况稳定下来，我就会回去找他。我本想请他把我的手稿还给我，但我不敢，那么做就等于承认我不想再继续接受治疗了。我要把这次尝试的机会留到等他发现我再也不考虑治疗的时候，而那时他也不得不接受这个事实。

他在离开前对我说了几句话，试图挽留我：

"如果您审视您的灵魂，就会发现它已经发生了变化。等着瞧吧，一旦您意识到我能在相对较短的时间内让您恢复健康，您就会马上回来找我的。"

但说实话，我相信在他的帮助下，我在研究我意识的同时让它患上了一些新的疾病。

---

[①] 乔治·米勒·比尔德（George Miller Beard，1839—1883），美国神经学家，1869年首次发明"神经衰弱"这一精神病理学上的术语。

我决心从他的治疗中痊愈。我尽量不去做梦,也避免回忆。就是因为它们,我可怜的头脑才变成了这副样子,它都感觉不到自己正牢牢地固定在我的脖子上。我的心不在焉已经到了可怕的程度。当我和人说一件事的时候,我会不由自主地试图想起刚才我说过或做过的其他事情,却怎么也想不起来,或者我甚至会去思考一个在我看来十分重要的想法,它的重要性不亚于我父亲在临死前刚刚想到,却转头又忘记的那些想法。

如果我不想最后被送进疯人院,我必须抛弃这些玩意儿。


## 1915 年 5 月 15 日

我们在卢奇尼科的别墅度过了两天节假日。我的儿子阿尔菲奥需要从流感中康复,他将与姐姐一起在别墅中多待几周。我们计划在五旬节①返回这里。

我终于成功捡起了那些甜蜜的习惯,并且戒掉了烟瘾。自从我摆脱了那个蠢货医生赋予我的"自由"后,我感觉已经好多了。今天是本月中旬,我们的日历让我很难按一定的规律下定决心。每个月和前一个月都不相同。为了更好地强调自己的决心,最好是在给某事画上句号时戒烟,比如每个月的月底。但除了 7 月和 8 月,以及 12 月和 1 月,没有两个连续的月份能以相同的天数成对出现。这真是时间上的巨大混乱!

为了更好地整理思绪,我在独处的第二天下午去了伊松佐河畔,没有什么比观察水流更有助于反思往事的了。人静止不动,流动的水提供了必要的放松,因为它的颜色和形态每秒都在变换。

---

① 五旬节又称圣灵降临节,在犹太教中用以纪念以色列人从古埃及离开那一天之后的第 50 天,在基督教中用以纪念耶稣复活后的第 50 天。

那是一个奇异的日子。天空高处肯定狂风大作，因为云朵的形状不断变化；但在地面上的空气却凝滞不动。在变幻的云层中，炽热的阳光时不时从缝隙中照进来，将光芒洒在这片或那片山丘，或山顶上，衬托着笼罩在5月整片甜美的绿色之上的云影。气温适宜，天空中飘动的云朵也染上了春天的气息。毫无疑问：我们的天气正在恢复健康！

我进行了一场真正的反思，这是我们吝啬的生活难得赏赐的时刻之一，它有着真正的、彻底的客观性，能让人停止把自己想成受害者。在那片闪烁着阳光的绿意里，我对我的生活和我的病露出了微笑。女人在这两者之中占据了十分重要的地位。她可能是碎片式的：她的小脚、她的腰和她的嘴充实了我的日子。我重新审视了一遍我的生活和疾病，然后爱上了它们，也理解了它们！我的生活比那些所谓健康人的生活要美丽得多，那些人在特定时刻之外，每天都会打他们的女人，或者心里一直有这个念头。而我，恰恰相反，一直和爱相伴着。当我有段时间没想起我的女人时，我就会再次想起她，以求她原谅我放任自己的思绪被其他女人占据。其他男人会因为对生活心灰意冷，在绝望中抛弃他们的女人。我的生活里从来不缺少愿望，每一场灾难过后，幻想会在瞬间完全重生，盼望着生活可以把它的肢体、声音和姿态变得更加完美。

在那一刻，我想起了在自己灌输给那位敏锐的观察者——也就是S医生——的诸多谎言中，也包括我在阿达离开后再没背叛过我妻子这一条。这个谎言也为他锻造那套理论添了一把火。但在那条河边，我突然惊恐地记起，可能从我终止治疗的那天开始，我就未再寻求过其他女性的陪伴。难道我真如S医生所说的那样已经痊愈了吗？到了这个年纪，女人们已经有一段时间不再关注我了。如果我也停止关注她们,我们之间的一切联系就会断绝。

如果我是在的里雅斯特产生了这个疑问,我马上就可以解决。然而在这里要困难得多。

几天前,我开始阅读达·彭特[①]的回忆录,他是卡萨诺瓦[②]同时代的冒险家。他肯定也来过卢奇尼科,我梦想着遇到他笔下那些身着克利诺林裙[③]、脸上搽着脂粉的贵妇人。上帝啊!这些女人有那么多层布料保护,为什么会轻易投降呢?

尽管我接受了治疗,但一想到克利诺林裙还是非常兴奋。然而,我的欲望多少掺了些虚假,它并不足以让我感到安心。

过了一会儿,我就得到了自己所追求的体验,它足以使我安心,但也让我付出了巨大的代价。为了拥有这一刻,我破坏了一生中最纯洁的一段关系。

我偶然间遇到了特蕾西娜,她是住我别墅旁一位佃户的长女。父亲两年前丧偶后,她就成了众多弟弟妹妹的新妈妈。她是个健壮的女孩,每天清晨起床劳作,一直工作到睡觉时才停下来,休息也只是为了重新开始干活。那一天,她正领着通常由她弟弟照顾的小驴,在装满新鲜草料的小车旁走着,因为这只小动物不算很大的身体无法在微微倾斜的坡道上承载女孩额外的重量。

一年前,特蕾西娜在我眼里还是个孩子,我对她的感情也仅限于带着笑意的父爱。然而昨天我又见到了她,当我第一次再见到她时,虽然我发现她长大了,那张晒黑了的小脸变得更严肃了,瘦小的肩膀变宽了,忙碌的小身板上那对胸脯也变得更加丰满;

---

[①] 洛伦佐·达·彭特(Lorenzo Da Ponte,1749—1838),18 世纪及 19 世纪著名歌剧创作家、诗人。
[②] 贾科莫·卡萨诺瓦(Giacomo Girolamo Casanova,1725—1798),18 世纪意大利传奇冒险家,以和众多女性保持浪漫关系而著称。
[③] 克利诺林裙为 19 世纪流行的一种衬裙,以膨大的裙摆闻名。

但我仍然把她当作一个没长大的孩子，只能去喜爱她超乎寻常的活力，还有把她的弟弟妹妹们照顾得很好的母性本能。如果我没有进行那该死的治疗，不得不马上确认我的病情状态，我本来可以在不打扰这份纯真的状态下离开卢奇尼科。

她没有穿克利诺林裙。那张圆圆的、带着笑容的小脸上也没有涂着脂粉。她的脚是赤裸的，小腿的一截露在外面。那张小脸、小脚还有那双小腿并没有令我浮想联翩。特蕾西娜露出来的脸和四肢都是同一个颜色，它们都属于空气，暴露在空气中也无可厚非。也许正因为如此，它们没能激起我的欲望。但当我感到自己如此冷漠时，我害怕了。经过治疗后，我还需要克利诺林裙吗？

我开始抚摸那只小驴，为它赢得了一点儿休息的机会。然后我赶上特蕾西娜，往她手里塞了10克朗。这是第一次蓄意伤害！去年，出于对她和对她弟弟妹妹们的父爱，我只给了他们几分钱，但父爱明摆着是完全不同的事情。特蕾西娜被这份丰厚的礼物惊得目瞪口呆。她小心地掀起裙摆，把那张珍贵的纸币放进某个我看不到的暗袋里。这样，我又看到了她的腿更多的部分，但它仍然是古铜色且贞洁的。

我回到小驴身边，在它头上亲了一下。我亲切的态度让它也变得亲切了起来。它张开嘴巴，发出了一声饱含爱意的嘶叫，我始终满怀敬意地聆听着。这叫声跨越了多么远的距离，它蕴含的意义又是多么丰富啊！发出第一声嘶叫之后，小驴便不停地叫着，直到它的声音渐渐减弱，最终变成一声绝望的啜泣。但在这么近的地方听它叫，我的耳膜都疼了。

特蕾西娜笑了，她的笑声给了我勇气。我回到她身边，一把抓住她的前臂，然后把手慢慢地移向她的肩膀，同时研究着自己的感觉。感谢老天，我还没有痊愈！我及时放弃了治疗。

但特蕾西娜拿起棍子打了小驴一下，让它往前走，她跟着驴车，把我甩在了后面。

我开怀大笑，因为即使这个农家女孩对我不感兴趣，我仍然感到非常快乐。我对她说："你有男朋友吗？你应该有一个。不然的话就太遗憾了！"

她一边从我身边走开，一边说：

"如果我要找一个，他肯定会比您年轻！"

这并没有减轻我的快乐。我本来想给特蕾西娜上一课，便试着回忆起薄伽丘[①]的一篇作品："博洛尼亚的名医阿尔贝托如何用德行使一个试图羞辱他的女人感到羞耻，因为他爱她。"但是名医阿尔贝托的说教并没有起到预期的效果，因为玛格利特·德·吉索利埃里夫人对他说："我很珍重您的爱情，任何一个博学多才的男人的爱情我都很珍重，因此，除了我的名誉之外，我会满足您的一切心愿。"

我试图做得比他更好：

"特蕾西娜，你什么时候会喜欢老家伙呀？"我大声喊道，确保已经离我很远的她能听见。

"等我自己也变成一个老家伙的时候！"她喊了回来，笑得十分开心，根本停不下来。

"到那个时候老家伙们就对你不感兴趣了。记住我的话！我了解他们！"

我喊道，对源自天生性别的机智感到十分满意。

就在那一刻，天空中某处的云层散开了，阳光射了进来，照在了至少已经离我有 40 米远，高出十几米的特蕾西娜身上。她

---

[①] 乔万尼·薄伽丘（Giovanni Boccaccio，1313—1375），意大利文艺复兴时期著名文学家，代表作为《十日谈》（*Decamerone*），本文中提到的故事便出自这本作品。

的皮肤是古铜色的，身材虽然娇小，却光芒四射！

阳光没有照亮我！当一个人年老时，即使他十分机智，也会留在阴影中。

## 1915年6月26日

战争追上了我！我本来只是听着各种战争的故事，仿佛它们发生在别的时代，为人津津乐道，如果杞人忧天就十分愚蠢了。然而，我却意外地跌入了战争之中，一方面搞不清状况，一方面又惊讶于为什么没有早点儿意识到自己或早或晚一定会受到波及。我曾经非常安逸地生活在一栋底层已起火的大楼里，却没预见到我迟早会连同这栋大楼一起被熊熊烈火吞噬。

战争抓住了我，摇晃着我，就好像我是一块破布。它一下子夺走了我的整个家庭和我的管家。一夜之间，我就变成了一个全新的人，或者更准确地说，我的24个小时都焕然一新了。从昨天开始我才稍微平静一点儿，因为我终于在等待了1个月之后第一次收到了家人的消息。他们待在都灵，安然无恙，而我之前已经不抱希望能再见到他们。

白天我必须一直待在自己的公司里。我在那儿没什么事情可做，但由于奥利维父子是意大利公民，他们必须离开，而我那少数几个最能干的员工也都去参加了这边或那边的战斗，因此我必须坚守在自己的岗位上。晚上我会带着沉重的仓库钥匙回家。今天，因为感觉平静了很多，我便把这份手稿带来了办公室，它可以帮我消磨那些漫长的时间。它确实为我带来了15分钟奇妙的体验，在那短短一段时间里，我了解到这个世界曾经有过一个和平与宁静的时期，让人可以关注那些琐碎的事情。

如果现在有人认真地邀请我沉入半意识状态,以便重新体验我之前的生活,哪怕只有一个小时,那该有多精彩啊。我会为此当面嘲笑他。有谁能放弃这样的现实,去追寻那些无关紧要的东西?我觉得自己现在才真正地与我的健康和病痛断绝了关系。我走在我们这座悲惨城市的街道上,感到自己很幸运。我不用去前线作战,而且每天都能找到必需的食物。与其他人相比,我感到非常幸福——特别是有了家人的消息之后——如果我还身体健康,我觉得自己可能会引起神灵的愤怒。

虽然现在回想起来有些滑稽,战争与我却是以一种暴力的方式相遇的。

当时,奥古斯塔和我回到卢奇尼科,与孩子们一起庆祝五旬节。5月23日,我一大早就起床了。我需要服用卡尔斯巴德盐[①],并在喝咖啡前去散步。正是在卢奇尼科的这次疗养期间,我意识到心脏会在一个人禁食期间进行自我修复,并给整个身体带来巨大的益处。我的理论将在那天得到完善,因为它迫使我忍受对我有益的饥饿。

奥古斯塔向我道早安时,从枕头上抬起了那颗如今已经白发苍苍的头,她提醒我曾经承诺要给女儿找来一些玫瑰花。我们唯一的玫瑰丛已经枯萎,因此需要进行一些补救措施。我的女儿已长成了美丽的姑娘,她看起来像阿达。不知不觉中,我忘记了在她面前扮演严厉的教育者,反而变成了一个骑士,还是那种会对所有女性彬彬有礼,连自己的女儿也不例外的骑士。她立刻意识到了自己的力量,并借着我和奥古斯塔的溺爱对其大肆滥用。她想要玫瑰,就必须得到玫瑰。

---

[①] 卡尔斯巴德盐为捷克温泉城市卡罗维发利(Karlovy Vary)出产的一种矿物盐,在传统上被用作一种温和的泻药和助消化的药物。

我计划散步两个小时。阳光十分明媚，而我因为打算一口气走回家，甚至没有带夹克和帽子。幸运的是，我记得我需要去买玫瑰，因此没有把钱包留在夹克里。

首先我去了附近的农场，找特蕾西娜的父亲，想请求他剪些玫瑰花，让我在回家时顺道取走。我走进了被一堵破墙围起来的大院子，但没在那里找到任何人。我喊了特蕾西娜的名字。他们家最小的孩子从屋里走了出来，他当时大概6岁。我在他手上放了几分钱，他告诉我他们全家一大早就过了伊松佐河，一整天都要在一片土豆田里劳作，那里的土需要松动。

这条消息并没有让我感到不快。我对那片土地很熟悉，知道走过去大约需要一个小时。既然我计划散步两个小时，我很高兴能为自己的路线设定一个具体的目标，这样我不用担心自己突然犯懒而提前打道回府了。我开始穿过平原，因为它比道路要高，所以我只能看见道路的边缘和一些开花的树顶。我的心情十分愉悦：我只穿着衬衫，没戴帽子，感觉十分轻松。我呼吸着清新的空气，按习惯一边走路一边进行尼迈尔①肺部练习，这是一个德国朋友教给我的，它对于那些久坐的人来说非常有益。

当我到达那片田地时，我看到特蕾西娜正在路边劳作。我向她走去，然后注意到前方她的父亲和她的两个弟弟也在工作，这两个男孩大约在10到14岁之间，我说不上他们的具体年龄。体力劳动可能会让上了年纪的人感到筋疲力尽，但是随之而来的兴奋感让他们感觉比不工作时更年轻。我笑着对特蕾西娜说：

"你还来得及，特蕾西娜。别磨蹭太久。"

她没能理解我的话，我也没有进一步解释。没有这个必要。

---

① 菲力克斯·冯·尼迈尔（Felix von Niemeyer, 1820—1871），德国内科医生。他认为正确的呼吸方法是从上往下呼吸，因此应该抬起双臂，令胸腔扩张。

既然她已经忘了,我们就有可能恢复以前的关系。我已经试过这个方法,效果很好,这次也会一样。当时和她说那几句话时,我可不是只用眼神抚摸她。

我迅速与特蕾西娜的父亲达成了玫瑰花交易。他同意让我随意剪取玫瑰,然后和我商定了价格。他急于回去继续工作,我则走上了回家的路,但他改变主意追上了我,用非常低的声音问道:

"您听到过什么风声吗?他们说战争爆发了。"

"是的!我们都知道啊!大约在一年前。"我回答。

"我不是说那个,"他不耐烦地说,"我说的是和……"他指了指附近的意大利国境线的另一边。"您有什么消息吗?"他焦急地看着我,期待我的回答。

"你要明白,"我充满信心地说,"如果我什么也不知道,那就意味着什么也没发生。我是从的里雅斯特来的,在那里我听到的最新消息是战争已经被彻底避免了。他们在罗马推翻了那个主张战争的内阁,现在领头的是乔利蒂[①]。"

他立刻松了一口气。

"那么我们现在埋起来的这些土豆不仅会给我们带来很多好处,还会属于我们!世界上总是有很多只会耍嘴皮子的人!"他用衬衫袖子擦去了额头上的汗珠。

我看到他这么高兴,想让他更加快乐一些。我真的很喜欢快乐的人,所以我说了一些我十分不愿意回想起来的话。我声称,就算战争爆发,这里也不会成为战场。首先,人们在大海上打仗;其次,欧洲对于一个想要打仗的人来说并不缺乏战场。这里有弗兰德,法国也有很多地方。然后我还听说——我记不清是从谁那

---

[①] 乔瓦尼·乔利蒂(Giovanni Giolitti, 1842—1928),意大利政治家,在1892—1921年间5次担任意大利首相。他曾试图阻止意大利参加第一次世界大战,但未能成功。

里听来的——这个世界如今对土豆的需求量非常之大，以至于人们甚至会小心翼翼地去战场上挖土豆。我讲了很久，同时一直看着特蕾西娜，她身材娇小，正蹲在地上检验土壤硬度，准备挥动锄头。

这位农民完全放心了，他回去继续工作。相反，我把自己的一部分宁静传给了他，自己内心的平静感却大大减少了。我们在的卢奇尼科的确是离国境线太近了。我应该和奥古斯塔谈谈这个问题。对我们来说，或许最好是回到的里雅斯特，或者其他更靠南或更靠北的地方。乔利蒂确实回到了权力中心，但没人知道，他在那个位置上是否还会用之前的方式看待事物。

我偶然遇上了一排士兵，他们正在向卢奇尼科的方向行进，这让我更紧张了。他们不是年轻人，而且穿着和装备极为简陋，腰间挂着在的里雅斯特被称为"杜兰达纳"①的长刺刀，这是奥地利人在 1915 年夏天不得不从之前的储备中取出来的。

我跟在他们后面走了一段时间，心急如焚，想要尽快回家。然后我闻到他们身上散发出一股淡淡的野蛮气息，便放慢了脚步。我这种惊恐不安、着急忙慌的样子实在是愚蠢。一想到我是因为看到一个农民惊慌失措才会感到惊慌失措，我就更觉得自己蠢得要命。现在我已经能远远地看到自己的别墅，那一排士兵也已经不在路上了。我加快了脚步，终于能喝上我的加奶咖啡了。

我的冒险就是从这里开始的。在道路的一个转弯处，一个哨兵拦住了我的去路。他喊道：

"Zurück（回去）！"他甚至做出了准备开火的姿势。我本想用德语与他交谈，因为他是用德语喊话的，但那是他唯一会的

---

① 杜兰达纳（Durlindana）是传说中属于查理大帝麾下圣骑士奥兰多（Orlando）的名剑。

德语词，所以他一遍遍重复着，态度越来越强硬。

必须回去了，我一边往回走，一边不停地回头看，生怕那个人为了让我明白他的意图，真的向我开枪。我急匆匆地撤退，即使那个士兵消失在我的视野里，这种紧迫感依然没有散去。

但我还没有放弃马上到达我别墅的想法。我想着如果翻过我右面的那座小山，就可以绕过那个气势汹汹的哨兵了。

攀登并不困难，尤其是之前经过那里的许多人已经将高草踩平了，他们肯定是因为平常的路走不通才这么做的。走着走着，我重新获得了信心，并计划一到卢奇尼科就立即去市长那里投诉我所遭受的待遇。如果他允许度假者被这样对待，很快就不会有人再来卢奇尼科了！

但到达山顶时，我却惊慌地发现那个散发着野蛮气息的士兵排已经占领了这里。很多士兵正在一个小农舍的阴影下休息。那间农舍我很久以前就已经十分熟悉了，现在那里空无一人。有三名士兵似乎在站岗，但并没有面朝着我爬上来的那个山坡，还有一些士兵围成半圆形站在一位军官面前，军官手里拿着一张地图，正在向他们发号施令。

我连一顶可以用来打招呼的帽子都没有。我连连鞠躬，带着我最灿烂的笑容向那位军官走去，他看见我后暂停了对士兵们讲话，开始盯着我看。围在他身边的五名士兵也都把注意力集中在我身上。地面本来就不平，在这些目光的注视下，我走得十分艰难。

军官大喊道：

"Was will der dumme Kerl hier？（这个傻瓜想要什么？）"

我很惊讶他在没有受到任何挑衅的情况下就这样侮辱我，我想以男子汉的方式表明我感到了冒犯，但还是保持了适当的谨慎，我偏离了道路，试图找到一条通往卢奇尼科的斜坡。军官开始大声喊叫，说如果我再迈出一步，他就会命令他的士兵向我开火。我立刻变得非常有礼貌，从那天开始，到我写下这些话的今天，我一直非常有礼貌。被迫与这么一个怪人打交道真是令人不快，但至少他说的是标准的德语。这实际上是一个优势，因为只要把这一点记在心里，就能更容易地与他交谈。他虽然很粗野，但如果他不会说德语，那将是一场灾难。那我一定完蛋了。

可惜我不能流利地讲这种语言，不然的话，我就可以轻易把这位冷酷的先生逗笑了。我对他说我的加奶咖啡在卢奇尼科等着我，把我们隔开的只有他这一个排。

他笑了，我发誓他笑了。他一边大笑一边咒骂，根本没耐心听我说完。他告诉我卢奇尼科的咖啡将由别人喝下，当他听说除了咖啡，我的妻子也在等我时，他大声说："Auch Ihre Frau wird von anderen gegessen werden.（你的妻子也将被别人享用。）"

他现在的心情比我好了。接着，他似乎意识到自己说的话在五个士兵的笑声中可能显得有些放肆，于是变得正经起来，解释说我必须放弃近几天能回到卢奇尼科的希望，实际上他的友好建议是不要尝试前往那里，因为光是提出请求就可能让我陷入麻烦。

"Haben Sie verstanden？（您听懂了吗？）"

我听懂了，但要心甘情愿地放弃只差不到半公里就能喝到的咖啡并不容易。我迟迟不愿离开只是为了这个，因为情况在眼前明摆着，如果我现在下山，就再也不可能当天返回我的别墅了。为了争取时间，我温和地问那位军官："那我应该去见谁才能回到卢奇尼科，至少取回我的帽子和夹克呢？"

我本应意识到那位军官迫切地希望与他的地图和他的手下单独相处，但我没想到会激怒他。

他高声喊叫，震得我耳朵嗡嗡响，他已经告诉过我不要再问

439

了。然后他命令我去任何魔鬼想带我去的地方（wo der Teufel Sie tragen will）。想到自己要被带去某个地方，我并没有特别不开心，因为我实在太累了，但我还是犹豫着没走。然而，那位军官越是喊叫，就越是愤怒，他以极具威胁性的语调叫来身边五个人中的一个，称呼他为"下士"，并命令他把我带回山下，盯着我，直到我消失在通往戈里齐亚的路上，如果我不服从的话就格杀勿论。

因此，我心甘情愿地下山了：

"Danke schön.（谢谢。）"我说，甚至没有任何讽刺的意味。

那名下士是斯拉夫人，讲一口相当流利的意大利语。他感到必须在军官面前表现得粗鲁，为了赶我下山，他对我喊道：

"Marsch!（快走！）"但当我们走开一段距离后，他开始变得和蔼可亲了。他问我是否有关于战争的消息，还有意大利是否真的会马上参战。他焦急地看着我，等待我的回答。

所以，连他们这些参加战争的人也不确定是不是真的会开战！我想让他尽可能开心一些，于是复述了一遍之前我用来安慰特蕾西娜的父亲的话。后来，这些话让我的良心不安。在随后爆发的恐怖风暴中，我之前安慰过的所有人可能都已经遇难。谁知道死亡会在他们的脸上印下怎样惊讶的表情。我的乐观主义是不可遏制的。难道我没有从那位军官的话语中，或者说得更明白一些，从他的语气中听到战争的声音？

下士的心情好了一些，为了感谢我，他也建议我不要再尝试前往卢奇尼科。根据我提供的消息，他认为禁止我回家的命令将在第二天取消，但此刻他建议我去的里雅斯特找"Platzkommando（司令部）"，我或许可以从那里得到一张特别通行证。

"一直到的里雅斯特？"我惊恐地问，"我要去的里雅斯特，没有我的夹克，没有我的帽子，也没有我的咖啡？"

据下士所知，我们谈话这会儿，一道密密麻麻的步兵封锁线正在关闭所有往意大利方向去的通道，它形成了一个新的、不可逾越的边界。他带着高人一等的微笑对我说，根据他的判断，去卢奇尼科最短的路线就是从的里雅斯特绕行。

我听到他这么说，只得服从，向着戈里齐亚出发，打算搭乘中午的火车前往的里雅斯特。我虽然心神不宁，但不得不说感觉还不错。我烟抽得很少，也什么都没吃。我体验到了长期以来缺失的轻盈感。我并不介意被迫走更多的路。我的腿稍微有些疼，但我觉得自己能坚持到戈里齐亚，因为我可以尽情而顺畅地呼吸。我的腿也随着脚步的移动暖和了起来，走路实际上并没有让我感到劳累。在这有益身心健康的运动中，我一边走路一边打着拍子，感到十分愉悦，因为我走得比平时要快，所以重新感受到了那种乐观精神。这边有威胁，那边也有威胁，但战争不会爆发。因此，当我走到达戈里齐亚时，我还犹豫着是否要在酒店订一个房间过夜，然后第二天再回卢奇尼科向市长表达我的不满。

我首先跑到邮局给奥古斯塔打电话，但别墅那边没有人接听。邮局的职员是个留着稀疏胡子的小个子男人，他在那副僵硬而矮小的身体里显得既可笑又固执，这是他给我留下的唯一印象。他听到我对着没有回音的电话大发雷霆，便走过来对我说：

"这已经是今天第四次卢奇尼科那边没有回应了。"

当我转向他时，他的眼中闪烁出强烈的、不怀好意的光芒（我说错了！这件事我也记得！），他那双闪闪发光的眼睛探寻着我的目光，想看看我是不是真的感到惊讶和愤怒。我花了整整十分钟才听懂他的意思。然后，我所有的疑问都消失了。卢奇尼科已经处于或者几分钟后将处于战火之中。我在走去咖啡馆的路上才明白那意味深长的目光究竟意味着什么。我本来想在午餐前喝上一杯本应在当天早上就喝到的咖啡,但现在立刻改变了方向前往车站。我想离我的家人更近一些,于是便依照那位下士朋友的建议前往的里雅斯特。

正是在那段短暂的旅程中,战争爆发了。

我本以为火车很快就能到达的里雅斯特,所以虽然到达戈里齐亚车站时还有时间,我也没去喝那杯渴望已久的咖啡。我钻进了我的车厢,一个人待在那里,思绪飘向了那些以如此匪夷所思的方式与我分开的亲人。火车一直到开过蒙法尔科内①之前都在正常行驶。

那里似乎还没有被战火波及。我重新找回了内心的平静,想到卢奇尼科的情况可能与边境大致相同。此时,奥古斯塔和我的孩子们应该正在前往意大利内陆。这种平静的感觉,加上我那始料未及的巨大饥饿感,让我睡了很久。

可能正是那股饥饿感唤醒了我。我的火车停在萨克森—的里雅斯特地区的中间。虽然大海就在附近,我却看不到它,因为一层薄薄的雾气阻隔了人们看向远处的视线。5月的喀斯特高原洋溢着甜蜜的气息,但只有那些尚未被其他地区绚烂多彩且生机勃勃的春天宠坏的人才能真正理解这种甜蜜。在这里,星星点点的绿色点缀在嶙峋的石头之间,这种绿色不起眼,但也不卑贱,因为很快它就会成为这片风景中的主色调。

如果我在其他情况下饥肠辘辘又吃不到东西,我会勃然大怒。但那天,我见证了宏大的历史事件,因此变得唯唯诺诺。我给列车员塞了一些香烟,但他甚至没能给我弄到一口面包。我没有告

---

① 蒙法尔科内(Monfalcone)为的里雅斯特附近的一个市镇,原属于德国管辖,1915年并入意大利。

诉任何人我早上的经历，我打算之后再把这些事告诉的里雅斯特的几个密友。我听着边境方向的动静，从那里没有传来战斗的声音。我们停下来是为了让八九列开往意大利的火车通过。"坏疽性伤口（奥地利人是这么称呼意大利前线的）"已经裂开，需要物资来处理它的脓液。前往那里的可怜人们一边大笑一边唱歌，所有火车里都传来了开心或醉醺醺的声音。

当我到达的里雅斯特时，夜幕已经降临。

城里火光冲天，将夜色照得如同白昼。一个朋友看到我只穿长袖衬衫回家，便对我喊道：

"你被抢劫了吗？"

我最终吃到了些东西，然后马上去睡觉了。

一种真正的、巨大的疲惫感驱使我上床。我相信自己之所以会这么累，是因为希望和疑虑一直在我的脑子里激烈地交战。我的状态依然很好，在精神分析的锻炼下，我已经能记住入睡前看到的场景了。我记得自己以一个幼稚的乐观想法结束了那一天：边境上还没有人死去，因此和平可能会重新降临。

现在我已经知道我的家人们安然无恙，我对眼下的生活也就没什么不满意的了。我没有太多事情要做，但也不是完全闲着。现在不允许进行买卖，贸易只有在和平降临时才会重新兴起。奥利维从瑞士给我传来了一些建议。他根本不知道他的建议在这面目全非的环境里听起来是多么不和谐！总之目前，我什么也不做。

## 1916 年 3 月 24 日

自从去年 6 月以来，我再也没有碰过这本流水账了。S 医生从瑞士给我写来了信，请求我寄给他迄今为止我记录下来的所有内容。这真是一个奇怪的要求，但我完全不介意把这本流水账寄给他，虽然他能从里面清楚地读到我对他的看法。既然他已经拥有了我所有的自白，那这几页也让他拿着吧，我还要再给它添上一些内容。我没有多少时间，因为我的生意把每一天都塞得满满当当。但我对尊敬的 S 医生还有些话要说。这些话我已经想了很久，现在我的思路非常清晰。

他可能认为自己会收到更多关于疾病和虚弱的忏悔，恰恰相反，他将收到一份关于健康的描述，对我这个年纪的人来说，我的健康状况相当完美。我已经痊愈了！我现在不仅仅不愿意接受精神分析，我也不需要它了！我感到身体健康也不仅是因为自己幸运地活在众多殉难者之间。我并不是相对地感觉健康。我是健康的，绝对健康。我很久以前就知道，我的健康只能源自我的信念，另外，试图用催眠的手法治愈一个爱做梦的人，而不是通过说服他，这简直愚蠢至极。身体上的某些疼痛虽然还困扰着我，但它们和我强大的健康一对比就显得微不足道了。我可以在这里或那里涂上药膏，但身体的其他部分必须活动和战斗，它们绝不能像那些患了坏疽的地方一样懈怠。痛苦和爱，或者说生活本身不能因为那些难过的时刻就被看作一种疾病。

我承认，我只有改变命运，才能说服自己是一个完全健康的人，我需要通过斗争，尤其是通过胜利让我的身体暖和起来。治愈我的是我的生意，我希望 S 医生知道这一点。

直到去年 8 月初，我还只是这风雨飘摇的世界里一个麻木的看客，什么也不做。然后我开始"收购"。我把这个动词加粗，是因为它的意义比战前更重要。那时，这个词在商人嘴里意味着他准备收购特定的商品。但当我说出它，我的意思是收购任何可供售卖的商品。像所有坚强的人一样，我的脑子里只有一个想法，它让我活了下去，也为我带来了财富。奥利维不在的里雅斯特，但他肯定不会允许我冒这种风险，然后把机会拱手让人。但对我来说这并不是风险。我非常肯定能得到尽如人意的结果。首先，按照战争年代约定俗成的习惯，我先是开始将所有的财富转换为黄金，但买卖黄金有一定的困难。商品被称为流动的黄金，因为它更具有流通性，因此我囤积了许多商品。我偶尔也会卖出一部分，但总是低于买进的数量。由于我买进商品的时机很正确，我卖出时也十分顺利，后者为前者提供了必需的巨额资金。

我非常自豪地回忆起了我的第一次收购行为，它甚至看上去很愚蠢，我这么做仅仅是为了实施自己的新点子：我收购了一批数量不算很大的熏香。卖家向我吹嘘熏香或许可以代替已经日益稀缺的树脂，但作为一名化学家，我清楚地知道熏香永远无法代替树脂，因为它们截然不同[1]。根据我的判断，全世界会陷入极度贫困，以至于不得不接受用熏香作为树脂的替代品。所以我买了！几天前我卖出了一小部分，赚到的钱足够我把整批熏香都买下来。当那笔钱入账时，我感受到了我的力量和健康，胸膛因此膨胀起来。

医生在收到我最后这部分手稿后，应该把整份手稿还给我。我想用完全清晰的思路把它重写一遍，因为在我尚未了解这最后的阶段之前，我又怎么能完全理解我的生活呢？也许我活了那么多年，就是为了做好准备迎接这一刻！

我当然不是个天真的傻瓜，我也原谅医生把生活本身看作疾病的一种表现。生活确实和疾病有些相似，症状会显露出来，然后消退，并且每天都会好转或者恶化。但与其他疾病不同的是，

---

[1] 原文为拉丁语"toto genere"。

生活始终是致命的，无法被治愈。这就好像我们将身体上的孔洞误认为是伤口，把它们全部堵了起来。我们会在痊愈的那一刻窒息而死。

当代的生活已经在源头遭到了污染。人类取代了树木和动物，污染了空气，阻塞了自由的空间。情况可能还会变得更糟。这个悲伤而生机勃勃的动物可能会发现其他的力量，并让它们为自己所用。这样的空气中弥漫着一种威胁。它会带来巨大的富足……在人口数量上。每一平方米都会被人类占据。谁能治愈我们在空气和空间上的匮乏呢？仅仅想到这些，我就感到窒息！

但这并不是全部，远远不是。

任何努力争取健康的行为都是徒劳的。健康只属于那些特定的动物，它们熟知的唯一的进步方式就是身体机能方面的进步。当燕子意识到它除了迁徙之外没有其他生活方式时，便强化了可以扇动翅膀的肌肉，这随后成了它身体中最重要的部分。鼹鼠钻入地下生活，它的整个身体都适应了它的需求。马的体型越长越大，它的蹄子也随之发生了改变。某些动物的进化过程并不为我们所知，但这一过程肯定已经发生，并且从未给它们的健康造成损害。

可是戴眼镜的人呢，恰恰相反，他发明了身体之外的装置，如果发明它们的人身上尚且存在健康和高尚，在使用它们的人身上，这种品质往往是缺失的。装置会被用于买卖，或者遭到盗窃，而人类则变得越来越狡猾和虚弱。最早发明出来的一批装置看起来就像是人类手臂的延伸，离了它的力量就无法发挥效用。而现在，装置和肢体之间已经完全没有了关系。正是这些装置造成了疾病，因为它们背离了地球创造万物的法则。适者生存的法则已经消失，而我们也失去了健康的筛选过程。我们需要的远不止精神分析：在那些拥有最多装置的人制定的法则下，疾病和患病的人不久便会肆虐。

也许如果这些装置能引发一场前所未有的灾难，我们就会恢复健康。当毒气告急时，一个平平无奇的人会在这个世界中的某个房间里秘密地发明一种无与伦比的爆炸物，与之相比，现有的爆炸物将被视为无害的玩具。而另一个平平无奇，但比其他人更病态的人，将会把这种爆炸物偷走，并爬到地球的中心，将其放在能产生最大效果的地点。届时将会发生一场巨大的爆炸，没有人会听到，因为地球将再次成为一团星云，在天空中游荡，并摆脱了寄生虫和疾病。

(全书完)

伊塔洛·斯韦沃
Italo Svevo（1861—1928）

原名埃托雷·施米茨（Ettore Schmitz），意大利犹太商人兼小说家，被誉为二十世纪最伟大的小说家之一。

大器晚成，六十岁后才写出成名作《泽诺的自白》。此书令詹姆斯·乔伊斯赞叹不已。著有长篇小说《一生》《老年》《泽诺的自白》，短篇小说集《高贵的酒》《成功的玩笑》等，另有十余部剧本、十部中篇小说和一部书信集。


刘玥

北京语言大学意大利语专业学士，博洛尼亚大学意大利语研究专业硕士。

已出版意大利语译著《耻辱柱的历史》等。

# 泽诺的自白

作者 _ [意大利] 伊塔洛·斯韦沃    译者 _ 刘玥

产品经理 _ 罗李彤    装帧设计 _@broussaille 私制
产品总监 _ 李佳婕    技术编辑 _ 顾逸飞
责任印制 _ 刘淼    出品人 _ 许文婷

营销团队 _ 王维思 谢蕴琦 高轩

## 鸣谢

陈悦桐

果麦
www.guomai.cn

以 微 小 的 力 量 推 动 文 明

图书在版编目（CIP）数据

泽诺的自白 /（意）伊塔洛·斯韦沃著；刘玥译. 济南：山东画报出版社，2024.11. -- ISBN 978-7-5474-5185-4

Ⅰ. I546.45

中国国家版本馆 CIP 数据核字第 2024HE3037 号

## ZE NUO DE ZIBAI
## 泽诺的自白

［意］伊塔洛·斯韦沃 著　刘玥 译

**责任编辑**　李　双
**装帧设计**　@broussaille私制

**主管单位**　山东出版传媒股份有限公司
**出版发行**　山东画报出版社
　　社　　址　济南市市中区舜耕路517号　邮编 250003
　　电　　话　总编室（0531）82098472
　　　　　　　市场部（0531）82098479
　　网　　址　http://www.hbcbs.com.cn
　　电子信箱　hbcb@sdpress.com.cn
**印　　刷**　北京盛通印刷股份有限公司
**规　　格**　140毫米×200毫米　32开
　　　　　　14.25印张　329千字
**版　　次**　2024年11月第1版
**印　　次**　2024年11月第1次印刷
**印　　数**　1—5 000
**书　　号**　ISBN 978-7-5474-5185-4
**定　　价**　69.80元